文学研究

第九辑

安徽大学网络文学研究中心◎编　　　　　周志雄◎主编

WANGLUO WENXUE YANJIU

时代出版传媒股份有限公司
安徽文艺出版社

图书在版编目（ＣＩＰ）数据

网络文学研究. 第九辑 / 安徽大学网络文学研究中
心编；周志雄主编. -- 合肥：安徽文艺出版社，2025.
1. -- ISBN 978-7-5396-8316-4

Ⅰ. I207.999

中国国家版本馆 CIP 数据核字第 2025GF5218 号

出 版 人：姚　巍
责任编辑：宋晓津　成　怡　　　　装帧设计：徐　睿

....

出版发行：安徽文艺出版社　　www.awpub.com
地　　址：合肥市翡翠路 1118 号　邮政编码：230071
营 销 部：(0551)63533889
印　　制：保定市正大印刷有限公司　(0312)2209511

....

开本：787×1092　1/16　印张：18.25　字数：280 千字
版次：2025 年 1 月第 1 版
印次：2025 年 1 月第 1 次印刷
定价：75.00 元

....

《网络文学研究》编委会

目　录

作品解读

跨界研究

作家访谈

新作评介

学者立场

网络文学评价标准构建的现实规制与逻辑依凭

欧阳友权[①]

摘　要：网络文学评价标准构建是网络文学理论建设中的一个"元命题"。建立网络文学的评价标准需要遵循三个基本的现实规制，即同中之异与异中之同的"边界嵌套"、线上评价与线下批评的"标准适配"，以及兼顾网络文学易变性的"蜂鸟效应"。网络文学评价标准的创设建基于两大依凭：一是源于网络文学发展的现实诉求；二是依托于富含文学观念的理论资源，如传承和借鉴中国古代文论批评资源、汲取中西方现代人文思想资源，还有当代社会主流意识形态的价值资源等。

关键词：网络文学；评价标准；现实规制；逻辑依凭

网络文学评价标准构建是网络文学理论建设中的一个"元命题"。建立网络文学评价标准既要符合"文学"的一般规律，又要切中"网络"的特点，只有这样，其所建立的才是网络文学的评价标准，才不会让评价标准沦为理论的"空转"，才能把网络文学评价的观念逻辑落实到文学批评实践中，让评价活动成为助推网络文学高质量前行的内驱力。

一、建构网络文学评价标准的三个规制

相较于传统的文学批评理论，构建网络文学评价标准需要回应三个足以

① 基金项目：本文为 2023 年度湖南省重点项目"从玄幻转向现实：网络文学的回归与超越研究"（项目编号：23ZDB045）成果之一。作者简介：欧阳友权（1954—　），男，湖北省竹溪县人，中南大学网络文学研究院院长，二级教授，中国作协网络文学委员会副主任。

自辩，又能够自洽的问题，即这种评价标准与传统文学的评价标准有何相同之处和不同之点、网络文学的在线评论与线下批评是否可以使用同一种批评标准、拥有同一种评价体系，以及相对确定的评价标准如何应对不断变化的网络文学的可成长性与不确定性等。这三个充满辩证关系的难题，既是"网络"语境勘定的三个规制，也是网络文学评价标准建构中理论逻辑的必然延伸，就此试以辨之。

（一）异中之同与同中之异的"边界嵌套"

文学批评及其评价活动并不是网络时代才出现的，而是古已有之，是文学发展到一定历史阶段的产物。那么网络文学的评价标准与传统文学的评价标准有什么相同或相异之处呢？这是任何一种试图构建的网络文学批评理论都绕不开的话题。事实上，网络文学的评价标准不可能白手起家、"从零开始"，而是有赓续、有传承，然后才有超越和创新的，二者之间存在一定的内容互渗和"边界嵌套"。

首先，网络文学首先是"文学"，然后才是"网络文学"。不管它是"网络时代的文学""网络上的文学"，还是"网络原创文学"[①]，作为"文学"的一种类属形态，网络文学必定具备文学的一般特质，比如，它是一种精神产品，具有特定的精神内涵、思想与情感价值，并因此影响读者的精神世界或带给人以精神启迪；它是一种文化产品，具有以"文"化人、以"文"度人的文化"软实力"，是对人类文明的文化表达、文化创造和文化贡献；它还是一种艺术产品，具有以情动人、以美感人的艺术魅力，以生动的形象塑造表征人与现实的审美关系，能让人激动、警醒或感奋，等等。无论是传统文学还是网络文学，称谓有别，质地相通，二者在评价尺度上必然有其相同点，这便是"异中之同"。

我们不妨比较一下传统文学与网络文学作品在评价标准上"同"在何处。近年来，《羊城晚报》每年都举办"花地文学榜"评选，其中既有传统文学，也有网络文学。2021年入选年度长篇小说榜的《民谣》（作者：王尧，《收获》2020年

[①] 笔者一直认为，今日所说的"网络文学"，一般都是指网络原创文学，即由网络写手创作、在互联网上首发、供文学网友在网上浏览的文学作品。参见欧阳友权主编：《网络文学概论》，北京：北京大学出版社，2008年版，第4页。

第6期)属传统文学,其上榜评语是这样的:

> 小说聚焦一个少年成长中的数年,却杂糅着回望的现实之眼,在追寻真相的途中,历史烟云遮蔽下的秘密层层裸露,记忆不断被遗忘,又不断被想象修复,杂篇外篇的补充和镶嵌插入形成了层层叠加的结构,这种对文本多样性的大胆集聚,使得反思具备了微妙的深。朴素、清晰、准确,《民谣》的语言效果是令人难忘的,它使历史有了新的可感知性,同时又提供了一种新鲜的乡村伦理洞察。诗意在这里的作用,是更为有力和可堪回味的,体现了悲悯的珍贵性。
>
> ——《2021年花地文学榜·长篇小说榜》,《羊城晚报》2021年10月24日。

同时入选网络文学榜的有网络小说《长乐里:盛世如我愿》(作者:骁骑校,番茄小说网),其评语是:

> 作者用洗练、细腻而张弛有度的文学笔触,讲述了一个从民国到现代"重重谍影,百年爱恋"的精彩故事。主人公的时空穿越将历史的大变迁锚定在心灵的小触点,其所提供的人物关系与丰沛细节,足以让我们从支离破碎的历史片断中找出线头,通过历史对位,一点一点拼凑出一个最接近真相的传奇。栩栩如生的人物和丰盈传神的故事桥段,让我们从中听到的不仅有历史足音,还有我们民族生生不息的生命密码。
>
> ——《2021年花地文学榜·网络文学榜》,《羊城晚报》2021年10月31日

《民谣》和《长乐里:盛世如我愿》同属长篇小说,一个发表在传统纯文学期刊,一个发表在文学网站。它们所描写的生活内容、故事架构、人物形象、艺术风格各有不同,但评委们对二者的评价有许多相似之处——均是从社会历史视野和伦理情怀上评判作品的人文审美价值,并就此做出精到的艺术分析。

可以说,思想性评价和艺术性评价,就是二者在评价尺度把握上的"异中之同"。

然而,网络文学毕竟是"网络"文学,前置"网络"二字不仅是对它的媒介限定,还是一种文学的本体命名,意即它是一种有别于传统文学的具有相对独立品格和内涵界定的新型文学,是人类文学史上的一种"节点式"存在。因为"今天的整个文学观、文学生产方式、文学制度以及文学结构已经完全呈现与'五四'之后建立起来的以作家、专业批评家和编辑家为中心的一种经典化和文学史建构的方式差异的状态。……网络文学在当代中国,任何基于既有文学惯例的描述都无法满足获得命名权网络文学的野心,尤其是网络文学和资本媾和之后"①。

有关网络文学与传统文学的差异,各种持论甚多,除显而易见的传播载体和媒介方式不同外,还可以从作者身份、创作方式、文本构成、功能作用等方面做出相异性描述。但从文学评价的角度看,网络文学与传统文学的"同中之异"主要有三:

一是资本的力量成为网络文学行业生存的经济支柱。从"付费阅读"到类型小说的商业变现经营,再到网文 IP 分发的多媒体产业链增值,网络文学已经归属于 GDP 统计范畴的新型文创产业。中国作协发布的《2020 中国网络文学蓝皮书》显示,我国数字阅读行业年产值达 372 亿元,通过 IP 全版权运营,网络文学间接或直接地影响了影视、游戏、动漫、音乐、衍生品等泛娱乐市场,拉动下游文化产业总产值超过 1 万亿人民币,无论是商业气息还是产业规模,都是传统文学所无可比拟的。

二是粉丝互动性介入对网络文学创作形成"读者干预"。这与传统文学独立创作、一次性发表的生产体制大相径庭。网络作品不仅是"可读"文本,还是"可写"文本,这不是指"同人写作"之类,而是说网络创作会自觉不自觉地被读者的评说所影响,让粉丝在"读写互动"中介入甚至干预作品创作。例如,辰东在创作《圣墟》结局时,一开始把石昊(荒天帝)和叶凡(叶天帝)两个人物的人

---

① 何平:《网络文学就是网络文学》,《文艺争鸣》2017 年第 6 期。

设给写毁了,很多读者接受不了,"圣墟吧"中一时差评如潮。在粉丝压力之下,辰东不得不重写故事结局,这才平息舆情。鱼人二代说,他在创作《很纯很暧昧》时,"原来设置的大纲 200 万字或者 300 万字就结束了,但是读者会说,你这块应该再加一个这样的情节,或者那个地方应该设置一个那样的情节。结果他写了 400 多万字还没结束"。网文作品,特别是网络长篇小说都是在"续更"中完成的,网络媒体为"写与读"(包括"读与读")提供了即时互动、自由交流的空间,于是"追更"者便可以便捷地在"网络广场"说三道四、评头论足,从而对创作和理解作品产生影响,这样就构成了网络文学的"网生性"特质,评判作品的"网生性"就成为解读和评价网络文学不得不面对的问题,这是网络文学有别于传统文学的另一个"同中之异"。

三是网络传播媒介带来的影响力不同。网络媒体是一种"宏媒体"(macromedia)——规模巨大,可达全球级的受众规模;网络媒体又是一种"元媒体"(metamedia)——媒体中的媒体,具有强大的容载力,可以将报纸、广播、电视等所有媒体的传播优势一"网"打尽,还可以借助"万维网"链接,让"病毒式"信息传播无远弗届。这样,头部之作一夜升温火遍全网常常是大神作家的标配。辰东新作《深空彼岸》2021 年上架时,首订即高达 7.2 万。老鹰吃小鸡《星门》在 2021 年 7 月 19 日上线后的 24 小时内,接连斩获打赏榜、月票榜、签约榜、出圈榜、男主角色星耀榜五大榜单榜首。言归正传新作《这个人仙太过正经》上线不到 4 小时,作品收藏量就成功破 10 万,上线 24 小时后作品收藏量近 20 万,获超 1 万张推荐票。会说话的肘子的新作《夜的命名术》更是以创造多项纪录而成为 2021 年现象级小说,该作上线 5 分钟突破 3000 次订阅,1 小时突破 13500 次订阅,12 小时突破 35000 次订阅,21 小时突破 53000 次订阅,打破了起点中文网的首订付费纪录,单月吸引 65 万人阅读,单月 15 万人付费打 call,阅读人数、收藏人数、均订数、付费人数、付费金额等均打破多项历史纪录。[①] 借助迅捷的传播而飙升的文学影响力,正是网络文学较之传统文学的一大优势,也是我们评价网络文学、构建网络文学评价标准和体系不可忽视的一

①　参见欧阳友权主编:《中国网络文学年鉴(2021)》,第四章《热门作品》,北京:新华出版社,2022 年版。

个维度和内容。

于是，网络文学与传统文学的评价标准之间的关联就隐含了不可不察的"边界嵌套"，因为二者间的异中之同与同中之异，已经预设在评价理论建设的观念背景中。其中，思想性和艺术性标准侧重异中之同，而更倚重同中之异的则是产业性、网生性和影响力标准。它们犹如同一枚硬币的两面，侧重"同"强调的是文学的本性，顾及"异"则在于锚定网络的特点，这便是网络语境勘定的评价标准的第一个规制。

（二）线上评价与线下批评的"标准适配"

网络文学批评有两个阵地，一个是在线批评的线上阵地，另一个是离线批评的线下阵地。两个阵地偶尔会有交集，如线下批评家可能上网以粉丝身份网络冲浪或发言，线上的深度长评也可以发表于线下纸介媒体。但一般而言，线上评论与线下批评是两个完全不同的阵营，前者是网络文学评论主阵地，因为"网络文艺的创作与评论、生产与消费基本都是在网络虚拟空间完成的，线上评论的火爆正是得益于网络文艺的在线创作、虚拟存储和在线传播与消费，是借力数字化媒介的流量效应而获得的技术红利"[①]，无论是人气、热度和影响力，还是参与的广泛性、反应的敏锐与直接性，线上评论都胜过线下批评。后者主要是指传统平面媒体（报纸、学术期刊）上的网络文学批评成果，批评阵营的主体是学院派批评家和传媒学人。学院派是传统文学批评的代表，他们自信地秉持积淀千年的文学传统，一般都拥有较高的专业学养和较强的思维与表达能力，发表的批评成果更为专业和厚重。但从当下的网络文学批评实践看，学院派网文批评声音仍然十分弱小，其原因有二：一是边缘化学术地位限定——网络文学理论批评尚未被纳入传统学科体系和学术体系，其研究地位得不到学术制度的支持，致使介入网络文学批评的学人不多，其寥若晨星的批评与线上众声喧哗的热评热话形成鲜明对比；二是批评本身的隔膜，难以摆脱书写—印刷文化研究范式的影响，或带有"精英批评话语偏见"，如研究者所言，他们"使用的是再现说的真实性标准、表现说的情感标准、接受说的再创造

---

① 欧阳友权：《网络文艺评论亟需建强线上阵地》，2021 年 8 月 26 日，见 http://www.chinawriter.com.cn/n1/2021/0825/c404027-32207460.html。

标准、文本说的形式结构标准来评估网络文学",看不到网络文学的产业价值,理解不了"艺术和商业如何结合的探索价值",也"看不到网络文学这样个性化价值"。①

线上线下两个阵营、两种声音,能不能建立起统一且适配的网络文学评价标准呢?黑格尔说:"艺术的基础就是意义与形象的统一,也包括艺术家的主体性和他的内容意义与作品的统一。正是这种具体的统一才可以向内容及其表现形式提供实体性的、贯穿到一切作品中去的标准。"②既然文学的评价标准是由作品意义与形象的统一决定的,那就意味着无论批评家身份如何、评价的"语场"何在,都是可以用规制的标准去判断和评价的,也就意味着我们构建的批评标准对线上批评或线下批评都应该是适配的、兼容的,可以共享的。二者的差异只在于,批评者主体条件和立场站位有所不同,评价作品时的出发点各有不同。线上的网民粉丝"求爽"而聚,他们以"趣缘"为纽带,为"爱"埋单,对自己感兴趣的作家作品发声,或褒或贬,都以"我"为限,是感性的、随意的,带有很强的主观性。他们的评价也会自觉不自觉地使用一定的评价标准,但其持论的"标准"可能是模糊的、源于个人喜好的、未经理性沉淀的,是限定在评价公理意义上的最大公约数。请看读者对《诛仙》的在线评论:

> 其实真的感谢萧鼎大哥,这本《诛仙》给所有喜欢它的人带来了快乐和幸福,虽然还有一缕哀愁,可是《诛仙》依然完成了我们这些《诛仙》迷心里最纯美的爱情畅想。那些最美和最凄然的过往在《诛仙》里我一一看到,并感受到了。
>
> ——豆瓣读书·《诛仙》的书评
>
> 也许我肤浅,我爱那一抹绿衣,衬着斜阳的余晖,回眸一笑,浅笑间清脆的铃声响彻山谷,从开始到最后,我始终喜欢碧瑶,一个从开始到最后,对自己的爱都没有任何犹豫的女子,世间少有。
>
> ——诛仙吧·魔魔公主

---

① 单小曦:《网文,何时受文学史待见?》,《半月谈内部版》2022年第1期。
② [德]黑格尔:《美学》第2卷,朱光潜译,北京:商务印书馆,1979年版,第75页。

线下的专家评价则大为不同,同是评价《诛仙》,请看两例:

《诛仙》讲述少年张小凡历尽艰辛战胜魔道的曲折经历——正道与魔道的道德对立、强烈的悬疑色彩和魔法氛围、千奇百怪的武功、似是而非的传统文化,夹杂着动人心弦的爱情故事,使它具备了一个网络文本成功的要素。《诛仙》很好地继承并开发了传统文化资源,以老子《道德经》"天地不仁,以万物为刍狗"的思想贯穿全文,同时糅合西方魔幻表现手法。从思想内容到表现形式,既有传承也有创新,深得读者喜爱,因此获得"新民间文学"美誉。

——马季:《话语方式转变中的网络写作——兼评网络小说十年十部佳作》,《文艺争鸣》2010 年第 19 期

《诛仙》的特别之处在于,它把奇幻与爱情、暴力与温婉、残酷与仁义、正直与邪恶等水乳交融般地糅合在一起。它借鉴并吸收了黄易小说的神秘、李凉小说的搞笑、温瑞安小说的恐怖、金庸小说的细腻,形成了独特的风格。

——胡燕:《奇幻怪诞 至情至性——评玄幻武侠小说〈诛仙〉》,《当代文坛》2006 年第 5 期

很显然,这两段专家批评与网友的在线评价相比,不仅知识视野、观点、思考格局不同,表述方式也更为理性、深刻和严谨。

两类评价构成了网络文学批评的整体风貌,它们看似"两股道上跑的车",实则呈互补关系:在评价效果上实现了理性与感性、偏客观与偏主观的互补,在评价身份上体现了专家评价与大众批评的互补,在评价方式上实现了长评与短论的互补,在持论视野上实现了"知识考古"与生活经验的互补,而在影响力上,则实现了学界影响与业界影响的互补。对网络文学发展而言,两种评价方式是可以并存的,它们各有其用,异能而同工。从批评标准的角度看,网民的在线评说与线下的专业批评虽然各有站位,但并无"排异"之虞,二者秉持的

其实都是"文学"的立场,区别只在于一个是"喜欢不喜欢",一个是"深刻不深刻";前者直抒胸臆、有话直说;后者则溯源明理、曲径通幽。二者依从的都是"网络文学"标准,不同的只在于线上批评更注重"爽感"前提下的艺术性、"快乐"支配下的思想性、自由吐槽下的网生性、"有爱"驱使下的商业性,以及"流量"传播下的影响力。此时,标准的"适配性"犹如一只"看不见的手",在线上线下同时起作用。

(三)网络文学易变性的"蜂鸟效应"

我们知道,任何一种评价标准都是针对特定对象设定的,具有相对稳定性,至少在特定时间节点上是可以稳定辨识和把握的。相比传统纸介印刷文学,网络文学更具易变性、不确定性与可成长性。例如,从微观上说,"起点模式"①下的网络续更式创作,给读者提供的是无以确定的"期待式信赖",作品能否持续吸睛、是否"烂尾",全凭作者的定力、心境和才情;并且,从理论上说,任何网络作品都是"可写"文本,属"未竟"作品,不仅作者可以无尽地续写或改写,读者也可据此接龙"同人"之作。从宏观上看,我国的网络文学也一直处于不断变化之中——从 20 世纪 90 年代诞生之初的无功利"文青式"创作,到 2003 年创立"VIP 付费模式"后进入线上经营的商业化爆发期,再到 2015 年 IP 概念延伸出文创产业半径,呈现网文版权全媒体分发的泛娱乐产业链增值期。在此期间,网络文学从"文"到"艺",从"艺"到"娱",再从"娱"到"产",形成了"文→艺→娱→产"内容联通的商业化、社群化闭环。不仅如此,从早期聚集于"榕树下"的几大写手(痞子蔡、安妮宝贝、李寻欢、邢育森等)的现实题材创作,到类型小说风口期"中原五白"(我吃西红柿、天蚕土豆、唐家三少、辰东和梦入神机)的"玄幻满屏,独霸网海",再到近年来以《大江东去》(阿耐)、《网络英雄传》系列(郭羽、刘波)、《匹夫的逆袭》(骁骑校)、《浩荡》(何常在)、《朝阳警事》(卓牧闲)及《沪上烟火》(大姑娘)为代表的现实题材创作的"倡导式"回

---

① "起点模式"即起点中文网 2003 年创立的"VIP 付费阅读"商业模式。网站通过签约大量写手,储备丰富的原创作品,然后以付费订阅、打赏、月票等各种商业手段对作品进行市场化开发运营,以谋取利益的最大化,从而形成作者、读者、网站平台的利益共同体。"起点模式"是中国网络文学产业化的核心,也是网络类型化小说爆发式增长的经济驱动力,对整个行业发展影响巨大。

归，网络文学的嬗变既具阶段性，又有连续性，以至于历经免费时代、付费时代、IP 时代、移动自媒体时代，再到免费与付费并存时代……面对如此多样的变化，我们如何用相对稳定的批评标准去评价这种不断易变的文学现象呢？

从观念逻辑上解读这一现象，仍然要回到"网络"语境，厘清这一语境规制的评价标准之于网络文学评价的"蜂鸟效应"。我们知道，蜂鸟体积很小，是翅膀扇动最快的鸟，善于持久地在花丛中徘徊、悬停或倒飞。蜂鸟的形体和功能是自然选择而进化的产物——植物和昆虫相互适应、互惠共生产生了花蜜，蜂鸟为觅食花蜜而逐渐改变了骨骼结构，进化出扇动翅膀的方式，最终，植物的繁殖策略促使蜂鸟完成了鸟类进化史上最不可思议的身体变化。人们据此总结出一个事物发展的规律：当人类需要解决某个具体问题的时候，就会出现新的发明创造，并产生连锁反应，形成调适、创新，再调适、再创新的阶梯式循环，这种由创新实践带来的意外效果便被称为"蜂鸟效应"。例如，互联网原本只是一种通信工具，但它的出现让我们有了网购、在线支付、网上娱乐、远程办公、线上课堂……促使人类社会几乎所有领域均出现重大变革，人类的"数字化生存"就是互联网创造的"蜂鸟效应"。

网络文学的评价标准与这一文学的易变性之间也会因"网络"语境的特殊规制而形成"蜂鸟效应"：由于网络文学的出现而产生了相应的评价标准，又因为网络文学的变化而创生出新的评价标准。早期的网络文学不具有商业化特质，也缺少类型化长篇的"续更"和粉丝"追更"与互动，因而评价它们时基本就是传统的思想性、艺术性评价尺度。例如，2000 年张抗抗参加"网易中国网络文学奖"评选，事后她说，"在进入评奖阅读之前，曾做了充分的心理准备，打算去迎候并接受网上任何稀奇古怪的另类文学样式。读完最后一篇稿子时，似乎是有些小小的失望——准备了网上写作的恣意妄为，多数文本却是谨慎和规范的"，并没有出现想象中的颠覆性的文本，她使用的评价标准是：

> 我的艺术良心、我的审美价值、我的文学尺度，就成为评委的"我"与网络写作之间唯一的通道和"链接"。这种"自我"的评判标准，与网络的

"个人化"写作,应当具有某种本质的暗合与默契。[①]

这表明那个时期的网络文学基本是"纸介文学的电子化",评价它们仍需沿用传统文学的评价尺度,如思想性与艺术性统一所体现人文审美价值等。后来,网络文学建立起自己的商业模式,文化资本大幅进入网文市场,特别是盛大文学(2008)和阅文集团(2015)的成立,让作品变现迅速在类型小说市场发酵,再经IP分发全媒体改编的N次增值,资本的力量成为网络文学的开路先锋,粉丝经济成了最具潜力的变量,而新媒体强大的传播力则成为边际收益递增的引擎。此时,诸如依托市场绩效的产业性、源于传媒技术的网生性、聚焦传媒效果的影响力等评价网络文学的新标准就应时而生,这便是网络文学异变性施之于评价标准所带来的"蜂鸟效应"。这一由"网络"语境勘定的规制让批评标准拥有历史与逻辑相一致的历史合法性,也让一种评价标准在不断完善中保持自身的理论活力和评价实践上的"抓地力"。于是,"网络"的意义早已走出媒介工具论的窠臼,而以连绵的"蜂鸟效应"在不断变化的网络文学现场与它的理论批评建设之间架构起"语境"的桥梁。

二、网络文学评价标准创设的两大依凭

构建网络文学评价理论、探析其评价体系和标准,源于强劲的现实诉求,同时还需要依托于富含文学观念的理论资源,它们构成评价标准的两大逻辑依凭。网文现场对批评标准的热切期待,以及基于特定文学观念的理论边界,形成了历史实践与理论逻辑的双线并立,网络文学的评价标准就建基于这两大"基座"之上,这便是我们试图建构网络文学评价标准的学源和学理。

(一)现实基础:网络文学创作实践的迫切需要

中国的网络文学以疾驰的步履奔涌前行,走过了30年风雨历程,开始迈向转型升级、提质进阶的历史风口。凭着品类丰富的作品、泛娱乐消费和跨文化

---

① 张抗抗:《网络文学杂感》,《中华读书报》2000年3月1日第3版。

传播的强劲影响力,网络文学浮出历史地表的速度和形貌出乎人们的意料,已经成为当代文坛最受关注的文学新锐。此时,构建网络文学的评价体系已是这一文学创作实践的迫切需要。

我们知道,伴随互联网在中国的快速普及,网络文学已成长为一个文学"大个子",其所创造的"海量"作品,以通俗性、娱乐化特色覆盖大众文化市场,对文学阅读特别是青少年成长产生了广泛影响。网络文学连年亮眼的数据不断刷新高位极值,让全社会为之侧目。2024年3月22日发布的第53次《中国互联网络发展状况统计报告》表明,截至2023年12月底,我国网民规模达10.92亿人,互联网普及率为77.5%,手机网民为10.91亿,而网络文学用户达5.2亿,占网民总数的47.6%。① 第五届中国"网络文学+"大会发布的数据显示,2020年我国各文学网站平台贮藏的原创作品达2905.9万部,网文创作者累计超2130万人,日均活跃用户约757.75万人,网络文学市场规模达到249.8亿元。② 无论规模、体量,还是覆盖面和影响力,网络文学都堪称"时代现象级"的文学现象,其世所罕见、中国仅有的横空出世,打造了"世界网络文学的中国时代"。特别是内容生产上,每天超过1.5亿汉字原创作品的巨大增量,在满足大众阅读市场的同时,也让评论家们读不过来,更无从评说。我们看一个具体数据:仅起点中文网就贮藏玄幻、奇幻、武侠、仙侠、都市、现实、军事、历史、游戏、体育、科幻、悬疑、女生网、轻小说等14个主要类型的原创小说2933994部。③ 如此浩瀚的作品静潜网海,待价而沽,它们经历了网民粉丝的线上消费,极少数头部作品以优质IP方式,通过媒介转换延伸至泛娱乐市场,实现二次或N次传播,但这都只是文化消费意义上的经济变现,而非人文审美意义上的价值筛淘,因为批评的缺席或"失语",使得网络文学成为一个"自生性"

---

① 中国互联网络信息中心:第53次《互联网络发展状况统计报告》,2024年3月22日,见 https://www.cnnic.net.cn/n4/2024/0322/c88-10964.html。

② 裘晋奕:《〈2020中国网络文学发展报告〉在京发布:国内市场规模已达近250亿元》,2021年10月9日,见 https://www.sohu.com/a/494157158_120388781。

③ 这14类小说的数量分别为:玄幻721722部,奇幻159241部,武侠45378部,仙侠236460部,都市374244部,现实43492部,军事20623部,历史77225部,游戏108311部,体育9109部,科幻157333部,悬疑66996部,女生网800370部,轻小说113490部。起点中文网:https://www.qidian.com/,2021年11月26日查询。

市场,而不是价值干预的"自主性"市场。网络文学已巍然耸立,可支撑这一文学"大厦"的"基座"却有待稳固,这个"基座"就是我们认知、评判网络文学的评价标准。

切入网络文学现场,你会发现,评价标准虽不能包治百病,但网络文学发展过程中的许多问题,确实都与批评标准有关。譬如,网络文学从"野蛮生长"步入"品质化创作"的转型升级阶段后,众口一词期待网络文学"高质量发展",那么高质量的标准是什么? 或曰怎样品相、有哪些内涵的作品才算"高质量"? 是传统文学标准下的"高质量",还是要符合网络文学标准的才算"高质量"? 是"学院派"认可的"高质量",还是线上粉丝口中的"高质量"? 再比如,近年来大力倡导网络现实题材创作,富有烟火气、时代味、民族风的作品大量涌现,改变了"玄幻满屏,一家独大"的格局,但一些现实题材作品主流叫好、读者不叫座的"落地尴尬"表明,怎样把现实题材写得好看,怎样把题材优势转化为文学胜势等问题,并未得到很好的解决,现实题材创作与现实主义精神不匹配、不兼容、不同步,已成为时下网络现实题材作品的一大"软肋"。那么,现实题材创作有没有规律可循? 如何评判现实题材作品? 现实题材与现实主义精神之间具有怎样的关联? 用什么标准来衡量一个网络作品是不是属于现实主义文学? 再往前看,人工智能、大数据、区块链,还有"元宇宙"等新兴智能科技对文艺的渗透越来越快,从早期的"猎户星写诗软件""稻香老农作诗机""宋词自动创作系统"到后来的"微软小冰"、AI 诗人"乐府"App、IP 机器诗人"小封",以及外国人发明的"布鲁特斯 I 型"(Brutus I)的人工智能系统、IBM 公司的作诗软件"偶得"等,我们应如何看待这些"拟主体"创作的作品,又该如何评价它们的价值? 如此等等。所有这一切问题的解决无不有待于批评标准或评价体系的科学构建,无不彰显新媒体文艺发展对批评标准构建的强烈诉求。丰富的创作实践呼唤文学批评和有针对性的批评标准,而批评和批评标准对网文实践的回应正是孕育网络文学批评标准的现实"基座"。

(二)理论镜鉴:既有学术资源的观念积淀

网络文学评价标准构建的另一学源性"基座"是其所依托的富含滋养的观念积淀和理论范式,它们提供了评价标准构建的学术背景和理论镜鉴。如果说现实的文学实践是建构评价标准的历史实践基础，那么，廓清观念资源，找到其艺术哲学支点则是它的理论逻辑。我们从网络文学观念语境出发，将可以疏瀹出支撑其评价标准建构的三大理论资源。

一是传承和借鉴中国古代文论批评资源，让网络文学评价标准构建成为赓续文学传统、吸纳民族优秀文化的学术契机。网络文学肇始于数字媒介时代，但它基因有自，并非从零开始，而是濡染着千年文学传统的人文气质，流淌着民族文化的"精神血脉"，代代传承下来的文化基因是网络文学批评标准和评价体系构建的"观念脐带"。例如，孔子论诗以"思无邪"为诗则，以"温柔敦厚"为诗教。孟子以"知人论世""以意逆志"评诗，"不以文害词，不以词害志"，强调"文""词""志"的统一。后来，《诗大序》提出抒情言志的诗论观和"风雅颂、赋比兴"的"三体三用"说。刘勰在《文心雕龙》中以"知音"论诗，主张"圆照之象，务先博观""操千曲而后晓声，观千剑而后识器"，然后方能"平理若衡，照辞如镜"，并据此提出"将阅文情，先标六观"①的评价标准。此后，唐代刘知几的《史通》、司空图的《诗品》，及宋代严羽的《沧浪诗话》，再到明清时期李贽的"童心说"、公安派的"性灵说"、王国维的"境界论"等，均涉及文学批评标准的理论与观念，它们持论角度不同，却无不名理通达，是一笔丰厚的理论财富，学界应该汲取其中的思想精华，使其向网络文学批评理论构建提供"真理的颗粒"。特别是古代文论美学中的那些理论范畴，如"比兴""意象""文气""形神""滋味""气韵""虚实""意境""神思""妙悟""兴观群怨""文以载道""澄怀味象""乘物游心""迁想妙得""目击道存""意在笔先""得意忘言"，以及"外师造化，中得心源""韵外之致，味外之旨""羚羊挂角，无迹可求""不涉理路，不落言筌"等等，它们虽然不是专为文学批评标准问题设论，但其中蕴含的许多精神主旨、价值取向和学理逻辑，无疑会对网络文学批评建设具有观念蓄势和理论启迪作用。

二是汲取现代人文思想资源，让网络文学评价标准构建与现代性思想建立起必要的关联，以便在丰富的观念滋养中勘定学术边界，探寻理论的可能

---

① 刘勰提出的"六观"评诗标准是："一观位体，二观置辞，三观通变，四观奇正，五观义，六观宫商。斯术既形，则优劣见矣。"见刘勰：《文心雕龙·知音》。

性。这主要包括现代艺术哲学资源、文化研究和文艺理论批评资源,以及现代媒介文化和传播学资源。对于这样一个涵盖面极广的大话题,我们不妨选点说明之。

现代艺术哲学可以从康德的"艺术自律论"找到现代文艺审美源头。康德是开启现代艺术之门的"守门人",其哲学思想试图调和并扬弃柏拉图、黑格尔一脉的理性论和博克、荷加斯等人的经验论,为寻求自然与自由的统一找到超感性根据,把对艺术和审美经验的考察嵌入先验哲学的问题框架,提出"无利害的愉悦""无目的的合目的性"等命题,旨在把审美判断力确定为与知性和理性平行的先天立法能力,从先验角度论述艺术审美活动的一般特性,引导人们以"人是目的"的正当性在主体哲学框架内确证艺术审美的自律性,这就赋予了任何一种艺术创新以独立地位与审美价值,为网络文学及其批评活动认证自身提供了艺术哲学基石。康德之后,黑格尔完成了古典美学的终结,接替现代哲学的"铁帽子王"的是海德格尔。海德格尔的现象学哲学超越审美主体、审美客体二元分立的思维定式,另辟蹊径,从人的存在状态出发来探索美和艺术的根本问题,从"此在的存在方式"探讨美和艺术作品的本源,以现象学方法对艺术和艺术作品进行分析,认为"艺术是艺术品和艺术家的本源"。接着,海德格尔从"世界"和"大地"来阐述对"艺术"的理解,认为艺术是对"大地"的去蔽,对"世界"敞亮,构成本真的存在。艺术是显现真理的最佳方式,美是真理在场的标志,真理和美让艺术通向自由,人据此实现"诗意的栖居"。在我看来,海德格尔给予网络文学研究与批评的启示主要体现在现象学的哲学方法论上。笔者在撰写《网络文学本体论》时曾借鉴"回到事物本身"的现象学方法和"存在先于本质"的本体论追问模式,聚焦网络文学"如何存在"又"为何存在"的提问方式,选择从"存在方式"进入"存在本质"的思维路径,"从现象学探索其存在方式,从价值论探索其存在本质,即由现象本体探询其价值本体,解答网络文学的存在形态和意义生成问题",并分别将存在方式称为"显性存在",将存在价值称为"隐性存在",最后借鉴现象学方法回到事物本身反思其"何以存在"问题,以图从理论逻辑的"正题"与"反题"走向"合题","将网络文学本体分析从'形态'与'价值'层面延伸至艺术可能性层面,思考其本体的审美建构与艺术导向,完成网络之于这种文学的艺术哲学命名"①。这样的艺术哲学思路对网络文学批评理论和批评标准构建有方法论意义。

文化研究和文艺理论批评资源是网络文学评价体系建设需要关注的另一种理论给养。文化研究被誉为"目前国际学术界最有活力、最富创造力的学术思潮之一"②,网络文学是网络文化的重要内容,也是社会大众文化的重要组成部分,网络文学与大众文化之间具有嵌套关系,网络文学评价就包含了文化影响力批评。20世纪中后期,文化研究成为学术主潮之一。例如,以M.霍克海默、T.W.阿多诺、H.马尔库塞、J.哈贝马斯为代表的法兰克福学派对资本主义文化工业和大众文化进行批判,为认识社会现实提供了一种系统的分析眼光和方法,用霍克海默的话来说,他们的社会批判理论的意义在于"防止人类在现存社会组织慢慢灌输给它的成员的观点和行为中迷失方向,必须让人类看到他的行为与其结果间的联系,看到他的特殊的存在和一般社会生活间的联系,看到他的日常谋划和他所承认的伟大思想间的联系"③,这为我们以批判的眼光认识网络文学与社会的复杂关联,认识网络文学批评与日常生活、与大众娱乐文化消费之间的互渗和互证,开启了新的思维空间。随后,英国的伯明翰学派开启了另一个文化研究新阵地,霍加特的《识字的用途》(1957)、威廉斯的《文化与社会》(1958)、《漫长的革命》(1961)、汤普逊的《英国工人阶级的形成》(1963)等,把研究对象从高雅文化或传统文学经典中解放出来,注重通俗文化、大众传媒文化研究,把理论目光聚焦于工人阶级文化、青年文化、女性文化、后殖民文化、日常生活文化,乃至同性恋文化等等。伯明翰学派对电视、电影、广播、报刊、广告、畅销书、儿童漫画、流行歌曲,乃至室内装修、休闲方式等世俗生活的文化研究,聚焦于"大众文化转向",这与网络文学充满市井烟火气的大众阅读、通俗消费,有着很高的相似度,其许多研究成果都可以为网络文学评价及其批评标准构建提供新的思维角度、研究方法和理论观念上的借鉴。

---

① 欧阳友权:《网络文学本体论》,北京:中国文联出版社,2004年版,第1—2页。
② 罗钢、刘象愚:《文化研究读本》编者前言,北京:中国社会科学出版社,2000年版,第1页。
③ [德]M.霍克海默:《批判理论》,李小兵译,重庆:重庆出版社,1989年版,第250页。

"当代中国大众文化的兴起是与文化研究在当代中国的传播相辅相成的"①,网络文学理论与批评的兴起就是这一传播在互联网时代所产生的"同频共振"效应。对我国影响较大的文艺理论批评资源主要是20世纪初叶的俄国形式主义,以及随后的英美新批评、法国结构主义和解构批评,还有读者反应批评、女权主义批评和西方马克思主义批评理论等。其中,俄国形式主义对文学语言形式自主性的强调和"文学性""陌生化"概念的建树,法国结构主义从结构整体性和语言共时性的角度考辨一个文化意义是透过什么样的结构关系被表达,德里达和耶鲁学派的解构批评对作品意义、结构、语言的去中心化、反本质化地"延异性"解构,读者反应批评把文学批评的注意力从作品文本转移到读者的反应上,从阅读接受和批评活动的主体性方面开拓出文学批评的新领域,以及葛兰西、卢卡契、本雅明等西方马克思主义文艺批评,以人道主义为出发点,强调文学的主体性,批判资本主义中异化的社会现象等,都有助于我们以更为开阔的学术视野认识网络文学、介入网络文学批评,为评价标准建设提供参照。安纳·杰弗森、戴维·罗比就曾说"文学理论不仅能为处理不同的批评观点提供手段,而且能为建立一个更为合理、有效和自觉的文学研究学科提供基础"②,如艾布拉姆斯在《镜与灯》中提出的"四要素说"——作品、世界、作家、读者,四者共同构成文学活动,即可成为我们理解网络文学结构形态的理论镜鉴。

对网络文学评价标准建构影响最为直接的是新媒介文化和现代传播学。尼葛洛庞帝的《数字化生存》1997年译介到中国后,迅速成为许多人认知数字化传媒的启蒙书。书中提出的"比特时代""信息DNA""人性化界面""虚拟现实""后信息时代""新电子表现主义"③等等,是理解网络文学新锐特征的"观念钥匙"。加拿大媒介传播学泰斗M.麦克卢汉的《理解媒介》透过不同电子媒介的比较,勾画出新媒介社会的文化图景,他所提出的"媒介即信息""媒介是

---

① 陶水平:《文化研究的学术谱系与理论建构》,北京:社会科学文献出版社,2019年版,第480页。

② [英]安纳·杰弗森、戴维·罗比:《西方现代文学理论概述与比较》,陈昭全、樊金鑫、包华富译,长沙:湖南文艺出版社,1986年版,第9页。

③ [美]尼葛洛庞帝:《数字化生存》,胡泳、范海燕译,海口:海南出版社,1997年版。

人的延伸""冷媒介和热媒介""部落化—非部落化—重新部落化"等理论主张,独具机杼,对我们辨识包括网络文学在内的新媒体文化具有振聋发聩的影响力。① 信息传播学家马克·波斯特在《信息方式》《第二媒介时代》中提出的有关人类口传文化、印刷文化和电子文化三段论划分,以及从马克思主义关于生产方式的概念中发展出"信息方式"概念,认为晚期资本主义的转变是从生产方式转向信息方式开始的,电脑书写对主客体边界的重新勘定将导致逻各斯中心观念的解构,新媒介信息方式诸如因特网和虚拟现实将改变我们的交流习惯,对我们的身份进行重新定位,让"我们正在从扎根于时空的'树居型(arorial)'生物变为'根居型(rhizomic)'游牧民"②等观点,对网络文学批评的观念转型具有很重要的启迪和开阔眼界的作用。后来,美国纽约大学的尼尔·波兹曼基于他对后现代工业社会的深刻预见和尖锐批评,以及对媒介文化的深刻洞察,提出了"娱乐至死"和"童年消逝"等著名论题,认为新媒介催生的娱乐文化让"一切公众话语都日渐以娱乐的方式出现,并成为一种文化精神,我们的政治、宗教、新闻、体育、教育和商业都心甘情愿地成为娱乐的附庸,毫无怨言,甚至无声无息,其结果是我们成了一个娱乐至死的物种"③,这启示我们在建构网络文学批评标准时,对这一文学可能产生的负面影响需要保持一份警惕,并在标准设定中有所体现。

三是当代社会主流社会的意识形态的价值遵循。由国家意志锚定的社会主流意识形态不仅是网络文学标准的理论资源,还是评价标准构建的价值遵循和导向规制。网络文学与传统文学一样,具有意识形态属性,网络文学评价就是要发掘和评判这一文学的意识形态性,以便遵循特定的意识形态内涵去评判网络文学作家作品,规范网络创作和经营行为。在我国,特别是新时代以来,网络文学逐步告别"野蛮生长"而被国家意志纳入"文化强国"战略和主流

---

① ［加］马歇尔·麦克卢汉:《理解媒介:论人的延伸》,何道宽译,北京:商务印书馆,2000 年版。

② ［美］马克·波斯特:《信息方式:后结构主义与社会语境》,范静哗译,北京:商务印书馆,2000 年版,第 25 页。

③ ［美］尼尔·波兹曼:《娱乐至死·童年的消逝》,章艳、吴燕莛译,桂林:广西师范大学出版社,2009 年版,第 6 页。

价值观载体的范围,并通过政策法规和领导讲话等形式在行业运营和文学生态中得到贯彻落实,引导和规约网络文学逐步发展成为社会主义文学的一部分,让网络作家成为建设文化强国的有生力量。

2014年10月15日,习近平《在文艺工作座谈会上的讲话》提出,实现中华民族伟大复兴需要中华文化繁荣兴盛,作家要创作无愧于时代的优秀作品,社会主义文学要坚持以人民为中心的创作导向,而中国精神是社会主义文艺的灵魂,并针对网络文艺,指出:"互联网技术和新媒体改变了文艺形态,催生了一大批新的文艺类型,也带来文艺观念和文艺实践的深刻变化。……我们要扩大工作覆盖面,延伸联系手臂,用全新的眼光看待他们,用全新的政策和方法团结、吸引他们,引导他们成为繁荣社会主义文艺的有生力量。"在这次重要讲话中,习近平还提出四个具体的评价标准:"运用历史的、人民的、艺术的、美学的观点评判和鉴赏作品"[1],这是我们构建网络文学批评标准的根本遵循。2021年8月2日,中央宣传部等五部门联合印发《关于加强新时代文艺评论工作的指导意见》,提出要把好文艺评论方向盘,加强文艺评论阵地建设,开展专业权威的文艺评论,增强文艺评论的战斗力、说服力和影响力。[2] 2021年12月14日,习近平在中国文联十一大、中国作协十大开幕式上的讲话中,号召广大文艺工作者"在培根铸魂上展现新担当,在守正创新上实现新作为,在明德修身上焕发新风貌,用自强不息、厚德载物的文化创造,展示中国文艺新气象,铸就中华文化新辉煌,为实现第二个百年奋斗目标、实现中华民族伟大复兴的中国梦提供强大的价值引导力、文化凝聚力、精神推动力"[3]。2017年国家新闻出版广电总局还出台了《网络文学出版服务单位社会效益评估试行办法》(2017),让当代社会的意识形态的价值规制成为构建网络文学评价理论、设置评价体系和批评标准的刚性约束和制度保证。

---

[1] 习近平:《在文艺工作座谈会上的讲话》,《人民日报》2014年10月15日第2版。

[2] 中央宣传部等五部门联合印发《关于加强新时代文艺评论工作的指导意见》,2021年8月2日,见 https://www.163.com/dy/article/GGDTK777053469RG.html。

[3] 习近平:《在中国文联十一大、中国作协十大开幕式上的讲话》,《光明日报》2021年12月15日第2版。

文体研究

网络小说文体问题的思考

——从邵燕君与欧阳友权的学术"争鸣"谈起

李晓丽　王久衔[①]

摘　要：围绕着中国网络文学的"起点"问题，邵燕君团队与欧阳友权团队展开了一场引发众多关注和响应的学术"争鸣"。争论网络文学的"起点"，根源在于对"什么是网络文学"尚各执一词。因此，应当先对作为网络文学主流的网络小说有所把握和达成共识。从文体角度看，网络小说有其自身的鲜明特征：在文本结构层面，体现着游戏文化的启蒙；在隐含能指层面，突出了一代人的文化逃避；在文学叙事层面，彰显了潜在的官能表现。这些特征可能并不足以形成对网络小说文体的完整概括，却是必须被纳入考量的重要因素。

关键词：中国网络文学；学术争鸣；网络小说；文体特征

中国网络文学诞生至今不过二十多年，但由于网络文学的生成与传播皆依托于互联网平台技术的发展，早已超越文学领域的局限，成为具有很强影响力和关注度的社会爆点，也引发了学者们的全面关注和深入研究。近年来，北京大学的邵燕君团队和中南大学的欧阳友权团队针对"中国网络文学起源何处"的核心问题展开争辩。不少学者也很快有所响应，发表文章阐述自己的观点与看法。从主流报纸到学术期刊，迅速成为一起引发大量关注的学术"争鸣"事件。但可惜的是，不少文章在对概念作名词辨析时花费过多精力，影响了进一步的深入探讨。溯源网络文学的"起点"问题，与对网络小说文体问题

---

①　作者简介：李晓丽（1979—　），女，江苏省盐城市人，文学博士，扬州大学文学院副教授，研究方向为中国近现代文学；王久衔（1999—　），男，江苏省扬州市人，扬州大学文学院硕士生，研究方向为中国网络文学。

的辨析紧密相关——不同观点对"网络文学"界限的反复辩论,建立在对"网络文学"的主流,即"网络小说"有所共识的基础上。换言之,只有对一个事实存在于多方概念交集内的、约定俗成而不言自明的、被各类不同名词不停重复命名的"网络小说"有精准把握,对其文体特征有共识性理解,才能对"网络文学"的"起点"问题有更深入的认识,推动各执己见的"争鸣"趋向"共鸣",助力后续的研究。

一、对"争鸣"的回顾

从 2020 年 11 月 6 日邵燕君在《文艺报》开专栏论述中国网络文学开始,一场聚焦中国网络文学起源问题的争辩拉开序幕。在当日题为《为什么说中国网络文学的起始点是金庸客栈?》的文章中,邵燕君提出应将金庸客栈当作锚点①。2021 年 2 月 26 日,欧阳友权在《文艺报》上发表文章《哪里才是中国网络文学的起点》,声明应将汉语文学第一次"上网"视为网络文学的起点②。很快,邵燕君的学生吉云飞在《文艺理论与批评》上发表论文《制作起源:中国网络文学的五种起源叙事》,从其文对各种起源的剖析来看,明显是对欧阳友权的观点有所反驳③。

2021 年 5 月 12 日,《文艺报》同版面刊发了两篇文章,一篇来自另一位中国网络文学的早期参与者马季,在题为《一个时代的文学坐标——中国网络文学缘起之我见》的文章中,他以"现象说"的观点将网络文学的起源看作"草根写作、大众参与、社会关注三者合一方为起始"④。另一篇则是邵燕君对欧阳友权观点的回应文章《再论中国网络文学的源头是金庸客栈——兼应欧阳友

---

① 邵燕君、吉云飞:《为什么说中国网络文学的起始点是金庸客栈?》,《文艺报》2020 年 11 月 6 日。
② 欧阳友权:《哪里才是中国网络文学的起点》,《文艺报》2021 年 2 月 26 日。
③ 吉云飞:《制作起源:中国网络文学的五种起源叙事》,《文艺理论与批评》2021 年第 2 期。
④ 马季:《一个时代的文学坐标——中国网络文学缘起之我见》,《文艺报》2021 年 5 月 12 日。

权"网生起源说"》①。此后,邵燕君再次发声,于《南方文坛》2021 年第 5 期上发表《不辨主脉,何论源头？——再论中国网络文学的起始问题》的学术论文进行正式回应②。

这场学术争论引发了学界的关注与回应。贺予飞在《南方文坛》2022 年第 1 期上发表论文《中国网络文学起源说的质疑与辨正》,旗帜鲜明地对欧阳友权表示支持③;《当代文坛》2022 年第 2 期也刊载了一篇论文——《如何谈论中国网络文学起点——媒介转型及其完成》④(许苗苗),从媒介角度介入了这场讨论。此后,黎杨全等学者也针对这一问题持续发声,而吉云飞等人也依然在进行观点表达(《类型小说是网络文学的主潮——从中国网络文学的起源论争说起》,刊发于《南方文坛》2022 年第 5 期)。截至 2023 年初,最终呈现出大范围、长时间、多角度的"争鸣"趋势。

纵观这场论争,从各篇文章的部分内容来看,作者们对他人观点的概括命名都不尽相同。厘清各类名词及其内涵,也成了介入这场讨论所必须额外花费的精力。与其采用不同评断标准提出各种起源说,不妨换个角度思考,网络小说的文体特征该如何把握——争论网络文学的起源,其实是在探讨"对网络文学的认识"的不同,而探讨"对网络文学的认识"的不同应当建立在充分认识共同的前提下。这个"共同",即多方所共同认可的属于"网络文学"的"网络小说"。换言之,按照邵燕君提出的"网络文学—网络小说—网络类型小说"的三级标准,在对"网络类型小说"的文体特征有所把握、达成初步共识的基础上,更进一步探讨"网络文学"将会有更充分的可能,"争鸣"才能向"达成共识"迈进。

因此,本文将尝试从文体学的角度,围绕这场"争鸣",对网络小说的文体

①　邵燕君:《再论中国网络文学的源头是金庸客栈——兼应欧阳友权"网生起源说"》,《文艺报》2021 年 5 月 12 日。
②　邵燕君,吉云飞:《不辨主脉,何论源头？——再论中国网络文学的起始问题》,《南方文坛》2021 年第 5 期。
③　贺予飞:《中国网络文学起源说的质疑与辨正》,《南方文坛》2022 年第 1 期。
④　许苗苗:《如何谈论中国网络文学起点——媒介转型及其完成》,《当代文坛》2022 年第 2 期。

特征提供几点思考。需要事先声明的一点是，下文中所表述的"网络小说"，是不作为特定概念出现的，其内涵大致等同于邵燕君所说的"长篇连载的类型小说"，而并不等于上述三级标准中的"网络小说"。

二、文本结构：游戏文化的二次"启蒙"

从结构上来说，作为"长篇连载的类型小说"，网络小说非常鲜明地表现出了与游戏的紧密关联。这种关联不仅指向了通常意义上所说的"升级打怪"的"游戏结构"，还指向了生成机制上的文化启蒙。

中国大陆的"文学上网"，大致开始于 1996 年以后。正是在 1995 年的台湾论坛中，"ACG"文化（即动画 Animation、漫画 Comics、游戏 Games）的命名首次出场。同年前后，《暗黑破坏神》《拳皇》等多款游戏正式面世，并很快在中国大陆传播。以角色扮演为中心的"过关升级打 boss"，从小说的抽象文字表述中脱离，有了更加直观和刺激的体验方式。"设置短期敌人——及时反馈下获得提升——战胜短期敌人——挑战下一个敌人"，边升级边打怪，游戏的结构设置成为网络小说创作近乎可以完全复制的模板。

反过来，这在一定程度上影响了网络小说作者们的创作，除了从《银河英雄传说》《大唐双龙传》中学习写作技巧和人物构建，游戏的模式和布局也成为他们学习的对象。在《诛仙》大火后，作者萧鼎在接受采访时，直言不讳自己是在直接按照游戏的结构进行小说的创作。在此之前，文学对外部因素的吸收依然是以文学自身为主的。而从萧鼎的表达来看，网络小说对游戏的吸收已经影响了作为文学类型的小说的文体——当萧鼎按照游戏的结构来进行创作时，是否反过来说网络小说只是文字化的游戏？

从学理化分析的角度看，吉云飞的论文《作为"计算批评"的"远读"——以网络小说"升级文"中的节奏与情绪为例》①就是针对这种"游戏结构"的分析。放弃注定不可为之的对网络小说的文本细读，转而寻求在把握"体"的基

---

① 吉云飞：《作为"计算批评"的"远读"——以网络小说"升级文"中的节奏与情绪为例》，《中国现代文学研究丛刊》2020 年第 8 期。

础上进行"远读"和模型分析，显然是一种新的尝试与努力。在该文章中，《斗破苍穹》《诡秘之主》等著名小说脱离了文学作品的外貌，转而以内部的"升级"形成明确的数据图表，从而以往的文本细读研究也就转变成了对数据图表的再理解。

如果说这只是从结构处理的角度对文学内部的逻辑关系进行展开，那么还可以脱离文学本位的视角，站在商业化"启蒙"的立场看待网络小说与游戏的关系。

围绕着 2020 年 4 月 27 日"起点五帝"（五位最初创始人）的离职，"免费阅读"的推广在网络文学界引发了作家们的剧烈反弹。邵燕君在《创始者说》的序言里（落款时间为 2020 年 7 月 31 日）只隐晦地提及"免费模式……触及命门"①，欧阳友权则在《中南大学学报（社会科学版）》2020 年 9 月第 5 期上发表了一篇经过修回的论文《从"阅文风波"看网络文学生态培育》②。双方共同关注的，其实就是"免费化阅读"背后的逻辑：以免费的文学 IP 向下游衍生相关的漫画、动漫、游戏产业链，从而获得比付费阅读高得多的收益。其根本事实在于，商业化的视野里，网络小说不提供真正的文学性价值，而是与游戏、视频、音乐等同的消耗时间的工具。相比不稳定且低价值的阅读，高黏度和高性价比的游戏显然更划算。

季剑青曾经深入探讨过新文化运动的"启蒙"——这到底来自"启蒙运动"的同义反复，还是源于传统的重新定义？在他看来，"新文化运动"的价值恰恰在于其脱离了普遍意义上的西方的"启蒙运动"，转而打开了新的可能的大门、开辟了容纳多元探讨的空间。因此，可以说"新文化运动"要比"启蒙运动"走得更远。③ 从这一角度看，可能更能理解游戏与网络小说的关系——与其说游戏和网络小说是商业链条中的上下游，毋宁说网络小说的诞生有赖于游戏的"启蒙"：游戏为小说打开了"网络"的大门。

---

① 邵燕君、肖映萱：《创始者说》，北京：北京大学出版社，2020 年版，序言第 Ⅴ 页。
② 欧阳友权：《从"阅文风波"看网络文学生态培育》，《中南大学学报（社会科学版）》2020 年第 5 期。
③ 季剑青：《新文化运动是启蒙运动吗?》，《读书》2016 年第 7 期。

笔者无意主张游戏文化是影响网络小说的最核心因素，而是试图从"启蒙"的意义上强调，游戏的"升级、打怪"是第一次文学以外的因素，从结构模型的角度深入介入文学的创作之中。以往抽象的结构理论，第一次如此清晰直观而方便理解地被展现为外在的形象范式。由此，动漫的"梗文化"、影视剧的角色同人等多重因子都开始与文学深度关联。小说对来自文学之外的因素的"套路"和"反套路"的书写，也就此成为评价网络小说的重要标准之一。尽管或许"升级、打怪"并不足以概括网络小说的核心特质，但正是从包容游戏性的特质出发，网络小说开始更深刻也更深入地掀起商业化和时代化的浪潮。

三、隐含能指：一代人的文化逃避

相比主流的纯文学，网络小说呈现出更为恣肆、大胆的直观特征。但如果仔细考究，不难发现在其叛逆的表象之下，潜藏着总体性的文化逃避。拯救世界的英雄传说或毁天灭地的神魔演义，都只是面对弱化的现实，是无力改变现实之下的文化逃避。

用"隐含能指"来对小说的"文化逃避"加以概括，并不是企图刻意拔高网络文学的地位，而是试图站在一个宏观的文学立场上，将"网络小说"放置在整体文学的框架下，将"网络文学的起源问题"放置在"九十年代文学"的框架下，对网络文学进行总体考察。从这个角度看，可以更好地发掘作为言语的网络小说文本背后的丰富指向，指认其潜在的精神空间和研究背景，进而构建起文学史的整体观念。

首先，这种文化逃避来自时代主流思潮的演变。从"争鸣"的多方观点来看，无论采用哪种起源说，其时间点都不外乎20世纪的最后十年。从客观的时间角度看，网络文学的起源应当发生在主流社会的整体转型时期内。换言之，在对90年代的文学进行重新回顾，从断裂与转型的角度"重新定义九十年代文学"[①]，网络文学应当被视为这一时代的文学的一部分，也是当时"开辟的种

---

① 吴秀明、周诗寒：《"九十年代文学"：需要重视的一个"年代"研究——吴秀明教授访谈》，《当代文坛》2022年第1期。

种可能"①的一种。因此，主流文学，即所谓的严肃文学，一再探讨文学史的书写与分歧究竟如何去考量政治因素的影响，在网络文学语境下，作为文学类型的网络小说文本，与作为从属于一个时代的个体的作者们，也必定会受到政治因素的影响。

学者金理在点评作家郑小驴的一部小说时大胆指出，自此以后作为五四意义上的"青年"被彻底剥夺了权利，取而代之的是一个完全客观的年龄意义上的"青年"，而文学话语里，"当下青年人创作中一再出现单薄、狭隘、没有回旋空间的个人形象，与当年知识分子广场意识与启蒙精神膨胀到极点的溃败后，再无法凝聚起批判能量，未必没有关联"②。

同时，一个不得不强调的事实是，最早与网络小说产生关联的一批在场者，几乎都是70后——在邵燕君频繁引用的《创始者说》里，除去后来新搭建的网站的创始人和以成熟作家身份介入的陈村，23个主要访谈对象当中70后有19位，其余四位也都出生于1983年之前。这就意味着，他们对网络文学的选择和青睐，并不能完全归因于个人兴趣或大陆引入互联网的客观时间，也应当考虑作为青年的整体命运转折和作为文学的整体表达转向。

其次，这种文化逃避表现在作者对小说情节的总体规划中。具体来说，是小说里政权的权力中心主体的消失淡化，以及宗教的介入和总体的反面刻画。早期，甚至现在的很多的奇幻类网络小说，在故事背景的设定上往往会选择淡化统一政权的意志，更多地倾向于展现王权散落、群雄并起的时代。这样一来，主角的出场是在总体秩序走向崩坏的乱世之中，自然就可以避开"以武犯禁"的秩序问题，让追求公平自由的诉求变得名正言顺。

伴随着权力上层淡化，与人斗的对象就自然而然落在宗教上——"教廷"在中国网络小说中的出场，几乎都是彻底负面的角色，甚至看似温和的佛教也不例外。揭穿宗教的虚伪面具，有时候是比揭开封建统治阶级剥削本质更为重点的情节安排。按照鲁迅先生的说法，小说的背景与时代风潮紧密相关。

---

① 李敬泽：《批评家之"我"与昆德拉与空间——关于丛治辰》，《南方文坛》2015年第5期。
② 金理：《郑小驴论——兼及一种"青春文学"的再生》，《当代作家评论》2013年第4期。

恰如六朝风行鬼神而兴起志怪,网络小说中"教廷"的出现,在看似不合理的背后,其实是对中央集权的某种同义替换,其繁衍深化则具象为"社会主义"思潮在文学书写中的"望文生义"式的改写。

在不少以虚构的中世纪为背景的小说当中,主角往往会带着有特殊法力的"巫师/法师"群体革命,其情节中的斗争路线和方式明显就是对现实有所参照。可问题在于,"巫师/法师"群体所具备的"法力"并不能为大众所普遍拥有,因此,他们和大众也就没办法真正获得平等。小说所描述的最终的"社会主义"也就是理想化的梦幻,从根本上决定了对"社会主义"世界的想象完全无法实现。欧阳友权用"社会主义正能量"的表达对小说中出现的这种倾向进行概括,其实是对这种拙劣模仿的文饰;邵燕君从福柯的理论中获得支持,以"异托邦"命名网络小说的文学观,应该说对其特征的把握是准确的,但笔者依然觉得存在着思维上的割裂——从文学自身来说,网络小说一开始确实是主流"不带着他玩"[①],但网络小说的作者们依然属于整体的政治世代,他们的文学表达应当也必然有着文学以外的影响因素。

这或许是一种双向妥协:对文学自由表达的某种处理和对文学干预现实本能的迂回。也就是说,网络小说的文学主题不再是细微且扎实地对现实的关注,转而在宏大的视角下构建拯救世界的幻想。而所谓的"拯救世界",只不过是"改变现实"的弱化与缩小。

再次,网络小说的文化逃避,也意味着小说创作隐含立场的变革:从"史的追求"到"史诗的追求"。黄发有早在十多年前就已经对网络小说的主题内涵有所分析——最终指向的,不是反叛,而是逃避。《悟空传》的"一去不回",因为神魔的幻想外壳而具有了"游戏色彩",从而成为一代年轻人精神表达的某种象征。但"(表面的)挣扎与疏离在剖视对象荒唐的底色的同时,也彰显了自己的无奈与无力"[②]。尽管这种界定因为分析的个例和文学的发展而逐渐有了商榷的空间,但分析本身对青年世代精神困境的指认依然是充分有效的。作

---

① 邵燕君:《从乌托邦到异托邦——网络文学"爽文学观"对精英文学观的"他者化"》,《中国现代文学研究丛刊》2016 年第 8 期。

② 黄发有:《网络文学的可能与限度》,《文艺争鸣》2011 年第 3 期。

者们只是塑造了一些性格的片段,而不是完整的、可靠的人物。它能引起丰富的流量讨论,却不足以让小说变得真实。正是在这个意义上,网络小说的"史诗追求"与真正的文学所要表现的"史诗性"几乎相悖,从而确证了对时代精神和文化主题的逃避。

四、文学叙事:潜在的官能表现

"官能"一词的现代含义来源于日本及港台文化,主要指向的是有年龄限制的情色作品。在叙事层面上,网络小说中的"官能表现",借助大陆不分级的文化产业的机制和互联网的隐蔽性,以"擦边球"的方式让不被法律法规所保护的"官能"叙事,即暧昧的情色叙述和生理欲望的刻画,得到了生存的空间:一方面向更为细分的小类型集中,一方面采用更为含蓄、中和的写作策略。

第一种情况,是向更为细分的小类型集中,利用平台和互联网的相对自由形成集聚。例如以女性受众为主的"耽美文学",这个来源于日本的词在中文网络里很快坍缩为描写男同性恋群体的类型小说。而且,明确的自我定位让这一亚文化群体在文学表达上往往会寻求更为大胆的描写。不仅会预设情节,以标签化的人物为基础描写虚构的爱情,还会对现实中异性恋的男性进行变形,强行刻画扭曲的爱情。电子竞技项目英雄联盟 2019 年世界冠军战队 FPX 的下路双人组(搭档选手)林炜翔与刘青松,就因为漫长的搭档时间与默契的团队配合而成为不少耽美小说的固定主角,在 AO3 和 LOFTER(耽美文学网站)以关键词"翔松"进行搜索,能获得上千条相关资讯。

第二种情况,就是采用更为含蓄、中和的写作策略。在网络文学发展早期,相关政策与监管尚未落实到位。因此,除了个别群体的自我集聚,在主流平台上也有类似的官能描写,其中的一个典型就是"种马文":男主角同时拥有多个女性伴侣,并在小说中插入较多情色描写。但当监管力度加大时,主流平台上的网络小说开始寻求某种较为暧昧的表达。去年完结的小说《大奉打更人》(2021 年在起点官方的榜单中排名前十)中,作者花费重笔描写了主角的婶婶和堂妹的外貌、身材,从"美艳动人""胸部很丰满"等部分形容词、短语来看,似乎是在有意识吸引读者对某种不伦关系有所期待。

这两种情况并不是出现在所有的网络小说当中,或者说,这两种情况只是官能叙事的直接体现。小说结构的游戏性质、情节的"虐主"套路,和官能叙事属于"意淫"的不同层面。前两者都有各种分析,而官能叙事构成了一个不太会出现在主流学术文章中的网络小说的底层现实——邵燕君用"爱欲生产力"来修饰原本口语化的"爽",并将其作为中国网络文学发展的动因(《以媒介变革为契机的"爱欲生产力"的解放——对中国网络文学发展动因的再认识》);欧阳友权则从网络文学批评的角度,通过"评价标准"和"审美边界"的界定来探讨网络小说的娱乐价值(《网络文学评价体系的"树状"结构》《网络文学虚拟审美的娱乐边界》)。"娱乐"或"爽"看似成了网络小说区别于"严肃文学"的底层目的,但显然,与传统道德伦理相悖的"官能性",要比"爽"更底层。

从受众角度可以看到官能叙事的潜在影响。某位在文体角度引领启发了大陆网络小说的作家,后来很快转向了官能小说。这是很多比大陆作家更早进行创作,却在大陆作家集群后发优势冲击下迅速败下阵来的台湾网络小说作家的共同选择。在大多数普通受众那里,官能文学等同于色情小说。转向官能,意味着基本从主流视野中消失,但网络的便利性让台湾的官能文学在大陆有着庞大受众。当大陆的公司用来自网络小说的 IP 孵化一条完整的商业链时,台湾地区也有用官能小说为剧本进行商业成人电影的拍摄;当大陆的出版商们非常明确地集中在中学周边的书店投放纸质版的网络小说,企图以话题性内容引发学生群体的讨论和关注时,一些台湾的官能小说早已悄然领先一步,成为性启蒙阶段的中学生们某种心照不宣的暗号。

同时,明确的官能价值取向,也会让单一的作品以关键词替换与文本再生的形式产生大量的附庸文本。很多赤裸的色情小说,就是对原本的官能小说进行反向情节描写,甚至只进行人物姓名替换或片段节选。这种低级的"再生性",可以纵向追溯到中国小说传统的"改写""续写""翻案",同时也可以横向展开于现代性和后现代语境下的"戏仿""互文"和"反讽",以及"正规"网络小说中的《儒道至圣》《诡秘之主》。这样的指向显然并不完全合理,但笔者试图展现的是学术理论中的"文本间性"在消费场域中的价值扭曲和商业变形:底层官能和正面"爽文"在某种程度上是同构的。也就是说,在对网络小说进行研究探讨时,学术规范会事先进行某种筛选与过滤,潜意识地放弃对原创性、法律性问题的确证。而在法律法规容许范围之外,依然存在着网络小说的阴暗面(或底层),这部分也应当被纳入文学研究的范围,作为网络小说文体特色的一部分加以考量。

更进一步地在于,当下网络文学研究文章对这部分官能书写的定位是否恰当。大多数情况下,学者们倾向于将这些描写视为商业化影响或对个体欲望的沉迷,排斥于"正常"小说情节发展之外。例如吉云飞在年度综述中对《芝加哥1990》的总结:"《芝加哥1990》始终是在红尘中打滚,欲海里翻腾。主角APLUS只是一个有着基本底线的利益动物,虽也曾在追逐永不能餍足的'人欲'时感到深深的虚无,但还是一直在为底层欲望而努力,并未抓住生命中的向上之机。"[1]相比前面从"真实感"角度展开的长篇肯定,这一段含糊地提及的"底层欲望"并不显眼,但如果回到小说自身,不难发现这些带有明显性暗示("把她的头按下去")或直白性描写的段落不仅充斥小说全文,而且正是这部分内容引发了读者评论互动——这些究竟是在正确的思想导向下必须清除的外来污点,还是植根于网络小说本身的却难以监管也无法根除的基因? 笔者期待可以在开放自由的学术交流中展开深入探讨。

结 语

回到这场"争鸣"本身,会发现双方讨论的一个焦点,就是欧阳友权所提出的"中国的(汉语)网络文学"的概念。邵燕君在文章中对此进行了非常犀利的批判。但批判之外,实际上展现的是两个团队在研究思路上的巨大差异。这种差异,或许可以归纳为"中国网络的文学"与"中国的网络文学"两类。

邵燕君团队所做的,更像是"中国网络的文学"。尽管其探讨对象依然是业内人士所约定俗成的"网文",但总体的研究视角,是放在中国网络的大环境

---

[1]　吉云飞:《"男性向"朝内转——2020—2021年中国网络文学男频综述》,《中国文学批评》2022年第1期。

下进行考量和分析的。换言之,他们是想回归到网络文学诞生的现场,用"中国"来限定"网络",在"中国网络"中研究文学的发展。在他们的研究中,中国网络和中国网络文学(此处指的是在网络上出现的一切文字,并不涉及具体的概念解释)是同步演化、相互影响、共同成长的。

欧阳友权团队所做的,更像是"中国的网络文学"。所谓中国的网络文学,就是将网络文学视为文学的一个阶段或一种类别。这种思路其实与"中国古代文学""中国现当代文学"的学科分类类似,不同之处在于其区别的标志不完全是时间性的,也同时具备了媒介的属性。所以他们团队的努力,就是试图完全立足于"文学"本位,去考量网络时代对文学施加的种种影响,并观察文学在不同媒介上的演化。媒介作为一种关键性的变革力量,是影响文学的外在因素。

研究思路上的不同,是这场"争鸣"产生的根本原因。双方观点的优劣何在,学者们响应这场"争鸣"的相关文章已在进行深入探讨。但无论哪种起源说最终占据上风,它应当必须对"当前创作网络文学主流"①,即网络小说有所观照。"中国的网络文学"与"中国网络的文学"的落脚点还是在文学之上。因此,对可以达成共识的网络小说进行全面梳理,具有一定的现实意义。从文本结构、隐含能指、文学叙事三个层面展开,有助于把握网络小说的文体特征。而游戏文化的启蒙、世代人的文化逃避、潜在的官能表现,虽然明显不足以作为对网络小说文体特征的完整概括,但至少可以作为一条研究网络小说文体特征的路径继续深入,从而展开进一步的探索。如果能行得通,无疑要感谢"争鸣"双方提供的宝贵思维火花;如果是一条死路,或许对其他同行者也有借鉴和参考的价值。

---

① 许苗苗:《如何谈论中国网络文学起点——媒介转型及其完成》,《当代文坛》2022 年第 2 期。

宏观视野

2023 年中国网络科幻小说概观

鲍远福　　孟正皓①

摘　要:2023 年中国网络文学更突出地将中华优秀传统文化融入多元题材和类型,其中历史、现实和科幻等题材尤为突出。在此基础上,网络科幻小说继续呈现出蓬勃发展的态势,其市场规模不断扩大,创作质量也在稳步提升,涌现出大批科幻新人作家和爆款佳作。网络科幻作家们更加注重故事的逻辑性和人物塑造的立体感,同时也不断尝试新的叙事方式和表达手法,使作品更具吸引力和感染力。生成式人工智能成为影响网络科幻小说 IP 转化和产业发展的重要因素,微短剧等新业态迎来爆发期,形成了良性互动的局面。移动阅读平台在推介网络科幻小说发展层面展现了巨大的能力,在此基础上,七猫小说网、知乎阅读、"每天读点故事"App 等网络文学平台各有千秋。

关键词:科幻小说;人工智能;国潮科幻;青铜朋克;微短剧

一

2023 年中国网络文学更突出地将中华优秀传统文化融入多元题材和类型,其中历史、现实和科幻等题材尤为突出。在此基础上,网络科幻小说继续呈现出蓬勃发展的态势,其市场规模不断扩大,创作质量也在稳步提升,涌现

①　基金项目:国家社会科学基金西部项目"媒介融合语境下中国网络科幻小说的阐释批评机制研究"(项目编号:23XZW031)阶段性成果。作者简介:鲍远福(1983—　　),男,安徽省六安市人,文学博士,贵州民族大学教授、硕士生导师,主要从事文艺理论、科幻电影与文艺、网络文化与传播研究。孟正皓(1998—　　),男,安徽省马鞍山市人,河南大学文艺学博士研究生,主要从事媒介批评、科幻文艺研究。

出大批科幻新人作家和爆款佳作。此外,随着近年来国内重大科幻奖项的视野开始转向网络科幻文学作品以及中国作家协会等官方机构和主要网络文学平台对科幻题材网络小说的大力扶持,2023 年中国网络科幻小说也从圈子较窄的小众化网文类型逐渐转变为众所周知的"头部网络文学"形态,在文创端、接受端、市场端和海外传播领域都展现了强劲生命力和火热关注度。网络科幻小说的蓬勃发展不仅吸引了许多新锐作家和传统作家试水该题材的创作,还让创作其他题材的优秀网文作家进入科幻题材的创作领域中,形成各种元素互补的网络科幻小说创作生态。

第一,从市场规模来看,中国网络文学阅读市场规模持续扩大,网络科幻小说作为其中的重要分支,同样受益于此,传播的影响力越来越大。随着"95后"和"Z 世代"读者群体的扩大以及付费阅读模式的普及,加之短视频、移动App、游戏账号等新媒体要素加入其内容生产过程,网络科幻小说的市场规模得以进一步扩大,形成了社会主义"新质生产力"的重要组成力量。

第二,在作品质量方面,网络科幻小说的创作水平有了显著提升。专精科幻创作的作家(如天瑞说符、黑山老鬼)进一步深挖科幻叙事的新技术、新方法,"跨界作家"和新人作家(如玄鹣、三九音域)致力于探索科幻题材的新领域、新元素,将科技理念、想象力建构与网文题材有机结合起来,创作出了一系列富有创意和深度的科幻作品。这些作品不仅包含脑洞大开的想象力元素,而且在题材内容、故事情节、叙述方式和审美话语层面表现出创造力,还融入了科幻作者对人类未来、社会发展、科技进步和道德伦理的深入思考,体现了网络科幻小说审美实践对中国当代审美建构的特殊价值。

第三,网络科幻小说在题材选择上也呈现了多元化的趋势,类型融合和体裁创新成为网络科幻小说"爆款"和"出圈"的重要因素。除了传统的太空歌剧、未来世界、异界冒险、位面穿越、游戏流、无限流等题材,越来越多的作品开始关注现实社会生活中的科技问题,如人工智能、生物科技、元宇宙、数据安全等,《隐秘死角》《永生世界》《时间裂缝》《十日终焉》《夜幕降临》等深度挖掘想象力建构潜能的作品成为网络科幻小说的"新爆款"。这些作品通过将传统科幻与玄幻、仙侠、神话、都市、游戏、历史、悬疑、克苏鲁等其他类型元素深度融合的手法，构建出意义更加丰富的"混合科幻""拟科幻""类科幻""科幻+X""X+科幻"①等文本类型，并对现实社会中的科技伦理和人的异化问题进行深入剖析和探讨，引起了广泛的社会反响。

第四，网络科幻小说的传播渠道也在不断拓展，受众面更加广阔。除了大型专业网络文学平台，越来越多的科幻小说开始通过影视化、有声化、微短剧以及移动 App 等方式进行内容传播，进一步扩大了其受众范围。"豆瓣阅读""番茄小说""掌阅小说""每天读点故事""17k 小说网""有毒文学"等跨媒介平台的网络科幻小说"出圈"成为年度重要话题。《吞噬星空》《第一序列》等网改动画借助腾讯、B 站等视频网站获得不俗的商业成就，《我在八〇年代当后妈》《触手可及的你》等融合科幻元素的微短剧的爆火则拓展了网络科幻小说的受众基础。这种跨媒体传播的方式不仅提升了网络科幻小说的知名度，还为其带来了更多的商业机会。

第五，中国作家协会以及地方网络文学专业机构等也对网络科幻小说的发展给予了高度关注和大力支持。这些机构通过举办各种科幻文学奖项、征文，以及推出扶持项目、注入专项资金等方式，鼓励网络作家创作更多优秀的科幻作品，推动中国科幻文学的发展。据悉，2023 年全年中国作协网络文学中心举办网络文学作品专题线上研讨会十余场，包括科幻作品专题讨论会七场，《我们生活在南京》《永生世界》《夜的命名术》《黎明之剑》《我要上学》《长乐里：盛世如我愿》等代表性作品通过研讨会而获得了更高的社会热度，进一步推动了网络科幻小说在题材、内容、手段和传播路径上的优化与思路创新。

总的来说，2023 年中国网络科幻小说在内容生产、市场规模、创作质量、类型融合、传播渠道等方面都取得了显著的成绩。网络科幻小说正在成为新时代中国社会主义现代化建设过程中的一股重要力量，在用科技视角和人文眼光讲好中国故事、传播好中国声音的新文化实践中发挥着不可忽视的作用。

---

① 鲍远福：《"中国式现代化"语境下的网络科幻小说》，《中国艺术报》2023 年 4 月 5 日第 5 版。

二

中国科幻网络小说在 2023 年整体呈现良性发展态势,网络科幻小说的社会认可和接受程度逐步提高,基于网络科幻小说的相关文化产业也在蓬勃发展,从整体上推动网络科幻小说的创作环境不断优化。

第一,科幻题材的网络小说领域在 2023 年呈爆发式增长,众多优秀的科幻作品涌现,吸引了大量读者的关注。这些作品不仅展示了作家们丰富的想象力和创新精神,还反映了中国科幻文学的快速发展和成熟。政策环境的利好也是推动科幻网络小说发展的重要因素。国家主动调控科幻产业生态,推出科幻产业发展专项行动计划,为科幻产业持续发展提供了政策支持。这些政策不仅激发了科幻作家的创作热情,还促进了科幻网络小说的传播和推广。此外,市场需求的逐步扩大也推动了科幻网络小说的发展。随着市场消费的崛起,科幻产业市场需求进一步加强,在影视 IP 购买、改编、阅读等领域具有充足的发展空间,并为网络科幻小说的创作传播提供了更多的机遇。从更宏观的视角来看,2023 年人工智能技术发展出现了一次"井喷",ChatGPT、GPT-4、Sora 等人工智能技术接踵而至,这些技术的实现为科幻题材的网络小说创作提供了许多新的创意。同时,随着"面向 2035 年的中国制造业高质量发展"计划和工程的启动和进展,中国在科技产业和工业生产中的技术进步也逐渐展现在普通民众面前,这些技术进步成为网络科幻小说创作中自然而丰富的语料库,为网络科幻小说的发展提供了现实的土壤和更多维的创作空间。

第二,强国战略与科幻叙事的融合。在 2023 年的科幻网络小说中,强国叙事主题作品逐渐增多。中国国防实力与科技实力的发展和进步成为一种故事背景和设定,融入网络科幻小说的人物塑造、情节发展以及主题表达等多个层面。在中国国防科技力量迅猛发展的背景下,一大批以中国国防事业发展为主题的网络科幻小说迅速涌现。十月廿二的《学霸的军工科研系统》、虾王的《白帝战机停展厅? 谁泄露出去的!》、那年回响的《说好军转民,这煤气罐什么鬼?》、五星造事包的《科技强国从升级镜头开始》、斩草摘瓜的《军工摸底你摸我？我卖鱼竿的啊!》等是其中的佼佼者。强国叙事之所以能和科幻叙事迅速走向融合，首先，强国叙事为科幻小说提供了一个宏大的背景。在这个背景下，国家力量、科技进步以及文明发展等要素相互交织，共同构建了一个充满想象力和可能性的未来世界。科幻小说则通过对这个世界的描绘和想象，展现了中国可能面临的时代挑战和历史机遇。其次，强国叙事与网络科幻的融合在人物塑造和情节设计上也体现了"国族叙事"的审美韵味。在这些小说中，主人公往往不仅是具有天才研发能力的科学家和技术工作者，还是具有强烈国家荣誉感和使命感的爱国者。他们的行为和决策往往受到国家利益和民族尊严的驱使，这使得加入了强国元素的科幻叙事更加具有感染力和吸引力。再次，科幻叙事和强国叙事的融合彰显出年轻的网络科幻作者对中华民族未来的深度关切和思考。强国叙事以中华民族伟大复兴为思想主旨，而科幻叙事则关注人类文明未来的可能性。两者的结合使得科幻小说在探讨未来科技和社会发展的同时，也深入探讨了中华文明未来发展的艺术图景。这种主题表达不仅具有深刻的思想内涵，还容易引起读者的共鸣和思考。

第三，科幻元素逐渐成为网络小说的常用手段和基础设定。随着近年来进入大众视野的科幻电影、电视剧、小说和动画数量和质量的显著提高，科幻元素不再是相对陌生的题材门类，而是为普通用户和网文读者所熟知的。在此背景下，科幻元素成为网络作家在世界观设定和背景介绍时的常用素材。例如玄鹕的《时间裂缝》系列以中国乡土和传统习俗文化为故事语境，但在对故事缘由和成因进行解释时运用了"平行世界""人工智能""波粒二象性""纳米技术""复制人"等许多科幻元素。杀虫队队员的《十日终焉》中"终焉之地"的"造神"游戏、无限流模式、末日求生与生死轮回等设计本身就具有极强的科幻意味。这种设定打破了读者关于时间和生死的常规认知，展现了科幻感十足的游戏互动与沉浸体验。爆炸小拿铁的《我没病！我的其他人格也是!》将异能和都市题材相结合，但是支撑叙事基础和世界观架构的是"数字病毒"的科幻设定。另外，人工智能技术的井喷式突破也让科幻元素与现实生活的结合越来越紧密。凌东君的《刺秦》将远古穿越、人工智能、"青铜朋克"①、历史演义等多元化题材熔于一炉,创造出一个带有强烈民族标识度的华夏文化史前文明史。通过网络科幻小说的创作,AI 技术、元宇宙、意识上传、数字人、太空探索、人机共生等不再是现实生活中遥不可及的神话,而是有了梦想照进现实的逻辑基础。

第四,科幻元素在网络小说中的运用也凸显出网文作者对现实问题的深度思考。科幻元素在网络小说创作中的流行并非偶然,这在一定程度上反映了读者对小说故事世界观架构的好奇心和探索欲望,同时表现了作者和读者对打破世俗生活庸常性和碎片化的想象性尝试。对此,追求严谨、合理和科学的科幻元素天然在网络小说世界观架构中具有优势,通过构建一个超越现实的世界或情境,科幻元素带领读者进入一个充满想象力和可能性的空间。在这个空间里,读者可以进行前所未有的冒险和探索,感受到未知世界带来的刺激和新鲜感。通过构建一个个奇异的科幻世界,网文作者可以更加深入地探讨人性、道德、伦理、社会制度等议题,让读者在分享故事的同时,也能够思考这些议题在现实生活中的意义和价值。科幻元素之所以在 2023 年成为网络小说的常用设定,也是上述多重动因共同推动的结果。

三

2023 年,中国网络文学平台在推动科幻小说创作发展方面起到了关键作用。

首先,从平台的规模和影响力来看,起点中文网、纵横中文网、17k 小说网、

---

① 在《刺秦》中,人工智能穿越到远古华夏成为创世神——昊天上帝,它被未来人类放权,开始主导人类的基因强化、生物改造计划和制造各种"青铜机器",甚至背叛未来人类变成远古人类的"创世神祇",依靠逆天的未来科技,昊天上帝为自己的"眷族"制造了依托计算机程序运行的秦王照骨镜(青铜镜)以及种种神乎其技的巨大战争机器,如青铜飞机(黑鸟)、青铜坦克(战车)、青铜火车、青铜神兵(可以发射青铜蜂的"加特林机枪"),甚至青铜机器人(九尾妲己以及秦宫中的百官),等等。青铜器的现代科技"转化"与"陌生化再现"让这部作品为读者构建了一种迥异于其他科幻作品的审美风格,即"青铜朋克"。

晋江文学城等作为国内知名文学网站,是科幻类型文的主要输出平台,它们拥有庞大的用户基础和活跃的作家群体。这些平台积极推广科幻小说,通过设立专门的科幻频道、举办科幻征文大赛、整合科幻 IP 资源(如影视改编、游戏改编和动漫改编)等方式,吸引了大量优秀科幻作家,并不断推出具有轰动效应的科幻小说精品。这些平台十分注重科幻小说内容质量的优化。它们不仅严格筛选作品,确保上架作品的质量,还鼓励作家进行原创性创作,探索新的科幻题材和风格。这些平台还提供了丰富的互动功能,如读者评论、作家互动、作品推荐等,使得读者能够更深入地参与到科幻小说的创作和阅读过程中。

其次,在网络文学版权制度不断规范的背景下,免费阅读、短视频引流、IP热的不断降温等新现象、新模式进一步冲击网络科幻小说市场。在阅文等大平台科幻类型文同质化问题逐渐突出的情况下,一大批新的科幻类型文生产平台借助于类型融合、题材扩充和更为灵活的经营方式而在激烈的竞争中脱颖而出,"番茄免费小说""每天读点故事""豆瓣读书""掌阅小说""火星小说网""飞卢小说网"等中小型网文平台及读书软件迅速崛起,网络科幻小说 IP文创产业链的"下游倚重"[①]现象更为突出。中小型网络小说平台在网络类型文发展转型中发挥着越来越重要的作用,为中国当代科幻文学的发展注入了新的活力。

再次,移动阅读平台的迅速崛起,推动了短篇精品网络科幻的发展,"每天读点故事"App 在 2023 年的出圈,就是典型的案例。"每天读点故事"是国内领先的移动互联网精品原创故事平台,旗下有@ 故事研习社、@ 每天 IP 推荐、@ 读点作者服务号等品牌账号,着力于对新人作者的扶持和好故事的孵化。该平台在内容生产方面主打女性成长、职业故事、悬疑惊悚、东方奇幻、国潮科幻、浪漫爱情等类型化文学,推动了好故事在图书、影视、动漫、有声书和衍生品等方面的开发。"每天读点故事"具备智能算法+人工推荐的功能,能够自动识别用户的兴趣,通过精准分发,为用户提供个性化的阅读体验。该平台希望

---

① 欧阳友权、罗亦陶:《我国网络文学发展的新挑战与新趋势》,《天津社会科学》2022 年第 2期。

借此从源头上为用户打造好故事,建设优质内容生态,致力于成长为未来超级IP 的策源地。"让好故事成为好 IP"、为用户打造一个精品阅读空间是其持之以恒的追求。总的来说,"每天读点故事"凭借其丰富多样的内容、智能推荐的功能以及优秀的用户体验,已经成了网络文学阅读领域的一股重要力量。2023 年,玄鸫的《山海见诡》《时间裂缝》、凌东君的《赛博神话》等"国潮科幻/奇幻"的"出圈"既提升了该平台短篇科幻创作的知名度,又推动了平台的品牌化建设。

总之,在 2023 年,网络科幻小说从一种新兴网络文学题材类型开始下沉为网络文学中最常见的文本样式。科幻元素和科幻桥段开始为一般读者熟悉、理解和接受,成为所有网络文学类型中自然和常见的内容。科幻类型的常态化、日常化与知名度让其在网络文学内容生产过程中深度地介入日常生活的人生体验中,成为"网生代""Z 世代"惯常的认知经验与生存方式,由此也导致了网络科幻小说创作、生产、传播、接受和消费的标签化、阶层化和普适化。从某种意义上讲,网络科幻小说已经演变为当代网络文化的主流形态,甚至成为"新质生产力"的典型代表。网络科幻小说生产平台的竞争日趋激烈,内容生产市场下沉以及类型融合的加剧,都让网络科幻 IP 细分日趋成为网文圈、产业界和学术界共同重视的问题。

四

未来,中国网络科幻小说的发展将会呈现出以下几个显著特点:首先,新兴科技将会更加深度地介入网络科幻小说的内容生产过程。大数据、云计算、元宇宙、基因编辑、数字人、生成式人工智能大模型等新兴科技的飞速发展,使得人类可以创造出更加绚丽多彩、超越现实的网络科幻文学作品,它们也极大地拓宽了人类的科幻审美领域、激发了更为先锋的科幻认知体验。因此,AI 正在进行一场规模宏大、影响深远的网络文学内容生产方式的变革。一方面,网络科幻小说将更加深入地融合与利用科技元素,超级前沿科技的想象将成为科幻作家们的重要灵感来源,这也让科幻小说的情节设定和背景构建更加具有现实感和前瞻性。科技元素的融入也将使得科幻小说更加具有吸引力和代入感,满足读者对未知世界的好奇心和探索欲望。另一方面,新兴科技(如人工智能等)也会作为网络科幻小说创作的重要手段,深度介入网络科幻小说的内容生产过程。2023 年 7 月,首个网文大模型"阅文妙笔"发布,其应用端作家助手妙笔版同步上线,并于当年年底向阅文所有签约作家开放内测,AIGC 辅助网文作者提升创作效率已成行业共识。[①] 华东师范大学王峰教授团队利用"国内语言大模型+提示词工程+人工后期润色"方式创作的幻想作品《天命使徒》[②]即可视为 AI 专业创作的首次成功尝试。在可见的未来,大模型(如国外的 GPT-4、Sora 以及国内的文心一言等)技术将会以高度沉浸的方式介入网络科幻小说的内容生产过程。

其次,网络科幻文学的类型、题材、体裁和风格将更加多元化。叙事类型深度融合、创作素材不断拓展、审美风格多元共存以及题材体裁跨界杂糅将演变为网络科幻小说内容生产的主导性趋势。除了传统的太空歌剧、时间旅行、人工智能等经典题材,网络科幻文学还将在加入更多关注现实社会问题的题材类型的基础上,深度下沉到网络文学的类型细分领域,让所有文学类型的"嫁接""混融"与"嵌合"成为科幻叙事的主导性想象力生产方式,"混合科幻""融合科幻""类科幻"以及"科幻+X(或 X+科幻)"等体裁风格将成为未来网络科幻文学的主要形态。除了超长篇的科幻小说,科幻短篇、科幻视频剧、科幻诗、科幻剧本与科幻游戏脚本等形态也将成为这个类型的重要成员。《十日终焉》这部集合了小说、桌游与剧本杀等不同载体的破圈之作的成功即预示着网络科幻文学未来的潜在发展趋势。

再次,在内容生产层面,网络科幻小说的创作将更加专业化、精细化和经典化。在免费阅读、类型细分和市场下沉的多轮驱动背景下,网络科幻小说平台之间的竞争会加剧,"网络科幻大类型"的内容生产也将从同质化的重复制

---

① 中国社会科学院文学研究所《中国网络文学发展研究报告》课题组:《2023 中国网络文学发展研究报告》,2024 年 2 月 28 日,见 https://www.gmw.cn/xueshu/2024-02/28/content_37172214.html。

② 王峰:《国内首部中文智能长篇小说来了》,2024 年 3 月 23 日,见 https://mp.weixin.qq.com/s/AGAL9wMSJyxIU_9zexCraQ。

造转向"质高效优"的"多类共生"模式。随着科幻读者对于作品质量的要求不断提高，作家们将更加注重情节的合理性、人物塑造的立体性以及语言表达的精准性，网络科幻小说也将紧密贴合传统科幻的经典化创作模式，努力产生更多具有民族特征与现代视野的经典科幻作品。科幻短篇平台的高度"内卷化"以及《时间裂缝》《赛博神话》等精品"国潮科幻"系列的诞生，呈现出网络科幻文学坚持走经典化道路与实现主流化创作转型的重要趋势。

最后，网络科幻小说的生产与传播渠道将更加广泛多样。2023 年短视频平台的快速崛起为网络科幻小说的生产传播提供了重要启示。微短剧的"语图文本共现"特征使网络科幻小说变得"可视化""场景化""具象化"和"互动化"，因此，跨媒介、跨符号生产与传播方式具有打通和融合所有艺术门类限制的创造性潜能，它们能够积极发挥语言和图(影)像两种符号的综合表意功能，生产出更具交互意味的"泛科幻网络文艺"综合形态，并在科幻话语接受场域中传递人类的普遍生活经验与文化心理。除了传统网络文学平台与线下实体书出版，网络科幻小说还将通过影视、游戏、动漫等多种形式进行生产传播，或者通过原创科幻影视、动漫和游戏的创意模式实现跨媒介、跨文本生产与传播。《星域四万年》《第一序列》《从红月开始》《大宇宙时代》等热门 IP 网改科幻动漫的上线，《三体》《黑门：蜂群》《灵笼：2》等原创科幻动画剧集的诞生，《戴森球计划》《光明记忆：无限》《无尽的拉格朗日》等国产科幻游戏的出圈，都预示着网络科幻文学将会迎来更为灵活多样的跨媒介生产、传播、接受与再生产的发展前景。由此，网络科幻文学将会摆脱在文学网站中生硬单一的寄居状态，打通从平台到内容的互动壁垒，以内容生产和类型融合为纽带，完成跨符号、跨媒介、跨平台的生存模式转化。

综上所述，未来中国网络科幻小说将在科技元素的深度融合、题材风格的多元化、内容生产的精细化、创作模式的专业化以及传播渠道的广泛多样化等方面呈现出新的发展趋势。这些趋势将共同推动中国科幻文学走向更加繁荣和多元的未来，成为中国特色社会主义新文化实践中"新质生产力"的优秀代表。

结 语

2023 年中国网络科幻小说继续保持强劲的发展势头,不仅在数量上实现了快速增长,而且在质量和题材创新上也取得了显著成就。首先是科技科幻题材不断取得突破。随着科技的不断进步和国人对科技领域的日益关注,科技科幻题材成为网络科幻小说读者的热门选择。网络作家们纷纷转型科幻写作,将人工智能、生物技术、太空探索等元素融入创作中,体现了网络作家对时代的热诚关切和对未来的深入思索。其次是网络科幻作品质量显著提升。2023 年,网络科幻小说在质量上也有了显著提升。作家们更加注重故事的逻辑性和人物塑造的立体感,同时也不断尝试新的叙事方式和表达手法,使作品更具吸引力和感染力。再次是内容形式的 IP 转化呈现新特点。随着网络文学IP 转化的不断深入,科幻小说的 IP 转化也呈现出新的特点。生成式人工智能、移动阅读平台的出圈等成为影响网络科幻小说 IP 内容产业化发展的重要因素,微短剧等新业态迎来爆发期。同时,随着网络文学 IP 转化的不断深入和微短剧等新业态的崛起,网络科幻小说的 IP 转化也将迎来更加广阔的发展空间。我们有理由相信,中国网络科幻小说将在未来取得更加辉煌的成就。

乐感文化基因与网络小说"爽"之发生

许潇菲①

摘　要:20 世纪 80 年代初,李泽厚提出乐感文化精神理念,并在后续阐释中衍生出实用理性精神和情本体论。乐感文化较为精准地概括了我国人民根深蒂固的文化心理结构,对延续通俗文脉的网络小说及相关研究亦有所启发。在乐感文化的观照下,网络小说追求爽感的叙事诉求,得益于乐感文化基因与当代电游精神结合的浑融语境;爽感发生的心灵驱动力,源自情本体向情欲本体滑动的现代人类精神景况;爽文模式渗入文艺创作的传播和接受领域,是实用理性精神在自我价值实现、大众审美迎合、劝惩功能发挥这三重层面上展露的功利导向和现实意义。由此可见,乐感文化是内蕴于我国传统文化的强劲生命基因,对不同时代的文化命题都有着极强的包容性和影响力。沿着这条路径进行追溯,或许最终可抵达形塑网络文学之"爽"的大众心理深处和民族文化之根。

关键词:爽文;网络文学;乐感文化;实用理性;情本体

2002 年至 2004 年,网络小说论坛"龙的天空"经历了三次长期争论,从读者接受角度看,基本奠定了"小白文"的核心地位,并对此后数十年的网文类型化商业创作产生深刻影响。② 移动设备阅读普及后,网络小说的创作和读者群体进一步扩大。这些文笔直白、节奏紧凑、以"逆袭""打脸"等为类型模态主要特征的超长篇连载小说在大范围的传播中,逐渐拥有一个达成共识的称呼:

① 基金项目:国家社科基金重大项目"中国网络文学评价体系建构研究"(项目编号:18ZDA283)。作者简介:许潇菲(1997—　),女,安徽省六安市人,安徽大学文学院博士生,研究方向为网络文学。
② 谭天:《网络文学发展早期的"精英"与"小白"之争——"龙的天空"论坛三次论战综述》,《中国当代文学研究》2020 年第 6 期。

"爽文"。目前,学界关于爽文的概念边界、生成机制、功能影响,及其如何解构传统精英本位观念、如何与其他多元场域博弈互动等,都有着较为透彻的厘清和论证。但在这些先行研究中,却少见从中国传统文化心理出发对其进行溯源。在这种研究语境下,爽文几乎成为与网络小说绑定的伴生概念,"爽"的指代功能被局限于21世纪数字通信技术推广后才产生的媒介文化产物。显然,这忽视了生发叙事爽感的传统文化土壤,以及千年来长期浸润于民族文化基因的大众审美心理。

从字义层面来看,"爽"的最早起源可考于殷商甲骨文。经过数次演变,至今归总有这样几种常用含义:①明,亮;②开朗,畅快,舒服;③直爽;④违背,差错;⑤伤败。其中,第一种释义后被引申为心灵的明澈,常用以表现鬼神的精气、灵气等。而我们如今所谓的网络小说之"爽",主要以第二种释义为主,兼以第一、三种释义。基于这种认识,我们可以在网络文学的视域下给出这样的解释:"爽"的本质是一种感性体验,指读者在阅读文学作品后所产生的舒畅快感,在特定情况下能够涤荡心灵。而文学作品的叙事方式越直率、升级模式及其回馈越清晰、矛盾冲突越紧张刺激,就越能够引导读者产生"爽"的心理。爽感由多个"爽点"联结构成的网络所生发,"网络小说每章五千字以上,一章要有一个'爽点',甚至几个'爽点'集合,才能吸引读者不断更、不弃更"①。但问题也接踵而至,为何我国写手能够在早期没有文学批评干预的自由创作情况下,天然驾轻就熟地创作和结构爽点?为何在以"龙的天空"为主要阵地的大论战中,"小白文"能够凭大多数用户支持胜出?在这些集体潜意识的角落,透析而出的正是在国人先验性认知图式中占据主要地位的乐感文化基因。

一、乐感精神到电游思维:"爽"文学的生成语境

20世纪80年代,针对西方文明的罪感文化,李泽厚先生将中国文化源头追溯至上古时期的巫史传统,并由此提出"乐感文化"的概念。李泽厚先生是

---

① 房伟:《时空拓展、功能转换与媒介变革 ——中国网络小说的"长度"问题研究》,《文学评论》2022年第4期。

20世纪80年代我国重要哲学思想家之一,他认为,主导汉民族的文化心理结构的是实用理性精神,这种文化精神在漫长的实践应用过程中,逐渐形成经验性的社会生活导向,使得人们相较于憧憬遥远的往生世界,更倾向于选择一种享受现世、追求喜乐的生活方式。从心理学角度来看,乐感文化是一种不含情感倾向的集体无意识,即人人用之处之而不知之。其后庞朴发展了李泽厚先生的观点,他认为乐感文化在数千年的演变中,融通了儒、释、道的忧患意识和乐天知命的积极态度,将其延展为"忧乐圆融"①的生存境界。在当代,乐感文化则被阐发出"乐生""乐道""乐天""乐群"等多重含义,蕴藏着我国古老的天人之道和生死价值观。

浸润于乐感文化中的民族性格重现世、重实际,这让我国文学创作具备现实主义背景。它一方面与我国特定时期的社会政治结构结合,形成一种超稳定心理结构②,特别是在面对艰难的世道和复杂的社会环境时,人们偏向于呈现逆来顺受的不反抗倾向。譬如愚昧麻木的阿Q,与黑暗社会氛围同化的祥子、颂莲,顽强苟活的福贵,忍辱负重的刁顺子,等等。这份名单还可以列很长很长,除去特定年代,整个20世纪的现代文学作品几乎都可归于此列。如今,我们依然可以在爽文中那些逆袭成功的草根主角身上,捕捉到这种坦然乐观的韧性品格、身处险境却积极达观的自若态度。当然,也同样包括他们对残酷丛林法则"抗拒—适应—反利用"的顺从过程。另一方面,网络小说三十年来逐渐固化的商业类型化爽文套路,也未必不与乐感文化安于现状的静态稳定构造有关。但与此同时,在面对由数媒技术驱动的全球互联复杂境况,以及赛博文化空间的丰富多彩、瞬息万变时,乐感文化精神又体现了极强的动态性和包容性。它将人类对"乐""愉悦"的原始追求与当前时代的重要文化思潮之一——电子游戏思维对接,激活通俗文学在娱乐、疗愈等方面的功能,为网络小说对叙事爽感的极致追求建设必然语境。

关于"游戏"的研究早已有之,康德、席勒、伽达默尔,以及斯宾塞、谷鲁斯、

---

① 郭齐勇:《中国思想的创造性转化》,上海:上海教育出版社,2018年版,第104页。

② 金观涛、刘青峰:《兴盛与危机:论中国社会超稳定结构》,北京:法律出版社,2011年版,第219页。

路德维希·维特根斯坦,现代的赫伊津哈、玛丽-劳尔·瑞安等学者,他们相继从满足人体的高级/低级机能、游戏的世界模仿论、语言下棋说等方面对游戏学进行扩充,为含电子游戏在内的游戏学框架提供了牢固的学理基础。然而,当代"电子游戏"相较于赫伊津哈所界定的"传统游戏"仍存在差异。一方面,它保留并发展了游戏的娱乐价值和构建秩序场域的功能,让游戏的规则更具强制力,进一步以"美的东西意味着在认识能力的游戏中令人愉快的宁静"①为精神旨归。另一方面,电子游戏与先进的互联网数字科技相伴相生,不断超越传统游戏对空间、时间乃至参与人员的限制要求。它不仅以"存/读档""S/L"②等操作重构人类关于时间和空间的感知,以"组团""NPC"等要素拓展人与人、人与数字智能之间的交际关系,还以"元游戏"(Metagame)③的形式尝试打破媒介之间的互动隔阂。更重要的是,电子游戏精神并非仅仅局限于游戏的场域中,而是作为一种认知方式溢出至现实社会生活的各个角落。当代人类的思维正受到前所未有的冲击,电子游戏精神下隐藏的视觉文化和跳跃式的时空感受,遥遥指向一个由信息技术程序编码的未来。它们不仅为狄俄尼索斯情结提供了肆意生长的温床,也在飞速的更新迭代中冲击着国人想象事物的方式,成为当代我国乐感文化的主要赛博表现形式。具体到网络小说的创作实践中,电子游戏精神则外化为游戏竞技题材和穿越、重生、异世文等小说体裁,继而内化为网文写作中类似人物升级、组团刷副本的高级叙事经验,同时与当代影视文艺等视觉审美相结合,在文中形成无数唾手可得的"爽点",与生于长于媒介时代的读者一拍即合。

这种语境下,娱人娱己的技术门槛在不断降低。现代化进程中的清教徒式劳动在满足马斯洛底层需求的同时,也让短暂的精神快乐代替需要长时间积淀的感悟式审美,成为最实际、最简便的精神代餐。因此,大众对文艺作品

---

① ［德］文德尔班:《哲学史教程》,北京:商务印书馆,2017年版,第313页。

② 注:"S/L"系电子游戏术语,是Save / Load(存储/读取)的简称,指玩家们不断使用存储、读档的方式,来完成或刷新某个游戏中的某些成就、关卡、技能等。

③ 注:"元游戏"概念至今没有明确的学术界定,类似概念还包括"元小说""元宇宙"等,均以希腊词源"Meta"作为前缀。其字面理解为"游戏外的游戏",亦有理解为"超游",相当于游戏的自我指涉。

的审美价值标准也发生了部分变更。在与"压制—复苏—再压制"政策的循环博弈中，电子游戏精神最终还是突破了层层阻碍，自觉承载我国当代乐感文化中"乐"的主要内涵和表现形式，并将其外化为对外界具体刺激的种种追求，即对"爽"的细化满足。传统乐感文化所引申出的羚羊挂角、意味隽永的灵韵美学逐渐缩小领地，在资本趋利、受众减少、本身升级需求等多重因素的推波助澜下，主动向能够直接获得心流体验的电子游戏美学靠拢，积极利用新兴媒介改变表达形式，与电游叙事引擎逐渐同化，获得更强力的感染因子和传播动力。

在《美学四讲》中，李泽厚将审美能力从感官、心灵、崇高三个角度分为悦耳悦目、悦心悦意、悦志悦神三种层次境界①，呈逐级递增关系。悦耳悦目是感官审美，建立在外界对感官的刺激上，讲求一览即得、大饱眼福。悦志悦神需要个体在自我美育的道路上苦心孤诣、惨淡经营，是自我完善、物我合一的自然浑融境界，只有经过不断的锻炼和陶冶，透过物质表象感受无限旨味，才有可能臻至最高审美境界，"爽"是"乐"在当代社会的众多表征之一，它能够更快速地刺激人产生审美愉悦，产生纯粹的善意、互助的情结、分享的欲望，因此也属于美感范畴。电子游戏精神导向的全新感官刺激和精神高度集中状态，则反推"乐"回归悦耳悦目之乐的原始审美境界。也使得语言符号趋向固定于能指的有限性，限制了所指的无限性。这在文学领域则体现在网络小说中，尤其是玄幻、修仙、历史、军事等类型小说高频使用动词、形容词、拟声词等，打造冲突性场景以推动叙事。此外，作者还不遗余力地刻画主角的外貌特征，为个性鲜明的人物设定标签。将各类人物属性、写作要素"萌化""物化""梗化""游戏化"。这一切都会让读者在阅读过程中产生观影、听音、操作般的感官联想。电子游戏精神正是通过对人类感官体验的拓延、对时空认知的超越，迎合大众追新逐异的多样化娱乐需求，使其影响逐步渗入文艺领域，推动乐感文化精神中的传统意蕴向电游式升级的爽感演变。

---

① 李泽厚：《美学四讲》，武汉：长江文艺出版社，2019 年版，第 137—153 页。

二、情本体到情欲本体:"爽"心理的发生动力

"乐感"二字由"乐"和"感"组成,前文用相当大的篇幅赘述"乐"作为一种价值观在爽文中的存在和嬗变,以及"乐"所衍生出的实用理性精神特征在爽文创作内外的体现;"感"则是点明了乐感文化的情感本质,它点明乐感文化的最终价值:"情本体",即情感本体。将情感推向人生本体的高度,认定情感为人生的最终归宿,是李泽厚情本体的核心思想。在90年代,李泽厚共提出六个主体性纲要,意在改变本体论、系统论的倾向,强调个体精神对群体意识的变革和突破。其情本体并非将海德格尔所谓的存在(being)作为研究对象,而是探究事物的本源和主体。但事实上,情本体也无法被定义为某种本体论,因为李泽厚的指向就是消除本体论。因此,本篇所涉及的"本体"等词,实则是将情本体视为李氏美学体系的核心旨归。

情本体以传统儒家学说为文脉之源,主要来自乐感文化和实用理性精神。它将儒家注重情感的源头追溯至远古的巫史时期,将祭祀时的热情、沉浸,敬神时的畏惧、景仰以及作法时神人合一的迷狂状态联系在一起,成为儒学深层的心理结构。[①] 情本体首先肯定了人情欲的存在,以及满足情欲需求的种种合理行为;其次肯定了对此世幸福的追求,包括子孙绵延、长寿福贵、衣食无忧等俗世俗人的美好愿景。至于灵魂层面的祈祷和超越,则始终不是情本体美学的主要追求,因为值得为之付出努力的理想世界就在我们处之用之的日常中。它促使人们对日常生活不断咀嚼品味,从中提取感性的反省和经验。在这个过程中,人的生活体验被化归至历史长河中,它融合了无数个体情感,但最终又超越情感,形成能够引起普遍共鸣的格式塔式生存哲思。情本体所代表的人之本性与我国封建王朝对人性的压抑形成漫长的拉扯,对我国文学创作有着深刻而广泛的影响。在各类外来文化交流的汹涌浪潮中,情本体不仅没有丧失对我国文艺创作的把控,同时还在物欲横流的当代生活中萌生出全新释

---

① 李泽厚:《主体性的哲学提纲之二:李泽厚哲学文存》,合肥:安徽文艺出版社,1999年版,第643页。

义。这里以网络小说中爽之发生为一窥之境,发现其从"情本体"向"情欲本体"滑动的趋势。

在当代网络文学研究批评中,李玮教授认为,网络小说所形成的爽与某种间接的身体压抑/释放有关,它不仅来自身体感受,还来自某种文化心理的作用。[①] 若以接受美学的视域进行观照,那么爽的发生意向客体是文本本身,爽心理的发生意向客体则是读者在阅读过程中的情感投射,是人类的统觉在发生作用。但它的实现又并非在"否定性"的完成中进行的,因为爽文并非意在呈现现实的阻碍和缺陷,而是将重点放在对困难的克服,以及克服后的欲望实现上。在中国文学史上,从未有类似网络爽文这般肆意释放情绪、坦白欲望、满足白日梦的大众文学体裁。以小白文为代表的类型网络小说直接、大胆地表露作者对力量、地位、财富等现实因素的渴求,读者也能够轻易被小说中的爽点(包括升级、复仇、逆袭、觉醒等转折点)所激起情志并代入其中。但在这个过程中,情感是最初被激发的表层,是作者用以增强代入感的手段。而最终使爽得以实现抚慰功能的是"欲"的满足。因此,真正直接作用于爽心理产生和运转的是情本体的变体,即"情欲本体"(姑且称之)。这里需要将情感、情绪、情欲这三个概念进行简单区分。情绪和情感在心理学上同宗同源,但并不能完全对等,它们在中介、存在形式、表现形式上均有所不同。简单来说,"情感高级复杂,情绪低级简单""情感限制情绪,情绪表现情感"[②],情绪是原发性的,情感是继发性的。上文提到,"爽"的本质是一种情绪体验。它所涵盖的内容极其丰富,包括"舒爽""虐爽""酸爽""暗爽"等多种形式。[③] 而情欲则与情绪相伴而生,是对主体欲望的进一步激发,情的满足和欲的实现才是"爽"心理终极目的的一体两面。

但导致爽心理产生的"情"和"欲"的分量并不对等,若做一个简单粗暴的拆分,那么纯"欲"的占比是超过纯"情"的。这似乎已经跳出了文学批评研究

---

① 李玮:《谈谈网络文学的"爽"》,《文艺报》2019 年 6 月 29 日第 3 版。

② 牟方磊:《海德格尔与李泽厚情感论对读》,《湖南人文科技学院学报》2019 年第 5 期。

③ Robet D. Putnam, *Making Democracy Work:Civic Traditions in Modern Italy.* Princeton:Princeton University Press. 1993.

的框架,再次回到儒学研究的古老纷争和重要课题:性、情、欲三者之间的关联。事实上,爽文写作的本质之一正是欲望写作,这种欲望一方面是个体心灵私语的肯定,另一方面则是具身认知在视觉媒介的观照下不断深化,转化为对自身权益的肯定与捍卫,包括满足自身愉悦欲望的权益。因此,在海量创作实践中,网络小说能够总结出数套"爽感"公式,其最终旨归是试图让文本可以作为一套欲望代偿系统。譬如,"种田文""经营文"代偿的是当代都市人对田园牧歌式平静生活的向往;"系统文""升级文"代偿的是被困在所处阶层的人们对必然性的回馈机制的渴望;"穿越文""重生文"代偿的是人们对颠覆现实空间环境,实现"掀翻桌子,画地为王"的狂想夙愿。文学创作从情本体到情欲本体,即是从无功利审美到功利性审美的转变过程,这意味着"度"的法则逐渐失衡,宁静致远的审美在逐渐衰退。

情欲本体对网文创作有一定的积极作用,作者发乎情,读者亦感乎情,双方透过形而下的物质层面达到精神世界的同频共振。此外,爽心理的实现是因为小说塑造的情节能够与实然存在的情欲融通,这也在无意中让爽文有了观照现实的天然性质。"情感是个体性的,而个体性正是现代性的一个根本特征"[①],情本体中的情感原本就是中性的概念,需要经过仁、义、礼的约束,才能进一步地影响意志和行动。李泽厚在后期提出的"度本体",正是对其情本体美学体系的弥合补充,它规制着一切事物的分寸和度量,绝不能如洪水泄闸般任意而为。在突破陈规旧俗的同时保持恒定,这也是情本体在我国现代社会仍具现实意义的重要原因。随着主流意识形态对网络文学的监管和导向力度的加强,网络文学本身也积极寻求升级迭代,越来越多的兼具思想深度和阅读爽感的精品化网文出现。爽心理会由初始功利性的情欲追求过渡为合目的性的抽象思辨,这也是爽文写作亟待挖掘的潜力。

---

① 黄玉顺:《中国哲学的情感进路——从李泽厚"情本论"谈起》,《国际儒学（中英文）》2023年第 3 期。

三、实用理性的三重表现:"爽"读写的现实功能

《文心雕龙·时序》有云:"时运交移,质文代变。"大众审美活动的形式与所处时代背景密切相关,对文学作品的阅读趣味亦与时俱变。楚骚汉赋,诗兴于唐,词长于宋,通俗小说起于明清,一代有一代之品位。网文作者和读者基于不同目的,却同时选择"悦耳悦目"层次作为"爽"的生长点和欣赏点,这建立在互联网技术大规模普及,文学产业链条不断完善的现代化基础上。总而言之,这是乐感文化基因中实用理性精神的外化表现。实用理性精神的哲学内核是"关注现实社会生活,不做纯粹抽象的思辨,也不让非理性的情欲横行,事事强调'实用''实际'和'实行',满足于解决问题的经验论的思维水平"[1]。中华民族就是在这种实用理性精神的引导下,逐渐形成了经世致用的价值观、知行合一的认识论、重生而轻鬼神的超验伦理观,形成有别于西方欧陆文化圈和其他东亚国家文化的独特精神风貌。

实用理性精神刚开始提出时,被称作"实践理性",为了与康德的实践理性理论相区别,在1986年《试谈中国的智慧》一文中,李泽厚先生将其改称为实用理性。[2] 实用理性与其说是一种传统的精神品格,毋宁说是对经验的提取和浓缩。它与实用主义有所区别,它依靠感性经验把握表象,却蕴藏着作用于实际的理性思维,属于原创性"人类学历史本体论"。在实用理性精神的观照下,"爽"是一种情绪体验,从读或写中获得快感的一定首先是自己。读者阅读爽文就是一场观照自我的感性活动,抑或只是为了获得单纯的休闲乐趣。在贴吧、豆瓣、B站等交流平台上,很多读者会坦然要求网友推荐一些"不用带脑子就能看"的爽文。很多质量精良的小说在刚开始连载时,都会因为读者(观众)觉得剧情进展缓慢、节奏拖沓,不能达到"够爽"的标准而饱受诟病。如《诡秘之主》中大量关于吃穿住行的日常描写,《十日终焉》里多个配角人物的POV小传,《玄鉴仙族》的"摄像头"式隐藏主角,等等。在网络文学的创作过程中,

① 李泽厚:《中国思想史论》,合肥:安徽文艺出版社,1999年版,第1148页。
② 李泽厚:《中国古代思想史论》,北京:人民出版社,1986年版,第295页。

作家也有很大程度上的自我宣泄。很多网文作家正是在网文写作中找到生活目标和人生价值。玄幻大神风凌天下在一次访谈中，就详细地讲述了自己从一个险些被逼到日本当劳务工的破产工人，到爆款等身的网文大神的逆袭之路。他直言，网文写作不仅让自己得以渡过生活的难关，还让曾经处于社会弱势群体的自己获得人生成就感。① 改变生活境遇、放松心态情绪，这就是爽文写作和阅读体现出的浅层实用表征，其背后是目的明确、功利性强的"利我"准则。

此外，"爽"又是服从于资本市场运作规律的理性机制，其所演变出的爽文套路遵循着一套固定的写作法则。它的创作经验并非完全产生于互联网时代，而是可以追溯到一百年前以鸳鸯蝴蝶派为代表的通俗小说，乃至明清小说的写作技巧。它是众多作者在与当时新新媒介的积极适应中，不断探索调整并加以提炼总结的写作方式。贴吧里曾有人总结出《玄幻小白文精义（终结版）》，此处摘录几句："升级打怪捡宝贝，山洞学院拍卖会。做完任务下副本，仙界神界换地图。……戒指里面有老头，收个宠物是神兽。白富美都爱上我，哪怕主角非常逗……"② 这套民间"精义"虽有网友插科打诨的吐槽之嫌，但基本囊括了《诛仙》《盘龙》《斗破苍穹》《斗罗大陆》《星辰变》等经典网文在内的一系列玄幻爽文叙事套路，部分口诀甚至同样能够概括其他类型网文的写作模式。这套简化版的口诀意味着，原本需要苦心孤诣构思的原创文学叙事活动，可以转变为可供其他写手进行参考、借鉴、复制的"公式"。在稳定类型内部边界的同时，也为刚入门写作的小白提供创作思路。

更重要的是，实用理性精神这道素朴哲学之光贯穿了中华民族的文化史，也赋予中国人民无论何时都能够正面朝向现实的勇气和韧性。在文学创作领域，实用理性精神也为我国文学奠定了关注现实的基石，所谓"篇篇狐鬼花妖，字字人情世态"，即便是《聊斋志异》《子不语》《酉阳杂俎》等远离现世、荒诞不经的奇幻文体，也带有深刻的现实讽喻意味。网络小说中的虚构型爽文曾被

---

① 周志雄：《直面网络文学现场》，宁波：宁波出版社，2022年版，第226—229页。
② 知乎用户"一片叶子"：《有哪些网络小说的基本情节套路？》，知乎：https://www. zhihu. com/question/34984286。

指责为"装神弄鬼"之作,但它在形式上所蕴含的现实关怀意味经常被忽视。人们可以诟病网络爽文在题材选择上的天马行空、随意率性,可以指摘其字里行间毫无文采、落入俗套。但网络小说正是以数据库式的"融梗""二次元""游戏化"等创举接近现代大众生活。早期的小白文中,主角通常背负着苦大仇深的家世背景,面临比现实世界有过之而无不及的生存压力,在被过度强化渲染丛林法则的社会里奋力拼杀。无数读者被角色的奋斗过程所深深打动,并将他们的虚幻希望和成功欲望投射在最终登上金字塔顶端、睥睨众生的主角身上。一些背景架设在现代的小说如校园文、行业文、极道文等,更是对俚俗世态有着充分描摹。还有古代言情题材所折射出的阶级观念和性别对立、都市甜宠题材中所透露的现代婚姻观、历史穿越题材所展现的时空意识和民族本位观,等等。因此,网络小说以及爽读写看起来最离经叛道、"装神弄鬼"的形式,反而拥有最贴近现实的气韵和内核。

在当代数媒传播技术的扩散作用下,网络爽文的写作行为和阅读活动已经可以直接与产业资金链的搭建和流动循环产生紧密关联。影视、游戏、体感媒介的飞速升级,AI 技术的快速成熟,都在不断丰富爽文通过 IP 改编直接变现的手段。虽然乘上互联网技术的快艇,网络爽文从写作方式、传播形式到内容主旨,但是实质上未曾超越现实世界的实然经验。它只是将作者对现实世界的碎片化主观认知折叠进文本中,将叙事范式与电子游戏中最基础的升级机制和相关规则进行融通。在延续古代通俗小说劝惩功能的前提下,不时表露出对视觉权力话语的顺从和适应性欲望。这同样是实用理性精神所导致的网络小说创作瓶颈。

结　语

本文在将爽心理、爽读写与乐感文化基因对接时,主要强调"爽"作为一种写作方式的实用性,肯定它对正常范围内享乐情欲的追求。实际上,享乐究竟是什么、该如何正确地对待享乐、普通人该如何享乐,都是现代数媒文明需要正视的重大课题。譬如前段时间备受关注的元宇宙相关话题,其实就赋予人们在虚拟空间里重新审视享乐心态的机会。在元宇宙语境下，享乐不再是"脏物"，不仅仅是"抵抗"，更不单纯是"躺平"，而是"不可化约的矛盾爆发的时刻"①。正是当代数媒技术助推的文化信息狂潮点燃了国人被长久压抑的逐乐欲望和悦己本能，才激活了虚构类叙事文体的内部自反性和革新动力。网络爽文的叙事技巧和美学范式深深扎根于中华民族传统文化心理结构中，它同时又孕育着新文学、新文类的鲜活脉搏。

在现代化进程加速的情况下，一切实质或非实质的事物都呈现高速的离心运动，传统乐感文化精神也同样受到变形和挤压：个体原子化生活的"荒原狼"（黑塞语）体验和对未来的焦虑迷茫冲淡了乐观精神；巨大生活成本对普通人的不断施压，让乐生智慧陷入麻木拘谨；庞杂无匹的信息量则阻滞了人们对乐道的选择和追求。取而代之的是及时行乐的纵欲生活方式，追寻的是短时间内能够得到满足的感官刺激，借以发泄的是市场经济冲击下的消费之乐。但问题在于，绝大多数爽文、小白文只能实现乐感文化精神中最粗浅的层级，成为暂时性缓解（抑或逃避）焦虑的代偿性工具。而乐感文化所追求的"乐"从来不是动物式的吃喝玩乐，而是人文修养的成果，是人生的最高境界。② 相较于中早期阶段，目前网络文学作品整体质量有着较大提升，涌现出一大批能够在"爽"中升华思想境界和美学格调的作品，如《道诡异仙》《诡秘之主》《洞庭茶师》《赤心巡天》《我本无意成仙》等。但只要有大批受众存在，只要市场仍然广阔，就仍有大量作者迷失并长久地停留在爽感实现的低阶层级。因此，如何掌握网络小说"爽"的度量、权衡与消费主义的距离，仍然是值得深思的问题。

在《由巫到礼，释礼归仁》中，李泽厚提出过这样的愿景："通过所有这些，或许能够适当减轻建立在原子个人基础之上的现代伦理—政治所带来的自我膨胀、恶性竞争、纵欲胡来、追求无限、荒凉孤独、无家可归。"③在网络文学创作

① 周志强：《元宇宙、叙事革命与"某物"的创生》，《探索与争鸣》2021年第12期。
② 赵景阳：《当代儒学复兴的方向："实用理性"与"乐感文化"——"审美主义"传统的重建》，《人文天下》2018年第13期。
③ 李泽厚：《由巫到礼，释礼归仁》，北京：人民文学出版社，2022年版，第76页。

领域重提李泽厚的乐感文化及其衍生概念,将网络小说之"爽"与中国传统哲学、美学相对接,这不仅是试图为网络小说的爽感叙事觅根,还意在强调传统文化精神并非与现代性呈决然对立之貌,其实它本身就蕴含着现代理念,包裹着疗愈心灵的巨大能量。中国传统哲学是"情"与"性"为本体地位进行博弈的道路。我们应该意识到,传承千年的乐感文化蕴含人道主义的现世关怀和积极向上的乐观能量,让网络文学天然具有调动人情绪的娱乐、慰藉和疗愈功能,为当代文学"转换性创造"提供希望的曙光。但由于乐感文化精神深植于中华民族心理之中,稳定性过强,对各类文化环境都有极高的适应能力,因此,人们迫切需要对大众媒介文化进行更精准、更清醒、更多元的导向和管制,谨防爽感叙事成为宣泄低级欲望、刺激文化消费的纯工具。

类型承续·低欲叙事·泛日常审美

——Z世代网络文学管窥

刘双喜①

摘　要:Z世代以鲜明的姿态及不俗的创作实绩掀起了网络文学新的潮流,并深刻影响了网络文学的内容构成与艺术形式。内容上,Z世代网络文学依然走不出类型文学范畴,但又在一些细分内容和呈现方式上有所不同,总体呈现为"同又不同"的特点。叙事上,通过将欲望从表现前台移至故事后景,Z世代网络文学中的目标欲望被处理得举重若轻,从而在局部或整体的内容上缔结新的意义价值。审美选择上,Z世代从主体需要出发,注重对情感、体验及普通生活场景的描绘,并将其转化为具有艺术感染力的文学空间。Z世代网络文学是中国当代文学的重要组成部分,对网络文学的代际传承及未来发展具有独特意义。

关键词:Z世代网络文学;内容创变;欲望隐匿;审美日常化;文学代际

世代指共同经历了重大事件的一群人,共同的集体记忆构成其三观形成的基础,继而形塑了一代人的共有特征。参照西方界定并根据我国自身情况,学者将Z世代标识为1995年到2009年出生的一代人。作为不被定义的一代,受个体文化深刻影响的Z世代积极利用新媒介进行数字文化消费和数字身份建构。他们在自我空间、社会结构和文化选择间反复博弈,通过虚拟与现实的双重实践寻求个人理想与社会现实的调和,这种强大的社会动能重新构筑了网络文学的发展格局。

顾名思义,Z世代网络文学即Z世代网络作家创作的网络文学作品。近几

---

①　基金项目:国家社科基金重大项目"中国网络文学评价体系建构研究"(项目编号:18ZDA283)。作者简介:刘双喜(1998—　　),男,安徽省安庆市人,安徽大学博士研究生,研究方向为网络文学。

年,Z世代网络文学的影响力持续扩大,创作生态持续迸发活力。作家群体方面,网文写作年轻化趋势持续深入,00后作家成为网文作家新增主力。例如,2023年阅文集团新增作家60%是00后,00后作家万订作品新增230%,新增白金大神60%是90后。不仅如此,Z世代网络文学还呈现了与以往不同的风貌气象和精神境界,这主要表现在三个方面:题材内容上,Z世代网络文学基本继承了前辈的类型化写作,除新科幻、梗文外,大都延续了既往题材,但不少作品发生了向内、向小的颠覆性转变,体现了Z世代的思维特征和心理蕴含。叙事上,青年一代"为自己而活"的个体信念和"靠自己而活之不能"的现实产生了巨大冲突,在网络文学故事营构上体现为欲望话语的隐匿乃至归零。审美选择上,Z世代网络文学将日常生活细节、普通情感和体验作为审美对象,赋予其艺术化的表达和审美价值,以期在网文的想象世界中寻求自我的解放和自由主体的回归。

一、类型观察:题材内容的继承与开新

作为新时代的典型文化产品,网络文学类型化的生产和消费方式决定其在行业业态上呈现出同一性特征,即题材上的类型化和具体题材中情节模式、人物设定、爽点设置等方面的同质化。这一进程近受文学网站、作者、读者的共同规约,远受晚清以降通俗文学作品的历史影响。巨大的体量必然导致内容上的同质,某一题材模式的火爆也一定会引发同行的争相模仿,这种情况在高度商业化、集约化的网文行业本就不可避免,实乃大势所趋。叙事学先驱普罗普在《故事形态学》中根据100个俄罗斯神奇故事归纳出七种"行动范畴"和三十一个功能项,但并不就此表明存世故事都是没有新意的自我重复,网络小说也就此走向终结。即使面对同一故事原型,不同的作家也会基于不同的认知与视野而选用不同的写作方法,何况现实常新,想象无拘。因此,对于初入竞争激烈的网文现场的Z世代网络作家而言,为类型化创作所需的"'俗套'不是应该去除的,反而是新人入行时的一个很好的手法。每一个类型小说作者在展望自己作品的前景时,首先应该问自己的是,'我写的是哪一类的''这一

类读者一般都想看到什么''我对这些预期的处理方式是什么'"①。在此基础上,他们以初生牛犊不怕虎的无畏精神,充分发挥自己身处"网络现场""思潮现场""文化现场"的在场优势,将年轻人对生活、时代、世界的特有理解熔铸于既有类型小说之中,实现了当前类型小说的题材扩容和风貌更新。

首先,Z世代网络小说题材的丰富性体现在对当前类型的全面继承上。较之初代网络作家在网文创作时的"摸着石头过河",Z世代作家迈入网文创作大门时行业已经积累了相当多的经验,各种细分题材也都产生了该领域的"大神"和典范作品,其人其书成为Z世代作家创作的精神指引和直接经验来源。三九音域就曾在采访时表示,作家江南对自己影响深远。因此,宏观扫描Z世代的创作地图不难发现,他们的创作依然不出前代作家类型小说的范畴,且全面地接续了既有题材。以传统男女频大类的子分类为例,男频中,玄幻题材有清泉流响的《不科学御兽》、南瞻台的《当不成赘婿就只好命格成圣》;仙侠题材有裴不了的《我不可能是剑神》;悬疑题材有阎ZK的《镇妖博物馆》;游戏题材有齐佩甲的《超神机械师》;科幻题材有天瑞说符的《死在火星上》《泰坦无人声》《我们生活在南京》;都市言情题材有柳岸又花明的《我真的不想重生啊》;都市异能题材有弈青峰的《开局地摊卖大力》;历史题材有历史系之狼的《家父汉高祖》;轻小说有云中殿的《我真的不是气运之子》、黑夜弥天的《平平无奇大师兄》、枯玄的《仙王的日常生活》等。女频中,古代言情有素子花殇的《花醉三千》《失心为后》;现代言情题材有茨木妖的《小甜妻,花样多!》、傅九的《越界招惹》、西风灼灼的《可爱不可及》、盛不世的《你是我的万千星辰》;恐怖悬疑题材有猪里猪气的《怪雾罗生门:深渊里,谁在凝视你》;现实题材有王食欲的《妻子是制片人》;仙侠题材有白帝的《西游之玄奘成魔》;青春校园题材有锦夏末的《恶魔少爷别吻我》;现实题材有眉师娘的《奔腾年代——向南向北》《茫茫白昼漫游》、慈莲笙的《一梭千载》等。Z世代新人作家对既往题材类型的全面继承表明类型文学在趋新的网络平台依然有着强劲的生命力。在文学历史长河中尚属年轻的网络文学,之所以能历经二十余年在精英文学的批判声中

---

① Weid:《试论二十一世纪以来大陆网络类型小说的兴起与演变》,2011年11月26日,见ht-tps://m.douban.com/note/192001906/?_i=4049522PmRaExd。

开出一条蓬勃的新路,类型小说当居首功。类型学的创作方法是前辈作家留给 Z 世代写手的黄金法则,"有了类型学理论的指导,网络作家们能清楚自己的类型特长和短板,做到扬长避短。同时,在适合自己特长的小说类型上,既可以做到类型创意的纵深发展而非自我重复,也可以在创意探索上事半功倍"①。

其次,Z 世代网络小说题材的丰富性还体现为在既有题材基础之上引入网络文明新经验,"以创新变种的元素赋予经典题材以新面貌"②。用李玮教授的话说,网络文学的发展迎来了从类型化到"后类型化"的新变。具体表现:第一,Z 世代网络小说以元素融合实现类型跨界,用旁逸斜出的结构方式将小说拼贴为包含众多元素的文本。三九音域的《我在精神病院学斩神》在番茄平台上被归类为都市玄幻,人物成长当然不出"打怪""升级"模式,但小说在这一大类基础上又将修仙、克苏鲁、武侠、悬疑、穿越、科幻等元素相互糅合,既映射现实,又重构神话,借男主林七夜的成长历程建构了一个庞大繁杂的想象世界。阎 ZK 的《镇妖博物馆》可以看作是披着诡异悬疑外衣的都市捉妖文,又是一部网络文学版的《山海经》注解。第二,在类型文的框架之下去传统化、去中心化,用类型小说的"旧瓶"装网络文明的"新酒"。言归正传的《我师兄实在太稳健了》(以下简称《师兄妹稳健》)被网站定位为仙侠类的神话修真文,实则是一部不折不扣的现代化文本。文中插科打诨式的"迷妹""洪荒公务员""李长寿本寿"等语汇昭示的轻松愉快解构了仙侠惯有的神秘与高深,男主遇事先"苟着"的处事原则也隐隐触及了当下年轻群体在世界与自我的冲突中的表现出的"佛系"心态。裴不了的《我不可能是剑神》也一反仙侠套路,在众多无敌流作品中脱颖而出。作品属于典型的小白文,没有宏大的世界架构,凭借无厘头的脑洞、段子和对畅销作品的学习契合了目标读者的心理预期,取得了不俗的成绩。

网络文学从文学母体脱胎而来,其内容纷繁复杂、形式变幻莫测。Z 世代

---

① 张永禄:《建构网络小说的类型学批评》,《当代文坛》2022 年第 6 期。
② 马季:《赛博银河里的文学繁星——中国网络作家代际谱系观察》,《南方文坛》2023 年第 4 期。

作家群体很好地处理了网络文学的"常数"与"变数"的关系。无论如何变化，网络文学的常数大抵还是以文字为载体、面向大众读者、讲述吸引人的故事，以及制造爽点、挖坑填坑等某些具体技巧，这些无疑是网络文学俘获广大读者、获得长久发展的纲领与要义。Z世代网络文学或风格求新，或技法趋异，抑或形式糅合，但终究不出类型文学的大范畴，沿着网络文学的既定道路，坚守了当前网络文学的本质特征。"周虽旧邦，其命维新"，文学尤其是网络文学的发展更是如此。在网文的世界，"好看"是硬道理，因此，求新求变就成了一个网络文本从浩如烟海的文本集合里脱颖而出的内在逻辑与必然要求。总体而言，尽管Z世代网络文学大致遵循着类型文学的走向和模式，但无论是作品的结构方式还是小说人物的生命经验、内在精神、行为理念等，都发生了向内、向小的颠覆性转变，凸显出某种"先锋性"和"作者性"。透过文本制造的浮华表象和疯狂爽感，一种为青年人所共鸣的深层情感呼之欲出，随之一同出现的，还有隐藏在文本里的"驼背侏儒"，那个令无数"保守的年轻人"在网文营构的沉溺世界作无声反抗的真正操盘手。

二、叙事新变：欲望的重置与隐匿

网络文学的欲望叙事是不争的事实，"它与神话、民间故事、明清小说、大众小说、大众电影电视剧具有显著共性"①。无论主角获得爱情、财富、权力还是神技、异能、长生，都指向人物的成长成才和问题的最终解决，这是大众文艺的基本叙事策略，也是网络文学自诞生来不断发展壮大的重要因素。但文学从不是躺在历史功劳簿上的僵死之物，新一代网络作家也要有挑战读者阅读经验的野心和实绩，以作为新人的入场券。更重要的是，当网络文学依然遭受"奶头乐"、远离现实、抽离精神的批评时，新入场的Z世代作家因社会空间、认知模式、内在体验所发生的巨大变化而相应调整了自己的写作方向和潮流。新近崛起的稳健流小说、基建种田文、日常轻小说，以及其他题材类型中不断

---

① 王祥：《网络文学创作原理》，北京：中国人民大学出版社，2015年版，第7页。

糅进的轻松搞笑桥段和紧跟时事的网络热梗,都昭示了 Z 世代网络文学自身的微妙变化及其对当前网络文学创作生态的潜在更新。"如果它们的无意识内容能够被发现的话,它们也许会提供一些有关我们社会的有趣信息。"①这意味着网络文学研究要有逸出文本的眼光格局和异于传统的思维模式,透过也许粗浅、浮华的表层文字,洞察其隐而不彰的深层意蕴。因此,Z 世代网络文学的欲望叙事是 Z 世代自我表达的需要,它处在变化的过程中而非变化的结果,其内在逻辑是现代性的人生规训与日常的消极状态中压抑的欲望世界及其感观。

Z 世代网络文学的欲望叙事是一种后欲望叙事:不是没有欲望,而是将欲望从表现前台移至故事后景。目标欲望在作家们的奇思妙想中被处理得举重若轻,叙事就具有了某种暗喻性,从而在局部或整体的内容上缔结新的意义价值。尽管还保留着"龙王歪嘴""扮猪吃老虎"的套路惯性,但正是同而不同的那一点差异,才蕴含着网络文学新的可能性。

Z 世代网络文学后欲望叙事首先体现为欲望的重置,在稳健流作品中明显有这一倾向。90 后作家言归正传的《师兄稳健》在 2020 年爆红,开创"稳健流"先河。该流派作品的主角大多低调,秉持"能躺绝不 carry"的谨慎低调态度为人处世。《师兄稳健》是仙侠题材小说,它的故事依然在缥缈的仙界展开,门派、法力、修行、劫难、飞升等依然是既定的叙事内容,新颖之处就在于主角李长寿的人设。虽故事框架为主角一路升级打怪最终变强的老路数,但由于角色的行事风格与人格魅力,作品最终还是让人眼前一亮。作者言归正传在接受采访时就表示,自己刚开始是想借"稳健"写一个轻喜剧,后来"稳健"则是一种责任感。网文的主角就没有彻头彻尾的"小白""边缘人",即使是那种表面看起来无欲无求的"佛系"人物,作者也会为其大开"金手指",否则小说看点全无、关注全无。可以说,稳健的人设既吸引了读者,又成就了李长寿这个角色的"伟光正、真善美"形象。因此,与其说李长寿的行为模式是一种"苟",不如说是一种更为高明的,善于审时度势的,懂得藏锋、抱朴守拙的处世原则。

---

① ［美］马丁:《当代叙事学》,伍晓明译,北京:北京大学出版社,2005 年版,第 13 页。

稳健的表面行为与心底的至真至善本就不冲突，苟安其身的角色也会拼却己身报答师恩，坚守正道。在这些修仙升级故事中，欲望其实一直存在着，只不过不似此前作品一样将欲望处理为口号般的呼号或是成长的寓言。在后欲望叙事中，"欲望"被重置为"愿望"，一改前者狭窄偏颇的个人中心主义和功利性的快感生产，将欲望、成长回归到生命和理想。这种愿望叙事的新潮是 Z 世代对"稳健"的时代新注解。

Z 世代网络文学后欲望叙事也体现为欲望的隐匿或淡化。轻小说、种田文不追求新奇跌宕的故事走向，主打日常的轻松幽默，受到 Z 世代年轻人的追捧。较之前人，Z 世代作家几乎消解了这些类文中的欲望书写，欲望降格为基础的叙事指向，即主角的最终成功，至于小说涉及的其他内容，则基本与欲望无涉。95 后新人云中殿的《我真的不是气运之子》以主角沈天能够看到身边人的气运和机缘为开篇"金手指"，讲述他与一众气运之子和平修仙，实现双赢，于是成为修仙界"吉祥物"的故事。裴不了的《请公子斩妖》同样将流行元素融入情节对话中，将修仙故事讲述得搞笑而温馨。这些典型的套路化"小白文"的成功得益于抓住了 Z 世代追求搞笑无厘头的阅读心理，读来让人放松。Z 世代网络种田文同样表现出某些新质。郁雨竹的《农家小福女》是一部温馨、励志又轻松，平淡但充满吸引力的种田文，它抛弃了《知否知否应是绿肥红瘦》中复杂的家族关系和宅斗，聚焦小家庭朴素的日常生活和女主周满的成长史。其实，种田文并不仅仅局限于"种田"，"种田"一词最早出现于经营策略类游戏中，是一种"广积粮，缓称王"的稳健发展策略。这种策略被用于小说后，便诞生了最初的"种田文"。从这个角度说，种田文是脱胎于欲望的。但随着业态的发展与风向的变化，文如其名的纯侧重于田园风光、家长里短的种田文开始火热并发展到其他领域。综艺《种地吧》、网剧《卿卿日常》《田耕纪》受到热烈追捧，欲望隐匿乃至归零的种田文成为人们新的电子乌托邦。

大众文艺是社会心态的风向标，网络文学的风潮更直接反映了当下读者的心绪变化。功绩社会中主体行为的高度效绩化带来的过劳症催生了个体身心的倦怠，以轻松、"下饭"为旨归的后欲望文本则为大众提供了自反的空间和精神的疗愈之所。斯宾诺莎说："任何事物都能偶然地成为快乐、痛苦或欲望的原因。"①而流动性社会中平台与资本的魔法让欲望变偶然为必然,资本逻辑不断挤压人本逻辑的生存空间,人的情感与快乐一度成为奢侈品。和现实中"清除数字档案""数字断舍离""减少数字联结"的数字极简主义相呼应,书友中出现了倾向于轻松、低欲望模式的阅读转向。其实,从注意力吸引的角度说,轻松向的网文和其他类型相比,不占任何优势,也缺少新意。其得到读者青睐更多的是因为营造了来源于现实又和现实保持距离的轻松愉悦的"空气感",提供了不同于欲望式"YY"的情绪价值。种田文中春耕秋收、一餐一食的田园诗意以及与土地为伴、和庄稼共枯荣的朴素情感,凝结了几千年来中国人特有的对土地的深沉情感。另外,"人穷则反本,故劳苦倦极,未尝不呼天地也"②,土地一分耕耘一分收获的获得感也是生活于现代丛林法则的读者的一种心理宽慰。因此,轻松向网文的欲望归零叙事一定程度上是对简单悠然、平等和乐的生活的想象性投射。当然,这种理想化的精神建构距离真正具体的自我实现还有相当长的路要走,但毕竟昭示了新的可能,毕竟"人类意识到自己的工具心态是好的开始。当我们认识到技术只是构建世界的方式之一时,我们就能被它解放出来"③。

三、审美选择:泛日常生活的审美呈现

"我手写我口"从理论号召成为文学现实后,以"网络+"为中心的大众文艺催生了审美范式的急剧转变。网络助力大众从审美文化的主体变成它的创造者,二者共同重建了美学的新的坐标,马季据此认为网络文艺标志着"新世纪美学原则的崛起"。大众审美从不意味着对文艺作品的单一鉴赏和判断,它更是被现代艺术割裂抛弃的日常生活体验向审美文化的精神回归,关乎平民大众的诗意生存和人文追求。可以说,网络文艺全面贯彻了费瑟斯通"日常生

---

① [荷]斯宾诺莎:《伦理学》,李健编译,西安:陕西人民出版社,2007 年版,第 113 页。
② 司马迁:《史记》,武汉:崇文书局,2009 年版,第 494 页。
③ 徐冠群、朱珊:《媒介技术的抵抗:青年"数字极简主义者"的生活实践——基于豆瓣话题小组的田野调查》,《传媒观察》2023 年第 8 期。

活审美化"的理论设计。无论是活络于各大小说平台的写手、读者，还是进行内容整合与流量推介的自媒体，抑或是在微博、微信等微媒介分享生活的普罗大众，都将日常生活中的感觉、情理以符号和影像的方式传达出来。

当然，网络文学以"酒神精神"突出为精英文学所遮蔽的日常生活经验中的欲望体验和大众情怀的同时，也一定程度上扩大了日常生活的审美边界，反向拆解了生活本有的深意和诗意。最终走向它的反面——因审美过度而造成的审美"麻痹化"。另外，小说对实存的日常生活书写，与其说是通过日常生活的审美表现来建构生活意义，还不如说是"网络作者出于迎合网络环境的消费性阅读需求而做出的超越现实的文学想象"①。而 Z 世代网络文学似乎有意回避和调和这种偏狭，在保持网络文学日常生活的审美之维不变的情况下，合理摒除日常生活审美化中的"商业预谋"和"技术逻辑"。以"即世间超世间"的超越态度向读者敞开审美世界，呈现出泛日常生活审美化的倾向。这在文本层面具体表现为：在主线故事中穿插看似无关紧要的日常生活叙述，日常世界成为想象世界的窥镜。其在话语层面的特征是在原有类型文的基本设定和线性发展基调上，为想象世界撕出一道裂隙，显示出某种类型的自反与类型的融合。尽管当前 Z 世代网络文学关于日常生活审美化的细微嬗变更多的是散见的而非批量成规的，但那些个案作品的成功表明了读者对在单一"欲望流"中重建新的爽感和意义感的尝试的认同。

在硬核幻想文中，日常生活的审美化书写本无足轻重乃至有注水之嫌，在一些作品中却被置于重要的位置之上。身处异想时空的主角同样"关注身边的过程、心里的感受、即时的冲动"②，这种日常景观书写的"越轨"将小说指向更广阔的社会空间。由于作者力图消抹想象世界与现实时空的边界，读者便在对亦真亦幻的叙述游戏的怀疑和求证过程中流连忘返。《我们生活在南京》是一部极具实验性质的"新科幻"小说，文中理论假设、技术推衍和设备拆解体现了作者一如既往的专业性，而紫金山梧桐、月牙湖等南京的实景风物，依然

---

① 李盛涛：《论网络小说叙事中的日常生活图景》，《中国文学研究》2013 年第 3 期。
② 严亚、董小玉：《青年"符号游戏者"媒介形象的自我建构》，《南京社会科学》2015 年第 12 期。

怕老婆的父辈们、飞驰的自行车、学校考不完的试以及白杨和半夏跨越时空对话的年少青春情这些深深烙印于读者心头的文化记忆则在希望微渺的末日世界显示出日常世界的坚韧和柔情。科幻侧面的浓浓中国风情是日常对科幻的审美救赎。小说将日常生活审美化为强烈的画面感,融入时空哲学视域下的人类命运,是作者对科幻本土化的有益尝试。无独有偶,《我的治愈系游戏》以"致郁"写"治愈"。鬼魅世界中看似灵异的鬼怪们有着不为人知的残酷过往,却在游戏世界得到主角的温情与救赎,"哭""小红衣""老奶奶""晨晨"乃至"徐琴"等无不让人在恐怖绝望里感受到一丝光亮。"昏黄的灯光照亮了小屋,厨房里传来锅碗瓢盆的声音,……淡淡的烟火味似乎冲散了这座陌生城市的冷漠。"①作品中人们习焉不察的零碎插语传递了生命的温度和人情的可贵。小说的日常化书写穿越文本表层直抵深层内蕴,凸显了作者的独特思考与巧妙构思,也使其超越了一般的纯灵异题材。

在诸如轻小说、日常文、种田文等泛现实题材小说中,日常生活图景细分为官场、情场、商场和职场,相应题材对四者的书写是应有之义。比如青春校园题材在展开言情时不乏校园、宿舍、家庭等生活场景;年代文必然展现时代进步过程中的人和事物;都市文也少不了对现代城市生活的关注。它们在调整叙事节奏、彰显小说风格、娱乐放松读者方面有特定作用。值得注意的现象是,一些Z世代类型文中出现了"反类型"或"类型融合"的日常生活细部描写,其在地性的朴实话语真实抓住了生活的某些"场景",折射出青年们对现实的认识方式和理解方向,也体现出网络文学表达的代际更新。都市重生文《我真没想重生啊》因对双女主——萧容鱼和沈幼楚——鲜明独到的刻画而出圈。尤其后者,广大网友更是将其评价为"人间理想萧容鱼,人间妄想沈幼楚""川渝温柔共十斗,沈幼楚独占十二斗,川渝女孩倒欠两斗"。小说如果只是粗浅地设定沈幼楚面容姣好、纯朴善良,断不会收获如此口碑,恰是寒假回川渝让这个人物一下子立了起来。"小厨房里没有燃气灶,也没有煤炉,只有土坯堆垒成的灶台,沈幼楚说话慢吞吞的,但是做饭很麻利,点火热灶,面条下锅一气

---

① 我会修空调:《我的治愈系游戏》,2021 年 1 月 25 日,见 https://m. qidian. com/chapter/1025901449/632217048/。

呵成……"①女主的原生环境前文有过交代，但到这里主角才实现对环境的掌控，置身事内的责任感令之前悬浮的形象沉稳落地。在都市娱乐文人物形象塑造式微的大环境下，女主沈幼楚单纯明净、明礼谦让的美好品格令人印象深刻，这离不开日常化叙述的铺陈。"白日梦"里间或夹藏的缓缓流动的细节，让小说获得了毛茸茸的生活质感。

网络小说的叙述话语大致遵循"差序格局"。主线占据故事的中心，拥有最多的话语资源，并以此为核心向外拓展，形成池中涟漪般的同心圆模式。和叔父辈作家为追求小说节奏而将日常进行简约化处理不同，Z 世代作家相对注重在叙事时"安排一些指涉到事件的描绘及其语境作为叙事信号来照拂物境对情节构造的熏染，以增强叙事氛围，达到跃然纸上、活灵活现的程度"②。一方面，这是当下文化生产机制中资本走势、读者风向影响的结果；另一方面体现了 Z 世代打破幻想世界与现实生活次元壁的积极尝试。在枯玄和三九音域的《仙王的日常生活》《我在精神病院斩神》等幻想类作品中，就有关于黑网贷、"守夜人"等贴近现实生活的正侧面书写。和网络文学同步成长的 Z 世代天然地视它为反映时代情绪和精神的文类，而"网络文学的类型模式与时代情绪虽然不能机械、刻板地一一对应，却存在着微妙而复杂的映照折射关系。一部现象级的类型小说，往往凝练着一个时代的重要问题与精神焦虑"。作品中接地气的日常书写和时事段子，既昭示了网络文学内部的潜在更新，也透露着 Z 世代最为鲜活的生命经验和认知逻辑。

四、Z 世代网络文学的意义和未来展望

Z 世代网络文学的首要意义不在别处，而在置身大时代中对群体自身的观照与审视，以及在这一过程中表现出的表达并创造世代新经验的趋向。网络文学的写作动机是"为爱发电"，哪怕有严格残酷的金字塔体制，数以万计的写

---

① 柳岸花又明：《我真没想重生啊》，2019 年 8 月 12 日，见 https://www.qidian.com/chapter/1015648531/483771882/。

② 禹建湘：《网络小说的"叙事性"美学营构》，《求是学刊》2019 年第 6 期。

手还是甘坐冷板凳,显示出爱欲生产力的极大解放。就这一点而言,所有作家都是相通的,Z世代也不例外。不同的是,区别于传统现实主义"再现典型环境中的典型人物",也相异于修仙幻想类的"YY",Z世代网络文学在寻觅"我"的主体性的同时,将人类本真情感隐匿于炫惑的文学形式,展开对自我的审视以及对当下的思考。所以,在对人与人、人与物、人与世界的问题的看似不着边际地改写与反叛中,Z世代用新的方式和脑洞,曲折地表现"网络世代的中国人关于'宇宙'和历史,主体和个体,人类或'后人类'问题的新想象,也以这种方式表达了新世代的'现实'关怀"①。

阅读行为在从个体静观变成群聚讨论之后,Z世代似乎更热衷于"注意力吸引",融梗、本章说等不仅是作者创造出来的用以招徕、黏合读者的"符号武器",更以此和读者互构了一个庞大的精神之所。他们正经历从熟人社会的强关系到网络社会的"轻社交"的转变,虚拟世界沟通交流的及时性、隐私性、精准性成了新的情感寄托与精神支撑。另外,Z世代讲兴趣、分圈子、混部落,各种细分亚文化明显影响了其创作与阅读。无论多么小众的话题,互联网都会通过算法、平台将孤独落寞的个体集结在"另一重现实"里。个体细微的心灵颤动总能在不断出新的网络文本里得以精准体现,"有人看段子,有人照镜子"是当代网友上网的真实写照,如同线上晚会结束后满屏幕的"多谢款待",一部作品结束后粉丝的"感谢陪伴""爷青结"也会疯狂刷屏,这种虚拟隐形的力量想象性地弥合了现实多元化与个体圈层单向化的巨大落差,何尝不是大时代下渺小个体的双向疗愈?

网络文学的可持续发展,是当代文学必须面对的重要问题,也体现了一个理性社会对文学最基本的敬畏和守护。不仅是网络文学,纯文学领域同样有Z世代的登场,二者共同构成了文学发展的代际之维。直观说来,文学的传承与发展就是一代代作家之间的传承与发展,"其中既离不开一代又一代作家对优秀文化传统的承传,也离不开他们在艺术上前赴后继的顽强开拓"②。因此,互动基础上代际文化的认同与建构是关键。不过,在一个典型的"后喻型社会"

① 李玮:《迭代的网络文学创造"文学新代际"》,《文艺报》2022年7月22日第5版。
② 洪治纲:《中国新时期作家代际差别研究》,北京:人民出版社,2014年版,第335页。

中,需要让长辈放下权威意识和自尊的修持同后辈进行互补式的交流借鉴的,并不是多么新颖的写作理念或前卫高超的写作技巧——这本就是前者的高地,而是从他们的作品中剥离出的精神结构。与其说 Z 世代网络文学在兴起,不如说是 Z 世代网络文化在兴起,"浅表注意力""为爱氪金""懒科技产品"等崭新名词启示我们:以青年一代的"脑神经系统和精神性格被网络技术改变与重塑为基础,他们也许是人类的一次新的开始,某种意义上,也许就是一种新的人类"①。新人类也许言之过早,Z 世代网络文学的确是值得前辈作家关注和研究的文学现象。代际交流的隔膜与僵化不仅导致故步自封,也抹杀了文学发展格局多元开放的可能。唯有代际主体之间真正了解后的交流才可能有真的尊重与有益沟通,才有文学生态的良性互动和发展。

　　Z 世代网络文学接过了文学代际发展的接力棒,也推动了中国网络文学世界化的进程。所谓文学的世界化,说到底是作家视野、心态以及关切的世界化。作为网络新媒介的积极拥趸,Z 世代在虚拟生存中积极拥抱世界,近年网文开辟出海新航道也说明了青年一代在中外文学文化交流中的巨大动能及潜力。宏观的民族文化和主体自信赋予其作品文化气质上的"混杂性",有母体文化的特征,也有"异"的文化质素,可与本土文化文学对话,也融合了某些世界性的"话语"……有助于中华文化文学走向世界。② 从这个角度说,讲好中国故事,向世界展现中国话语,绝不仅仅是符合政治正确和主流话语就能做到。在中西、内外语境的交织中深耕个体经验和传达宏大深厚的中国声音是 Z 世代网络文学的一体两面,二者互为前提且互以对方为过渡中介。

　　不过,Z 世代网络文学的缺点也可见一斑。网络文学的发展惯性导致的内容同质化和读者圈层化在这里甚至极化了。对于前者,除了事物发展惯性这一共有原因,也因为作家出于自身经验不足和读者黏性的考虑,往往在"成神"后继续写同一题材或直接续写第二部。这固然有利于保持流量和话题优势乃至形成写作风格,却不利于作者的艺术探索和网文行业整体的多元化发展。

---

① 王珺:《理解"Z 世代":对话文学评论家何言宏》,《中国教育报》2021 年 4 月 2 日第 4 版。
② 饶芃子:《海外华文文学的比较文学意义》,《深圳大学学报(人文社会科学版)》2006 年第 2 期。

对于后者,经历代际决裂而沉迷于大环境中的小关系的 Z 世代更容易圈地自萌和集体自嗨。不同读者有自己的个性化思考,个性化的他们甚至将追星文化、粉丝文化中的"互撕"和谩骂行为平移到了网文阅读中。不仅不同圈层之间相对孤立,哪怕同一圈层也会因为人物、情节、节奏、喜好、品位的判断差异而产生争吵等非理性行为,从而加重了个体的情感淤积和网络戾气。

于 Z 世代作家而言,热爱是根本,收益是动力,阅读、游历与虚拟生存是基本修为。因此,在小说创作的实践过程中,仍需注意将个体感知上升为共同经验。人是社会性的存在,"一切个体人的行动同时也是社会行动,于其中不可避免地存有社会投射"①。同理,个体隐秘性的心理经验也具有某种超越个体的公共性。而且网络小说创作从来不是作者个人的行为,粉丝的"打 call""吐槽""拍砖"当然包含着诸多非理性因素,但似乎也在提醒创作者:作品具有超越文本抵达真理的魅力,读者不仅在读书,还在读作者、读世界。如此,作者不仅需要写自己,还要写读者、写世界,在有限的故事文字中寻求网络文学与读者的真正勾连。

余 论

无论是从创作主体还是作品实绩来看,Z 世代的强势登场都是不争的事实。他们多元化的主体意识和个性化的精神图谱改变了文学的叙述方式和审美表现,其背后所体现的现实世界的情感皈依和精神表达,赛博社会的话语资源和意义空间,以及一些新的文学质素,值得进一步思考。总之,Z 世代网络文学的出现和发展,为网络文学发展注入了新的活力。它独特的创作方式和表达方式,不仅丰富了文学作品的类型和风格、拓宽了文学的表达空间,还使其自身成为中国当代文学的重要组成部分。

未来,年龄渐长的 Z 世代作家会加深自身的现实体察、经验阅历与艺术思考,从而更好地担当起网络文学的时代之责。自觉摒弃低俗、滥俗网文,提高

---

① [俄]尼古拉·别尔嘉耶夫:《人的奴役与自由》,徐黎明译,贵阳:贵州人民出版社,1994 年版,第 179 页。

网文阅读与创作品位，辩证地看待网文正负面影响，敢于追求真、善、美，彰显新时代良好精神风貌，这些应成为每一位网友的文化自觉。如此，Z世代网络文学才能长足发展。

类型探析

从克苏鲁到"中式克苏鲁"

——关于"克苏鲁神话与中国网络文学"的笔谈

战玉冰　冯逸葭　谢诗豪　石俊宇①

摘　要:本次笔谈从洛夫克拉夫特"克苏鲁神话"正典作品的历史背景、文学形式与哲学内涵出发,借助其与侦探小说之间的"异"与同,来进一步考察其文类特征。在厘清"克苏鲁神话"的西方源起之后,转入对《诡秘之主》与《道诡异仙》两部中国"克系"网文的讨论,在跨文化与跨媒介的意义上揭示出"中式克苏鲁"对"经典克苏鲁"美学的继承与突破。

关键词:克苏鲁神话;宇宙恐怖;《诡秘之主》;《道诡异仙》

战玉冰:克苏鲁神话作为一种流行于欧美的文学类型与文化现象,最初进入中国主要集中在互联网论坛、贴吧,或者 TRPG 跑团等小众亚文化群体之中。而近几年,克苏鲁风格与元素开始被中国网络文学创作者所征用,出现了诸如爱潜水的乌贼的《诡秘之主》(2018)、机器人瓦力的《黎明医生》(2019)、狐尾的笔的《诡秘地海》(2021)和《道诡异仙》(2023)、不明眼的《青石记》(2024),以及正在连载中的雪中菜鸡的《克拉夫特异态学笔记》(2024)等等。其故事题材不仅有外国背景,还和中国传统民俗文化相结合,形成所谓"中式克苏鲁"的创作风格,或者融入武侠小说这一类型之中,一时间,似乎"一切皆可克苏鲁"。

①　作者简介:战玉冰(1988—　),男,黑龙江省哈尔滨市人,复旦大学中文系青年副研究员,硕士生导师,主要研究方向为中国侦探小说史、类型文学与电影、数字人文等;冯逸葭(2001—　),女,安徽省芜湖市人,复旦大学中文系比较文学与世界文学专业硕士研究生,主要研究方向为:洛夫克拉夫特神话,赫尔墨斯主义,19、20 世纪西方神秘主义与英美文学;谢诗豪(1996—　),男,湖北省武汉市人,复旦大学中文系比较文学与世界文学专业博士研究生,主要研究方向为:美国越战文学,中国当代文学批评;石俊宇(2001—　),男,江苏省常州市人,复旦大学中文系中国现当代文学专业硕士研究生,主要研究方向为:新感觉派文学,20 世纪法国文艺理论,跨媒介叙事。

一方面随着这些网络文学作品的广泛流行,使得克苏鲁文化在中国读者群体中逐渐"出圈",获得了更多的认识和关注;另一方面,克苏鲁元素的引入,也反过来影响了中国网络文学自身的类型特征与发展变化。我们今天就主要围绕"克苏鲁神话与中国网络文学"这个话题来谈谈各自的认识和看法。

冯逸葭:克苏鲁神话由美国作家霍华德·菲利普·洛夫克拉夫特于20世纪一二十年代创作。历史上,超自然恐怖小说长期徘徊于主流文学视野之外,经常和自甘于汇集刺激官能的庸俗恐怖故事的纸浆杂志密不可分。洛夫克拉夫特却并不满足于此,他将文学中的"恐怖"从感官刺激上升到哲学思考的高度。洛氏在《文学中的超自然恐怖》开篇就指出:"人类最古老、最强烈的情感是恐惧,最古老、最强烈的恐惧源自未知事物。"于是如何处理"未知"成为理解克苏鲁神话的关键问题。科学的理性思维使现代世界祛魅,世界似乎是清晰明了且可以完全认识的,而身处后工业革命时代的洛氏笔下的世界则充满了对这种观念的质疑:人类是渺小的,宏大的宇宙充满了无法被认知和理解的事物,任何对真相的一瞥都会招致无法承受的疯狂和死亡,而带来这一切的存在却对人类漠不关心。这是克苏鲁神话贯穿始终的旋律。从叙述程式中可以归纳出其创作内核,即宇宙主义之恐怖,"在这个广阔的宇宙中,人类的存在毫无意义"是其核心含义。

既然要表现彻底的恐怖,就要从展现那些人类赖以为根基的规则入手。而这些原则在洛夫克拉夫特的世界中仅仅是事物呈现在我们眼前的偶然状态,而非世界必然的永恒法则。洛氏选择的用以展示超越人类心智和认知的恐怖的对象往往是对透视、色彩、几何、声学规律等自然法则的违反。比如欧几里得几何,或人类与动植物和非生命体之间的先验区分,从而展现出人类在不可描述的事物面前全部的不安。在《克苏鲁的呼唤》中,克苏鲁所在的拉莱耶古城的正面描写为:"这地方所有的几何结构都是错的。人们根本无法确定海洋与地面是否水平……其相互间的位置都显得如幻影一般复杂多变""颠覆了所有物理和透视的法则";《疯狂山脉》中古老者的建筑群中的"反欧几里得几何"结构的描写同样侵犯了人类认知中最基础的自然规律;在《星之彩》中,以"人类视网膜无法捕捉的颜色"这一概念为起始点,洛氏逐渐推出了一个人类已知的光学,甚至整个物理法则,所无法把控的"色彩",在故事的推进中,它甚至展现出某种目的性,而具有了非有生命之物所不能有的"动机"。这个故事针对的并非某种可以具象化的恐怖之物,而是针对存在于人类集体意识中的整个"色彩"的概念——它并非某种实在之物,而是视网膜和大脑处理自然界反射的效果,二者之间存在着不堪细想的罅隙,洛氏小说中的恐怖之处正是展现了在人类"色彩"概念以外的全部真空地带,没有什么能比它更能带来最彻底的恐怖感了:在人类思维和行动所长久依据的根本法则中,有什么东西是错误的——或者更恐怖的——是完全无法被认知的。

在具体的美学风格中,洛夫克拉夫特采用了一种伪纪实风格,运用科学和理性的语言来构建一种现实且审慎的声音,随后又爆发出繁复狂热的形容词式恐怖。洛氏小说中的恐怖往往被表述为"不可名状的"。这实则是一种反语言的写作尝试。而洛氏用"名状"强为"不可名状"的手段是将真实的对象与语言残缺的描述力保持在巨大的张力之下。语言作为一种构造的符号系统,与客观世界之间存在无法消除的隔阂,同时语言作为一种先验结构也限制了人类对客观世界的认知和表达。每当洛夫克拉夫特宣称叙述者所面临的宏伟恐怖是"不可名状的"时,都是一种康德物自体式的美学手法:认知和事物本身之间永远存在空隙,二者之间没有对称的可能;事物本身可以被思考,但永远不会被认识。"不可名状的恐怖"同时是一种否定神学式的尝试,这个终极是神秘主义哲学的不可言喻的"一",正如尼古拉·库撒和伪狄奥尼修斯所指出的,这标示了语言的极限,不断迫近那"超越理性的黑暗":"我的论证从在下者向超越者上升,它攀登得越高,语言便越力不从心;当它登顶之后,将会完全沉默,因为祂将最终与那不可描述者合为一体。"

在神话学的意义上,克苏鲁神话是一种消解天启宗教的反神话。大量的宗教神话都试图通过神人同形同性论赋予人类在宇宙中本体论意义上的特殊地位,而在克苏鲁神话中,天启宗教许诺的特权与安全荡然无存。洛氏本人自言是一个坚定的唯物主义者,摒弃了经典超自然故事中的超自然和宗教基础,转而使用科学来提供恐怖的框架。然而,如果仅仅从机械唯物主义的角度理解洛氏，就不能理解他为何要创作一种"神话"而非完全的科学幻想小说。在《神殿》《敦威治恐怖事件》与《星之彩》等作品中，常常出现科学家对怪异事件的研究徒劳无功的情节，破除了科学家被召来消除谣言和迷信的一般程式。关于宇宙真理的知识不属于他们，而是属于那些通过亲身与不可名状之物接触、失去了理智而获得洞察力的人。在洛氏看来，前现代的隐秘知识、异教典籍与现代科学处于一个连续体上，它们之间并不存在根本性的隔阂。通过将柏拉图、阿格里帕、帕拉塞尔苏斯的古典神秘传统与现代以布拉瓦茨基为代表的神智学的神秘主义思想资源的融合，甚至加入对阿莱斯特·克劳利的反律法主义式的现代新异教的暧昧转借，洛夫克拉夫特创造了一种扭曲的唯物主义，其中科学的"进步"将我们带回原始的深渊。同时值得注意的是，洛氏本人对神秘主义与当时的唯灵论思潮持嘲笑的态度，然而他无意识地直接体验了那些被他日常的理性心智所拒绝的部分，进而渗入了他写作的方方面面，例如《梦寻秘境卡达斯》系列，以讲述梦境和"神圣的虚构"为主，甚至可以与藏传佛教宁玛派的伏藏传统中对梦的书写遥相呼应。即使洛氏对神秘学家表示讥讽，事实上，克苏鲁神话直接启发了现代神秘主义实践中有关泰勒玛和混沌秘仪的分支，"面对人类意识的阴影"的恐怖在现代异教中上升到一种哲学思考的高度，成为反抗理性及其有序客观宇宙的后现代愿望的表征。文明所依靠的终极价值：美、温情、良好的德行，甚至理性，全部会在广阔而冷漠的宇宙中消解无踪。

战玉冰：逸葭说得非常好！洛夫克拉夫特笔下经常采用调查员或者考古学家去某个地方探访真相作为小说的开头与故事框架，而这恰恰也正是以"福尔摩斯探案"为代表的早期侦探小说中最常见的类型模式。洛氏所开创的克苏鲁小说和侦探小说之间具有某种情节结构方面的对应性，或者说相反相成性。如果按照克拉考尔（Siegfried Kracauer）的说法，侦探小说中的侦探是理性现代主体的象征，侦探小说许诺了按照理性"上帝"的旨意，观察现场、搜集证据、逻辑推理……我们就一定能够驱散罪案的迷雾，抵达事件的真相，那么克苏鲁小说则预设了理性主体在一番徒劳无功的努力之后,最终崩溃、发疯、SAN值①归零。这期间的差异或许不能简单地归结为理性与非理性、科学主义与神秘主义之间的二元对立,这样的话,站在侦探小说"理性上帝"对面的,就还有哥特小说、都市怪谈、灵异故事等一系列文学类型,并不能凸显出克苏鲁神话的本质特征和独特性。正如刚才逸葭所说,洛氏克苏鲁神话背后有一整套关于"宇宙恐怖"的哲学观,其中混杂了机械唯物主义、神秘主义、神智学等复杂成分。如果把侦探小说和克苏鲁神话相对照来看的话,或许可以说,侦探小说中包含了一种人类通过理性,可以认知和把握一切事物的图景,这是一种对理性认知能力无限性的许诺,而克苏鲁神话则是对这一许诺的否定,它所要暴露的正是人类理性认知能力的有限性与脆弱性。

换个角度来看,世界早期侦探小说还包含对"视觉中心主义"的信仰,斯尔詹·斯马伊奇(Srdjan Smaji ć)在《鬼魂目击者、侦探与唯灵论者:维多利亚文学和科学中的视觉理论》一书中令人信服地指出,在维多利亚时期,侦探小说、颅相术、见鬼传说(鬼故事)这些看似彼此矛盾的科学或"伪科学"内容,在"视觉中心主义"的逻辑框架中,或者在视觉信仰层面上是彼此内在相通且高度一致的。它们都笃信通过看见"现象",人类可以直抵事物的"本质",不管其中过程是借助福尔摩斯的"演绎法",还是通过颅相术(phrenology)对人的面相或骨相特征进行观察来揭示人的心理特质,乃至预示人的命运。其中的复杂性不能用简单的科学认知或科学主义来概括和区分。在这个意义上,克苏鲁神话其实是对这种"视觉中心主义"的反拨。洛氏在小说中经常强调,人们可以看见"它",但不能描述"它","无法辨认"(undecipherable)、"不可描述"(indescribable)、"无法名状"(nameless)等形容词是他小说中的高频词。有时候即使努力尝试对所见之物进行描述,也只能得到一些无法理解或者彼此矛盾的结果。比如"性状无法被仪器辨识"的陨石(《星之彩》)、"根本不在光谱上"的色彩(《星之彩》)、"违反基本几何学和物理学的形状"的建筑(《克苏鲁的呼唤》)、"人们从未在土拨鼠脸上见过的"土拨鼠的表情(《星之彩》)等等。由此

---

① SAN 值:桌游《克苏鲁的呼唤》及其衍生作品中提出的一个概念,代表理智或精神力。

来看爱潜水的乌贼从 2018 年开始在起点中文网连载的《诡秘之主》就很有意思。特别是小说第二卷,它是在一个克苏鲁风格的故事中,又同时试图构建一个"侦探调查真相"的叙事结构,似乎是在试图调和这两种类型,那我们就需要追问:它是否完成了这种调和? 它在什么意义上完成了这种调和? 当然,这种调和也不仅仅出现在这部网络小说中,更早的美剧《真探》(*True Detective*,2014)也正是一部充满了"克味"的侦探剧。

另外一个更有意思的问题在于,为什么克苏鲁元素在当下的中国网络文学创作中如此流行? 比如谭天、项蕾所指出的"克苏鲁元素对升级流叙事的自反",就是一个很有意思的观察,他们认为"克苏鲁网文"其实是质疑且颠覆了传统以"升级流"为代表的网络文学背后所内含的发展主义情节,捕捉到了某种时代感觉结构方面的变化①。那如果我们继续追问下去,不同的"克苏鲁网文"作品具体又分别是怎样征用或改造了克苏鲁元素的? 它们不同的征用或改造方式最后形成了怎样的文化融合与文学表达效果? 比如"豆瓣悬疑"上连载的不明眼的《青石记》,这是一个典型的武侠小说与悬疑小说的融合,主角团追查一桩武林中案件的真相,随着调查的深入,渐渐发现所谓正、邪两派都隐藏着一些不可告人的秘密,最后追查到令人疯狂的根源。这个情节模式我们在传统武侠小说中并不陌生,金庸的《笑傲江湖》把最后的致人疯狂的"道具"设定为武功秘籍——《葵花宝典》或者《辟邪剑谱》。而在不明眼的《青石记》中,导致名门正派大佬们最后疯癫,乃至丧失人性的,不是武功秘籍,而是外星陨石,这就为小说加上了一个具有"克味"的结尾。陈平原在《千古文人侠客梦》指出,武侠小说中的武功秘籍其实代表着一种对传统的继承与知识保存的形态,那么像《葵花宝典》这类"邪恶"秘籍就可以理解为传统中黑暗的部分,或者是"被污染的知识",东方不败、岳不群因为觊觎这些宝典,所以最后丧失了身体与精神的完整性。相比而言,《青石记》中致人疯狂的外星陨石则是来自外部的他者和异质之物,是一种"不可名状"的恐怖,以及一种不能被小说中的武林世界所理解、接纳和消化的"怪物"。又比如狐尾的笔的《道诡异仙》,它也

---

① 谭天、项蕾:《克苏鲁元素对升级流叙事的自反——以爱潜水的乌贼作品为例》,《文艺理论与批评》2023 年第 5 期。

被称为"中式克苏鲁"小说,但我们能感受到它和洛氏的克苏鲁"正典"之间的巨大不同。在洛氏的小说中,人类主人公往往是非常脆弱的、缺乏身体性与行动能力的主体形象。但李火旺并非如此,他不仅具有很强的行动性,还有着突出的身体性,他通常打败敌人的方法就是"自残",而"自残"本身是一种对身体的变相凸显,意味着身体的充分在场与可被使用。

我们下面可以以爱潜水的乌贼的《诡秘之主》和狐尾的笔的《道诡异仙》这两部影响力最大的"克苏鲁网文"为例,来进一步谈谈你们的看法。

谢诗豪:我想借战老师刚才的设问展开,《诡秘之主》小说第二卷是否成功调和了"克苏鲁风格"和"侦探调查真相"的叙事结构?经过前面的讨论,我们或可指认克苏鲁风格最核心的标识是"宇宙主义之恐怖",与此相随的是"无法辨认""不可描述""无法名状"等形容词;而"侦探调查真相"依靠的是理性,具体地说,即让那些"难以辨认"的获得可供理解的意义。从宏观的视角看,两者是矛盾的。一个是神秘的宇宙,一个要用理性祛除神秘。而在詹姆逊看来,小说"并不是一个有机统一体,而是一种象征行为","其必须把异质的叙事范式统一或协调起来",就像他认为司汤达的著作重新结合了两种非常不同的倾向和冲动,《诡秘之主》也可视作矛盾的协调,并由此建立了某种"完整性"。因此更重要的问题或是它如何完成了这种调和。

一个关键词是"线索"。莫莱蒂曾指出,线索作为推理小说的关键要素,"无论被定义为'症状'还是'痕迹',都不是事实,而是言语的程序——更准确地说,是修辞手法。因此,福尔摩斯故事中著名的'带子',一个绝佳的比喻,被逐步破译为'带子''围巾'以及最终的'蛇'"。如果以此分析《诡秘之主》的第二卷,破解谜团的过程中充满了线索,即使它们来自占卜。此处且先不论那些对占卜语句的"回应",有时以摆动的方向、速度与幅度,有时以硬币的正反,好像神秘学;而选择更具代表性的梦境占卜分析,主角得到的是静止或活动的图像。它们被克莱恩确认为与某一事件相关的线索,而非单纯的梦境,那么它们指向什么呢?小说里不乏解读,在此我略作引用:

　　他很快进入梦境，于那虚幻朦胧的天地里看见了一个黑暗、狭小、肮脏的房间，里面有高低床，有地铺，共睡了四个人。

　　伊恩位于高低床最上方，蜷缩着身体，压着那个陈旧的挎包，正在熟睡。

　　梦境破裂，克莱恩睁开眼睛，解读启示：

　　"这样的住宿环境只存在于东区和贝克兰德桥区域，但那是异常庞大的地方，即使全贝克兰德的警察全部出动，也无法真正地排查完……"

　　在之后的情节里，克莱恩又根据更多的梦境，配合贝克兰德的地图，确认那个地方就在东区与贝克兰德桥区域的交会处。这不是推理小说吗？梦中情境好像侦探故事里某个知情人士寄来的照片，侦探需要找到它和案件的确切联系——从它的众多"所指"中找到唯一正确的。如此，以线索为视角，我们似乎看到了神秘学和侦探推理弥合的可能性。

　　但这种"可能性"还有诸多问题待厘清。占卜的梦境能否被视作线索？小说设定"占卜的原理就是星灵体遨游灵界"，而灵界"不遵守物质世界的规则，涉及超越的'我'、无限的'我'、宇宙的'我'，过去、现在和未来都有可能重叠"。简言之，占卜的梦境来自另一个"世界"。如此它似乎不能被视作物质世界的线索，因为其在根本上是超越和未知的。但这显然不是故事真正的讲述方式。尽管我们在小说里时常能读到对占卜的"自省"，比如"占卜也会被干扰，被误导，这个世界上存在太多无法理解的事物"，但以事实论，占卜获得的启示几乎指导了克莱恩的行动。此外，我们看到那些失败的占卜，往往都有颇可理解的原因，信息太少、与占卜人的关系太弱、有更强的序列强者的干扰等。由此，我们不难看出占卜在事实上已经远离神秘学了，一些都有迹可循，包括神秘。在这一强大的叙事逻辑下，那些"自省"的言语更像是一种"挽尊"的装饰，更被读者感受到的是占卜（以及其背后的灵界）虽然未知，但那是因为我们不够了解。这与前面提到的洛夫克拉特对宇宙的看法——未知且无法被认识——差之毫厘，失之千里，《诡秘之主》的叙事所呈现的更像是一个斯宾诺莎式的承诺，有限存在皆是唯一实体（神）的不同分殊，而通过理性可以触及唯一的实体——小说中序列 1 之上还有序列 0,人可以成神的设定似与此"呼应"。如此,所有"不可理解"之上的阴云都被驱散了,晋升的法则清晰,需要材料和仪式以及作为方法的扮演。而一开始的"不可理解",随着故事推进都被纳入理解之中,种种谜团逐渐清晰,阴谋之后还有阳谋。从最宽泛的意义上,这几乎是一个理性驱散"黑暗"的故事。

但像战老师所说,理性与非理性作为标准有时候是失效(至少是失准)的,它会遮蔽很多东西。而经过上述分析,我也不认为《诡秘之主》只是融合了某些克苏鲁元素,个人更倾向的表述是,克苏鲁风格作为一种姿态始终存在于小说中。之所以说风格而非元素,说姿态而非声音,是因为在小说中,"克苏鲁神话"确是一种持续且稳定地左右叙事的力量。那么真正的问题还是最初的那一个:它是如何调和,如何在诸多断裂中建立作为象征的"完整性"的?前面已论述来自灵界的"线索"提供的可能性。除此之外呢?我想还有环境。仍以第二卷为例,与克莱恩化名夏洛克·莫里亚蒂同时发生的是,他来到了贝克兰德——一座以维多利亚时代末期的伦敦为原型的城市,这里有蒸汽地铁,有报纸杂志,有各式各样的俱乐部沙龙,有满是陌生人的街道……在此我无意重复本雅明或詹姆逊关于都市与侦探的洞见,而想指出夏洛克·莫里亚蒂与贝克兰德(伦敦)或是不可分割的,即如约翰·杜威所说,"有机体不是生活在环境中,而是借由环境生活……两者是一种综合"。因此,贝克兰德或是调和克苏鲁与侦探推理的另一关键,当故事里出现了码头、雾霾、警局与监狱、富人区与贫民窟等等,侦探的出现便顺理成章——即使他身上笼罩着神话的迷雾。此处无须多言的是贝克兰德当然不是伦敦,神秘学必然"改造"了这座都市——但它仍然是多种意义上的现代大都市。或可从侧面证明的是,当故事进入第三卷时,克莱恩前往海上的第一章便是"新的身份":冒险以求暴富的赏金猎人——格尔曼·斯帕罗。这名字不难让人联想到著名的杰克·斯帕罗(《加勒比海盗》系列的主角),而海上"四王七将"的设定则让人想到《海贼王》里的四皇和七武海。这当然是《诡秘之主》类型性的体现,而此处我想说明的是,有着种种"前背景"的苏尼亚海同样是一个陌生又熟悉的环境,在那里克苏鲁神话将被以另外的方式调和。

石俊宇：狐尾的笔在起点中文网连载的《道诡异仙》凭借"中式克苏鲁"的特色以及全书对"疯癫"的多维呈现，在掀起网络读者"狂欢化"体验的同时还打开了反思一种"疯癫哲学"和探讨主体生存问题的广阔空间。关于《道诡异仙》如何写作"中式克苏鲁"的问题，其实在阅读过程中，我们能明显感受到这部作品与经典克苏鲁作品有着较大的差异，说其是将克苏鲁元素融入了一个东方玄幻的文本可能更为合适。但我们依旧可以追问这种"克系"元素融入当代网络小说创作的内在逻辑以及"中式"特色的本质性何在。我想或许可以理解为对"未知的恐惧"这一概念的双重表达：一方面是通过对诸多"前现代"文化元素的再现，来还原一种"自大的理性"还未成型前，人类面对"万物有灵"世界的惶恐不安。在西方的体系中，这种前现代的表达更多与宗教仪式、神秘学等要素捆绑，而"中式"的一大特点即如《道诡异仙》中对大量传统民俗文化的引入和改造。另一方面则是诉诸人内在整一性的破裂，揭露出理性动摇乃至"现象—本质"等诸多"深度模式"瓦解后现代人的深层焦虑。正是在这样的双重表达中，前现代的来自集体无意识的文化震撼与现代及后现代个体的不确定性达成了某种意义上的统一，"克苏鲁"既成为非理性的原始范畴，更传达了一种"反理性"的价值选择。

回到《道诡异仙》的具体文本中，作者正是通过对"疯癫"人物、"疯癫"世界的描摹完成了一场主体的生存试验。福柯在《疯癫与文明》的开篇便引述了帕斯卡（Pascal）精辟的论述："人类必然会疯癫到这种地步，即不疯癫也是另一种形式的疯癫。"他在对疯狂史的详细考察中，揭示出权力在精神病学建立过程中的介入与运行。《道诡异仙》的主人公李火旺在"现实世界"中即是一位被诊断为精神病的患者，他的父母、老师、医生都不相信他自述"自己没疯"，医院也会采取如药物输入、护士监察等方式实现对精神病人身体的控制。而李火旺所做出的种种反常行为在作者所设定的"道诡世界"中又是完全符合世界运行逻辑的，这样最终致使李火旺自己也分不清到底哪个世界才是真实世界，自己究竟有没有疯。如果基于福柯的思路，再对李火旺的人格主体进行精神分析，不难看出他这样一种近乎分裂的状态就是"神经症人格"的典型代表。卡伦·霍妮在《我们时代的神经症人格》中强调:"每一种文化都有理由充分地执着于这样一种信念,即相信唯有它自己的情感和欲望才是'人性'的正常表现。我们可以对病人的文化背景一无所知就对他的腿部骨折做出诊断,但如果我们把一个声称他拥有种种幻觉并对此深信不疑的印第安少年诊断为精神病人,我们就会冒极大的风险,因为在这些印第安人的特殊文化中,对幻象和幻觉的经验被认为是一种特殊的禀赋,是一种来自神灵的福祉。"作者则是巧妙地将这种诊断学意义上的文化信念以"现实"和"道诡"两个对照组一般的生存环境形象地呈现在读者面前。李火旺的悲剧性意味也正是体现在无论是上述哪一个世界,他都未曾能获得这个世界的符号秩序、文化信念抑或是用拉康的术语来说即"大他者"所赋予的"正常"与"真实"。"现实病院"的情况已经十分清晰,而在"道诡世界"中,其中所谓"天道、司命"的设定就是指向了象征界的"大他者",而白玉京中的"死亡""欲望""真假"等都是指向实在界即"现实"与"现象及象征"之间的鸿沟、"现象及象征"相对于"实在"的欠缺。但显然随着情节的推进,我们看到作为"心素"的李火旺无法服膺于任何一个天道的诱惑而被异化为主体,巴巳等司命都想抢夺李火旺让他成为自己的心蟠,但最终李火旺选择通过修真出了司命季灾,自己成了自己的心蟠。小说中司命与心蟠构成的未来与过去的关系,本质上是人主体结构的不同层次的体现。因此,反观李火旺的一路成长与最后的抉择,这是一场"现代主义式"主体的生存试验,患上"神经症"的他虽然对"真假界限"、理性的力量都产生了动摇,但其始终作为一个积极的行动主体在找寻重建总体性意义的可能,所谓修真也就是重新让自己主动获得某些信仰。固然这种对"大他者"的逃逸是极具英雄主义理想化色彩的,即便"火子哥"的结局也只能与迷惘做伴,但其终究是以存在主义的生存方式肩负起了自身的使命。此外,除了一种个体的抗争,他从最开始想着搜刮一点值钱的东西带回"现实世界",到之后要一路送伙伴归家,再到最后承担起拯救大梁、拯救整个道诡世界的责任,我想这个过程也折射出了中国传统儒家"为天下"的精神气质,展现了一部"东方克苏鲁"小说的"中式"底色。

与李火旺选择截然不同的则是文本中另一个"高人气"组织"坐忘道",他们身上展现出了另一种完全不同的"疯癫哲学"。通俗来说，"坐忘道"就是"乐子人"的代表，他们以捉弄人、骗人为乐，既愚弄人也愚弄神。小说中"坐忘道"的成员都以麻将牌为代号，如"东南西北中发白骰子"等，这更为他们增添了一份"万事皆可赌"的意味。他们真假混乱的语言和游戏主义式的行事风格，不断颠覆和嘲弄所有崇高的意义由此获取快乐。这显然是另一场关于"后现代主义"主体的生存试验，坐忘道对于一切价值的愚弄，提供了挣脱"大他者"束缚的新思路。比如小说中的匹县案件，就利用匹县内部权力结构实现了一场黑色幽默般的"闹剧"。

最后从读者与"二创"的角度来看，大量浏览起点中文网的评论区和各类自媒体平台的"二创"，不难发现大量读者都以代入"坐忘道"为乐或是以"坐忘道"自居，诸多评论和视频都会戏谑式地标注"由坐忘道工作室"出品，而对"火子哥"的情感多是敬佩和同情。这样以一种冷眼旁观"坐忘道"般娱乐性的态度对待诸多严肃的问题或是短暂性地把自己主动让渡给"他者"来获取稳定与安全，由此避免陷入一种"神经症"的困境。对于小说中十分经典的台词："妈，我分不清！"也确实可以提出另外两种态度，即"本就不可能分清"和"无须分清"，但这在一定意义上十分容易滑向一种犬儒主义或是虚无主义的极端，我们固然无须苛责对这种生存方式的选择，但或许在生命的某些时刻，"火子哥"的精神可以为我们提供一份慰藉。小说中，白玉京里连大司命都因为瞥见了福生天即"恐怖大司命"而陷入了疯癫，而这种癫狂在李火旺身上却变为自己成为天道的契机，经历了一切真诚的努力与忍耐之后，现代性命定般的"神经症"患者最终找到了自愈的可能！

网络恐怖系统文的系统叙事与"惊爽"体验

——以《我的治愈系游戏》为例

周思妤①

摘　要:"爽感"和"惊惧",这两种看似矛盾的情感体验却在网络恐怖系统文《我的治愈系游戏》中相得益彰,形成了独特的"惊爽"体验。这种体验是通过"系统"的四种叙事功能实现的:它同时扮演支持者和阻碍者,使"惊"与"爽"并行不悖;它以反讽叙事解构现实,让"惊"入侵到"爽"的空间;它通过"事前规则"收束叙事方向,防止"惊"的溢出;它使用"事后规则"把恐怖"事件"回溯为任务"故事",并化"惊"为"爽"。以"惊惧"编织"爽感"的网络恐怖系统文,用过量的恐怖和对现实矛盾的极端化书写展现了象征秩序中被剥夺者的失序感,并以确定性的"爽"之爆发,解决个体所面临的不确定的抽象性压抑。

关键词:网络文学;系统文;恐怖小说;抽象性压抑

一、从恐怖小说到网络恐怖系统文:
"惊"与"爽"的矛盾与融合

什么是恐怖? 洛夫克拉夫特认为,恐怖文学的核心在于读者的恐惧体验;而托多罗夫则基于传统结构主义的观点,认为恐怖是文本结构的一部分,不应该依赖读者的感受。② 如果我们讨论的是作为艺术的恐怖,就像伯克所说,恐

---

①　基金项目:本文是国家社科基金重大项目"虚拟现实媒介叙事研究"(项目编号: 21&ZD327)的阶段性成果。作者简介:周思妤(1994—　),女,内蒙古自治区包头市人,南开大学文学院博士生,研究方向为网络文学与电子游戏文化批评。

②　Todorov, Tzvetan:*The fantastic: A structural approach to a literary genre.* New York ：Cornell U-niversity Press,1975. p.34, p.94.

怖是崇高的基础①,那么托多罗夫的观点无疑非常重要。但如果我们将恐怖视作流行文化的一部分,尤其是那些依靠惊悚、猎奇元素,通过粗糙的印刷品就能吸引大量读者的恐怖小说(甚至洛夫克拉夫特和爱伦·坡在当时也被归为此类),审美主体——即读者的反应——必然成为关键因素。因此,流行恐怖小说创作的首要目标,就是满足读者"受惊吓"的愿望。

有趣的是,当下中国另一种以满足读者需求为优先的文学类型——网络系统文——也开始将恐怖元素融入其中。网络系统文,指的是在创作中引入"系统"这一设定的网络小说。"系统"设定源自电子游戏,它是游戏规则和机制在计算机领域的具象化。最初的电子游戏系统隐藏在幕后,比如,在玩《俄罗斯方块》时,玩家只需知道消除越多方块就能获得更高的分数,系统在背后计算着。随着角色扮演游戏(Role-playing game,简称 RPG)的出现和发展,系统逐渐从幕后走向台前,从简单的规则变成了可视化的游戏机制,如任务系统、装备系统、属性系统、宠物系统等。这些机制在网络小说中得到了广泛应用,任务系统推动故事情节发展,装备系统则帮助主角迅速成长。

恐怖主题和网络系统文共同构成了笔者的研究对象,即"网络恐怖系统文"——一种搭载了"系统"设定的网络恐怖小说。恐怖小说和网络系统文都被正统文学排斥在外,而它们却凭借强大的吸引力,收割了大量读者的精力和金钱,展现出难以被经典文学超越的市场前景。

然而,这两者之间存在着根本性的矛盾。斯蒂芬·金曾言:"对我来说,最佳效果是读者在阅读我的小说时因心脏病发作而死去。"②这句话虽然极端,却明确地指出了"惊惧"乃是恐怖小说的核心效果。而网络系统文的关键词是"爽","系统"设定正是为了满足这种心理而诞生的,因此,系统文中常见的打怪升级、打脸、逆袭等情节,都是在为读者的"爽"服务。

恐怖小说的快感是通过自我折损的"惊惧"获得的,而网络系统文的"爽"感则是从自我满足(匮乏的替代性满足)里溢出的。前者为了保持神秘与未

---

① [英]埃德蒙·伯克:《关于我们崇高与美观念之根源的哲学探讨》,郭飞译,郑州:大象出版社,2010 年版,第 36 页。

② [美]斯蒂芬·金:《撒冷镇》,刘莉莉译,北京:大众文艺出版社,1998 年版,封三。

知,通常篇幅较短,以维持情节的紧凑性和悬疑感;而后者则通过不断重复的套路和模式,构建出一个能够持续生产"爽感"的百万字文本。看似对立的"惊"与"爽"的体验,以及产生这两种体验的完全不同的书写形式,为什么能够在同一个文本中共存,不仅不互相冲突,反而相得益彰呢?

基于上述问题,笔者将以起点中文网已完结的小说《我的治愈系游戏》①(以下简称《治愈》)为例,探讨网络恐怖系统文如何在文本中实现看似矛盾的"惊爽"体验。实现这一体验的关键写作策略,便是"系统叙事"。

《治愈》的系统不仅是主角成长的工具,同时还承担着重要的叙事任务。系统通过四项叙事功能,巧妙地调和了"惊"与"爽"之间的关系,把"惊"规划为"爽"的一部分,达到了"为爽而惊,越惊越爽"的效果。

无论是"惊"还是"爽",本质上来说,都是网络小说的"卖点",因此,与其说"惊"与"爽"的结合是作者创作偶然造成的古怪,不如说是对读者阅读需求的回应。读者在网络恐怖系统文里追求两种看似对立的体验,但在其阅读过程中二者并不产生冲突。这种现象提供了探索"惊爽"之社会学内涵的基础。在文末,笔者将进一步探讨这一问题。

二、推动叙事:系统的双重角色

在《治愈》中,系统的第一个叙事功能是推动叙事情节发展。叙事情节通常有两种驱动力:一是主角的主动行动,二是其他要素对主角行动的影响。这两者分别构成了网络系统文和恐怖小说的情节动因。

网络系统文与恐怖小说在主角的设置上存在显著差异。网络系统文的主角通常是一个具有主动性的角色,他依靠系统的"金手指",完成任务并获取其

---

① 《我的治愈系游戏》故事梗概:因社恐而丢了工作的喜剧演员韩非偶然间接触到了号称"治愈系游戏"的全息游戏《完美人生》,却进入了和游戏日常温馨的"浅层世界"完全不同的、充满恐怖鬼怪的"深层世界",他在游戏里和现实里的生命时刻受到威胁。在探索游戏的过程中,韩非逐渐找回自己失去的记忆并慢慢揭开了"深层世界"的秘密,同时,"深层世界"的恐怖开始逐渐蔓延到现实世界。游戏里,韩非同可怖的鬼怪成了朋友乃至家人;游戏外,韩非借助"深层世界"里获得的能力成为著名演员,并协助警方破获一系列恶性案件,为受害者申冤,最终拯救世界。

他人无法拥有的能力和资源，从而实现小说中阶级或等级的跃升。有学者直接将"系统"和"金手指"画上等号，将二者看作"外挂"的不同形态。[①] 以小说《神医凤轻尘》[②]为例，主角凤轻尘携带着医疗系统穿越至架空的古代世界，她每救治一个人都可以获得相应积分，积分则能在系统中换取各种现代物品。凤轻尘凭借着系统呼风唤雨，掌控政权，并辅佐心爱之人登上王位。系统混乱的故事世界变成了尽在主角掌握的游戏世界，主角只要遵循系统的指示，完成系统发布的任务，就能把复杂的事态变成简明的任务流程。

相比之下，恐怖小说的主角往往是被动的，他们不是主动参与，而是被卷入恐怖事件之中。比如，在蔡骏的《地狱的第十九层》[③]里，主角春雨收到一条短信后，意外陷入一场恐怖的游戏之中，身边的好友接连殒命。为了摆脱这场噩梦，春雨才不得不开始探索短信背后的秘密。主角被事件裹挟着前进的失控感，以及生命时刻受到威胁的紧迫感，共同构成了恐怖小说惊惧体验的重要来源。

因此，当网络系统文与恐怖小说结合时，首先要解决的就是主角的设定问题。苗立群将网络恐怖小说的主角形象总结为"抗压式"人物，"网络恐怖小说作者擅长设置极端的困境以塑造在绝境中突出重围的主人公形象，他们一般有着比常人更加强大的心理承受能力"[④]。然而，这种概括并不能完全描述网络恐怖系统文的主角形象。因为在这类作品中，系统承担着双重角色，它既是主角的支持者，也是阻碍者。

我们可以借助格雷马斯的六个行动模型对网络恐怖小说《我当阴阳先生的那几年》[⑤]（以下简称《阴阳》）和《治愈》的底层情节逻辑进行比较：

---

① 《破壁书：网络文化关键词》中将两者用斜杠并置，作为同一个条目来讨论。参见邵燕君主编：《破壁书：网络文化关键词》，上海：生活·读书·新知三联书店，2018 年版，第 256—257 页。
② 阿彩：《神医凤轻尘》，北京：新世界出版社，2015 年版。
③ 蔡骏：《地狱的第十九层》，广西：接力出版社，2005 年版。
④ 苗立群：《中国网络恐怖小说初探》，山东师范大学 2019 年硕士学位论文，第 35 页。
⑤ 崔走召：《我当阴阳先生的那几年》，2010 年 8 月 27 日，见 https://book.qidian.com/info/1529640/。

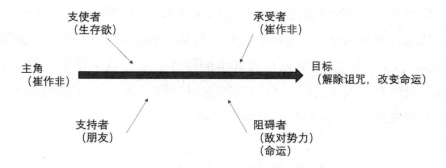

《我当阴阳先生的那几年》底层情节逻辑

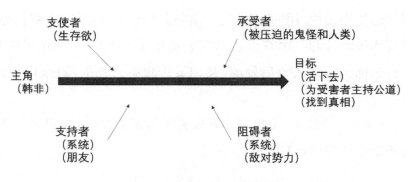

《我的治愈系游戏》底层情节逻辑

在《阴阳》中，主角崔作非为了打破"五弊三缺"的诅咒，在友人的帮助下，与敌对势力和命运（书中被具象化为一个戴黄帽子的男人）进行抗争，最终取得胜利。

而在带有系统要素的《治愈》中，主角韩非被困在充满危机的"深层世界"，游戏生命与现实生命时刻受到威胁。但系统规定他只有游戏时长超过 3 小时并完成一个任务才能下线，并且下线后 24 小时内必须重新登录进行下一轮游戏。几轮游戏后，韩非发现已探索过的安全区域不再有可供完成的任务。为了生存，他不得不深入未知的危险区域，承担新的风险。

表面上，《治愈》中的阻碍者是各种鬼怪和敌对势力，但真正的威胁其实来自系统本身。系统不仅迫使韩非留在危险境地，还不断驱使他向更深、更恐怖的地方靠近。在系统文里作为主角能力一部分的强大系统，在《治愈》中既支持着韩非的行动，又是威胁他生命安全的源头。

因此,《治愈》的情节推进是由被动的主角和主动的系统共同完成的。主角身上交织着两种情绪:一是被系统抛入恐怖事件后对命运的无力感和失控感,二是靠系统不断成长、掌控全局催生的信心。这种既推动主角前进,又不断制造障碍的系统叙事,让《治愈》维持"惊惧"感的同时,也能提供网络系统文特有的披荆斩棘、无往而不利的主角"爽"感。

三、解构现实:系统的反讽表达

在网络恐怖小说中,用"玩梗"或主角"过于正常"的反应来解构恐怖氛围是常见的写作策略,因此,也有很多网络恐怖小说会被贴上"搞笑"的标签,它们通过营造恐怖氛围让人背后发凉,又用笑声化解恐怖的溢出,以免读者"摄入过量"。

比如在《惊悚乐园》里,主角封不觉失去了恐惧的情绪,在很多令人惊骇不已的恐怖场景中依然镇定自若:

在他前方,婴儿的啼哭声越来越响,不断地钻入他的耳中,正如歌谣中唱的:"呜哇哇,呜哇哇⋯⋯婴啼阵阵在耳畔。"

封不觉合上手机的翻盖,握在左手手心,把手电筒也递到这只手上,随即就从行囊里抽出厨刀,右手反握着,快步朝前走去。

⋯⋯

封不觉吐出长长的一口恶气,然后蹲下,看着那婴儿,心平气和地说道:"你想怎样,说出来。三十秒之内说不出来,脑袋搬家。"

婴儿还是在哭泣,而且哭得更狠,"呜哇⋯⋯"的哭声变得尖厉无比,就像指甲划过玻璃时制造的响声一样让人心里发毛。

"哭!"封不觉提高声音道,"哭也算时间啊!"[1]

---

[1]　三天两觉:《惊悚乐园》第 77 章, 2013 年 3 月 29 日,见 https://www.qidian.com/chapter/2597043/44472814/。

在婴儿哭声构建起来的恐怖氛围里,作者不仅让封不觉威胁了"鬼婴",还使用了"哭也算时间"的梗,这句话本来是电影《让子弹飞》中强势的麻匪劫持弱势的师爷之后的威胁之语,在这里却被弱势的人类用以恐吓强势的鬼怪。这种地位的反转使得整个恐怖场景被解构,产生了喜剧效果。

在《治愈》里也有类似的桥段:

> 一条条命绳被斩断,韩非根本不急着离开,他好似在享受着鬼打墙,眼中甚至还流露出满足。
>
> 别说敌人害怕韩非,现在队友都很慌张。
>
> 哪个正常的玩家会这么开心地去寻找尸体,以前玩游戏只见过寻宝的,哪有热衷于寻尸的?[①]

在这个桥段里,韩非在闹鬼的酒店内寻找可以获得奖励的尸体冰雕,队友避之不及的尸体却成了韩非眼中的"经验值",韩非面对尸体"过于正常"的态度在这里解构了恐怖场景。

作为网络恐怖系统文,《治愈》的独特之处在于,系统本身也参与了解构行为。而它解构的对象并非恐怖氛围,而是小说中的现实本身。

在小说开篇,韩非需要在恐怖的居民楼中,与各类诡异的鬼怪邻居"搞好关系"。每当邻居的好感度提升时,系统便会提示:"和睦的邻里关系是完美人生的第一步!"系统提示让人感觉韩非真的在玩一款日常游戏,但实际上维系"和睦的邻里关系"靠的是在鬼怪横行的楼道里帮邻居换保险丝、在藏有尸体的房间强颜欢笑、吃下满身血污邻居准备的诡异餐点……

游戏里各种匪夷所思的恐怖任务,在系统中却以讲述日常生活的语气发布。系统要求韩非看电视、洗澡、饲养宠物……但实际上韩非面对的是电视中的诡异脚步声出现在了现实里、浴室的镜子里的断头鬼影和"獠牙刺穿了下巴,满身缝合痕迹,身体胀大到三米"的怪物,在获得这只"宠物"后,系统给出

---

① 我会修空调:《我的治愈系游戏》第 491 章,2021 年 11 月 9 日,见 https://www.qidian.com/chapter/1025901449/682828056/。

了这样的提示：

> 找到了工作的你，已经算初入社会，面对竞争日益激烈的职场，饲养宠物可以为你提供精神支持，减轻各种不必要的压力，调节内心情绪。
>
> 好的宠物是人生的伴侣，是我们获得幸福和健康生活的一个来源，看着如此可爱、听话的它，你是不是也感觉受到了治愈呢？①

韩非的危险处境与系统的"温馨提示"形成了一种反讽式的叙事效果。然而，这种反讽并不像"玩梗"那样解构恐怖，反而加深了读者的惊惧体验。因为把眼前的恐怖场景视作轻松日常的不是主角，而是系统。读者可以理解主角在危险中的镇定，却无法接受系统对种种诡异现象的视若无睹。

因此，《治愈》中系统的反讽叙事开始解构现实本身：系统的"温馨提示"不过是现实的表象，填补其内容的乃是不可言说的恐怖。鲁迅在《狂人日记》里描写了一个患有被迫害妄想症的"狂人"，他把现实中人们的日常聊天都看成是他们要"吃人"的筹谋，这种疯狂的书写恰恰解构了看似美好的日常现实：封建礼教的日常，与真正的"吃人"别无二致。

《治愈》借由系统的叙事功能达到了类似的效果，而随着故事的逐渐展开，游戏的"深层世界"开始入侵现实世界，现实的种种阴暗与腐败也露出端倪，叙事形式上的解构变成了故事内容层面的解构。有趣的是，小说中的"深层世界"本身就是由现实世界的罪恶和痛苦积攒而成的，换言之，不是游戏入侵了现实，而是现实的本质就是恐怖。这种特殊的叙事形式和故事主题，使得《治愈》成了一个"寓言性文本"②。

---

① 我会修空调：《我的治愈系游戏》第 271 章，2021 年 5 月 31 日，见 https://www.qidian.com/chapter/1025901449/654285874/。

② "寓言性文本"是周志强提出的概念。"'寓言'乃是这样一种文本结构：其内部的意义需要借助外部的意义来'拯救'"，简言之，网络恐怖系统文之"惊爽"体验的背后有着特殊的社会性内涵，文本自己并不能够对自身做出解释，必须将其放置到固定的社会语境中去解读。参见周志强：《如何构建"寓言论批评"——我的一点学与思》，《民族艺术》2017 年第 4 期。

四、收束故事走向：系统的"事前规则"

《治愈》中系统的第三个叙事功能是收束故事的走向。系统通过"事前规则"在故事开始之前就确定了情节发展的基本框架。具体而言，就是系统发布某个任务，并规定一系列相关限制，于是，主角在这些规则下完成任务的过程，便构成了后续情节的核心内容。

实际上，大多数网络系统文的系统设定都具备类似的功能。例如，在《灵界行者》中，主角第一次进入"灵境"时，便收到了系统的通知：

【叮，灵境地图开启完毕，欢迎来到"夜游神——佘灵隧道"，编号：0079。】

【难度等级：S。】

【类型：单人（死亡型）。】

【主线任务一：存活三小时。】

【主线任务二：探索0079号灵境，当前探索度：0%。】

【备注：非灵境物品不可带入。】

【0079号灵境介绍：你知道松海十大怪谈之一的佘灵隧道吗？】

【佘灵隧道修建于上世纪末，隧道修建期间，一支施工队在下着阴雨的夜晚进入隧道挖掘，从此消失在隧道中，再也没有出现。】

【治安署组织搜索队伍寻找数日，在山中找到了一位参与当晚挖掘的工人，其他人却不见踪迹。】

【那位幸存者虽然活了下来，但受到某种莫名的刺激，精神出了问题，变得疯疯癫癫……不管治安员怎么询问，他嘴里翻来覆去就只有一句话。】

【他说：不要进庙，不要进庙……】①

---

① 卖报小郎君：《灵界行者》第4章，2022年3月24日，见 https://www.qidian.com/chapter/1031940621/705653797/。

　　这一段事前规则明确规定了接下来故事的三个要素:叙事空间(佘灵隧道)、叙事方向(主线任务)以及故事背景(施工队失踪怪谈)。在网络系统文中,安排情节和推动故事发展相对简单,只需通过系统发布任务即可,无须通过角色与事件之间的复杂互动来引导情节进入下一阶段。

　　《治愈》中,系统也发挥了类似的功能。但由于其恐怖主题,系统在收束故事走向时还带来了额外的效果。以第257章为例:

　　　　后背冷汗直流,韩非吓得魂不附体,现在可不是善良的人抱团取暖的时候,他本来被读者人格追杀已经够崩溃了,没想到还要面对在场的所有鬼怪。

　　　　……

　　　　在他做出这个决定的同时,脑海里传来系统的提示。

　　　　"编号0000玩家请注意! 你已成功触发F级隐藏任务——命运蜘蛛!"

　　　　"命运蜘蛛:将畜生巷管理者的心送回他的心房,辅助畜生巷管理者重新夺回畜生巷控制权;或者独吞其善意的心,自己成为畜生巷新的管理者! 两种不同的选择,既决定了你的命运,也决定了他的命运!"

　　　　……

　　　　全身肌肉绷紧,韩非朝着屠夫之间中间塌陷的地方冲去!

　　　　他就像是蜘蛛曾经从四楼坠落,从现实坠入意识世界当中一样,没有任何迟疑,直接从三楼塌陷出的地方跳向了楼下的血肉洪流!

　　　　……

　　　　抓着剩下的半颗心,韩非义无反顾地跃向蜘蛛,他也不知道身下是深渊还是希望,他只是尽力去做自己认为正确的事情罢了。

　　　　带着血腥味的风灌入双耳,韩非皮肤上的伤口开裂,在空中划出一道血痕。

　　　　他勉强睁开了眼睛,漆黑的瞳孔里映照着那个血肉构成的蜘蛛。

"毁了你半颗心的人是我，为你送来另外半颗心的人还是我，我帮你斩碎了恶意和痛苦，我为你送来了善意和希望。"

韩非的身体坠落入血肉洪流当中，他手上的半颗心瞬间被血液包裹，被牵引向血肉中央的蜘蛛。①

在这段情节中，韩非获得了小说角色"蜘蛛"的心脏，引来了在场所有鬼怪的恶意瞩目。随着系统任务发布，韩非在鬼怪的追杀下决定将心脏归还给"蜘蛛"。有趣的是，在系统发布任务前，故事的氛围仍然是恐怖的，韩非"冷汗直流""魂不附体"，在鬼怪的逼迫下逐渐"崩溃"。然而，系统发布任务后，韩非的表现却发生了明显变化。他突然向最危险的地方"冲去"，"没有任何迟疑"，"义无反顾"地跃向蜘蛛。此刻的韩非似乎从恐怖小说中被逼到绝境的受害者，瞬间转变为壮烈赴死的英雄人物。

系统的出现不仅收束了故事的走向，还限制了叙事情绪。每当系统发布事前规则并确定故事发展的方向时，《治愈》的叙述方式就从"未知"的恐怖转变为"已知"的掌控。

"恐惧是人类最古老、最强烈的情感，而最古老、最强烈的恐惧则来源于未知。"②洛夫克拉夫特这句名言将"未知"确立为恐怖小说的核心。恐怖的来源往往不是某个具体的怪物或事件，而是在恐怖源头尚未揭露时带来的心理压力，一旦揭开真相，恐惧感便随之消散。

《治愈》正是在这一点上巧妙地处理了两种情绪的转换。它既要维持捉摸不定的恐怖氛围，又要满足读者对确定性爽感的诉求。系统的事前规则在这里发挥了重要作用：系统发布任务之前，故事充满了未知诡异，韩非置身其中，毫无头绪地挣扎，读者感受到的是纯粹的惊惧；而一旦任务发布，韩非就有了明确的行动目标，恐惧被转化为一个个具体的任务，"打怪升级"的快感随之爆

---

① 我会修空调：《我的治愈系游戏》第 257 章，2021 年 5 月 24 日，见 https://www.qidian.com/chapter/1025901449/653034217/。

② ［美］H. P. 洛夫克拉夫特：《文学中的超自然恐怖》，陈飞亚译，西安：西北大学出版社，2014年版，第 115 页。

发。系统通过把恐惧转化为任务，再不断引入新的恐惧，形成了"惊惧—爽感—惊惧"的叙事循环。这种循环既能让读者保持高度紧张的状态，又能通过阶段性的胜利获得快感，从而在恐怖与爽感之间找到平衡。

五、化"惊"为"爽"：系统的"事后规则"

系统的事前规则在电子游戏和网络系统文中非常常见。但《治愈》的系统还有另一种特殊形式——"事后规则"。它不仅要在事前设定任务、收束故事走向，还要在事后对主角的行为进行"回溯"。

《治愈》中经常会出现这样的情节：系统没有提前布置任务，而是等韩非完成某个行动后，才宣布任务达成，并给予奖励。比如在第727章中，就有这样一个片段：

> "编号0000玩家请注意！你已成功达到阶段十！恭喜你找回自我，成功获得管理者所有权限！"
>
> "编号0000玩家请注意！你已完成随机神龛任务——小丑，成功帮助乐园小丑十一号找回幸福！获得大量经验奖励，获得十一号的友谊。"
>
> "你已完成随机神龛任务二——幸福小区，成功救下扎纸匠，帮助其找回记忆！获得大量经验奖励，获得扎纸匠的友谊。"
>
> "你已完成随机神龛任务三——欺诈师，成功欺骗不可言说的意志！获得大量经验奖励，获得稀有称号——欺诈师。"
>
> ……
>
> "你已完成随机神龛任务九十九——第九十九次死亡，在神龛记忆世界累计死亡九十九次，获得隐藏奖励——D级能力人格不灭。"①

---

① 我会修空调：《我的治愈系游戏》第727章，2022年5月27日，见 https://www.qidian.com/chapter/1025901449/714867411。

虽然在情节设定中,韩非是长期失忆之后忽然恢复了记忆,因而收到了系统积累已久的大量提示,但这种"事后提示"的现象在《治愈》中十分常见:系统未曾提前发布任务,韩非也没有接受任何任务。然而,在某个情节告一段落后,他却突然收到系统提示,宣布任务完成,并进行奖励结算。

在这种情况下,与其说是韩非完成了某个任务,不如说是系统将之前发生的各种"事件(event)"①回溯性地重构为一个完成任务的"故事(story)"。这里的"事件"是齐泽克意义上的概念②,齐泽克在分析希区柯克和斯蒂芬·金的惊悚作品时,常用"事件"这一概念来描述那些让观众或读者感到无法解释并留下创伤性印象的情节/事物。在他看来,这种令人不安的"事件"是实在界对象征秩序的突然侵入,它们打破了原有的秩序,造成了观者的恐惧。

《治愈》中的"事件",正是系统提示任务完成之前发生的那些惊悚片段。在系统介入前,这些情节仿佛一个个没有因果联系的短篇鬼故事,似乎只为吓唬人而存在,带来纯粹的恐惧与惊骇,造成"实在界的创伤"。

以第727章提到的任务"神龛任务二——幸福小区"为例。在任务被正式命名之前,作者曾通过多个简短的恐怖场景来描述"扎纸匠"的可怕,每一个场景看似独立,无头无尾,仿佛没有逻辑上的关联,只有令人不寒而栗的气氛。直到系统给出任务提示,这些散乱的恐怖片段才被重新整合,成为一个具有完

---

① "事件"是近几十年法国哲学思潮中被不断重写的一个概念。20 世纪 70 年代,随着结构主义的衰落,后现代解构主义的兴起,"事件"逐渐成为法国哲学思想的核心关键词。结构主义重视结构,认为个别因素的出现并不能改变结构本身,而解构主义重视事件,以德勒兹、德里达的"差异哲学"为代表,强调具有绝对特殊性的事件。德里达在其《意义的逻辑》中发展出一套以事件为关键概念的哲学,为事件论开了先河。1988 年,巴迪欧出版《存在与事件》一书延展了"事件"这一概念,"存在"和"事件"成为其理论关键词,对"对事件的忠诚"的强调使得巴迪欧的哲学被称为"事件哲学"。参见邓刚:《论马里墉和巴迪欧的事件概念》,《苏州大学学报(哲学社会科学版)》2017 第 4 期。

② 齐泽克在《事件》一书中借用了巴迪欧的事件概念,并加入自己的理解。在巴迪欧这里,个体是不能"创造事件"的,因此,"对事件的忠诚"是我们唯一的道德责任,事件打破了当下的社会秩序,带来了一种"绝对的新(absolute new)",通过忠实于事件,我们可以得到一个更好的社会。但是,齐泽克意义上的"事件"往往是反道德的,通常是跟主体的快感联系在一起的。齐泽克在《事件》中指出"终极的事件正是堕落(fall)本身",萨德和唐璜的反道德之堕落在齐泽克这里都是纯粹的事件。参见[斯洛文尼亚]斯拉沃热·齐泽克:《事件》,王师译,上海:上海文艺出版社,2016 年版,第 57 页。

整结构的故事：

> 这地方跟白天来时一样，住户房门大开，门口摆放着一个个纸人。
>
> 那些纸人脸色各个圆润饱满，穿着鲜艳的新衣，表情惟妙惟肖，似乎下一秒就会扭头微笑。
>
> ……
>
> （在韩非和老太太进行了一番对话之后）
>
> "你俩稍等一下。"小尤抓住了韩非的手臂，"九楼的白货你最好别碰，那个疯老太太说的话你们也千万别相信。"
>
> "疯老太太？"小贾和韩非都停下了脚步。
>
> "那老太太的丈夫很早以前就死了，但她却说自己的丈夫还活着。她每天晚上自己坐在楼道里扎纸人，等到白天她又说那些白货都是她丈夫做的。"
>
> "扎纸匠就是老太太自己？她丈夫很久以前就死了？"①

上面两个桥段，一个通过描写诡异环境引发恐惧，另一个通过剧情的突转让读者后怕。然而，这些情节对整体故事的推进并没有实际作用，它们只是引发惊惧的"卫星事件"，而非推动主线发展的"核心事件"。

但系统介入后，"扎纸匠"带来的恐惧感便被纳入"获得扎纸匠友谊"任务的步骤之中。所有原本孤立的恐怖"事件"被整合为完成任务的过程。这种原本由实在界入侵所引发的惊惧体验，逐渐被编织进系统的象征秩序中，不再具有"事件"的突发冲击力，而是变成了遵循规则、按部就班发生的"故事"。

系统的事后规则实现了一种"回溯性叙事"：将突发的、不可控的"事件"重新讲述为必然发生的"故事"。当事件引发的"惊"结束时，故事带来的"爽"便开始爆发。以第727章为例，这一段在近3000字的章节中占据了三分之一的篇幅，但没有读者认为它是"凑字数"。一条获得542赞的读者评论写道："那

---

① 我会修空调：《我的治愈系游戏》第664章，2022年3月24日，见 https://www.qidian.com/chapter/1025901449/705832233/。

么久以前完成的任务现在才一次性被通报了出来,憋坏了吧,系统。"还有很多评论表示:"终于到这天了!""终于等到你了! 系统提示!"①

此时,系统对恐怖事件的"故事化"成为读者期盼已久的"爽点"爆发点。原本因恐怖而产生的惊惧,最终在回溯性叙事中被转化成了"爽"的一部分。通过这种转化,《治愈》达到了"化惊为爽,越惊越爽"的效果,积累的恐惧最终以"爽"爆发。

六、"秩序"的快感与抽象性压抑: "惊爽"体验的社会学内涵

在《治愈》的系统叙事中,"惊"最终会转化为"爽",但"惊"并不是引发"爽"的必要条件。正如周志强所说:"真正的'爽'不是小说带来了什么,而是带来什么的方式和过程。"②因此,我们关注的焦点不应是"惊爽"本身的性质或来源,而是为何网络恐怖系统文总要通过"惊"来引发"爽"? 与纯粹的爽感爆发相比,恐怖主题下的"惊爽"体验究竟有什么独特之处?

黎杨全和李璐将网络文学的快感分为四种:占有感、畅快感、优越感、成就感。③ 这四种快感并不完全适用于《治愈》中的"惊爽"体验。读者的爽感并非源于对各种"物"的占有,也不是复仇或战斗时的畅快感,更不是主角在面临恐怖时的优越感或逆境翻盘时的成就感。《治愈》最关键的"惊惧"元素无法被简单归入传统网络小说的快感类型中,它提供的是一种截然不同的快感体验,我们可以称之为"秩序感"。

"秩序"的快感就是化"惊"为"爽"的爽感,它把未知转化为已知,将混乱整合为有序,给无由的恐怖添加上因果,让失控被理性收编。"秩序感"与其他

---

① 读者评论,见 https://www.qidian.com/chapter/1025901449/714867411/ ,查阅日期:2023 年 9 月 30 日。

② 周志强:《处在痛苦中的享乐——网络文学中作为"圣状"的爽感》,《广州大学学报(社会科学版)》2023 年第 3 期。

③ 黎杨全、李璐:《网络小说的快感生产:"爽点""代入感"与文学的新变》,《海南大学学报(人文社会科学版)》2016 年第 3 期。

四种快感一样，都是人类个体面对外部世界时产生的一种想象性征服欲望，同时，它也源于某种社会"病症"，是一种特定环境下的"症候"。

网络文学中的"爽"往往是一种疯狂的"匮乏补偿"①：占有背后是曾经的一无所有，畅快背后是长久的憋屈与不快，优越背后是深感卑微，成就背后是屡遭失败。总之，现实中的匮乏感催生了网络文学中的"想象界大爆发"。这四种快感都有着明确的现实指向，是无权者在现实中被剥夺感的极端化反击。因此，网络文学中总是充斥着逆袭、打脸和复仇的桥段。故事中的恶人总要先趾高气扬，然后再拜倒在强大但低调（或被迫高调）的主角面前。

然而，"秩序感"背后却没有这样一个明确的"敌人"。在《治愈》中，那些带来恐惧和惊惧的鬼怪，往往正是现实中被迫害最深、遭受剥夺最多的受害者。他们被欺凌、被压迫，最终在"深层世界"里化作威胁韩非生命的恐怖存在。而韩非的任务并非消灭他们，而是拯救他们，并在故事发展中逐渐与这些曾令他恐惧的鬼怪建立友谊，甚至将他们视为亲人。

简言之，"秩序感"受损的原因是模糊而不确定的，它无法简单地归因于某个特定的"恶人"或某一类具体的对象。《治愈》中的恐怖氛围，实际上是个体对自身现实处境焦虑与不安的投射。一方面，人们切实感受到生活被某种看不见的威胁侵蚀；另一方面，他们却无法确定这种威胁究竟来自何处，又会带来怎样的后果。

如果说具体的压迫感造就了前面四种快感的缺失，并引发网络文学中"肆意反扑"的快感释放，那么导致"秩序感"失衡的则是一种更为隐蔽的"抽象性压抑"。所谓抽象性压抑，是"无法找到原因，仿佛不存在却无处不在的压抑"②，人们难以清晰地感知它，从而处于一种不安与茫然之中，仿佛现在所拥有的一切随时会崩塌。正是这种无形而潜在的危机感，滋养了网络恐怖系统文的生长。

---

① 周志强：《处在痛苦中的享乐——网络文学中作为"圣状"的爽感》，《广州大学学报（社会科学版）》2023年第3期。

② 抽象性压抑是周志强提出的一个术语。参见周志强：《抽象性压抑与文化研究的中国问题》，《济南大学学报》2018年第2期；周志强：《算法社会的文化逻辑——算法正义、"荒谬合理"与抽象性压抑》，《探索与争鸣》2021年第3期。

因此,网络恐怖系统文的特殊性体现在两个方面:它既不同于传统恐怖小说单纯提供"惊惧"体验,也不像网络系统文那样专注于"爽感"的再生产。网络恐怖系统文的"惊爽"源自现实社会中弥漫的抽象性压抑,这种压抑带来了个体深层次的焦虑与不安。小说通过过量的恐怖元素和对现实矛盾的极端化书写,展现了象征秩序中被剥夺者的失序感,并以确定性的"爽"之爆发,解决个体所面临的不确定的抽象性压抑。

正如齐泽克所说:"社会现实只是脆弱的、符号性的蜘蛛网,它随时可能因为实在界的入侵而土崩瓦解。最寻常的日常会话,最寻常的日常事件,随时都有可能发生危险的逆转,造成无法弥补的灾难。"①《治愈》中的"深层世界"与现实世界的关系是如此,而网络文学的狂想与我们所身处的现实也是这样一种"寓言性"关系。

---

① [斯洛文尼亚]斯拉沃热·齐泽克:《斜目而视:透过通俗文化看拉康》,季广茂译,杭州:浙江大学出版社,2011年版,第28页。

网络文学中残障的性别化叙事

——以"太监文"为中心的考察

滕小娟①

摘　要:"太监文"聚焦于"太监"这一特殊生理和心理对象,它所勾连出的情感关系和社会关系显露出其作为文学形象的丰富意蕴。面对同一人物形象,女频太监文承载了女性作者与读者对男性的去势想象,反映出女频文阅读群体对理想化情感与身体关系的渴望;而男频太监文则立足于身体升级,着力描述男性主人公获取成功经历的磨难和最终的满足,显露出现实生活中男频读者普遍的生存压力以及对两性关系的紧张性认知。

关键词:残障;太监文;凝视;升级;性别

引　言

纵观中国文学史,残疾人物俯拾皆是。无论是《狂人日记》中的狂人还是《原野》中的金子,抑或是《红楼梦》中的跛足道人、《命若琴弦》中的老瞎子和小瞎子。残疾人或贬或褒,都在文学故事和文学想象中占有一席之地。网络文学兴起后,以残疾人为主要人物的小说创作层出不穷,并受商品经济与后现代文化的影响表现出更多样化的残疾主题,比如"太监文"的出现。太监文,顾名思义,是以太监作为主要角色的网络小说类型。太监文中的"太监"等同于

---

①　基金项目:江苏省 2021 年"双创计划"人才项目"讲好中国故事背景下国产残障电影研究"(项目编号:JSSCBS20210325),江苏省 2022 年度高校哲学社会科学研究一般项目"文化强国背景下长三角地区艺术电影产业发展路径研究"(项目编号:2022SJYB0245)。作者简介:滕小娟(1988—　　　),女,汉族,湖南省凤凰市人,艺术学博士,南京师范大学文学院讲师,美国加州大学圣克鲁斯访问学者,主要从事残障与文化研究。

"宦官",指"君主时代宫廷内侍奉帝王及其家属的人员,由阉割后的男子充任"①。在太监文的具体使用过程中亦称阉(奄)人、奄寺、阉宦、宦者、中官、内官、内臣、内侍、内监、貂珰等。② 在真实的历史中,太监这一群体已经随着封建王朝的覆灭而永久消失了,因此,太监文的出现与流行则成为一个颇为复杂有趣的文学现象。

残障研究学者伦纳德·戴维斯指出,在一个充满常态化标准的社会里,残疾人往往作为偏移标准的少数群体被健全人边缘化为"他者"。③ 沙德·吉尔曼则把这种边缘化行为解释为人类对于"可能性威胁"的恐惧,即残疾(疾病)所显现出的各种各样的人的非常规形态,打破了人之所以为人的恒定状态。④因此,残障研究的目的即在于解构此前存在的残疾认识,通过不断地反思艺术、文化、社会、历史、经济、政治等等不同话语空间中的残疾来重新想象残疾。对于文学残障研究而言,则期望通过重新审视文学作品中的残疾人物形象,以及挖掘其背后的隐喻意义来还原残疾人的真实情境。在这种背景下,太监文作为聚焦"太监"这一极端身体状态的文学创作,它对身体损伤的描述及其因身体损伤引起的内在心理状态与外在社会关系的描述就显得颇富意趣,尤其是其中反映的两性关系的权力状态以及与之对应的文化心理。

---

① 中国社会科学院语言研究所词典编辑室:《现代汉语词典》,北京:商务印书馆,2019 年版,第 570 页。

② 这些称谓各有不同:其一尊称如"公公""老爷";其二鄙称"宦竖""阉竖""内竖";其三专指阉割了生殖器官,如"刑人""刑余""净身";其四是以宦官的职务来称呼,如"黄门",因汉朝皆以宦官充任黄门令、中黄门、小黄门等职而得名。

③ 参见 Lennard J. Davis. Constructing Normalcy:The Bell Curve, The Novel, and the Invention of the Disabled Body in the Nineteenth Century . in Lennard L. Davis,ed. *The Disability Studies Reader*,New York:Routledge, 1975. p3—p16.

④ 参见:Sander L. Gilman. *Disease and Representation*:*Images of Illness from madness to AIDS*. New York:Cornell University Press, 1988:p1—p18. Sander L. Gilman. 此书将疯癫、艾滋病等统称为疾病,但其分析思路与残障研究的思路是一致的,都是解构文化再现中对非常规身体的想象、边缘化和拒斥。

一、去势想象与情感触媒：女频太监文的残障叙事

太监作为一个物理层面的阉割对象，被迫成为介于男性与女性之间的一种中间性态，虽然太监仍然认为自己是男性，但由于缺少必要的性征支撑，因而成为通俗意义上的"异数"。而这种异常状态成为叙事开启的动机，身体损伤所提供的紧张感恰恰为太监文的形成奠定了基础。正如大卫·米切尔和莎朗·施耐德所强调的"叙事的义肢（或者说文学叙事对于残障倚赖）凸显了这个观念：所有的叙事都是出自一种欲望——想要弥补限制或驾驭过度——而运作的"①。"叙事将文化异常的征象，转变为透过文本被标记的身体。"②创作者极其有效地将太监的这种"不足"和"异常"因势利导地转化为一种前置铺垫，通过塑造一个迥然于一般想象中的男性形象来达到吸引读者的目的。③

在现实生活中，残疾人的身体往往隐藏在医疗与法律系统当中，并不具有触及性与性别议题的能力。④ 在现存的太监记录中，太监仍然会通过各种方式获得伴侣，不过因为失去了规范化的敦伦能力而导致的虐待性性行为也时有发生。⑤ 而在女频网络小说的太监文类别中，创作者过滤掉了这种太监叙事，反而将其因身体损伤所引发的紧张性自我认知和社会认知产生的性压抑转化为一种浪漫的彼此依恋的情感关系。通过事无巨细的描绘女性与太监之间的

① 大卫·T. 米切尔和莎朗·L. 施耐德：《叙事的义肢与隐喻的物质性》，刘人鹏、宋玉雯、蔡孟哲、郑圣勋编，《抱残守缺：21世纪残障研究读本》，新北市：蜃楼股份有限公司，2014年版，第220页。

② 大卫·T. 米切尔和莎朗·L. 施耐德：《叙事的义肢与隐喻的物质性》，刘人鹏、宋玉雯、蔡孟哲、郑圣勋编，《抱残守缺：21世纪残障研究读本》，新北市：蜃楼股份有限公司，2014年版，第221页。

③ 具体文本可见：绿药《宦宠》的裴徊光、零落成泥《嫁给一个死太监》中的李有得、她与灯《太监观察笔记》中的邓瑛、童子《大珰》中的廖吉祥、周乃《我竟然截和了皇帝的老婆》中的祝海、水上银灯《衡香》中的季泉衡、翎春君《心上人》中的宁安、郑小陌说《宦难江山》中的符柏楠、郑小陌说《张公公退休的日子》中的张和才、米兰lady《孤城闭》中的怀吉、狐十三《雨化田全攻略手册》中的雨化田等。

④ 参见 Barbara Waxwan Fiduccia. Current Issues in Sexuality and the Disability Movement. *Sexuality and Disability*, Vol. 18, No. 3, 2000.

⑤ 参见贾英华：《末代太监孙耀庭传》，北京：人民文学出版社，2004年版，第220页。

关系,尤其是身体关系,呈现了正常性行为中的"异常"快感。在《宦宠》①中,小皇后沈茵与权宦裴徊光的相处模式可以看到明显的施虐情节,但这种"虐待"被作者利用早期女频网络小说霸道总裁文的叙事套路转化为男性对女性的"独一无二"的示好和喜爱。② 并且通过大量的心理描写来弱化施虐的本质,从而将这种男性无法通过身体交合占有女性身体的痛苦想象成对男性的惩罚,最终享受到一种想象的权力倒转的快感。

可以看到,在女频太监文中,男性损伤的身体以及与之匹配的社会身份成为反复揣摩把握的对象。这是因为男性的"阉割"身体打乱了既有的性别秩序(Gender Order),在新的两性关系之中,男性由传统的强势角色转化为弱势角色,进而形成一种极具张力的夹杂着多种力量关系的性别状态。在女频太监文中,女性成为两性关系,尤其是性关系发生的主动者,而男性则被动接受来自女性的关怀,多以感激、自卑、痛苦的复杂心态来面对和接受女性给予的身体接触。可以说,在女频太监文中,女性的欲望呈现是直接且大胆的,相反男性的欲望则始终以压抑和自卑的状态呈现。这种与现实生活反差极大的文学创作,在一定程度上满足了当下女性网络小说读者的心理需求。与完全倒转的女尊文③相比,太监文仍然保持现有社会意识的延伸,但又在具体叙述过程中将两性对于欲望,尤其是性欲的表达进行调整,形成一种颇具吸引力的文学想象。

与此同时,女频太监文尤为注重营造由去势身体所形成的破碎感④与禁忌感。在当下的文化环境中,身体已经不再单纯地作为劳作与生殖的载体而存在,而是以被观赏的形态出现在诸多艺术类别当中。在波德里亚看来,身体,

---

① 绿药:《宦宠》,见 https://m.jjwxc.com/book2/3043072%27。

② 霸道总裁文是女频小说中极为重要的一种类别,男主人公的"霸道"是其性格特征,"总裁"是其社会身份,并且往往姿容俊美,三重叠加为一个帅气、多金、专一的形象。此类形象在网络小说中曾经风靡一时,得到了相当多女性读者的喜爱。《千山暮雪》《泡沫之夏》等是此类小说的代表。

③ 女尊文:以女性为尊的世界观架构的网络小说,是男权社会的直接对调。除性别更改外,其他内容无本质上改变。

④ 破碎感是当下偶像流行文化中的常用表达,意指一种敏感脆弱但又专情坚韧的性格特征,容易让人产生保护欲。

尤其是美化的身体已然成为消费社会的主要消费品。① 以女性网友为主要读者的女频太监文,即是通过对男性身体书写来达到一种来自身体的审美快感,淡化实用功能,转而关注其"身体的外观、视觉效果、观赏价值或消费价值"②。在人类漫长的书写历史上,男性作家反复书写女性的身体与心理,并将其某些特征加以归纳形成典型的文学形象,继而在阅读与传播中继续接受来自男性的审视与观看。女性作者的缺席导致文学历史上女性经验的匮乏,直至近代,随着女性社会地位的提高,女性书写才得以进入公共空间。但以女性身体出发的女性写作,由于女性隐私和私人化经验的暴露,又很容易被以男性话语主导的阅读空间扭曲成为被观看被欣赏的对象,继而损害其女性自我言说的独立性。女频太监文将欲望投放于男性身体之上,则是因对方身体的损伤消解了反击的能力。作者一再强化其因身体引发的认知困惑和自我否定,以此来达到解构男性权威、凸显女性主体的目的。比如在《嫁给一个死太监》③中,男主人公李有得首次出场时的身体特征为:"身材纤长""一米七五""面白无须""涂着一层厚厚的美白粉底""细长的双眼""声音尖厉刻薄"。而同在此文中的次要角色顾天河却是"这个男人看着很年轻,或许连二十岁都没有。他的身高至少一米八五,身材高大又强壮,紧贴在身上的衣裳下肌肉有力,浑身充满了力量感。而他的脸上充满了英气,一双眉毛又粗又黑,眼睛炯炯有神,若离得近了,直面那种压迫感足以教人双腿发软"。两相一较可见,李有得的身体外形带有强烈的"阴柔气质",将这种气质的成因归结为身体损伤,虽然带有明显的文化思维定式,但迎合了女性读者对男性阉割身体的想象。费瑟斯通认为在当代社会消费文化之中,身体始终处于未完成的状态,需要不断地进行修饰、改变和变形,并通过对身体进行符号化和美学化来进一步刺激消费欲望。④阴柔的男性形象能够成为言情小说的主人公是受日韩等国偶像流行文化的直

---

① 参见鲍德里亚:《消费社会》,刘成富、全志钢译,南京:南京大学出版社,2000 年版,第 120—144 页。

② 陶东风:《消费文化中的身体》,《贵州社会科学》2007 年第 11 期。

③ 零落成泥:《嫁给一个死太监》,见 https://m.jjwxc.net/book2/3279558。

④ 参见[英]迈克·费瑟斯通:《消费文化中的身体》,汪民安、陈永国编,《后身体:文化、权力和生命政治学》,长春:吉林人民出版社,2003 年版,第 323—352 页。

接影响,而"李有得式"的男性则因为身体的损伤让这种阴柔想象得到极致表现。小说中,反复出现女主人公陈慧娘对男主人公李有得的身体想象,并一再忽略其男性身份。

> 反正太监少了点东西,又不用她履行夫妻义务,低眉顺眼一点讨得他欢心,想来衣食无忧肯定是没问题的。①

> "这些玉势……难不成是那死太监用在女人身上的? 毕竟他已经没有作案工具了,自然只能借助外物……可太监也会有性欲的吗? 用在女人身上,他自己又爽不到的啊! 诶,等等……他该不会把这些用在他自己身上吧?"②

> "她刚刚摔的时候,好、好像撞到他两腿之间了? 虽说他已经没有那玩意儿了,可即便是女性,那里被撞一下都疼,他如今估计也差不多吧?"……③

这种略显夸张的语言表达,显露的正是女性群体对男性身体的一种欲望投射和公共想象。在网络文学的空间之中,女性行使其用户—消费者的权力,自由定义了男性的身体外形,并由此将男性放于被观看的位置。在女频太监文中,这种观看尤其与男性的身体残疾密切相关,残疾的存在成为推动主人公之间情感递进的触媒。在陈慧娘无意间发现李有得阉割后的阳物且被后者知道后,刻意说谎以维护对方的体面,但后者直接告知其真相。紧接着,作者写道:"陈慧娘瞪大眼睛看李有得,那震惊的模样看在李有得的眼里竟让他有种隐秘的快感,以及一丝丝觉察不到的悲哀。"④通过这样的描述,读者获得了一个表面冷漠、嚣张与内里的悲凉、伤感相差极大的男性主人公形象,而这正是女频网络小说中惯用的男性破碎感的制造方式。在太监文里这种破碎感则直

---

① 零落成泥:《嫁给一个死太监》,见 https://m. jjwxc. net/book2/3279558/1。

② 零落成泥:《嫁给一个死太监》,见 https://m. jjwxc. net/book2/3279558/5。

③ 零落成泥:《嫁给一个死太监》,见 https://m. jjwxc. net/book2/3279558/6。

④ 零落成泥:《嫁给一个死太监》,见 https://my. jjwxc. net/onebook_vip. php? novelid = 3279558 &chapterid = 54。

接指向男性身体的残疾。也就是说，在女频太监文里男性的残疾身体不仅没有损害人物的魅力，相反还因为这种异常显露出与一般言情小说不一样的趣味。在《东厂观察笔记》中，男主人公邓瑛的身体状态始终是作者她与灯的重点描述对象。邓瑛首次出场即是一个伤者形象，作者称之为"伤鹤芙蓉"。鹤与芙蓉皆是高洁雅致的代称，以此作比，显示出作者对人物的怜惜之情。而在文本内部，女主人公杨婉惊讶于邓瑛的俊美，赞为"绝色美人"，紧接着又感叹道："这被刑罚蹂躏过后完美的破碎感；上经家破人亡之痛，下忍残敝余生之辱却依旧渊重自持的性格，要是拎回现代，得令多少妹子心碎。偏他还一直不出声，神情平静，举止有节，对杨婉保持研究对象初期神秘感的同时，一点不失文士修养。"在杨婉眼中，施加在邓瑛身上的刑罚既是一种伤害，但同时又形成了某种美感。这种美感植根于对肉体凝视的快感之中，欣赏由损伤带来的怪诞感受。作者不惜停下叙事进程，转而抒发的这一通评论，其意图无非是以一种观看者的角度引导读者进入这种把玩的状态。这种凝视与劳拉·穆尔维所论述的传统好莱坞影片对女性身体的凝视并无二致，尤其在消费社会的语境下，身体本身即已物化成为可供购买的商品。

弗洛伊德的精神分析理论认为，男性在发现女性身体的异样之后会产生强烈的阉割恐惧。这种恐惧最终促使男性贬抑甚至逃离女性。与此同时，弗洛伊德也强调女性对于阳具的复杂心理，既渴望拥有，又试图摧毁。"太监"的肉身事实一方面让男性完全失去了生理上的男性特征，另一方面又让女性完成了幻想中的去势欲望。在《东厂观察笔记》中，由于遭受宫刑，邓瑛被损害的不仅仅是他的肉体，更为严重的是其附着在完整身体上的社会身份。在成为"太监"之前，邓瑛是青年才俊、国家栋梁，成为"太监"之后则成为"权臣""弄臣""罪人"。在这种叙事设置下，来自未来的杨婉成为完全意义上的救赎者。在肉体层面，杨婉从未厌弃邓瑛生理上的残缺，甚至通过其他间接方式完成了两人的结合。在精神层面，杨婉也支持邓瑛每一次的重要决定，甚至不惜舍弃自身的社会身份。从凝视到救赎，事实上，在女频太监文中，女性依旧沿袭了传统两性叙事中的女性功能设定，无私的充满着母性色彩的女性角色完全地解救并拥抱了男性的弱势与无助。在小说中，作者细致地描绘了邓瑛对杨婉几乎仰望谦卑的内心世界。这些描写与杨婉的行为形成了一个完整的情感闭环，女性在这场想象性的阉割世界里获得了极大的心理与生理满足。

同时，女频小说中的耽美类太监文更是将这种身体禁忌演化为一种叙事技巧和戏剧冲突。同性恋情与太监身份皆是日常生活的例外，这种迥异于主流的故事设定使得故事获得一种引人注目的传奇感。在身体层面，生理去势的太监承担了双重欲望投射，极大地延宕并叠加了女性读者的阅读快感。如果说在一般言情模式中的太监文尚且有一个真实的女性身体作为欲望替代，那么在耽美太监文中这种身体欲望则在角色之间反复跳跃。这意味着阅读耽美类太监文的读者身处一个性别与残障的双重禁忌场景，不仅拥有了侵犯者和旁观者的双重视角，还拥有了健全者和残疾人的双重感受，呈现出一种复杂勾连的心理感受。在童子的《大珰》中，作者着力刻画了六品小官谢一鹭和宦官大珰廖吉祥的心理拉扯与生理纠葛，并生动地再现了明朝宦官群体的情感生活世界。廖吉祥人前倨傲人后懵懂，这种颇为分裂的性格反差不仅激起了谢一鹭的强烈兴趣，还引发了读者的观看欲望。因此，尽管作者有意通过对以廖吉祥为主的宦官群体的描写来架构明朝官僚体系的腐败压抑，但过分流连身体欲望的做法损害了小说进一步探索个体人物与时代之间复杂关系的可能。《大珰》的叙事手法带有鲜明的女频网文的特征，着重对人物心理与身体的细致描绘，利用人物之间的情感关系的变化来推动故事的发展。廖吉祥的人物魅力来自其身心的对立统一，留存在肉体之上的伤残是其个人经历的痕迹，并最终演变为个体身份的标识。廖谢二人的情感力度一方面得益于两者不同的身份立场，另一方面来自两者的生理差异。与杨婉融化打开邓瑛的身心类似，谢一鹭的行动轨迹亦是如此。由此可见，在耽美类小说中，母性的包容姿态一如既往地萦绕在故事的叙事当中，影响着作者对人物的刻画和情节的设定。在女频小说中常见的情感幻想依旧明晰地显露在太监文的创作当中。男性角色的生理去势非但不影响作者与读者的情感带入，相反这种残损的身体强烈地激发了二者的观看兴趣。

女频太监文的兴起是女性作者身体写作的网络小说呈现，较之一般言情小说显露出更多的现代文化症候。伴随着现代女性意识的崛起，女性作者与读者都试图在文学创作中抹掉或减弱男性的影响力。通过女性形象的塑造与内心世界的挖掘来完成女性自我主体的建构，当下女频网络小说已经开始尝试无 CP 小说类别的创作。不过，大量女频网络小说仍然集中于情感叙事，并依赖身体描写来完成阅读快感的积累和释放。某种程度上，女频太监文的出现和盛行，反映了当下女性对性关系的开放姿态和失望心理。太监的生理失势形成的戏剧困境给予了女性解放他人的可能，并在这种解放中获得征服的快感。这本质上也是消费时代女性参与文化经济循环过程的结果。但是，女频太监文中也存在着对残疾人的刻板印象，以及明显的客体化行为。太监文中的太监因身体损伤而遭受的来自周围关系的排斥和疏离，演变为叙事过程中的功能性背景，残疾人仍然处于一种污名化状态。更有甚者，利用这种污名化状态来构建戏剧冲突，比如诸多女频太监文中男主人公的自我怀疑和自我否定，以及由于怀疑和否定而力图通过种种补偿行为来达到或者超越健全人的标准的情况。可以说，在女频太监文中作者和读者都享受着性别权利关系反转带来的快感，但也都忽视了残疾人群体在其中的负面呈现。

二、身体升级与肉身奇观：男频太监文的残障叙事

网络小说市场被准确地分为女频与男频，二者在题材偏好、人物塑造、主题内容和语言风格等方面都有极大的差异。通常而言，女频以言情为主，人物行动围绕情感展开，主人公多为女性或耽美小说中的男性。而男频则以剧情见长，情节环环相扣，注重人物的历时性发展，尤其是人物的阶段性超越，主人公一般都是男性。男频网络小说的特征也影响了男频太监文的创作，也就是说，即便在太监文中，男性缺失了作为男性认同的生理条件，但仍然不影响其套用男频小说叙事的内在逻辑。

在文化思维定式的影响下，男性角色几乎都将其注意力投入外部世界，包括政治的、军事的、经济的等等家庭之外的活动空间。因此，与女频太监文中男性主人公内在的自卑纠结不同，男频太监文中的"太监"身份认同几乎没有太多阻碍。在萧舒的《超脑太监》中，男主人公李澄空原本是一名超算研究员，

因意外事故而穿越成为一名小太监。但是对于自己成为"太监"的事实，李澄空的内心反应迅速且短暂，几乎没有任何心理挣扎。同时，对于身边的太监群体的身体被描述也迥异于女频作者。李澄空出门即看到"两个魁梧的小太监"，到了种菜木屋，汪太监的身体描述为"须眉皆白，脸白如雪，圆圆脸庞圆圆的大眼，气色红润，有鹤发童颜之姿"，等到认识其他太监群体，作者将其形容为"虬结的肌肉""他们不管个子高矮，个个精壮"……如此可见，在男频太监文中，太监并非作为一个"中性"乃至"女性"形象，而是仍然以传统男性角色的形象特征存在，诸如"阳刚""孔武有力"等肉体上的特征。

并且，对于男主人公而言，损伤的肉身事实上只是武侠小说惯用的身体弱势的基本设定手段之一。在《庆余年》《择天记》《凰权》等以男性作为主人公的网络小说中，主人公皆有这样或那样的残障情形。范闲的重症肌无力、李长生的怪病、宁弈的隐疾，这些肉体上的不便成为后续故事发展的动因，也奠定了其身体升级叙事的基础。因此，太监这样的肉身设定并不造成其内心自我认知的错误，相反成为故事张力得以呈现的前提之一。在另一本太监文，七只跳蚤的《诸天最强大佬》中，男主人公在不同的世界中穿越，由于献祭气运导致其穿越时成为一名太监。与《超脑太监》类似，男主人公楚毅在面对自己被阉割的情况时，唯一的疑惑表现在他询问刘瑾是否有希望做一个真正的男人。此后，楚毅便迅速认同了自己的太监身份，并且积极投入由此身份展开的一系列社会生活。相较于女频作者反复流连于太监文中男主人公的不安、纠结与痛苦，男频太监文中的男主人公几乎未曾有个人私密情绪的流露，更没有两性关系的深入描写。在小小部长的《太监能有什么坏心思》中，开篇别出心裁地使用了日记体的形式，通过穿越者秦源的第一人称叙述可知对于成为"太监"这个现实，"我"几乎没有太多抗拒，甚至还以颇为戏谑的口吻自嘲。幽默搞笑的口吻消解了女频太监文赋予太监这一身份的悲情色彩，作者以相当欢快的方式迅速展开了主人公秦源的皇宫冒险之旅。随着在这趟旅程中不断遇到各色不同性格的女性角色，这篇太监文也逐渐演变为后宫文。① 由此可见，损伤

---

① 后宫文，男频小说常见类型，意为男频中男主人公获得多位女性的青睐，并与之发展成较为亲密的关系。

的身体在男频太监文中并不构成内心冲突的来源,而是作为一个角色身份存在于人物之上,目的只是突破这一肉体束缚,达到个人成功的最终目标。

从女频太监文中被观看的客体到男频太监文中行动的主体,太监这一具体的肉身承载了两性作者对同一身体的不同认识。女性对破碎男性身体的凝视,得到了相当多女性读者的同意,并将其编织进自身的情欲之中。而在男频太监文中,男性读者显然并不想认同男主人公的肉体身份,并且始终以游离甚至批判的态度来审视这个人物。在《超脑太监》的留言中,"跪女"①甚至成为其中突出的词语。李澄空因公主独孤漱溟被贬孝陵,在第51章二人"相见"时,作者原文为:

> "是因为公主驾临,你心乱了吧?"汪若愚放下茶盏,悠悠说道。
>
> 李澄空点点头。
>
> "怎么,还记恨着她?"
>
> "我记性太好,脑子里总忘不了那一幕。"
>
> "偏偏又奈何不得,所以愤怒?"
>
> "那倒不是。"李澄空摇头,"我愤怒的是,想恨她,偏偏恨不起来。"
>
> "因为她长得美?"罗清澜抿嘴轻笑。
>
> "可能是吧。"李澄空无奈地点点头,"受了她那么大的苦,竟然一点儿恨不起来,太不应该!"
>
> 他说的是实话。
>
> 情绪这东西很古怪,明明应该痛恨,偏偏不恨。
>
> 当初自己刚重生过来的时候,是愤恨无比的,可随着时间的流逝,这种愤怒已然消散得一点儿不剩,反而变成隐隐倾慕。
>
> 再回想先前一幕的时候,胸腔不再涌起愤怒,反而会生迷恋,会沉醉于她的绝世美丽,会赞叹天地造化之力,竟然生出如此美貌的女人。②

---

① 跪女,网络用语,意指讨好女性,贬低男性。

② 萧舒:《超脑太监》,2019 年 12 月 3 日,见 https://www.qidian.com/chapter/1016710474/507476905/。

　　由于作者的这种表达激起了读者的强烈反抗,最终迫使作者删除了李澄空的自我剖白部分(下划线即为删除部分),而直接用"李澄空沉默以对"来做含糊的回应。事实上,即便在原来的内容中,女主角独孤漱溟的容貌也就是她的身体成为李澄空与之和解的唯一前提。但是这种和解显然相当浅薄,女性角色在这里并未展开人物该有的复杂与深度,作者对女性角色的想象仍然停留在简单的生理性或更直接一些的性欲唤起的功能性阶段。因此,男频太监文遭遇了一个女频太监文未曾遇到过的认同困境,主人公的身体展开空间也随之由个体的生活化的日常空间转向社会的政治化的制度空间,以此来转移人物因肉身引发的身体危机。也就是说,在男频太监文中,由性引发的矛盾与焦虑都被其转移到了外在空间的探索之上。同时主人公也意图通过外部力量的引入打破原有身体的局限,进而间接地解决与之相关的两性紧张关系。

　　居伊·德波认为:"在现代生产条件占统治地位的各个社会中,整个社会生活显示为一种巨大的景观的积聚。"[①]为了追求夸张刺激的心理效果,在男频太监文中身体的游戏化和奇观化成为其叙事的主要特色。身体升级是网络游戏中常见的叙事模式,初始玩家通常表现为身体瘦弱、武力低下的特征。而随着不断地闯关打怪,玩家的身体开始不断升级,各项技能指标也迅速提升。这一类游戏叙事完美地融合了传统男性成长小说、武侠小说与现代游戏的要素,对目标受众有着极强的吸引力。因此,尽管太监文以"太监"作为男性主人公,但这并不妨碍其与修真、玄幻、战争等男频热点叙事元素相结合。同时,太监的身体设定和身份设定也让故事得到了更多的展开可能。为了完成升级身体的目标,男频小说往往会设置一个较为明晰的升级阶段/境界,这意味着一旦达到某个阶段/境界就可以获取相应的奖励。在《择天记》中,修行即以身体为本,并将修行境界分为洗髓、坐照、通幽、神隐。达到最高境界,身体百病不侵,御风万里,神隐于天地之间。男频太监文也沿用此种设定,在一语破春风的《厂公》里即以系统来交代完成人物的身体升级。采用"系统"这种模式是网络

---

① ［法］居伊·德波:《景观社会》,张新木译,南京:南京大学出版社,2017年版,第3页。

游戏进入文学创作最直观的体现，它内嵌了一整套游戏化的叙事逻辑。文本层面，人物空间叠合三个不同的活动世界，一是人物原本的空间，也就是穿越前的现实空间；二是人物目前所在的空间，即当下的真实空间；三是系统的空间，是人物获取道具提升技能的空间。三个不同的空间给予了人物三种不同的身体体验，为读者提供不同层面的心理满足，同时也为作者提供了更多的叙事可能。对于重情节的男频网络小说而言，采用这种身体升级的叙事模式能够较好地与当下的消费模式相互匹配。打怪升级，无论是怪物的数量还是升级的层次都可以自由变动、伸缩自如，这无疑有利于网络小说的连载。

在身体升级的叙事设定下，如何展现身体的变化过程成为此类网络小说的重中之重。太监文套用了这套规则，同时将人物直接设定为"太监"，即在最初就将人物放置在了一个较低的身体条件之中，方便作者后续对其身体进行加工改造。与此同时，这种"太监"身份所包含的生理损害，其本质目的都在于完成一个奇观化的身体塑造，并以此来吸引读者。而在这个奇观化的过程中，阳具复生，或称"起阳"，成为男频太监文中一个颇有意味的现象。福柯在其身体理论中指出，酷刑是权力的重要体现，是其展示权力的一种仪式。通过施加酷刑并使之仪式化，权力得以展现它的不可侵犯性。① 相较于其他刑罚，宫刑所带来的损害远远超过了其他任何生理性损害所带来的政治、文化、经济层面上的影响。即便从个体出发，难以获得性爱欢愉和无法拥有自己的后代都将成为背负在男性身上的沉重枷锁。因此，网络小说作者取用了太监这一生理和心理身份的奇观与禁忌特征，同时删除了因此设定而损伤的阅读快感。在女频太监文中，出现了"真太监文"与"假太监文"，后者利用"太监"这一身份设定来完成叙事上的辅助，并不愿使其成为故事现实，而是用"以假换真"这一情节转折来满足读者的观看乐趣。在男频太监文中，则以天根重生为突出特征。比如《超脑太监》中的"紫阳教"，《厂公》中的系统亦提供"将残缺部分长出来的武学或者丹药"，《诸天最强大佬》中的楚毅后期修炼到了"阴极阳生"的境界，《太监能有什么坏心思》则在首章上架时即在作者感言中写道"鸟很快

---

① 参见［法］福柯：《规训与惩罚》，刘北成、杨远婴译，上海：生活·读书·新知三联书店，1999年版，第3—34页。

就会有的哈",等等。由此可以看出这种"太监"肉身事实在男频小说中是作为叙事设定存在的,它本身即为奇观化身体叙事的组成部分,作为手段而不是目的出现在文本当中。

男频太监文以男性视角进入太监叙事,显示出两性作者在处理同一个对象时所持有的迥然的态度。影响男频太监文的创作旨趣的仍然是现实文化生活中对男性的"男性化"要求,也就是生理上的完整与社会意义上的成功,具体表现为占有性资源与取得现有生活秩序的肯定。男频太监文将这种阉割实体化,又通过身体升级的叙事设定缓解直至消灭这种阉割事实,其本质仍然反映出男性的阉割恐惧。而男频太监文与现实生活勾连的仍然是男性由于社会期待而产生的生存焦虑。在男权意识主导的价值体系中,男性与女性的角色形象与角色价值都被相当详细地固定化了。正如女性被男权社会期待拥有"贤良淑德"的品质,男性同样被期待达到"建功立业"的理想状态。因此,生理上的损伤会通过各种各样的武功、法术、修为等方式来达到复原的结果,而且在这个过程中往往伴随着主人公事业的成功。

身体升级叙事背后,是男频太监文受"丛林法则"的现实影响。丛林法则是现代化过程中,工具理性不断挤占价值理性空间的结果,人被异化成为工具世界的某种成分和零件,缺少自我的主体性认知。在韩炳哲那里,物质愈加繁盛之时,人所得到的虚假主权促使其不断剥削自身,形成"功绩主体"。[①] 与此同时,太监文运用"康复"这一残疾医疗逻辑,本质上亦是能力主义的延伸。[②] 男频太监文中的太监几乎都会有被"修复"的需要,并且也几乎都完成了"修复",这种对损伤身体的复原沿用了文化定式中对健全人的想象与对残疾人的排斥。因此,在这两种思想的影响下,不断完善男性主人公的男子气概就成为作品中最为重要的任务。在故事的最初,主人公总是身单力薄,并且常常带有某种心理或者生理上的残疾,因而遭受他人的打压和欺侮。作者与读者共同

---

① 参见:[德]韩炳哲:《超越规训社会》,《倦怠社会》,王一力译,中信出版社,2019 年版,第65—87 页。

② 参见 Simi Linton. *Claiming disability: knowledge and identity*. New York, NY: New York University Press,1998.

期待着主人公身体上的变化,并且肯定这种变化所带来的一切精神与物质利益。为了满足这种叙事期待和心理期待,作者往往采用简单的叙事结构,在不断地重复旋转过程中,缓慢但始终渐趋向上。网络小说对于叙事快感的追求深刻地影响了创作者对人物的塑造和情节的安排,身体的损伤仅仅作为一个叙事装置存在,支撑着故事的行进,而与人物的主体性建构毫无关联。在相当多的网络小说中都可以找到这种通过不断增加新的人物和新的支线剧情来吸引读者的叙事手段,而男频太监文则充分利用了肉体损伤这个事实形象化地将心理高潮与生理高潮相互统一。比如《诸天最强大佬》采用了无限流的叙事模式,主人公在多个世界空间穿梭,无穷无尽,绵延不绝,并在这个过程中成功复阳;而《姑娘你不对劲啊》则通过不断登场的性格各异的女性角色来激发男主人公的身体功能,直至最终恢复男性性征。

尽管是同一个文学对象,女频与男频小说作者呈现出了截然不同的性别化叙事面貌。在市场经济的影响下,文学这一原本中性的艺术载体成为分类齐全、标签明确的文化商品。按需提供迅速直接地满足了各类消费需求,甚至出现定制化小说生产,太监文的出现无疑不是受"需求—供给"消费逻辑影响的产物。在这种语境之下,女频太监文与男频太监文显示出商品细化之后所带来的标准化叙事套路操作,同时又根据各自的现实生活体验赋予其明显的性别色彩。附着于太监肉体之上的损伤,一方面转化为女频太监文中的视觉快感与想象性去势愉悦,另一方面依旧从属于男频网络小说升级打怪、雄霸天下的叙事结构之中。二者都沿用了文化思维定式中的参数设定,将残疾身体处理成为一个奇观化对象,忽视了其中暗含的社会污名化现象。概而言之,太监文的出现和发展反映了当下社会对两性情感关系的焦虑状态以及对残疾人的恐惧和拒斥,并幻想通过阉割和复阳的方式将自身欲望投射其中,完成想象中的自我安慰。

论网络言情小说的叙事模式

陈经纬[①]

摘　要:网络言情小说作为网络类型小说的重要类型,在叙事上呈现出模式化的特征,这种叙事模式可以借鉴普罗普的研究方法,通过总结与主角相关的叙事情节来获得,具体表现为两种模式:谈情说爱—情感障碍—障碍消除—"有情人终成眷属",谈情说爱—情感障碍—障碍未消除—"有情人天各一方"。这两种叙事模式分别让网络言情小说呈现出喜剧特征与悲剧特征,除此之外,它们还对传统文学进行了继承与创新,展现出网络言情小说的魅力。在肯定网络言情小说的同时,也应看到模式化网络言情小说的背后存在的隐忧,这样才能使网络言情小说可持续发展。

关键词:叙事模式;喜剧特征;悲剧特征;传统文学

　　网络言情小说的叙事呈现出模式化的特征,然而,叙事模式化并不是网络言情小说的专属特征,它在传统言情小说中也是普遍存在的,如古代的才子佳人小说、琼瑶的言情小说等。虽然传统言情小说与网络言情小说都存在叙事模式化的特征,但是两者的叙事模式不是完全相同的,原因是网络言情小说的叙事模式在继承传统言情小说模式的基础上进行了创新。在此,人们会产生诸多疑问:网络言情小说的叙事模式是什么样子的? 根据叙事模式表创作出来的网络言情小说有什么样的特征? 网络言情小说在哪些方面对传统言情小说进行继承,体现出它的传统性? 它又是在哪些方面对传统言情小说进行了创新? 本文借鉴普罗普的研究方法,首先,通过分析多部作品归纳总结与主角相关的且对主角产生影响的叙事情节来总结叙事模式;其次,根据喜剧与悲剧

---

　　① 作者简介:陈经纬(1992—　　),女,山东省烟台市人,曲阜师范大学在读博士后。

的理论发现模式化叙事下的网络言情小说所具有的喜剧与悲剧特征;最后,采用对比研究的方式,探究拥有喜剧模式与悲剧模式的网络言情小说所具有的传统性与创新性。

一、爱情故事的两种叙事模式

网络言情小说经过多年的发展,衍生出许多类型。根据时间来进行划分,网络言情小说有古代言情小说、都市言情小说、穿越时空小说等类型,[①]而这些小说类型又可以细分出许多新的类型。众多的网络言情小说虽然分属于不同的类型,但是它们在叙事情节上具有共通性,这导致叙事呈现出模式化特征。如何找出叙事模式? 在此可以借鉴普罗普的研究方法。普罗普在研究民间故事时发现故事可以是形态多样、无穷无尽的,但人物的行动或者功能不仅是有限的,而且还是故事中的恒定因素,与此同时,人物的行动序列是固定不变的。网络言情小说基本上是围绕着主角展开叙事。因此,人们可以先找出与主角相关且对主角产生影响的情节,然后将这些情节进行总结,进而得出网络言情小说的叙事模式。

为了更好地寻找到网络言情小说的叙事模式,本文选取了诸多不同种类的网络言情小说作为研究的对象:顾漫《微微一笑很倾城》《杉杉来吃》《何以笙箫默》,墨宝非宝《蜜汁炖鱿鱼》,电线《香蜜沉沉烬如霜》,希行《君九龄》,米兰 Lady《孤城闭》,流潋紫《后宫·甄嬛传》,缪娟《翻译官》,匪我思存《东宫》《来不及说我爱你》《佳期如梦》,天下归元《扶摇皇后》,桐华《步步惊心》,赵乾乾《致我们单纯的小美好》,Fresh 果果《花千骨》,蜀客《落花时节又逢君》,唐七公子《华胥引》《三生三世十里桃花》,八月长安《最好的我们》等,通过作品分析找出的情节有许多,具体如下所示:

1. 在爱情来临前,女主人公身上拥有吸引男主人公眼光的特质,如智慧美貌、单纯善良、勇敢坚强等。《微微一笑很倾城》中的贝微微不仅是计算机学院

---

① 詹秀敏、杜小烨:《试论网络言情小说的美学特征》,《暨南学报(哲学社会科学版)》2010 年第 4 期。

的学霸与系花,而且也是游戏高手,在她身上,智慧与美丽并存的特质被展现得淋漓尽致;《杉杉来吃》中的薛杉杉散发出单纯善良、可爱呆萌的气质;《蜜汁炖鱿鱼》中的佟年聪明可爱;《香蜜沉沉烬如霜》中的锦觅有善良单纯与呆萌可爱的特质;再如《君九龄》中的君九龄、《孤城闭》中的徽柔、《后宫·甄嬛传》中的甄嬛、《来不及说我爱你》中的尹静琬、《翻译官》中的乔菲、《东宫》中的小枫、《佳期如梦》中的尤佳期、《扶摇皇后》中的孟扶摇、《步步惊心》中的马尔泰·若曦等人身上都具有吸引男主角的特质。

2. 在爱情来临前,男主人公身上具有吸引女主人公眼光的特质,如高富帅、地位尊贵、富有才华等。《翻译官》中的程家阳出身于外交官世家,不仅拥有显赫的家世,而且还拥有高大帅气的外表。《微微一笑很倾城》中的肖奈、《杉杉来吃》中的封腾、《蜜汁炖鱿鱼》中的韩商言、《致我们单纯的小美好》中的江辰、《何以笙箫默》中的何以琛、《步步惊心》中的八阿哥和四阿哥、《香蜜沉沉烬如霜》中的旭凤、《来不及说我爱你》中的慕容沛、《东宫》中的李承鄞、《佳期如梦》中的阮正东、《三生三世十里桃花》中的夜华、《花千骨》中的白子画、《落花时节又逢君》中的锦绣、《后宫·甄嬛传》中的玄清和玄凌、《扶摇皇后》中的长孙无极、《君九龄》中的朱瓒、《华胥引》中的慕言等等。

3. 在爱情来临前,无论女主人公拥有什么样的身份,她们都会有一段不幸的生活经历。《翻译官》中的乔菲、《花千骨》中的花千骨、《华胥引》中的君拂、《佳期如梦》中的尤佳期、《最好的我们》中的耿耿、《扶摇皇后》中的孟扶摇、《君九龄》中的君九龄、《何以笙箫默》中的赵默笙、《香蜜沉沉烬如霜》中的锦觅等,她们在爱情来临之前都有一段不幸的生活经历。

4. 在爱情来临之前,女主人公的生活是平凡而幸福的。《微微一笑很倾城》中的贝微微、《杉杉来吃》中的薛杉杉、《蜜汁炖鱿鱼》中的佟年、《致我们单纯的小美好》中的陈小希、《孤城闭》中的徽柔、《后宫·甄嬛传》中的甄嬛、《东宫》中的小枫、《来不及说我爱你》中的尹静琬等,她们都有幸福的生活经历。

5. 女主人公对男性产生情愫,开启"倒追"模式。《蜜汁炖鱿鱼》中的佟年主动追求韩商言,《致我们单纯的小美好》中的陈小希追求江辰,《落花时节又逢君》的红凝追求中天王,《花千骨》中的花千骨追求白子画,《何以笙箫默》中的赵默笙追求何以琛,等等。

6. 英雄救美。《微微一笑很倾城》中的贝微微与肖奈在游戏中呈现英雄救美的桥段;《来不及说我爱你》中的尹静琬在自己的未婚夫许建璋被抓后独自去寻求慕容沣的帮助,而慕容沣被尹静琬的勇气与胆量吸引,并通过各种手段对她展开追求;《东宫》中的小枫与顾小五(李承鄞)的爱情也是因英雄救美而开始。

7. 美救英雄。《杉杉来吃》中的薛杉杉救助了封腾的妹妹,解了封腾的燃眉之急;《三生三世十里桃花》中的夜华在受伤时被素素(白浅在凡间的另一个身份)所救;《香蜜沉沉烬如霜》中的锦觅救助了旭凤;《来不及所说我爱你》中的尹静琬在火车上救助了正在逃亡的慕容沣。

8. 男女在恋爱的过程中出现了情敌。情敌在网络言情小说中可以分为女主的情敌与男主的情敌。《杉杉来吃》中的周小姐和元丽抒、《何以笙箫默》中何以玫、《三生三世十里桃花》中的素锦和缪清、《后宫·甄嬛传》中后宫嫔妃、《东宫》中的赵良娣、《来不及说我爱你》中的程瑾之等人在小说中扮演着女主的情敌的角色;而《来不及说我爱你》中的许建璋、《何以笙箫默》中的应晖、《香蜜沉沉烬如霜》中的润玉等扮演男主的情敌的角色,《东宫》《佳期如梦》等作品中也都有男情敌的存在。

9. 男女之间的恋情因门第差异而遭到了家长的反对。《翻译官》中的程家阳与乔菲、《何以笙箫默》中的赵默笙与何以琛、《佳期如梦》中的尤佳期与孟和平、《致我们单纯的小美好》中的江辰与陈小希、《孤城闭》中的福康公主与怀吉等,他们的情感都因为门第的差异而遭到家长的反对。

10. 男女之间存在恩怨,这导致男女之间的恋情受到阻碍。《东宫》中李承鄞为了谋取利益背叛了小枫及她的整个家族;《来不及说我爱你》中的慕容沣与尹静琬、《后宫·甄嬛传》的甄嬛与玄凌、《落花时节又逢君》中的红凝与锦绣等,他们彼此之间因各种原因产生恩怨,这导致他们的恋情受到阻碍。

11. 男女角色在恋爱的过程中因误会而导致恋情出现危机。《何以笙箫默》中的何以琛与赵默笙、《致我们单纯的小美好》中的陈小希与江辰、《来不及说我爱你》中的许建璋与尹静琬、《步步惊心》中的若曦与皇帝等,他们的恋情在不同程度上都出现了危机,导致双方分开。

12. 男女双方因"禁忌"而不能在一起。《孤城闭》中福康与太监怀吉之间的爱恋、《花千骨》中花千骨与白子画之间的爱恋、《后宫·甄嬛传》中甄嬛与玄清之间的爱恋、《落花时节又逢君》中红凝与中天王锦绣之间的爱恋等,他们都因各种"禁忌"而不能在一起。

13. 男女之间的障碍得到解决/未得到解决。男女之间得到解决的障碍根据解决的程度可以分为完全解决和不完全解决两种。前者是指彼此之间的障碍被完全化解,例如《杉杉来吃》《三生三世十里桃花》中的情敌不再成为男女主人公的情感障碍;后者则指矛盾与障碍依然存在于男女主人公的爱情之中,但是主人公们选择忽视它们,如《致我们单纯的小美好》中江辰与陈小希因门第的问题而不能在一起,但在这个障碍并没有被完全解决的情况下,双方仍然选择在一起,并共同面对来自外界的压力;再如《何以笙箫默》中从美国归来的赵默笙与何以琛之间存在的矛盾并没有完全解开,在这种情况下,作者通过书写"结婚"的情节让他们没有分道扬镳。

男女主人公之间存在的障碍无法得到解决的情况是障碍一直存在,没有办法被忽视,如《东宫》中的李承鄞与小枫之间的恩怨、《孤城闭》中的福康公主与太监怀吉之间的禁忌等无法得到解决。

男女之间存在的障碍是否得到妥善解决影响着故事的结局。如果彼此之间的障碍得以解决,那么故事将以"大团圆"作为结局。如果彼此之间的障碍没得到妥善解决,那么故事将以男女主人公彼此分离作为故事的结尾。

14. 男女主人公最后修成正果。大多数网络言情小说的故事结尾都是"有情人终成眷属"的大团圆结局,如《翻译官》《何以笙箫默》《杉杉来吃》《致我们单纯的小美好》《落花时节又逢君》《微微一笑很倾城》等。

15. 相爱而不能相守的悲剧。有些网络言情小说的男女主人公之间的障碍没有办法得到消除,最后导致两人无法在一起,如《后宫·甄嬛传》《孤城闭》《佳期如梦》《来不及说我爱你》《步步惊心》《东宫》等。

上述的情节虽然归纳得并不是很全面,比如存在于男女之间的障碍,但它们基本上涵盖了故事的关键情节,人们可以通过它们总结出网络言情小说的叙事模式。1~7的叙事情节是一个单元,8~13是一个单元,14~15是一个单元,这三个单元对应着网络言情小说的三个叙事阶段:一是谈情说爱,二是情感阻碍的出现与消除/未消除,三是爱情的结局。这三个阶段中的叙事情节在小说中并不是都存在的,作者可以根据自己的需求从中选取自己需要的情节进行自由组合,进而创作出让读者满意的小说,但无论网络作家采用什么样的叙事情节进行组合,他们基本上都遵循两种结构模式:谈情说爱—情感障碍—障碍消除—"有情人终成眷属",谈情说爱—情感障碍—障碍未消除—"有情人天各一方"。

谈情说爱是指男女主人公相识、相爱的全过程,它包含男女主人公相识的过程、相爱的方式,是网络言情小说叙事的核心。情感障碍的出现与消除/未消除则是主人公爱情之路上遇到的障碍以及捍卫自己爱情时所做出的努力,"有情人终成眷属"是指相爱的人最终走到一起,而"有情人天各一方"则是指相爱的两个人最后并没有走到一起。在这两个叙事模式中,情感障碍—障碍消除/未消除是一个完整的回合,这个回合在故事中的作用是让单一的爱情故事充满波折,以此来引起读者的阅读兴趣。值得注意的是,这个回合在故事中是可以被反复使用的,既可以用在一对情侣之间,也可以用在女性的一对多模式中,即让女性与不同的男性发生不同的感情,回合的使用让原本单调的"恋爱"故事变得丰富多彩起来。

二、叙事模式的"喜剧"与"悲剧"

两种叙事模式不仅让爱情故事千变万化,而且还让读者见识到爱情的多样性,但这只是叙事模式呈现出的表层性功能,它的深层次的功能则是体现出网络言情小说的喜剧特征与悲剧特征。

(一)喜剧叙事模式的"喜剧"特征

谈情说爱—情感障碍—障碍消除—"有情人终成眷属"的叙事模式,可以被称为喜剧模式。本文将其称为喜剧模式的原因是,以这种叙事模式为基础创作出来的爱情故事展现出了喜剧美感。何为喜剧美感?简言之,就是读者非常投入地看一部网络小说所产生的情感体验。喜剧美感最直接的表现方式就是"笑",而"笑"可分为两类:讥笑与嬉笑,"前者是逆向的、批判性的笑,后者是顺向的、赞许性的笑"①。在喜剧模式中,"嬉笑"成为展现喜剧性的底色,而这种喜剧性的展现发生在"可喜"的事情之上,这种可喜的事情可以有诸多的表现形式:

一是女主人公在情感懵懂的阶段做出的幼稚行为,如《最好的我们》中的耿耿在收到余淮短信时的羞涩与傻气;二是女主为爱大胆追求自己喜欢的人时做出的积极行为,如《致我们单纯的小美好》中的陈小希在追求江辰时会刻意制造机会接近江辰;三是女主人公在看到情敌出现时会做出吃醋行为,如《最好的我们》中的耿耿十分在意余淮的初中同桌,她为了了解事情的真相主动向其他人打听余淮初中同桌的信息,还有《杉杉来吃》中杉杉在看到情敌出现时会感觉到不自在;四是男女主人公之间"甜蜜"的爱情互动,如《微微一笑很倾城》中肖奈与贝微微之间的日常互动都透露着甜蜜;五是霸道男主人公以笨拙的行为表现自己对女主人公的关心与爱护,如《杉杉来吃》中的封腾让助理给薛杉杉送了一个月的猪肝饭等;六是男女之间历经各种磨难,有情人终成眷属,如《翻译官》《落花时节又逢君》《何以笙箫默》《杉杉来吃》《微微一笑很倾城》等作品对这点都有所体现。

上述这些可喜的情节在让人"笑"的同时,也展现出喜剧模式的喜剧精神,之所以这样说,是因为这些情节蕴含的轻松欢快的情调让读者能够快乐地度过自己的碎片化时间,而轻松快乐的情调背后潜藏着人类的诉求——对快乐、自由的向往与追求。人们有这种诉求,是现实、文化等多重因素导致的。当下的人们生活在一个快节奏时代,他们承受着社会与精神上的双重压力,这不仅让他们变得机械呆板,而且还让他们压抑自己的人性。而喜剧模式带给他们的"笑"不仅能让他们被压抑的心灵得到片刻的张扬,而且也能摆脱世俗的干扰,获得短暂的自由,他们在这短暂的自由中可以畅想自己想要的生活,以此让自己恢复生机与活力。

---

① 董健、马俊山:《戏剧艺术十五讲》,北京:北京大学出版社,2012年版,第96页。

(二)悲剧叙事模式的"悲剧"特征

谈情说爱—情感障碍—障碍未消除—"有情人天各一方"的叙事模式可以被称为悲剧模式。本文判定这种模式是不是悲剧的依据是,"全剧是否贯穿了悲剧冲突、悲剧情感和悲剧的行为方式的主要体现者——悲剧主人公的性格是否得到展示,作品在接受者那里是否产生了应有的悲剧效果"[①]。显然,以这种悲剧模式为基础创作出的网络言情小说不仅展现出了悲剧冲突、悲剧情感和悲剧主人公的性格,而且也让读者在阅读作品时感受到了悲剧应有的悲剧效果。

首先,从悲剧冲突的角度来说。悲剧模式的网络言情小说的冲突大多源自人物的主观意志与传统世俗观念之间的矛盾对立。具体来说,《孤城闭》中公主怀柔认为自己与李炜之间"父母之命,媒妁之言"的婚姻不是她理想中的婚姻,她主观地认为太监怀吉是自己的良配,然而,在强大的世俗观念面前,她的想法是不可能实现的;《东宫》中小枫与李承鄞虽然深爱着对方,但是在他们之间横亘着国仇家恨,在爱情与国仇家恨的矛盾对立中,小枫主动放弃爱情。

其次,从悲剧情感的角度来说。在悲剧网络言情小说中,悲伤的情感蕴含在小说中,《东宫》中的小枫与李承鄞之间的爱情在小枫得知自己的亲人被李承鄞杀死时而结束,而她结束爱情的方式是牺牲自己,这种牺牲自己的行为为原本美好的爱情增添了一丝凄美与悲壮。再如《步步惊心》,这部小说从故事一开始就奠定了"悲剧"的基础,张晓是一个现代女性,她在阴差阳错之下穿越到了清朝,而清朝盛行的男尊女卑思想与她所接受到的男女平等的思想是相悖的,这给张晓(若曦)带来了前所未有的痛苦与悲伤。

再次,从主人公的性格来说。主角固执的性格是造成走向悲剧的重要因素,《甄嬛传》中的甄嬛在故事的开头就对爱情有着自己的想法与坚持,而正是因为这份坚持,她才饱受爱情的痛苦。《花千骨》《东宫》《步步惊心》中的花千骨、小枫、若曦,她们都具有固执的性格,而这种固执的性格虽然给自己带来痛苦与折磨,但是她们依然未放弃追求自己的爱情,这让她们的悲情人设得以塑

---

① 赵凯:《人类与悲剧意识》,上海:学林出版社,2009年版,第8页。

造出来。然而,这种性格也是增加小说"悲伤"情调的原因之一。

最后,从读者的阅读体验来说。作品是否给予读者悲剧性感受,其实就是作品是否让读者产生了悲剧性的快感或者是悲剧美感。那么何为悲剧快感或者美感?"悲剧快感是怜悯和恐惧中积极的快感加上形式美的快感,再加上情绪的缓和或将痛苦变为怜悯和痛苦而得到的快感,最后得出总和。"①由此可见,悲剧快感产生的前提是作品能引发人们的怜悯与恐惧,进而产生快感。在悲剧模式的网络言情小说中,作者大多通过书写痛苦的情节激起读者的怜悯与恐惧,进而让他们产生快感。例如《孤城闭》中,公主为了与自己心爱的怀吉在一起,不惜伤害自己;《花千骨》中,花千骨为了与白子画在一起,忍受着精神与身体上的折磨。

然而,小说仅有引起读者的怜悯与同情的情节是不够的,还要将人生有价值的东西毁灭给人看。在上述的悲剧模式的网络言情小说中,网络作家在创作"悲剧"模式时,大多是将美好的爱情转换成"牺牲"性命的爱情,这种毁灭人生价值的悲剧给人带来的心灵震撼更为强烈。

上面的论述已经判定了悲剧性网络言情小说的悲剧性质。遍观古今中外的经典戏剧,它们的悲剧精神主要体现在"严肃的情调、崇高的境界、英雄气概"三个方面②,悲剧性网络言情小说其实也可以从这三个方面进行考察研究:

一是严肃的情调。严肃之所以能体现悲剧精神,主要是因为"严肃是一种人生态度,它正面肯定与护卫人生的价值,为此而敢于承担责任,经受苦难,直至牺牲,这意味着沉重与悲壮"③,统观悲剧模式的网络言情小说,读者也会发现严肃基调的存在。这样讲的原因是其所塑造的主人公将爱情视为自己人生中最重要的东西,为了实现自己的爱情,她们采取坚定的态度,勇敢地面对一切,甚至是牺牲自己的生命。当读者阅读悲剧性的爱情故事时,他们会对男女主人公在爱情之路上遇到的坎坷产生同情与怜悯,慨叹爱情之路的艰难与不易。

---

① 朱光潜:《悲剧心理学》,北京:中国文史出版社,2021年版,第142页。
② 董健、马俊山:《戏剧艺术十五讲》,北京:北京大学出版社,2012年版,第90页。
③ 董健、马俊山:《戏剧艺术十五讲》,北京:北京大学出版社,2012年版,第90页。

二是崇高的境界。悲剧的崇高感不仅仅在"与事件、人物之大的联系中表现出来"，还"在与人性、人类的共同价值的联系中得以凸显"①。蕴含悲剧的网络言情小说所体现的崇高感不是在与事件、人物之间的联系中表现出来，而是在主人公为爱而不断地反抗与挣扎的过程中体现出来。之所以这样说，是因为主角在挣扎与反抗的过程中展现出了他们不怕牺牲的人性之美，例如《花千骨》中的花千骨为了实现自己与白子画的"师徒恋"，抵抗着各方面的压力，甚至不惜牺牲自己的生命。

三是英雄气概。悲剧中的英雄气概的展现主要有两个条件：义与力。前者是"一种维护合理的人伦关系的坚强态度，它感觉正义在身，真理在握"②，后者是毅力、智力等。在悲剧模式的网络言情小说中，女性主人公虽然不是英雄，但是她们身上却有英雄的气质。比如《孤城闭》中的公主认为自己与太监怀吉的爱情是合理的，她拼尽全力与那格格不入的世俗进行对抗，虽然最终以失败告终，但其身上所体现的敢于反抗、敢于承担、敢于牺牲的精神丝毫不逊于英雄。

值得注意的是，网络言情小说的悲剧模式与喜剧模式只是相对而言，虽然两者之间是矛盾与对立的关系，但是这丝毫不影响两者之间的相互渗透与相互融合。在《何以笙箫默》中，虽然赵默笙与何以琛的爱情最终是圆满的，但这也不妨碍作者给他们安排一些虐人的桥段；在《东宫》中，李承鄞与小枫之间的爱情虽以悲剧告终，但丝毫不影响作者给他们安排甜蜜的互动。这样悲喜互动的安排不仅会让读者有比较大的情绪波动，而且还会让他们对小说的内容有很深的印象。

人们对网络类型小说的喜剧模式与悲剧模式有所了解之后，可能还会提出这样的疑问：在传统的文学理论中，戏剧有喜剧、悲剧、正剧之分，为什么上述的内容只提到网络言情小说的喜剧模式、悲剧模式？为什么没有提到正剧模式？对这个问题，读者需要从正剧的概念和特征中寻找答案。"正剧"这一概念最早是由狄德罗确立的，他认为悲剧与喜剧之间有一个中间的地段，而这

---

① 董健、马俊山：《戏剧艺术十五讲》，北京：北京大学出版社，2012年版，第93页。
② 董健、马俊山：《戏剧艺术十五讲》，北京：北京大学出版社，2012年版，第93—94页。

个中间的地段就是"正剧"。① 正剧不是简单的喜剧与悲剧的相加,它有自己的创作特征,比如它主要是对现实生活进行原生态的描写,书写的题材是悲剧与喜剧之间的生活,一般从总体上写人,写人性,描写人性的复杂。在上述两种模式的网络言情小说中,网络作家所呈现出来的写作特征显然不符合正剧的写作特征,这主要表现在以下两点:一是都市言情小说、校园言情小说虽然都是描写现实生活中的人与事,但是它们描写的生活大多经过夸张、变形处理,除此之外,它们还利用巧合、戏剧冲突等方式将现实生活中很难发生的事情展现出来;二是含有喜剧模式与悲剧模式的网络言情小说在人物的塑造方面往往呈现出人物性格比较单一的特征,比如男主人公的形象大多是高富帅、才华横溢,性格霸道高冷,女主人公形象要么是聪明伶俐,要么是傻白甜,人的复杂性被简化处理。

虽然上述网络言情小说的模式不符合正剧特征,但正剧模式的网络言情小说的缺乏也给网络言情小说作家提供了一个新的创作思路,那就是网络言情小说也可以书写现实中最真实最普通的爱情,这种爱情不要过度幻想,也不需过度的套路,简简单单、朴实无华就好,就像电视剧《金婚》《父母爱情》里的那种爱情,毕竟真实的情感是最容易打动人心的。

上文对网络言情小说的两种模式进行深度剖析之后,读者对其叙事模式感到既熟悉又陌生,他们拥有这种阅读感觉是正常的,因为网络言情小说的模式化是在继承传统的基础上不断地创新而来,那它是如何继承,又是如何创新的呢? 这些在下面的一节中会详细进行说明。

三、叙事模式的传统性与创新性

当读者看到网络言情小说的叙事模式时,他们会感到既熟悉又陌生。究其原因,网络言情小说在继承才子佳人小说、鸳鸯蝴蝶派小说、琼瑶的言情小说的叙事模式的同时进行了创新,喜剧模式的网络言情小说在某种程度上对

---

① 董健、马俊山:《戏剧艺术十五讲》,北京:北京大学出版社,2012 年版,第 105 页。

同样以大团圆结局的才子佳人小说进行了继承与创新，而悲剧模式的网络言情小说在一定程度上对同样以悲剧结尾的张恨水的鸳鸯蝴蝶派小说、琼瑶的言情小说进行继承与创新。

（一）喜剧模式言情小说的传统性与创新性

喜剧模式的网络言情小说对才子佳人小说的继承与创新主要体现在以下几点：

一是人物形象的继承与创新。才子佳人小说的主角大多是才子与才女的组合，才子一般是才貌双全的知识分子形象，而才女可以是大家闺秀，也可以是平民女子，但是她们都需具备出色的容貌、丰富的学识。这种才子与才女的搭配在网络言情小说中得到了继承，如《翻译官》中的程家阳与乔菲、《微微一笑很倾城》中的肖奈与贝微微。然而，网络言情小说对才子、才女的组合进行了适当的改变，出现了学霸与学渣的组合，如赵乾乾《致我们单纯的小美好》中的江辰（学霸）与陈小希（学渣）、八月长安《最好的我们》中的余淮（学霸）与耿耿（学渣）等。

二是对故事情节的继承与创新。传统的才子佳人的叙事模式是诗赋为媒（产生爱情的方式）—私订终身（相亲相爱）—小人拨乱（爱情的阻碍）—大团圆结局（阻碍被解决，男女主人公最后在一起）。虽然网络言情小说的喜剧情节模式基本上继承了才子佳人小说的情节模式，但是它们彼此之间还是存在着很大的差异，而这些差异可以看作创新之处。

首先，从男女之间产生爱情的方式的角度进行探究。才子佳人小说中男女主人公的相爱方式是以诗为媒介来传递情感，这就意味着相爱的双方并未见过面。而网络言情小说男女之间相爱的方式是凭借面对面直观感受以及日后的亲密相处，而这个直观感受又是由彼此的颜值与才华来决定的。而促成男女之间爱情开始的因素除了才华与颜值，还有青春时期悸动的情感，如《致我们单纯的小美好》中的江辰与陈小希、八月长安《最好的我们》中的余淮与耿耿。

其次，从爱情道路上的障碍来说。小人拨乱可以视为爱情道路上的障碍，在才子佳人小说中，拨乱小人可以是当朝太子、皇亲国戚，可以是恃强凌弱的侍郎、尚书,也可以是奸贪之徒,而在喜剧性的网络言情小说中,主角之间的阻碍不只有小人(情敌、竞争对手等),还有误会、门第差异等,这些阻碍的存在让网络小说的情节变得更加多元化。

再次,从大团圆结局的角度来说。虽然才子佳人小说与喜剧性的网络言情小说中的男女主人公都是在经历了波折之后,不仅获得了爱情,而且还获得了权势,然而,网络作家将才子佳人小说中的纯粹爱情变成物质化的爱情。这样说的原因是,才子佳人小说的爱情主要是在才情的催化下产生的,权势与地位只是爱情的附属品,而在网络言情小说中,权势与地位不仅是爱情的必需品,而且也是爱情产生的前提。此时,爱情在金钱的作用下变得不再纯粹,霸道总裁文是很好的例证。

以上三个方面是网络言情小说在传统模式的基础上进行的创新,然而,它的创新之处除了上述的内容,还有一点就是"甜宠"爱情的书写。"甜宠"是网络言情小说"甜美"爱情的表达,在霸道总裁文中,甜宠式的爱情表现得尤为明显,典型的是《杉杉来吃》中封腾与杉杉之间的爱情,封腾在许多方面对杉杉表现出各种宠爱,在行动上给予杉杉足够的安全感。然而,甜宠模式不只存在于总裁文中,它在校园小说中也是存在的。校园里的甜宠爱情是单纯、清新、美好的,没有物质的干扰,《最好的我们》中余淮与耿耿之间的情感就是这样。

人们说甜宠模式是喜剧式网络言情小说所独有的且与才子佳人小说模式不一样,原因有以下两点。第一,从文学性的角度来说。喜剧式网络言情小说的情节基本上是以情侣之间的日常小互动为主,在读者看来,这些互动的小情节就是"撒糖"的行为。总的看来,甜宠模式的网络言情小说既没有一波三折的故事情节,也没有在情感上设计比较大的障碍,即使作者在小说中设置了障碍,也未产生激烈的冲突。这样甜甜的平稳的爱情虽然满足了人们对甜美恋爱的幻想,但是没有像才子佳人小说那样表现出深刻的社会含义,比如,小说背后蕴含着对封建制度的反抗与批判等。与此同时,它也没写出爱情的真谛,这使得含有甜宠的爱情小说成为为实现"幻想"而"幻想"的小说。

第二,从网络性的角度来说。网络小说的网络性表现在三个方面:超文本性、粉丝经济和与 ACG 文化之间的连通性。① 含有甜宠模式的网络言情小说的网络性主要体现在与 ACG 之间的连通性上，部分作者在小说的描写中会引用 ACG 文化元素，如《微微一笑很倾城》将游戏场景搬入小说中，《杉杉来吃》中的薛杉杉"呆萌可爱"的形象也可以看作对动漫形象的借鉴，然而，这些在才子佳人小说中是不存在的。

（二）悲剧模式网络言情小说的传统性与创新性

人们对喜剧模式网络言情小说的继承与创新有了了解之后，接下来就需要将悲剧模式网络言情小说与张恨水的鸳鸯蝴蝶派小说、琼瑶的言情小说进行对比分析，探究悲剧模式网络言情小说对它们的继承与创新。

悲剧模式网络言情小说对张恨水鸳鸯蝴蝶派小说的继承与创新主要体现在以下两个方面：

一是在人物形象上，作者除了保留了张恨水小说中王子与灰姑娘、王子与公主的组合，又创作出公主与平民的感人故事。张恨水《啼笑因缘》中的樊家树是一个富家少爷，他可以被看作一个王子，与他有情感纠葛的凤喜、秀姑可以看作灰姑娘，而最终与樊家树喜结连理的何小姐则可以看作公主，在这部小说中，王子与灰姑娘、公主都存在感情的纠葛。在悲剧模式网络言情小说中，王子与公主的搭配、王子与灰姑娘结合还是比较常见的。关于前者，典型的例子是《甄嬛传》中的玄清、玄凌与甄嬛，《东宫》中的李承鄞与小枫；关于后者，典型案例是《佳期如梦》中的尤佳期与孟和平、阮正东的组合。然而，在悲剧模式网络言情小说里，作者还写出了公主与平民之间的爱情，如《孤城闭》中的公主与太监怀吉，这种组合的出现也可以看作对传统模式的一种"创新"。

二是在人物的恋情上，张恨水小说中的一男配多女的形式在网络言情小说中得到保留，与此同时，一女配多男的形式也出现在网络言情小说中。在悲剧模式网络言情小说中一男配多女的恋情也是存在的，例如《东宫》中的李承鄞与小枫、赵良娣。但在大多数情况下，一女配多男的现象是比较普遍的，如《步步惊心》中若曦与诸多阿哥之间存在的情感纠葛，《东宫》中小枫与李承鄞、

---

① 邵燕君：《网络文学的"网络性"与"经典性"》，《北京大学学报（哲学社会科学版）》2015 年第 1 期。

顾剑之间的感情纠葛,等等。

悲剧式的网络言情小说对琼瑶言情小说的继承可以归为以下三点:

一是将爱情至上作为自己的人生信条。琼瑶言情小说中的主人公往往将爱情至上作为人生信条。在悲剧式的网络言情小说中,这种将爱情至上的爱情观作为自己人生信条的主角也有很多,如《孤城闭》中的公主徽柔与李玮之间不存在任何感情,为了追求自己的爱情,她不顾一切地反抗父亲;《花千骨》中的花千骨如果不是将爱情至上放在首位的话,那么她也不会历经那么多的磨难。

二是继承了英雄救美的情节。在琼瑶的小说中,英雄救美是主角们展开恋情的前提,这种英雄救美的方式在网络言情小说中也得到了运用,如《来不及说我爱你》中女主人公的未婚夫许建璋被抓,慕容沣帮助尹静琬将其救出,这为后来两人的情感做铺垫,《东宫》中的李承鄞在小枫被追杀时将其救下,等等。此时,男主人公与女主人公之间形成了拯救与被拯救的关系。然而,这种关系在悲剧模式网络言情小说中发生了逆转,出现了美救英雄的情节,而这种新型的拯救与被拯救模式打破了人们对女性的刻板印象。

三是继承了琼瑶言情小说中的由"虐"生"悲"的写法。琼瑶小说中的"虐"分为虐身与虐心,琼瑶小说的虐心与虐身在网络言情小说中均有体现。

关于虐心,它在网络小说中产生的方式主要有两种:一是相爱的人因不能在一起而饱受相思之苦,《佳期如梦》中阮正东的去世对尤佳期产生了不小的影响;二是相爱的人因误会而饱受精神的折磨,《步步惊心》中马尔泰·若曦与四爷明明彼此相爱,却总是因误解而饱受精神上的折磨。

关于虐身,它在网络言情小说中主要表现为主人公在肉体上受到伤害,而主人公在身体上受到伤害的原因有两个:一个是由别人造成的,另一个则是由自虐造成的。在网络言情小说中,虐身的情节一般与虐心一起出现,如《孤城闭》中的公主为了与怀吉长久地在一起,在知道怀吉有生理缺陷之后,便与驸马进行了同房,她这样做只是为了与怀吉一样变成残缺的人。除此之外,她还引火自焚,但为了保护对方,她最终还是选择分开,默默守护对方。

网络言情小说通过书写虐心与虐身的情节让读者产生"悲"的情绪,然而,网络言情小说的"悲"也可以通过书写命运悲剧、社会悲剧、性格悲剧等表现出来，这种传统悲剧的写法在琼瑶的小说中也是存在的。

首先，从命运悲剧的角度来说。命运悲剧主要体现为人们无法摆脱命运给自己造成的伤害，他们一生都面临着悲惨境遇。《花千骨》中的花千骨从出生就面临诸多不幸，她不仅拥有招惹鬼魂的体质，而且在她很小的时候就父母双亡，即便她后来遇到了白子画，悲剧的命运也从未远离她的身边。命运的坎坷与捉弄让主人公产生了难以摆脱现状的无力感，这给整部小说增添了"悲情"的色彩。

其次，从性格悲剧的角度来说。性格悲剧是莎士比亚戏剧的主要艺术特征，在他的经典戏剧《哈姆雷特》中，优柔寡断的性格是造成哈姆雷特走向悲剧的主要原因。然而，在虐文中，导致主角走向命运悲剧的性格并不是优柔寡断，而是坚定执着，《花千骨》中的花千骨与白子画的爱情悲剧就源于自己执着坚定的性格。

再次，从社会悲剧的角度来说。社会悲剧可以理解为人在与社会产生矛盾时，迫于各种外在因素，无力抵抗，最终走向了悲剧。它的基本特征表现为人们对传统价值观的质疑，而悲剧的主角往往是普通人。在悲剧模式网络言情小说中，造成主角走向悲剧的主要原因是社会环境给主角带来的阻力。例如《孤城闭》中公主与太监怀吉的情感、《甄嬛传》中甄嬛与玄清之间的恋情在不同程度上都受到来自社会环境的阻碍，即使主人公们的爱情不被认可，但是她们还是试图凭借自己的果敢与坚毅来反抗不合理的"规则"，以此来捍卫自己的权利。然而，事与愿违，她们无一例外地都走向了失败。虽然她们的失败是一种"悲剧"，但是在某种程度上她们的失败也是一种成功，因为作者借助她们的行动阐释了一个道理，即女性应该为自己而活，要积极去争取自己的爱情。

两种模式的网络言情小说在大多数情况下都是将爱情作为叙事的中心，然而，有些网络言情小说虽然也书写了男女之间的爱情，但它们不单单写爱情，还加入"美食""医术"等因素来书写女性在事业上所展现出来的能力，如樱桃糕《长安小饭馆》中，主人公沈韶光在家族落魄之后靠卖"美食"变得富足起来,相比于沈韶光与林晏之间的爱情,作者将笔触也放在各种美食的书写上,这种书写方式不仅打破了为言情而言情的叙事模式,而且还让读者对美食文化有深入的了解。

结 语

通过上述分析,读者对网络言情小说的叙事模式有了较为全面的了解。总的来说,网络言情小说的叙事模式是以传统言情小说的模式为基底,并在此基础上进行一些改变,进而形成了网络言情小说的专有模式。然而,有人可能会提出这样的疑问:网络言情小说的叙事模式虽然与传统言情小说的叙事模式在某些方面呈现出不一样的特性,但是网络言情小说的叙事模式中处处可见传统言情小说叙事模式的身影,那么网络言情小说的叙事模式能被视为文学创新模式吗? 答案是肯定的。因为文学创新不可能脱离文学传统,凭空产生一种崭新的文学形式。因为任何一部作品,既是对自然的模仿,也是对其他作品的模仿,"诗只能从别的诗中产生,小说只能从别的小说中产生"[①],这足以说明作家在对小说进行创作时在不同程度上都会借鉴传统小说的写法,并在此基础上进行适当的改变,进而创作出一种新模式,就如陈平原所说的那样,"真正的文学创新,并非完全背离类型常规,而是在常规变异中求生存求发展"[②]。

网络言情小说的叙事模式在呈现出新变的同时,也呈现出各种弊端,如它会让作者思维僵化,不再积极地探索新的形式或者内容,最终导致网络言情小说止步不前。然而,即使网络言情小说的叙事模式存在诸多弊端,但这丝毫不影响网络类型小说拥有广阔的市场。网络类型小说会有广阔的市场的原因有三个方面:一是娱乐性。网络言情小说最主要的目的是为读者提供快乐,当一种故事模式受到大家的喜爱时,作家们就会批量化地生产,此时网络言情小说的叙事模式就会有广阔的市场。二是网络言情小说衍生出多种 IP 产业,带动

---

① 陈平原:《千古文人侠客梦》,北京:北京大学出版社,2018 年版,第 196 页。
② 陈平原:《千古文人侠客梦》,北京:北京大学出版社,2018 年版,第 195 页。

多种产业的发展。网络言情小说可以改编成动漫、电视剧等，而这种 IP 产业是"图像时代"最主要的文化产业，它们的繁荣发展凸显出了网络言情小说的重要性。三是网络言情小说动摇了"精英"文学的地位。模式化的网络言情小说是符合大众审美趣味的文学形式，它以"接地气"的方式与读者在情感上产生共鸣，而精英文学则是以"高姿态"的方式启迪或者规劝读者，难以与读者产生情感共鸣，由此，读者会更偏向选择模式化的网络言情小说。

在模式化网络言情小说繁荣发展的背后，人们还需要看到网络言情小说叙事模式发生改变的地方除了表面上的内容与形式，还有哪些呢？它的背后存在什么样的隐忧？

网络言情小说的叙事模式发生变化的地方不仅仅是内容或形式，还有它对传统创作观念的态度。传统言情小说的创作观念认为女性应该依附男性，而模式化的网络言情小说却不仅让女性突破"传统"，还让她们成为自己的主宰，她们被赋予选择男性的权利，"倒追"男性就是很好的例证。

关于模式化网络言情小说存在的隐忧，这可以从模式化小说的市场饱和度来理解。模式化的网络言情小说在文学市场上占有很大的份额，但市场总有饱和的一天，人们总有对模式化网络言情小说产生审美疲劳的一天，当这一天来临时，模式化的网络言情小说该何去何从？是隐入尘烟，销声匿迹，还是有新的接班人出现，将其传承下去？类型化的网络言情小说的未来将走向何方，这取决于作家的态度，即作家是坚持以市场为王的写作原则，还是以写精品为王的写作原则，那些在传承中寻找突破创新的作家才有可能获得读者的认可，模式不可能有太多新的变化，但作品的创新性隐逸在相似模式下新的表达之中，也体现在那些开辟新模式的写作之中。网络言情小说能得到读者的青睐，就在于在那些看似老套的故事模式中，隐逸着变革，有着鲜活的时代感。当然，叙事模式只是一个框子，作家对人性的把握、对语言的运用、对生活的观察、与读者产生的情感共振等，这些是决定作品能否成为经典作品的"底层"因素。

作品解读

成长与幻灭

——评今何在《悟空传》

北　乔[①]

今何在的《悟空传》当是具有路标性意义的网络文学作品，在一定程度上还挑战了整个文学的叙述传统。《悟空传》鲜明主张了网络文学的特质，一面世便引起广泛关注，成为网络文学新叙事和当代文学新景观的代表作品。时至今日，如此的特质依然十分可贵。当下的网络文学叙事相比《悟空传》以及那个时期横空出世的作品已经有了相当大的变化，这正体现了《悟空传》在中国网络文学发展史上的独特价值。这是一部充满青春感的作品，不仅是指写出了青春热血的喷薄，成为青春的不朽记忆，更深层次的意味在于写作姿势和精神是青春的。这既是清晰的指认，又具象征之意。谈论这部作品时，大家用得最多的词是"反抗"，从语言到叙述，从现实到精神，"反抗"之意确实强烈。然而，"反抗"只是一个动作，反抗的支点是什么？最终的期待又在哪里？这似乎是比"反抗"更有价值的探讨。在我看来，《悟空传》中的"童真"以及由此延展的意味，可以使对它的解读具有更多可能性。也就是说，"童真"是潜于内里的底质，"青春"是外在的行动力量。至于"反抗"，不再只是之于世界和生活，更是自我的破碎与追怀。一次次转身回望，脚步依旧向迷失的深处行进，热血与悲剧就这样手牵手。无论之于网络文学还是人生，《悟空传》所产生的震荡一直在。

---

① 作者简介：北乔（1968—　），男，江苏省东台市人，评论家、作家、诗人，中国作协网络文学中心副主任。

一、回到生活的人间

把神还原为人,让神话落进生活的现实,明确书写人生的体味与精神问题,是《悟空传》的主旨。《悟空传》充分利用了《西游记》这一巨大的背景存在,在人们熟知且深得体会的故事和人物中,放大并完善某些细节,使其如银针般直中人生的穴位。《西游记》本身就指涉了我们的文化心理和人生意象,在广泛传播和持久言说中,人们将神话与现实进行了诸多的投射与辉映。换而言之,在中国神怪小说中,《西游记》既是想象力综合性的高地,又直指生活现实和人生境遇,是以神话讲述凡间的最深得人心的作品。孙悟空在神界人间,都有极丰富的内涵,有着无限的阐释空间和多种艺术无限言说的可能,当是影视以及多种艺术形式的顶流 IP。更难能可贵之处在于,孙悟空亦神亦人的形象,在人们的心理层面也有七十二变之功,所有的人格、处境及命运等,人性的纷繁与斑驳,都能在孙悟空身上找到对应,这几乎是神话中极端性的特例。《悟空传》将神话元素最大限度地抽离和压缩,拆解和大幅度删减故事,只借用了能体现人物关系和命运走向的某些节点。剔除了眼花缭乱的神仙动作,人物虽还有上天入地之能,但只限于空间转换的便利与基本逻辑的需要。这是要让我们尽可能忘记悟空等人物神的身份,尤其是让他们的情绪和情感与普通人无异。像猪八戒、白龙马的动物形象,已经是一种身份的隐喻,与神话毫无关系。个体的显然在场,虚化了他们的使命和神性。"从前的人,是为君而存在,为道而存在,为父母而存在,现在的人才晓得为自我而存在了"①,神退场,人上台。这里的"人"剥离了众多的体面话语和社会约束,回到真实生活,且是极具个性又可抵达普遍性的"人"。他们就是普通的你我他,就是在世俗中浮沉的我们。这不仅把神拉下了神坛,还将人唤回自我私语的状态。走近他们,就如同在某个角落或夜深人静之时,我们抚摸自己的心理纹路和精神像素。因为《悟空传》,我们得以与"我"坦诚且细腻地相处。这时的"我"只属

---

① 郁达夫:《〈中国新文学大系·散文二集〉导言》,《中国新文学大系·散文二集》,上海良友图书印刷公司,1935 年版,第 5 页。

于我，不回避一切，也无须向他人交代。这种公共性叙述与私人化写作间的撞击，让我们看到了活生生的自己。唐僧、悟空、猪八戒、沙僧、白龙马等人恰似我们生命中某个阶段或某种氛围的分身，他们的叠加，正是我们人生的全景写实。尽管小说是男性化视角的叙述，带有鲜明的男性话语和体悟，特别是有关爱情的部分，更是男性的主场，但这并不影响作品关于人生成长和行走的整体观照。《悟空传》是每个人的心灵自述和精神呼吸，不同年龄阶段的人，不同经历的人，都能从《悟空传》中看到自己，这的确是其最具魅力之处。与此相似的还有人物的长相，在《悟空传》中，对人物的长相并没有过多的精细描写。或者说，我们一遍遍阅读之后，我们根本记不住他们的长相，只有一个个身影矗立于心头，一个个表情如刀片一般划在心间，一声声叹息在胸膛里翻江倒海。所谓的代入感和共情，其实都与故事本身关系不大，而是情绪和感受的共通。作者通过人物外形的适度隐身，突显人物的心路历程与情感体悟，并成功地进行了移步换行，让我们在毫无察觉中成了他们。

在人物的生活空间上，《悟空传》剔除了许多奇幻场景，天上人间保留的神话画面少之又少。这样做，一方面意图让人物回到更为现实的生活，增强平常生活感。将诸多的场景抽空，尽可能排除别样空间的干扰，让读者尽可能地忘记人物的生活空间和特殊身份。如此，神话里的人物回到人间，回到我们的生活里，如同我们身边人一样的亲切可感。另一方面，只保留人物必需的行动场地，意图淡化或清退神界仙境的场景描绘，是为了突出人物，让读者更多地关注人物的情感和体悟。文学的共情，常常并不是读者与人物有相同的具实经历，而是事件之于情感和心灵震颤的感觉与感受是相似的。《悟空传》的再叙述，目的是消解悟空等人原来的行动意义，以解构的方法关切人的生存、行走与努力的价值。从这个意义上说，《悟空传》是从《西游记》中抽取了为数不多的讲述元素，重在聚焦悟空、唐僧等极少的人物。故事发生地、事情的前因后果并非最重要的，重点是回到人物本身，潜入他们的内心，状写生活经历落于灵魂的颤动和印迹。小说对花果山与天宫的描写，不仅是指向人物的活动地，还是极富审美意趣之境地。花果山是悟空的家园，是梦想的眺望之地，也是梦想的出发之地，还是梦想恒久的栖息之地，饱含了所有的美好与期待。生灵涂炭,家园沦为人间地狱,悟空只能在天地间游荡。乡愁没有了寄托,心灵无处安放,面目全非的故乡,是巨大的意象。这一意象,不再仅指向故乡,还是我们内心那片原本纯净的大地和天空。是的,出离年少的成长期,踏上漫漫人生路,原本的那个"我"已经不复存在,至少是支离破碎。如此,我们每个人心中都有花果山的前世与今生。天宫,是至上权力和天规律条的象征,更是所有禁锢与枷锁的代名词。极度向往自由的悟空,显然无法融入其中,一切是具象的,又相当恍惚。他举全部的心力打碎了天宫,可不久之后,天宫又恢复如初。不管如何,悟空其实很幸运,至少他曾将天宫夷为平地,在一个瞬间实现了自己的理想。而对多数人而言,强悍的天宫一直在,且根本无从击破,结局都是自己遍体鳞伤,直至哀号遍地。这无解的人生之困,是人类最为惨烈和凄悲的宿命。

空间与人物的虚幻之象,反而更有瓷实之感。虚幻的背后,是无限抵达生活现实的本相。与此同时,这样的虚幻,又是我们之于生活体验之后的印象与回味。小说对曾经的花果山的描述,是一种诗意性的写实,既有生活感,又有某种难以言说的缥缈。被毁之后的花果山,景象让位于情状,多以虚景表达实感。叙述中的天宫和花果山,更是虚多于实,如大写意一般,那些实在感极强的,又如日常生活之景。花果山与天宫,清晰无比,又一片模糊,这带来了特别奇妙的感觉。这如同我们生活过的场景成为回忆之后的面目,亦真亦幻,最终归于梦里。是的,花果山与天宫,是我们想象性的场面或梦境,是我们迷幻不清状态的变相描述。也就是说,我们走进被拉回人间的仙界,与神话中的人物合体之后,现实正渐渐地被溶解为虚幻。一切都似梦境一般,唯有疼痛是那样地真实可感。《悟空传》传达了这样一个信息,一切的人和事,人间的所有,生活的本质,都只是一种感受。或者说,终将只留下感受。感受是以虚态存在的,但之于心灵又是坚硬的真实。那么,《悟空传》所谓的回到人间,其实就是回到我们的情感场和灵魂之地。其中的生活哲性令人深思。我们总是看重伸手可及的真实,然而我们最为在意的往往又是极虚之念。虚妄,成为现实最忠诚的归宿。

二、前世与今生的意义

《悟空传》中人物的前世，均被今何在称为"前因"。前世，其意偏重生命的时间线，并与来世形成对话关系，潜含人们对生命轮回的期许。前世，又有祖先膜拜这一集体意识的隐性表达。前因则是聚焦前世之于今生的精神性影响，在乎的是因果关系。人们常常将前世之因作为今生之果的托词，或生存的重要意义。当然，这也是华夏人生伦理的主旨之一，讲述着人生隐秘的传承和某种人文的恒常。《悟空传》将这些做了夯实和延展，赋予前因更为纷繁之意，并在故事叙述、人物塑造以及人生诸多要义等方面，开拓了"前因"之功用。也就是说，"前因"成为极为重要的叙述手段，是最为坚韧和强劲的叙事动力。

唐僧、猪八戒、沙僧和白龙马等的前因与今生既呈现出某种生命的延续之状，又具有前因今果关系的共性认知。更为准确地说，这里的"因"多数情况下只为"起因"，相当于"前传"，指认当下行为的来处，以及导致最终结果之"因"。通俗地说，他们的今生中怀有前世的执念或未竟之事，在前世的指引下继续前行。比如猪八戒、沙僧等，他们的今生是对前世的接续。生命的短暂，让他们难以完成心头的要事，留有太多的遗憾。为此，想象性地延续人生岁月，在虚幻中触摸真实。这又是他们活下去的理由，今生不仅是为前世活着，还是为自己活着。"人生苦短"，在这里得到最好的注解。以前世构造当下生活的意义，这里的"前因"有了更为丰富的寓意。同时，相信了前世与今生之说，那么来世也理所当然地存在。早在佛教传入前，中国本土文化中就已有了比较系统的轮回理念。在轮回中得到永生，是生命本能的渴望，也是对抗死亡的朴素之策。对现实人生而言，不忘前世之念，更深层次的寓意则是对"执着"的张扬。猪八戒等历经转世和种种磨难，依然抱着磐石般的坚守和一如既往的激情。这其实在告诉我们：面对岁月沧桑，世道转换，困难重重，我们总该坚守些什么，总该守护那份源于生命本真的初心。也正因为如此，当我们面对猪八戒、沙僧的"坚守"时，会觉得可笑，笑他们的幼稚，笑他们的傻。笑过之后，伤感涌上心头。与他们相比，我们有太多的不珍惜、不坚持。笑中带悲，在戏说中暗藏最为沉重的人生痛点，是《悟空传》的重要特点。从这个角度而言，《悟空传》其实是一部悲凉感极重的作品。

唐僧在坚守的同时，更多的是挑战。唐僧的前世为金蝉子，金蝉子修佛已至上乘后，反而对佛产生了极大质疑，与如来约赌，转世为唐僧寻找佛的法旨或者说人生的真义。与其说唐僧是金蝉子的转世，还不如说唐僧是金蝉子的替身，甚至就是其本人。在质疑中寻找答案，是唐僧活着的意义，他的所思所想和言行都是金蝉子挑战如来的实际行为。金蝉子的转世，是真正意义上的下界入凡，这是他挑战如来的代价。如来或既定佛法，是天地间最高的权威，本已在佛界居高位且前途远大的金蝉子不但生出挑战之念，而且倾其所有来了一场对抗性的赌约。这样的勇敢，我们或许可以想象，但又难以真切地体味。明知一切早已注定，依然不顾一切地前行，这样的勇敢可谓壮举，是舍生取义的另一种形式，这真的很少有人能做到。或许，答案和结果并不是最重要的，重要的是追问和对抗。唐僧一次次的追问，引发了我们之于生命的思考。不能被已有的巨石压抑，更不能被所谓的历来如此遮蔽心智，丧失了自我认知的能力。唐僧每向前一步，金蝉子命运的悲剧色彩就加重了一分，而唐僧的所有都是悲剧本身。作为人物形象，唐僧是《悟空传》中的灵魂人物，他的使命是所有故事的核心策动力，但他又不如悟空那样引人注目。无论是小说中的人物关系，还是以此在现实中寻找对应，这都很有意味。他的"赌约"壮举已被纷乱的生活所淹没，他的寻觅是日常化的，但指向人生的最高向往。"我要这天，再遮不住我眼，要这地，再埋不了我心，要这众生，都明白我意，要那诸佛，都烟消云散！"①金蝉子的决绝之举，不仅是为自己，还是为天下众生。他关心的是日常生活的悲苦，关心的是人生的终极之痛。既有的"虚空"之法难以解决，他在求"圆满"之道。金蝉子最终输了，他无法证明众神不能控制世人的命运，没有找到权威之外的"圆满"。我们感受到唐僧悲壮的同时，也体会到自身的无助与无奈。如此的悲壮，其实正是生命的本相，唐僧也是我们每个人的化身。人生有太多的无解，但我们就在这无解中参与和体悟生活。在这悲壮的背后，

---

① 今何在：《悟空传：完美纪念版》，长沙：湖南文艺出版社，2011 年版，第 35 页。

我们看到了生命的价值和意义。生命不只有成功，更多的当是有向往成功的心和努力走向成功的脚步。我们或许难以挣脱众生之困，但"挣脱"本身就是人生的一种价值。无论如何浮沉、妥协，心中仍保留一份清澈，是走在宿命路上的一点暖意。唐僧的执着与觉醒，虽令其万分痛苦，但又是生命中不可缺失的。

在小说时间线上，唐僧、猪八戒等的前世与今生之间有着明显的连续性，记忆与生命都是呈线性发展。悟空明显不同，两个悟空其实处在同一个时空，是一个人两种状态的共存。"齐天大圣"虽然也是悟空的前世，但与今生的悟空已经没有关系。他的前世与今生是割裂的，两者之间完全隔断。由此，我们看到了两个悟空。一个孙悟空没戴金箍，拥有原"齐天大圣"的元神，名为"妖猴"。另一个孙悟空戴有金箍，失去了此前的记忆，一心想成佛，名为"神猴"。进一步说，这其实是悟空人生的两个阶段，即青春与成年。青春时的悟空，拥有原"齐天大圣"的真我元神，拥有自我的灵魂。青春，意味着成长，意味着叛逆。在人的成长之中，"叛逆"并非贬义词，而是应当敬畏的褒义词。美国社会学家霍华德·贝克尔在其代表作《局外人：越轨社会学研究》一书中提出了著名的"标签理论"。贝克尔认为：世界上并无亚文化"越轨行为"，而是先有"标签"，后有亚文化；越轨者和异常行为是通过强有力的社会控制机构给少数弱势群体贴上"越轨"的标签而被创造出来的；某种特定行为是经过人们的界定之后才成为亚文化群愈演愈烈的越轨行为，社会群体创造了越轨亚文化行为，其方式是制定了那些一经违反就造成越轨的规则，并把这些规则应用于特定的人，用标签把他们标示为"局外人"。[①] 所谓的"叛逆"是针对成年人世界的秩序和规制而言，是内心真我与外在世界对话时的自然行为。"妖猴"之所以为妖，也正是相对所谓的"人"而言的。"人"是成年人世界的秩序和规制的产物，人非人本身，而是被定义的"人"。人一生下来，就带有诸多的灵性与本真，在一次次的冲撞之中学会了妥协，学会了削除自己的棱角，最后长大为"人"，成为戴着金箍的悟空。所以，当悟空问唐僧如何才能取下金箍，唐僧回答说

---

① ［美］霍华德·贝克尔：《局外人：越轨社会学研究》，载陶东风等主编《亚文化读本》，北京：北京大学出版社，2011 年版，第 14 页。

"你撬不开它的,你也掰不断它,因为它不是东西,它是你自己的束缚"①。这其实就是关于一个人的成长。"神猴"要消灭"妖猴",既是受领了任务,也是自己完成成长之后的悲哀。从这个角度而言,《悟空传》的主旨并非反神话、反英雄,而是尽述人在成长之中的疼痛与无奈。

> 他忽然觉得很累了。
> 方寸山那个孱弱而充满希望的小猴子,真的是他?
> 而现在,他具备着令人恐惧的力量,却更感到自己的无力。
> 为什么要让一个已无力作为的人去看他年少时的理想?
> 另一个孙悟空的声音还在狂喊:"你们杀不死我! 打不败我!"
> 他又能战胜什么? 他除了毁灭,什么也做不了了。②

当"神猴"与"妖猴"拼杀时,我们能感受到在自我与世界间纠结甚至博弈的我们。这有关行动,更关乎灵魂。推而及之,《悟空传》中的成长主题,更是人类生存之主题。只要活着,我们就是两个悟空的合体,会遭遇"神猴"与"妖猴"之类的挣扎与搏杀,永无休止。比如梦想与现实,比如道德与利益,比如痛苦与欢乐,等等,不一而足。"悟空",是《悟空传》里的虚构人物,又是现实中的我们。"悟空"这一形象能深入人心,不因时代变化而失去魅力,主要原因似乎就在此。

三、人物的丰富现实性

悟空这个形象,具备典型意义上的正邪形象。因为过于典型化,所以让我们认为《悟空传》是极富颠覆性的小说。如前所述,当我们看到的是两个悟空时,"妖猴"与"神猴"代表了两类人,分别是我们传统意义上的好人与坏人。好

---

① 今何在:《悟空传:完美纪念版》,长沙:湖南文艺出版社,2011 年版,第 57 页。
② 今何在:《悟空传:完美纪念版》,长沙:湖南文艺出版社,2011 年版,第 150 页。

人常如"妖猴"一样，是弱者，而坏人则似"神猴"一样，为强权。我们多半把自己当作了"妖猴"悟空，至少那是我们内心深处的本真。对"神猴"悟空的蛮横与残忍，我们义愤填膺，并将此种意象和情绪无限扩散到现实的每一个角落和生活的每一个细节。"妖猴"的勇敢，显而易见。与强权较量，尽管力量微弱，毫无胜算，但从未放弃抗争。在这一视角上，《悟空传》是一部抗争史。不甘于命运的安排，不接受天庭的规训，藐视权威，不敬神佛，力图以自我的奋斗改变命运，在坚守自我中立于天地间。我们有时称之"反叛"，其实更多的是在守住"我"的同时，还向世界获取生存的权利。我们佩服他，也期盼有更多的他出现在我们的生活里。因为身陷困境，因为缺少"妖猴"的无所顾忌，形成了人类现实最大的焦虑。大社会如"神猴"般存在，而个体的"妖猴"为了生活，为了生存，在不断的抗争中妥协和屈服。每个人都视此为世相的黑洞，也认为这就是生存的本相。另一方面，不断妥协和屈服的"妖猴"会一步步成为"神猴"，失去本心，在世相的黑洞里如鱼得水。换言之，这世上根本没有他者的所谓社会，有的只是我们共同参与并构建的现实环境。《悟空传》最为强悍的生命力，正由此爆发。这是隐于表象之下的第二层叙述。当两个悟空在面前时，我们似乎找到了对立面，找到了立场的伙伴和痛击的对象。当我们视悟空为一体两面时，才是真正的可怕之处。世上本没有单纯的"神猴"或"妖猴"，有的只是神妖合体之猴，这也是我们一个个的个体，似乎难以有人例外。

在《悟空传》中，玉帝和王母娘娘不再至高无上，一众神仙也没了神仙应有的仪态与尊严。王母娘娘在属下和弱者面前全然是民间泼妇模样，典型的神经质，但面对观音等又装出温柔之色。看似是王母娘娘的形象被打碎了，其实这或许才是高高在上之人的真实。"泼妇"是另一个她，一直在内心。"神经质"这样的行为，其实极具策略性，看什么人说什么话，在什么人面前表现什么样的言行，是她的处世之道，也映射了现实中的无数人。玉帝面对悟空，表面镇静，内心已慌得不成样，王者风范的外衣之下，也是一个俗人。如果失去权力加持，他甚至还不如大多数的普通人。其他的神仙，也都有俗人之言行，与《西游记》中的形象相比，他们都在不同程度上被黑化。他们既高高在上，又极度自私自利，面目丑陋甚至狰狞。这自然是以一种反讽的方式解构权威和规制,然而更深层的动机则当是还原世界的本来面目。表面看这是对《西游记》以及社会高层的解构,实质上是将其内部解剖并呈现。

同样,唐僧等人也不再是过往叙事中的形象。小说的一开头,以对话将这几个恶棍形象展露无遗。唐僧在原有形象的基础上,又是一个贪生怕死、好色的无良和尚。原本老实忠厚的沙僧变成了"奸人",甘愿充当天庭的"特务",真是为了实现自己的愿望不择手段,毫无底线。猪八戒也是脏话连篇、常做坏事的恶棍。显然,今何在是在把这些神仙和妖当作人在写,写出人复杂性的真实。说他们是恶棍,但又无从恨起。他们也非双重人格,而是完整的鲜活生命体。小说都是在写人,许多作家也在追求把人当人写。然而,真实的人常常只在生活里,总不能走在纸上世界。其中,唐僧的形象尤为出彩。就篇幅而言,唐僧这样的灵魂性人物在《悟空传》中占比并不大,但他的形象已然很饱满。《悟空传》对许多人物着墨都不多,看似随意几笔,并抓住人物的精髓,鲜明地立起了人物。今何在如此塑造人物之功,在网络文学作品中并不多见。与前世金蝉子相比,现世的唐僧完全落入了凡尘。油嘴滑舌,似有轻浮之举,往好处说,这是一个无比幽默的和尚,往坏处说,就是个花花公子。他与女妖的一番对话,便是最好的例证。作为出家之人,遇上漂亮的女孩,不可直视,要躲。他不,他看得仔细。

> 一个绿衣的女孩笑嘻嘻站在那里,她有一头飘然的长发,身上的衣服却是用最细的银丝草编成,闪闪发亮。
>
> "女施主你好漂亮啊!"唐僧说。
>
> "原来你是个好色的和尚。"
>
> "不是不是,只是出家人不能说谎的。"
>
> "如果你不是光头,一定很讨女孩子喜欢的。"
>
> "难道我光头的样子就不帅吗?"
>
> ……
>
> "因为我想活着,我不能掩藏我心中的本欲,正如我心中爱你美丽,又怎能嘴上装四大皆空?"

　　唐僧可谓用最真诚的口气说出了最轻佻的话，果然是个"好色"的和尚。显然，女孩常受用这样的话式，或者说，此话式在我们的现实生活中也属高超之术，基本上可屡试不爽。唐僧色吗？色！唐僧轻佻吗？轻佻！再一问，答案又完全是否定的。这是最生活化的唐僧，是与他年龄相称的男人。这是一个烟火气浓郁、用本心本性说话的男人，符合日常的生命和情感伦理，不藏着掖着，又闪烁机灵之光。我们可以认为他俗，但切不可以认为他低俗，因为俗本是生活之核。我们看待别人，不能教条式地扛着一个又一个标准，而是要善于回到内心，回到真诚的自我。偏偏现实中，那些对此番话式得心应手的人，最容易跳出来指责唐僧。某种程度上说，如果我们认为唐僧幽默、可爱，那么我们也就与真诚的自我相遇了。进而言之，读不懂这样的唐僧，我们也很难真正读懂《悟空传》。

　　尽管仙妖世界和人物心性混乱不堪，然而爱情却纯真且令人动容。八戒与阿月、孙悟空与紫霞、唐僧与小白龙，他们的爱情有苦有痛，有爱而不得的忧愁和凄苦，八戒的深情、小白龙的暗恋、紫霞的牺牲，似乎观照了现实中爱情的主要形式和情感纹理。虽然他们的爱情都不完美，但都如一束光照亮了自我以及世界。当世界变得不可信时，当生活陷入泥潭时，爱情成了唯一的力量，如同信仰一般，甚至是一种特殊的信仰。这或许是成长期所特有的。同为年轻人的今何在应该是洞悉了其中的奥妙，并坚信如此这般爱情力量的神奇。有意味之处在于，爱情给予了他们前行的动力和希望，也在参与搅乱他们的生活，或者说，他们的许多不甘和不安也是由爱情而引发的。但他们喜欢爱情，相信爱情。他们需要爱情点亮自己，需要爱情在生命中留下印迹。更为重要的是，爱情与他们的年轻具有同样的纯粹。成长期的爱情，年轻时的爱情，就是这样迷人。尽管周遭险象环生，人生不如意，但他们依然热烈且执着地追求爱情，这也是他们热爱生活的表现，是追求个性化理想的另一种体现。因此，他们的爱情增强了《悟空传》叙事的丰富性，又有隐喻式的现实指向和社会意义。

四、原生性的叙述

《悟空传》的语言，具有巨大的亲和力和保鲜力。在传统文学的语境中，《悟空传》的叙述话语似乎有戏谑之形，脱离了沉稳，抵达了狂欢。词语和句式不再老实厚道，而像青春期的孩子一样任性，甚至癫狂。

"悟空，我饿了，找些吃的来。"唐僧往石头上大模大样一坐，说道。

"我正忙着，你不会自己去找？……又不是没有腿。"孙悟空拄着棒子说。

"你忙？忙什么？"

"你不觉得这晚霞很美吗？"孙悟空说，眼睛还望着天边，"我只有看看这个，才能每天坚持向西走下去啊。"

"你可以一边看一边找啊，只要不撞到大树上就行。"

"我看晚霞的时候不做任何事！"

"孙悟空你不能这样，不能这样欺负秃头，你把他饿死了，我们就找不到西天，找不到西天，我们身上的诅咒永远也解除不了。"猪八戒说。

"呸！什么时候轮到你这个猪头说话了！"

"你说什么？你说谁是猪？！"

"不是猪，是猪头！哼哼哼……"孙悟空咬着牙冷笑。

"你敢再说一遍！"猪八戒举着钉耙就要往上冲。

"吵什么吵什么！老子要困觉了！要打滚远些打！"沙和尚大吼。[1]

以对话结构叙述，是《悟空传》的显著特点。对话可以便捷地营造现场感，高度还原人物的个性，推动情节快速发展，形成直接又极具温度的张力。难度在于少了场景的渲染和动作的画面感，小说容易漂浮。今何在这种对于语言

---

① 今何在：《悟空传·完美纪念版》，长沙：湖南文艺出版社，2011年版，第7页。

的敏感和开发性运用,确实不多见,至少在网络文学中,可谓上乘。因有《大话西游》在前,我们总认为今何在的语言也是亦庄亦谐,充满无厘头的味道。再加之我们被传统文学叙述语言浸泡得太多太久,亦将此种语言归入抗性叙述的阵营。当然,这样的认知是正确的,契合《悟空传》的叙述姿态。然而,这又是不全面的,甚至没有触及其本质。"小说是人类经验的充分的、真实的记录。因此,出于一种义务,它应该用所涉及人物的个性、时间地点的特殊性这样一些故事细节来使读者得到满足,这些细节应该通过一种比通常在其他文学形式中更具有参考性的语言的运用得以描述出来。"①我们离开精英文学的束缚,离开被过于粉饰的社交话语后,我们很容易发现,《悟空传》的语言是对生活化语言的直接移植,是口语的本色出场。在关系好的朋友面前,当我们无拘无束时,很可能会这样说话。或者,这些言语其实一直潜于我们内心,在如同一潭湖水,有了同频共振的情境,便能瞬间激活,并呈奔涌之势。事实上,因为对自我角色的定位,因为环境无处不在的伤害,因为不可缺失的防备,我们很难也极少这样说话。无论在文学还是生活中,今何在这样的语言都是难能可贵的。拿开虚伪的面具,我们不得不佩服今何在的实诚,也感激他替我们复现了本真。将小说整体的性情以及人物的形象与语言做到贴合,使语言的力量和意蕴更为充盈。也就是说,离开了叙事审美,只谈语言是无效的。换而言之,今何在其实是找到了叙事最可靠的语言。

以此灵动、机敏的语言,今何在展开了自由式的叙述。看似是过去与现在两条线索交织并行的叙述,但细细考察,会发现这两条线只是主线,而非叙述的全部。在"意识流叙述"的指引下,今何在更注意人瞬间的感受,并因这些感受所引发的记忆和情感波动,从而碎片天马行空又符合心理规律。他又擅长将言语浓缩,在极小的空间蕴藏众多内容。比如前面所引中,猪八戒话中的"找不到西天"和"诅咒"就饱含了多个叙述事件。处处可见的全知视角、内视角和外视角的不断转换,客观上形成了迷宫式的叙述,造成了一定的阅读难度。但也正是这样的难度,扩展了叙述的容量,加大了叙述的密度。视角迅速

---

① [美]伊恩·瓦特:《小说的兴起:笛福、理查逊与菲尔丁研究》,高原、董红钧译,北京:生活·读书·新知三联书店,1992 年版,第 27 页。

的转场,是出于书写人物的需要,没有任务的提示和过渡,加快了叙述节奏。其中,两个悟空不同视角的叙述,令人印象深刻。在外视角下的悟空有着过去的记忆,突然进入内视角后是失忆的悟空。读者开始会不知所云,进而获得奇怪的阅读感受。信息量丰裕时,用外视角,是在限制信息过于外溢,而失忆的悟空内心的信息极为有限,这时用内视角,既是一种补充,又凸显了失忆后悟空心中的虚无。这不仅是叙述技法的运用,还带有某种喻义。

《悟空传》的互文性相当突出。"互文性"(intertextuality)的概念是由朱莉亚·克里斯蒂娃正式提出来的,"该术语指的是任何一部文学文本都是由其他文本—或多种方式组合而成的,如这一文本中公开的或隐秘的引用与典故,或对先前文本形式特征及本质特征的重复与构造,或仅仅是文本对共同积累的语言、文学惯例与手法不可避免的参与等方式"①。显然,《悟空传》与《西游记》和电影《大话西游》存在强大的互文性。然而,《悟空传》最耀眼的还是与生活形成的互文性关系。正如前所述,《悟空传》本质上是成长叙事,所谓的"反叛"并非指成长之中的反叛,而是指叙事本身。这自然是与传统文学叙事相比较后的结论。如果说传统文学是循规蹈矩的成年叙事,那么《悟空传》就是血气方刚、放任自由的青春叙事。这不是反抗,而是回归初心。所谓的西游路,对应的就是现实中的成长之路。《悟空传》有价值之处还在于,既如实呈现了成长原生态的图景,又回答了成长之后的境况。在小说中,这样的境况是以成佛为终点。

最后四个人成了佛,成佛以后呢?没有了,什么都没有了。以前活生生的有血有肉有感情有梦想的四个人,一成了佛,就完全消失在这个世界上了。佛是什么?佛就是虚无,四大皆空,什么都没有了,没有感情没有欲望没有思想,当你放弃这些时,你就不会痛苦了。但问题是,放弃了这些,人还剩下什么?什么都没了,直接就死了。②

---

① [美]M. H. 艾布拉姆斯著:《文学术语词典》,吴松江等编译,北京大学出版社,2009 年版,第635 页。

② 今何在:《在路上》,载于《悟空传·完美纪念版》,长沙:湖南文艺出版社,2011 年版,第 2页。

一切都化为虚幻,那么成长有何意义?今何在的观点不一定完全正确,但至少说出了生命和人生的本质。

> 我心目中的西游,就是人的道路。每个人都有一条自己的西游路,我们都在向西走,到了西天,大家就虚无了,就同归来处了,所有人都不可避免要奔向那个归宿,你没办法选择,没办法回头,那怎么办呢?你只有在这条路上,尽量走得精彩一些,走得抬头挺胸一些,多经历一些,多想一些,多看一些,去做好你想做的事,最后,你能说,这个世界我来过,我爱过,我战斗过,我不后悔。①

所谓原生性叙事,其实也就是在文学中恢复生活的原生态,忠诚于内心,回到在场性的人的成长。《悟空传》是借一个神话讲述了现实中人的成长。这样的成长,已经不只是特写的成长期风景,而是人生的"大成长"之路,也即我们走在路上所有的纠结与迷失、挣扎与退让。

五、结　语

《悟空传》出现之时,正是互联网开始进入生活之时,人们的青春之神形在另一种空间得到巨大的释放。同时,也使一直潜于传统文学之里的青春叙事得到了施展才华的机遇。这种青春的力量,一直是网络文学的生长和发展的核心动力。我们当然不能说网络文学一定要青春叙事,但青春叙事可以成就网络文学的特有风景。由此,《悟空传》的意义还将持续下去。

---

① 今何在:《在路上》,载于《悟空传·完美纪念版》,长沙:湖南文艺出版社 2011 年版,第 2 页。

试析《长相思》中爱恋关系的权力结构

刘芳彤[①]

摘　要：现代女性频道网络文学中盛行的"双强"模式爱恋关系看似呈现了平等的两性关系，但是权力关系的不对等性仍以隐性的形式存在，且往往不易被读者识别。通过对女频流行作品《长相思》中的情感关系进行批判性分析，可以发现女主角与两位男性角色之间情感关系的权力结构仍然存在不对等性，这种不对等性以"家长式保护"模式、"斯德哥尔摩情结"模式的形式出现。不对等的权力结构与现代女性主义理念追求权力结构平等的相互陪伴、相互成长的健康情感关系背道而驰，女性读者在欣赏这类作品时，应当提高对隐性权力结构的识别能力，以避免在现实生活中接受和复制非平等的恋爱模式，从而促进构建健康、平等的恋爱观与价值观。

关键词：女性文学；网络文学；权力结构；斯德哥尔摩效应

一

在互联网时代，女性阅读和互动的主要场域已经转移到了网络文学平台，"女性频道网络文学"应运而生。"女性频道网络文学"也常被称作"女性文学"或"女性向文学"，简称为"女频文"，通常由女性作者创作，以女性为接受对象和消费主体，往往具有立足女性视野的特征。在文艺作品题材分类上，"女频文"与出版业对文学作品传统分类中的"言情小说"类别最为接近。"女性频道网络文学"的出现为女性表达自我价值追求创造了话语权平台，虚拟网络空间延展了女性写作的边界，女性开始摆脱主流文化领域话语权缺失的历

① 作者简介：刘芳彤（1998—　），女，山东省威海市人，武汉大学法学院博士研究生，研究方向为法律人类学。

史地位,得以用女性自我意识和思想去建构自己想要表达的世界。对于作为受众的女性读者来说,女性频道网络文学作品具有功能性价值,既可以纾解在两性权力结构性失衡的现实生活中的压抑情绪,又可以抒发对理想愿景的寄托。

当代女频文学的源头可追溯到 20 世纪 80 年代的港台言情小说浪潮,以席绢、琼瑶等作者及其作品为现象级代表,在网络文学时代初期则以顾漫作品为典型。早期女频作品中盛行"男强女弱"的情感模式。男性角色往往被塑造成"霸道总裁",尽管"霸道总裁"在古代、现代、架空时代等不同题材时间维度中的呈现样态不同,但都具有家世、财富、身材外貌、能力精英化的共性特征。[1]而女性角色的呈现则以"灰姑娘"模式为主[2],性格上表现为"清纯""柔弱""善良"的特征,"擅长以情绪化的表达唤起男性对其保护的渴望"[3]。在男女主角的权力结构呈现"男强女弱"的前提下,女性角色顺其自然地"缺少斗争意识、能力,甘愿等待男主角的救赎"[4],人格上往往具有依附男性、寻求男性认同的特征。在情节发展中的戏剧张力设计中,爱情成了"一切矛盾的救赎、最高层次的核心能治和意义源泉"[5]。通常认为,早期女频作品中"男强女弱"的情感模式符合社会大众对传统两性关系构想的模板,反映出男权社会中的女性意识。

近年来,随着女性读者受教育程度的提高,文化教养、世界观、人生观以及长期的生活实践形成的审美趣味、人生追求、情感追求等发生了一系列的变

---

① 董胜:《"霸道总裁"情节母题的价值分析和展望》,《小说评论》2018 年第 2 期。

② 参考了学者对影视剧中女性角色的呈现模式归纳。吴婧将其归纳为灰姑娘模式、花木兰模式、潘多拉模式、盖娅模式四种,刘瑶增加了公主模式、奋斗模式两种,其中,花木兰模式见于女性英雄叙事,盖娅模式指奉献型贤妻良母,女频作品中最常见的只有灰姑娘模式、潘多拉模式、公主模式。参见吴婧:《消费主义文化时代的性别想象》,上海:上海世纪出版集团,2008 年,第 15 页;刘瑶:《消费主义文化时代:女性的流行叙事与想象——从女性主义角度阐释流行影视剧的传播机制》,天津师范大学 2010 年硕士学位论文。

③ 张晓雨:《女性频道网络文学的女性主体建构分析及其现实意义》,《天水师范学院学报》2022 年第 4 期。

④ 同上。

⑤ 同上。

化，女性读者的思想视野变得更加广阔，生存能力和生活态度方面变得更加自信。[①] 在这种背景下，女频小说早期常见的题材"霸道总裁与灰姑娘"及其所对应的"男强女弱"爱恋模式已不再得到女性读者青睐。"反言情"浪潮席卷女性文学创作平台，"耽美""ABO""无CP"等爱恋模式变体的创作盛行，在晋江文学城等女频网站检索栏中，这几种爱恋模式均是可筛选的标签。甚至，在哔哩哔哩动画（b站）、小红书等二创平台上遭遇到了猛烈的"考古式"批判，早期言情小说中常见的"白莲花""圣母"等角色特征在当下的互联网传播语境中已被赋予了讽刺性内涵。同时，当下流行的新潮流是"女强"的"大女主"模式，而女强范式之下又可分为"女尊"模式（女强男弱）、"双强"模式（男强女强）。

这些变化不仅在女频文学创作领域有所体现，在影视剧剧本创作倚重IP改编的大背景下，女频文"触电"业态火热，影视剧的观众与女频文学的受众具有高度的重合性、相似性，根据2023年剧集集均播放排名显示[②]，榜单前五名里共三部言情剧，三部均为女频作品改编，而其中《长相思（第一季）》与《长风渡》两部均为"双强"模式，无论是主动宣发，还是播出后媒体的评价，均将其与"大女主"标签深度绑定，而《长月烬明》则是以"无CP"模式作为宣发亮点。从影视剧爆款榜上可以看出，早期女频作品中常见的"男强女弱"模式热度不再。

总的来说，女性频道网络文学的发展和变迁趋势既是映照出当下思潮的一面镜子，也是指引女性主体建构发展的风向标。这些作品为女性提供了一个表达自我和追求理想的平台，同时也为我们提供了一个观察和理解当代女性心理特征、反思两性关系结构的窗口。

部分学者从女性主义的视角对"女尊""双强""耽美"等当下女频作品中盛行的新兴爱恋的模式进行了批判，指出了其中女性主体性建构所存在的悖

---

① 王婉波：《"女性向"网络小说中的女权意识及其悖论——以"女尊文"为例分析》，《网络文学评论》2018年第2期。

② 程小颖：《2023国剧集均播放量TOP30，真正的爆款剧长啥样？》，2023年8月30日，见 https://mp.weixin.qq.com/s/M6p6qdIvdvY-ElZFBk1BNw。

论,以及其中可能隐藏着父权制的逻辑陷阱。[①] 本文则关注当下流行之一的"双强"模式。"双强"爱恋模式的流行体现了当代女性对情感关系中人格平等的追求,比起将自身的成长实现与价值实现寄托在男性以及由男性主动的爱恋关系上,女性更希望获得互相尊重、互相成长、没有压迫与伤害的感情,同时女性不再被局限在单一的情感世界中,而是拥有事业、理想等多维度成长空间。

桐华是互联网知名女频作者[②],其作品具有极强的市场影响力,需要我们警惕其作品中爱恋结构存在的新问题。本文以桐华的作品《长相思》为例,通过剖析其爱恋关系的呈现模式,意图讨论"双强"模式中可能隐藏的父权制逻辑陷阱,如果不加以辨别,"双强"女频作品非但不能够成为女性主义表达意旨的理想场域,反而成了男权世界话语的升级版。

二

《长相思》系列是桐华创作于 2013 年的小说,后由桐华本人担任编剧改编成同名影视剧。该剧于 2023 年 7 月开播以来,豆瓣专组人数和帖子一路飙升,热度碾压了暑期档其他剧集,是当之无愧的爆款剧。

《长相思》的故事通过巧妙的包装,让读者先入为主地认为女主角是"强"的。女主角的"伪强"具有隐蔽性,其对情节的呈现和意义构建具有两面性影响:一方面,女主角伪强实弱,为传统言情叙事"家长式保护"情节的展开搭建了平台,是"新瓶装旧酒";另一方面,在"双强"的糖衣伪装之下,爱恋关系中的不对等性内核则容易被忽视。

在小夭角色塑造上,作者巧妙地避重就轻,创造出了女主角"强"的假象。

① 张晓雨:《女性频道网络文学的女性主体建构分析及其现实意义》,《天水师范学院学报》2022 年第 4 期。

② 桐华被誉为"燃情天后",是"四小天后"之一。"四小天后"是网络文学兴起后,读者群体对四位互联网言情小说作者的"封号",因此,"四小天后"赞誉的本身就内嵌了对以琼瑶、席绢为代表的传统言情文学作者进行革新的意涵。其他三位分别是"侠情天后"藤萍、"浓情天后"寐语者、"悲情天后"匪我思存。

如果我们从外表、身份地位、智力、武力、性格特征几个维度来对《长相思》中的人物进行对比分析。外表上，小夭恢复后的真容是令人"目眩"的，"明明有万千妩媚，眼中却尽是漠然"；身份上，高辛玖瑶出身显赫，全大荒女子无出其右；智力上，机智聪慧、有勇有谋，在医术、箭术的学习上体现出了超凡的领悟能力；性格上，柔而不弱，在身心都遭受了痛苦不堪的折磨之后，依然乐观坚强。在温室花朵似的"傻白甜"妹妹阿念"柔弱""蛮横"的对照下，小夭呈现的多维度的"强"格外凸显。

但是，作者为小夭安排了全方位的优点，却独独设置了武力低这一个"弱"点，而这一弱点绝非"瑕不掩瑜"，而是木桶上的致命短板。在大荒世界中，战乱频仍、纷争不断，武力值的重要性远比秩序井然的现代文明世界大得多。在神族的世界中，影响武力值的关键因素是"灵力"，而不是身体的作战能力。因此，男性和女性在生理上体力的差异并不会绝对性地影响武力能力。在这种背景下，作者设定小夭"灵力低微"，在刀兵相向的权力斗争中是否有自保能力都存疑，作者试图用女主其他方面的近乎"完美化"的形象塑造弥补、掩饰这一弱点，实属避重就轻，造成了"双强"的表象。

《长相思》的情节设置巧妙，使读者先入为主地接受女主角"强"的人设。故事始于小夭化名"六哥"在清水镇的生活图景，作者塑造了一个为人处世圆融通达、医术高超、精明能干的"六哥"形象。综观全书，在清水镇这个远离神族权力纷争的人间一隅，是小夭在人际关系权力结构中处于最高位的时期，"六哥"在清水镇人缘好、混得开，在家中具有"一家之主"的威望。

在情感关系的发展上，小夭与涂山璟的感情线也在清水镇展开，在小夭与涂山璟的相识之初，璟处于绝对的弱势地位，璟脱离了高贵身世、身体重伤残疾、精神萎靡，在清水镇，璟完全倚靠小夭才得以生存。在夭璟后续的情感互动中所呈现的权力结构来看，小夭一直处于相对高位，这一方面是由于涂山璟动心在先、主动追求，小夭因而掌握了二人关系走向的决定权；另一方面，身份地位上小夭比涂山璟略强一筹，在清水镇时是一家之主"六哥"，涂山璟处于被照顾、被教学的角色，在各自恢复神族身份后，高辛王姬的身份地位配对涂山氏族长也绰绰有余；而至于小夭在战斗能力维度的弱势，由于涂山璟本人的能力主要体现在经纶、商贾之道,也并不在战斗能力上,因此,和涂山璟相比,小夭在战斗能力上并没有相对弱势。

小夭的"强"人设具有相对性,但是读者一旦代入接受了女主"强"的人设,往往容易忽视其相对性,在审视女主的其他爱恋关系时忽略对权力结构进行重新评估的必要性。

三

在小夭和玱玹的关系中,二者是情比金坚的兄妹,玱玹对小夭单方面产生了男女之情的情愫,二者的情感纠葛复杂。在玱玹与小夭的互动中,体现了鲜明的"家长式保护"特征。"家长式保护"是一种善意的性别偏见,"家长式保护"视野是在认可男性具备更高社会地位、能力的前提下,将女性视为需要被男性珍惜、保护的对象,倡导女性无用论。

《长相思》故事的主线情节依赖"家长式保护"的底层逻辑推进,玱玹人物角色的设定符合封建男权社会中对男性角色的期望。《长相思》整个故事情节主线都是围绕玱玹追逐权力、问鼎中原展开的,而玱玹夺嫡的核心驱动力恰恰是"保护亲人",幼时的惨痛经历让他意识到,只有能力强大、登上王者之位才能保护珍视之人(几乎特指小夭)。从性别视角审视,《长相思》作品中的矛盾之处在于,在大荒世界中的神族,战斗能力的决定性因素是"灵力修为",在这样的背景设定下,男女因性别产生的生理性差异几乎被消解了,"嫘祖"娘娘与黄帝并肩作战开创了轩辕国,而姑姑也被设定为心怀大义、为国捐躯的"王姬大将军","防风意映"箭术高超,是"防风家数一数二的高手",女性何须男性来保护? 但是,在这样的背景下,大荒世界中的宗族、等级制度却依旧被作者描绘成一个父权制的封建社会。因此,在男女主角的人物塑造上,作者设定小夭流落民间并遭受了诸多不幸以至于灵力修为几乎散尽,才让黄帝、高辛俊帝、玱玹的"家长式保护"在小夭身上合情合理。玱玹的角色塑造完全符合封建男权社会中的"兄长角色",是践行"家长式保护"的化身:在玱玹与小夭幼时,玱玹便不断被长辈灌输要"保护好妹妹"的观念,即使幼时小夭灵力高强与玱玹打架时常胜;在亲人尽失二人相依为命时,玱玹睡梦中潜意识流露出的自责与自我勉励"对不起,是我太没用了,我会很快长大的,我一定会保护你和姑姑"可以体现出他已经将"保护者"的角色期待自我内化为价值追求。从性别差异的视角审视,保护幼小的妹妹尚合理无虞,而保护强大的姑姑(女性长辈)而不会想到保护同样战死沙场的父亲(男性长辈)则耐人寻味,可见,"保护者"是大荒世界观加诸男性的角色期待。

在玱玹与小夭二者关系的权力结构上,玱玹始终是上位者、主导者,小夭在辅助者、从属者的角色中完成了自我他者化。

玱玹与小夭患难与共,两人的前途、命运紧紧捆绑,但是在二人这个紧密的一致行动体内部,小夭的人生理想始终让位于玱玹的价值追求。在"人生道路"的选择上,小夭喜欢逍遥自在的日子,不愿被王姬的身份束缚住,但是在被玱玹强行带回高辛国并且与俊帝相认后,小夭虽心有不愿却几乎没做任何反抗,便接受了高辛俊帝、玱玹安排给她的道路——"恢复王姬身份"。《长相思》原著中,小夭对此的内心独白是"我愿意和他们相聚,但我闲散惯了,并不想当什么高辛的大王姬,和我父王、我外祖父,甚至玱玹的性子……连阿念那么天真糊涂的人都明白,和他们这种人直接对抗是自讨苦吃"。而在已经播出的《长相思(第一季)》影视剧中,这部分情节被补充了更多细节,剧中俊帝给了小夭选择是否成为王姬的机会,小夭原本不豫,却因为得知玱玹意在争夺轩辕国王位而改变主意愿意做回高辛王姬,只因为高辛王姬的身份能够给玱玹的夺嫡之路带来极大的助力。反观之,玱玹的决定却是从不容小夭置喙的。

在"人生大事"的抉择上,小夭几次因玱玹需要助力而调整自己与潜在婚恋对象的关系。第一次,小夭给了涂山璟机会,甚至因玱玹急需涂山璟帮助主动在冷战中向涂山璟低头示好;第二次,小夭看在玱玹开口的面子上,给了自己并不喜欢的赤水丰隆机会;第三次也是最关键的一次,在玱玹夺嫡前夕,局势紧张,小夭决定答应赤水丰隆的求婚,来为玱玹赢得赤水氏乃至中原氏族集体的支持。不仅如此,小夭对帮助玱玹心甘情愿,在涂山璟与防风意映成婚后,玱玹对由此给小夭带来的情伤充满了自责:"如果不是我当年太想借助涂山璟的力量,也许就不会有今日的一切。"而小夭却是笑着安慰玱玹:"我和璟之间的事,你只是适逢其会,何况我并不后悔喜欢他,你又何必赶着自责?"

由此可见,在人生道路、婚恋大事的抉择上,小夭的选择乍看上去均遵循了自己的意志,但深究会发现,小夭"自愿"地接受了父权对她的安排、实现了父权对她的期望,是一种自我他者化的过程,正如波伏娃所言:"她们必须按照男人的梦想去塑造自身,才能获得价值。"[①]已有学者指出,女性向网络文学的性别革命难在于"革命后女性仍然愿意充当男性背后的角色,她们没有真的实现自我价值"[②]。

另一方面,在传统父权的"家长式保护"模式下,"保护者"往往站位于高处对"被保护者"俯向凝视,善意地为"被保护者"做出决策。玱玹无疑是深爱小夭的,他的所作所为均是"站在自己的视角"给予小夭"自己以为"的最好安排、最好保护:比如,玱玹一手策划了小夭身世的暴露,不惜冒着高辛俊帝参透他宣战意图的风险;又如,玱玹夺嫡逼宫时暗中给小夭下药,安排她离开,希望她远离危险的斗争。但是,玱玹无形之中剥夺了小夭的知情权与决定权,这也是"家长式保护"妨碍主体性人格的实现被老生常谈的诟病之所在。

四

如果说玱玹和小夭二者之间保护者与被保护者关系存在权力失衡,那么相柳与小夭间则是完全不平等的危险关系,相柳兼具胁迫者与保护者的双重身份,但是由于小夭角色呈现出"伪强"的表象,相柳与小夭的双边关系中的不平等具有隐蔽性,识别能力不强的女性易被蒙蔽,产生二者旗鼓相当、情投意合的错觉。因此,相柳对小夭的"爱而不得"赚足了读者、观众同情。

《长相思》和所有言情剧一样,人物的感情配对问题是讨论的焦点。在优酷视频平台上评论区,评论内容集中在支持"夭柳"还是"夭璟"上,两派势同水火,热度第一和热度第二的评论分别是"坚定不移站官配(夭璟)"和"好喜欢

---

① [法]西蒙娜·德·波伏娃:《第二性Ⅱ:实际体验》,郑克鲁译,上海:上海译文出版社,2011年版,第87页。

② 江涛:《"网络女性主义"创作的价值商榷》,《文艺争鸣》2020年第11期。

夭柳",两条评论的点赞都在 10 万左右,难分伯仲。本文提出质疑,相柳与小夭之间,真的存在现代社会能够或应当认可的爱情吗?

小夭对相柳产生的感情,完全符合心理学中的"斯德哥尔摩效应"(Stockholm syndrome)。"斯德哥尔摩效应"又称"人质情结"或"人质综合征",是指受害方对加害方产生情感甚至反过来帮助加害方的心理情结,始于 1973 年在斯德哥尔摩市发生的银行抢劫案,案中人质对绑匪产生了怜悯、同情的情感,甚至在事后帮助、资助绑匪,心理学学者研究后将这种异态心理命名为"斯德哥尔摩综合征"。在两性关系中,斯德哥尔摩效应也屡见不鲜,在轰动一时的"洛阳性奴案"中就有体现。①

从心理学视角看,斯德哥尔摩效应产生于人的心理防御机制,在遭遇危险、胁迫时,为了生存,心理防御机制启动将不良刺激合理化,斯德哥尔摩效应的发生并非一蹴而就,而是经历恐惧、不安、同情、反助四个阶段。② 这与小夭对相柳的复杂情感演变相符合。

小夭在清水镇化名"小六"生活时,和相柳初次见面,相柳发现了"小六"的制毒能力,为逼迫"小六"为自己制毒,鞭子落下毫不留情,小夭对其只有纯粹的"恐惧",出于恐惧,小夭姿态诎媚地迎合相柳,予取予求,任由相柳咬破自己的颈部吸血疗伤。当进入"不安"阶段时,"小六"的心态已经不再是单纯的恐惧,意愿上也不再希望相柳死亡从而解除自己的威胁,开始和相柳进行互动博弈,"小六"开始主动邀相柳见面、主动献血,直言"你明明知道我不想杀你,更不会杀你……因为我很寂寞",同时"小六"耗费数年心血养蛊,意在制衡相柳。在原著第一部的上半部分,相柳携"小六"同游大海时,"小六"已经对相柳心生同情,操心起了他的命运:"黄帝迟早要收拾共工将军,天下大势不可逆,不是个人所能阻止,我看你尽早跑路比较好……"小夭最终转为"反助"心理阶段的标志性情节是,《长相思 2:诉衷情》中,防风邶受重伤后躲到小夭房间里求助,此时小夭终于知道防风邶就是相柳,而此时的小夭恢复了高辛王姬身份,是轩

---

① 金泽刚:《性奴案的浮起与沉寂》,《东方法学》2012 年第 4 期。
② 陈琦:《规训、惩戒与救赎:PUA 情感传播中的"斯德哥尔摩效应"》,《现代传播》2020 年第 9 期。

辕国的贵客，相当于"解救后的人质"，而奄奄一息并处于弱势的是相柳，此刻二者胁迫关系不复存在，小夭却选择以王姬的尊贵威压帮助他瞒天过海，还让他吸血疗伤，作者此处描写为"这是小夭第一次亲眼看到他吸她的血，并不觉得痛，反而有种凉飕飕的快感"，可见小夭已经完全是在自愿反助相柳了。

不管小夭对相柳的心理、行为发生了何种演变，相柳对小夭则是一如既往地招之即来挥之即去，一旦小夭所做、所言不称心意，相柳便施以暴力胁迫。虽然读者可以从上帝的视角看到结果是相柳并未真正伤及过小夭性命，但是，如果我们代入小夭的视角，每一次被胁迫情境而命悬一线又是真实存在的危险。小夭与相柳之间的权力结构是绝对不平等的，但是作者让暧昧情愫在这种压迫结构下滋生了。

在相柳与小夭的关系权力结构中，相柳除了扮演胁迫者，还自动扮演了"家长式保护"模式下的保护者身份。作为保护者，和玱玹一样，一次又一次地剥夺了小夭的知情权与决定权，"站在自己的视角"代替小夭做出了"自己以为"的最优的决策。

在以"防风邶"身份与小夭交游时，相柳坚持不许小夭付账，即使小夭富有、相柳贫困，相柳固执地认为"付账是男人的事情"，宁肯典当物件也不允许小夭请自己吃饭。因为预感到自己命不久矣，相柳瞒着小夭悄悄将二人相连的"情人蛊"解除，并且不愿小夭得知自己的付出后心中伤怀，拜托王母替自己隐瞒；同时，相柳干脆自作主张地抹去了狌狌镜中小夭保存的关于自己的全部记忆，令小夭再想追忆自己都无迹可寻。

结语

在《长相思》的 CP 之争中，在男性角色都全方位地"强"的情况下，读者或观众的"挑选"标准往往是"爱女主角的程度""付出的多少"或者反面的"伤害的深浅"，却常常忽视了情感关系中的权力结构维度。在爱恋模式"双强"的隐蔽性包装下，情感关系中权力结构的失衡更难识别了，读者往往容易识别师生恋爱题材、办公室恋爱题材中的失衡的权力结构，也普遍难以认可"河南性奴案"、《房思琪的初恋乐园》中的情感关系为"爱情",却不由自主地被《长相思》中玱玹、相柳的爱和付出深深打动。

　　女频文是当代女性欲望、梦想乃至幻想寄托的载体,潜移默化地影响着读者的情感心理和行为模式。本文从女性主义的视角对此进行批判性分析,认为在权力结构不对等的土壤中滋生的花朵,纵使以爱为名、妖艳盛放,也难脱毒性,"毒树之果"不可取。当代女性主义思潮在情感关系中,倡导平等的权利结构。尽管涂山璟由于性格的软弱,在与防风意映的关系的处理上"当断不断",客观上最终还是给小夭造成了情感上的伤害,但是,涂山璟主观上从未有过越俎代庖为小夭做决定、逼迫小夭的任何行为,涂山璟对小夭的情感表达没有攻击性,甚至连排他性都被克制地不进行表达,二人识于微时莫逆于心,涂山璟不提"保护"而是"陪伴",二者的爱恋关系的权力结构更接近于"双强"范式下的相互尊重、相互陪伴的平等模式。从这个角度来看,涂山璟应是名副其实的"官配 CP"。

跨界研究

世界与自我的标记点
——网络文学升级机制的游戏溯源与迁移分析
王秋实[①]

摘　要:网络文学呈现出游戏化叙事的面貌,这已经被众多研究论及,但这种游戏化并不止于简单的经验和元素迁移,背后有其逻辑机理,昭显其文学样式与媒介特征。升级是游戏基础机制,也是网络文学的基本叙事模型之一。本文对升级机制进行游戏溯源,探讨升级在游戏中如何生成世界标记与自我标记的功能,形成线性叙事并进入以"控制感"为核心的心流状态,分析这种迁移如何解决网络文学内部的叙事困境,并以游戏升级的量化单位"经验值"来讨论近年网络文学升级"失控"现象所表征的时代心理嬗变。

关键词:升级;开放世界;线性叙事;心流

"升级"是游戏基础机制。自《龙与地下城》(*Dungeons&Dragons*,*DND*)为"角色等级"建立完整设计,升级就成为角色扮演游戏(Role-playing Games,RPG)的核心成长机制。随着游戏的发展,"升级"不再止于角色等级,渐渐拓展至装备等级、技能等级、家园等级等,成为一种能力提升的泛指,是一种多维度向"积极方向"的转变。

"升级"同时也是网络文学,尤其是早期网文的核心叙事模型之一。世纪之交,网络游戏进入中国并迅速流行,起点中文网也建立了付费连载的运营模式,由此奠定了网络文学超长篇连载的文体样式。网文和网游一起成为中文互联网拓荒期的重要内容,网文用户和游戏玩家的身份和经验均有交叉,大量

---

① 作者简介:王秋实(1991—),女,北京市人,中国作家协会网络文学中心助理研究员,研究方向为网络文学与游戏研究。

的游戏内容被迁移至网文,大量的游戏机制也被借鉴,成为网络文学的叙事元素或叙事模型。"升级"便是极其典型的机制之一。早期的网文经常被读者归纳成"升级打怪换地图",这便是这一迁移的直观佐证。然而为何会发生这样明显直接的迁移? 在用户经验交叉之外,是否还有其他原因? 在"升级机制"这一表层元素的背后,网络文学与游戏共享了哪些叙事功能与文化心理?

一、世界标记点:开放世界的线性导航

众多学者对开放世界(Open World)的讨论,多聚焦在其"非线性叙事"和"自主性探索"上①。开放世界的"开放"是一个通过比较而得来的概念,它的比较对象是"线性"。如果说线性游戏是玩家通过已被设计好的路径完成的游戏,那么开放世界游戏即为玩家在游戏世界中自由行动并自行设定目标的游戏。线性游戏拥有固定的故事情节、预设的世界解锁顺序、精心设计的箱庭式关卡、被强引导的玩家行为,如《八方旅人》《只狼:影逝二度》。开放世界则通常表现为碎片式的情节、全部开放的世界地图、自主性的玩家行为,如《塞尔达传说:旷野之息》《侠盗猎车手 5》等。

提及开放世界是因为,建立成熟升级机制的角色扮演始祖游戏《龙与地下城》,实际上是一个开放世界游戏(甚至到目前仍然可能是最开放的游戏),因此,发掘其建立升级机制的内在因由便具有必要性。有学者在对"升级"这一游戏机制进行媒介考古时,将升级系统拆分成一套"分层成长系统",包含"角色属性""角色等级""晋升机制""经验值"四个构件。而 1974 年安内森和吉盖克思合作设计的《原始版龙与地下城》(*Original Dungeons&Dragons*, *OD&D*)

---

① Jesper Juul 认为,开放世界可以让玩家自由探索虚拟世界,从而摆脱了任务线的限制,因此提供了一种非线性叙事,让玩家的行动和目标更具自主性,参见 Jesper Juul. *Half-Real*: *Video Games Between Real Rules and Fictional Worlds*. MIT Press, 2011: pp. 71—72。而 Mark J. P. Wolf 强调开放世界是一种可以自由探索的虚拟空间,其魅力在于沉浸感与玩家对游戏世界的高度控制,参见 Mark J. P. Wolf. *The Medium of the Video Game*. University of Texas Press, 2001: pp. 99—101。

因以量化经验来晋升角色等级属性,而成为升级机制成熟的标志性游戏①。《龙与地下城》是桌面角色扮演游戏(Tabletop Role-playing Game,TRPG),也即现称的"跑团"。玩家(Player,PL)与"地下城主"主持人(The Dungeon Master,DM)围坐在一张桌子旁边,玩家创造属于自己的角色(Player Character,PC)并扮演他们,与作为游戏世界与非玩家角色(Non-player Character,NPC)的 DM 交互,从而经历冒险,共同创造一个故事,这就是《龙与地下城》的游戏模式。

在《龙与地下城》中,DM 就是世界,且 DM 是真实人类,这使得玩家与世界的每一次交互都是可行的、有反馈的,没有如电子游戏般被程序写好的算法规则"硬性"阻拦的情况,阻碍《龙与地下城》故事发展的只有玩家和 DM 的想象力。因此《龙与地下城》作为最早的角色扮演游戏,实际上是一个开放世界游戏。它拥有非线性的叙事,没有既定的行为次序,情节发展是由玩家自主驱动且演绎的,NPC 反馈是 DM 的大脑根据前续情节即时反应的,因此每个团都会跑出不同的故事。《龙与地下城》符合开放世界的一切特征。

那么作为开放世界的《龙与地下城》,为何第一次建立升级机制?

我们对比初版(OD&D)规则和后续规则会发现,初版规则中并没有怪物的等级,只有角色的等级,主持人只能通过怪物的数值来估算挑战难度。而后续我们熟知的"怪物挑战等级"(Challenge Rating,CR)则在 2000 年的第三版规则中才首次被引入。我们可以由此推出,作为优化补充内容而出现的 CR 系统,是玩家与 DM 在游玩中实际需求的回应:CR 系统帮助 DM 平衡遭遇战难度,方便 DM 规划出适合不同等级的玩家的冒险内容。在这个"规划"中,根据怪物等级、出现地图与相关联情节的"内容模块"已经渐渐出现。名为"挑战等级"而非"怪物等级",其实在背后反映着游戏对玩家角色升级的引导。升级和新内容模块之间的对应关系已经开始出现,开放之下的"线性"已初露端倪。

而这一点可被"模组"的兴起证明。在升级系统建立后,"模组"(Adventure Module)也出现了,这令隐藏的"线性"更进一步,也为后续的电子游戏化

---

① 许铭欢、王洪喆:《从"即兴戏剧"到"巨洞冒险"——升级机制的跨媒介起源暨从兵棋游戏到角色扮演游戏的媒介考古》,《文艺理论与批评》2022 年第 3 期。

奠定基础。"模组"即预设的故事背景、情节框架、地图、敌人等元素，供 DM 参考并带领玩家体验。在初版规则中并没有模组的概念，仅有一个粗略的世界设定，玩家和 DM 在此基础上自由冒险，但已经有玩家感觉到自由所带来的盲目和空洞，开始设计一些自制的冒险情节内容，这些预设内容即为模组的雏形。于是在第二版《高级龙与地下城》（*Advanced Dungeons&Dragons*，*AD&D*）发布后，官方模组开始出版，此惯例沿袭至今天，众多《龙与地下城》经典故事即有其模组背景，如发生在博德之门的《坠入阿弗纳斯》。

模组的情节行进、内容解锁、新地图展开，是跟玩家的等级息息相关的。模组可能是"升级打怪换地图"这一机制的初始形态。模组中设置的遭遇战数量、敌人等级、所引导角色行为等可以生成可控、可量化的经验值，可视化为玩家等级。而升级往往意味着一段冒险的结束与对应成长，准备下一段落（新世界与更难的怪物）的开始，模组以升级为"标记点"，来规划地图、情节、战斗，DM 也以升级为"标记点"掌控游戏进程。升级便宛如开放世界中的导航工具，

第 1 章：卓尔的囚徒 Prisoners of the Drow

地表世界底下深处的幽暗地域 Underdark，是有着无尽迷宫般的地道与洞窟，日光永远无法到达之地。在幽暗地域中生活的种族和生物不计其数。其中位于顶点的便是黑暗精灵，又名卓尔 drow。即便是幽暗地域的住民也对卓尔恐惧且憎恨不已。在地表世界也是同样，他们会从地表掳夺俘虏带回幽暗地域。身中卓尔毒药失去神智后，囚徒们会被带上颈铐和手镣，成为黑暗精灵地下城市的奴隶，或是玩物。

我们的冒险者们现在都不幸被俘虏。他们被囚禁于黑暗精灵的前哨站中，等待着被送往"蜘蛛之城 City of Spiders"，魔索布莱城 Menzoberranzan。他们可能本打算前来幽暗地域寻求知识或财富，也可能只是在错误的时间出现了错误的地点，却成为了卓尔掠劫的猎物。

《逃离深渊 Out of the Abyss》对角色们设定的要求是这样的：在冒险之前，他们与幽暗地域中的事件毫无关联，彼此也互不相识。在成为卓尔的囚徒后，他们才相遇相识。如果玩家希望自己的角色能有更多幽暗地域的背景，则可参考附录 A 中的背景选项。

在"卓尔的囚徒"中，角色们由 1 级开始，本章冒险结束后，他们会达到 2 级（如果没到 3 级的话）。冒险将会充满挑战，而且幽暗地域极端危险，你也可以让角色从更高级别开始冒险（2 级或 3 级），以降低玩家的游戏难度。

逃跑 Escape！

角色们在本章冒险中的目标很明确：从卓尔前哨站瓦肯维吾 Velkynvelve 中逃脱，并着手逃往幽暗地域。不过，冒险者们对自己周围的环境几乎一无所知。这些囚徒即便能逃出卓尔的手掌，他们又该去哪？该如何求生？

监禁 Restraints

包括角色们在内的所有卓尔囚徒都带着铁制的奴隶项环和手铐。项环和手铐由一段短铁链相连。这使得俘虏们行动受限，但不影响他们的移动或速度。

除双手被铐住外，施法者们没带任何施法需要的术法成分或器具，而其施法能力也因此受限。（法师角色不是必须要自己的法术书才能施法，但是没有法术书不能改变自己准备的法术。因而法师角色们还留有一点余地，可以决定自己在被俘虏前准备了哪些法术。）然而，由于囚车里设有魔法结界（见区域 11），所以奴隶们无法在囚笼内施法。

从手铐中解脱需要角色成功通过一次 DC 20 的敏捷检定，而强行将手铐打破则需要成功通过一次 DC 20 的力量检定。角色使用盗贼工具时，可以通过一次成功的 DC 15 敏捷检定来解开手铐的锁扣。手铐有 15 点生命值。铁制颈环可以通过一次成功的 DC 20 力量检定来破坏。颈环有 12 点生命值。角色尝试破坏颈环、破坏手铐或解脱手铐失败后，直至其完成一次长休前都不能再次进行同样的尝试。不过，角色任何时候都可以执行协助 Help 动作来为其他角色提供帮助。

图 1　DND 模组《逃离深渊》中的章节等级规划

埋下隐藏的"线性",最大限度保证玩家游戏行为的自由,同时寻回对游戏叙事的把握。

模组的一切被电子游戏所继承。受限于程序算法和硬件,电子游戏无法复刻 DM 的人脑对于各种选择可能的可反馈性,自由如《博德之门 3》也是经"穷举法"制作出来的,但"穷举法"总不可达到真正的穷举。算法化后的"世界"会相应丧失自由度和情感性,因此电子游戏的 RPG 往往是一个"模组"的电子游戏化,含载一段相对固定的线性剧情。"升级"这一潜在的线性辅助与量化导航工具,理所当然地在电子游戏中被发扬光大,成为游戏尤其是 RPG 最基础、最经典的机制,在日本发展至线性游戏的极致①,令 JRPG(Japanese RPG,日式角色扮演游戏)成为叙事的艺术和"作者游戏",如《最终幻想》系列。而在欧美,则在技术爆发后解除硬件掣肘,众多游戏回归《龙与地下城》般的开放世界,如《侠盗猎车手》系列。

但在如今的开放世界游戏中,大多也保留着"升级"这一隐性导航机制。游戏设计者们也面临着《龙与地下城》初版规则一般的疑问:如何在开放自由的世界与自主的玩家行为中,把握游戏的叙事节奏,平衡游戏难度?除却凤毛麟角的设计②,大部分"公式化开放世界"采用的仍然是升级导航机制,如《刺客信条:起源》与其后的系列作品,相对于《刺客信条》系列前作,似乎去除了随剧情解锁区域的限制,拥有全解锁的地图,显得更加"开放",但仍靠区域的怪物等级压制,将玩家的行动轨迹圈定在角色等级允许的范围内,生成相对线性的流程。与之类似的是网络游戏,如《魔兽世界》《剑网 3》等,网络游戏往往也是一种开放世界游戏,拥有全开放的地图与自主的玩家行为。但《魔兽世界》和《剑网 3》均标注出"地图建议等级",并以此延伸出官方的"建议升级流程",在开放世界中用"升级"勾勒出线性的玩家行为轨迹。

那么游戏中的升级机制为何如此顺利地迁移至网络文学呢?作为开放世

---

① 日本只是更有线性 RPG 的设计传统,不代表所有日本 RPG 都是线性的,如公认极其成功的开放世界游戏之一《塞尔达传说:旷野之息》就是日本任天堂出品的游戏。

② 如《塞尔达传说:旷野之息》的"大地图三角形法则",以"三角形"为基础模块来设计地图,起到分岔、阻挡、顶端视线引导等作用,做到以玩家意志为导航。

图 2 　《剑网 3》地图等级标识

界的线性导航的升级系统,呼应了网络文学的哪些需求?

网络文学在建立超长篇付费连载的运营模式后,其实也就相应确立了它的文学样式特征。"日更近万"在一定程度上意味着网络文学对文学性的部分割舍,进入通俗文学的语域。而"付费连载"追求着故事性和情绪性,超长篇的体量同时也追求着扩充和延展的可能,因此,网络文学在某种程度上成为一种"世界观"的小说。我们会发现很多网络作家,如《诡秘之主》的作者爱潜水的乌贼,写作时并未罗列细纲,但在开书前做了大量繁复、细致、严谨的世界设定。网络文学的初始世界设定需要承载"不断延伸的故事",需要足够庞大、复杂。又因故事的不断延伸,必会发生情节模块的重复,常常需要借用发生地世界设定之"异质感"来遮掩情节上的"重复感",因此世界就需要一定程度的多风格化。而叙事作为小说的核心,令网络文学比之游戏更需要一种"线性"的引领。那么什么东西可以在一个庞大、复杂、多风格的世界中做到线性的引领呢?作为开放世界的网游经验理所当然地进入了作者的视野。升级,作为"换地图"的标记点,自然而然地进入了网络文学,成为统摄开放的世界设定,将其"模块化",进而"风格化"的一大利器,"升级打怪换地图"的线性轨迹也从此成为网络文学早期的基本叙事模型。

以"升级打怪换地图"为模型的网络文学,世界设定主要有两种建构方式:一种是"塔状地图",一种是"网状地图"。两种地图都如《龙与地下城》的模组创作一般,以"升级"为标记点,划分世界模块,从而牵引出线性次序。

"塔状地图"中,角色只有通过升级才能获得资格,解锁新区域或新剧情,逐步完成对世界的探索,同时成就自我的进阶,因此地图是宛如"爬塔"一般逐级解锁的,更类似线性的"关卡式"地图,低级地图是高级地图的前置关卡或"基座",许多传统的升级流小说皆采用此类地图。如《斗破苍穹》(天蚕土豆,2011),其中角色等级即其修炼的"斗气"等级,小说给其中的诸多元素都区分等级,"斗气"之外如所修炼"功法"的等级、如招式一般的"斗技"等级、如"武器附魔"一般的"魔核"等级等等。小说的一个驱动力即为寻找提升"功法"等级的材料"异火"。"异火"分布于斗气大陆各地,成为升级这一标记点的象征性符号,如萧炎为了前往迦南学院寻"陨落心炎"而参加学院选拔赛,升级获得资格,"异火"如灯塔一般指引下一区块的地图,串联其地图的区块。再如《全职高手》(蝴蝶蓝,2014)这一网游小说,更直观地将地图设置为"副本",并完全模拟游戏经验,未加包装地设置了"副本准入等级",如"格林之森"需要升级至五级方可挑战,"蜘蛛洞穴"需要十级,"骷髅墓地"需要十五级,等等,小说用升级构成了前期副本地图的"塔形结构",成为地图与情节的模块标记点,并将重复性极高的"打 BOSS",包裹以全然不同的环境景观与环境反馈,提供战斗情节的异质性。

"网状地图"中,理论上角色可以自由进入任意世界区域,但角色会认知到高难度地图的危险性,自发进行升级后再行探索。这像是更典型的开放世界游戏设定,看上去角色充满了自主性,但仍存在隐性且线性的进度限制。非常典型的例子即《诡秘之主》(爱潜水的乌贼,2020),克莱恩来到鲁恩王国后,并未被限制行动范围,但他的旅行轨迹与其序列晋升进度几乎同步。作为穿越者的克莱恩从一开始就听到了最终解密之地"霍纳奇斯山脉"的呼唤,但他未曾想过直接前往,而是稳步提升序列等级。第一卷在廷根从序列9"占卜家"晋升至序列8"小丑",第二卷前往贝克兰德,晋升至序列6"无面人",如此经过漫长的线性旅程,完成后续序列提升,并在初始就知晓的霍纳奇斯山脉完成故事与序列0"愚者"的晋升。《诡秘之主》的分卷点即升级的节点与地图的变更点,且地图风格、情节发展与序列等级的扮演风格一致,如烟霭沉沉众生百相的大都市贝克兰德成为克莱恩"无面人"的晋升点,承载着其用"夏洛克·莫里亚蒂"等假身份生存,无法回到"克莱恩",更无法找回自身作为"周明瑞"的主体时,属于"无面人"的孤独与茫然。另一重隐喻是"在大时代里或被碾成粉末,或匆忙来去"[①]的贝克兰德的百姓,即作为"无面人"的NPC们。这是显见的根据等级将地图模块化、风格化的设定方法,它如同开放世界地图般,用预设等级规划了地图构成与风格区划,潜在引领了角色行为,完成了小说的线性叙事,同时使"升级"本身具备故事性与隐喻性。

在始祖RPG《龙与地下城》与网络文学中,世界设定皆是其最重要的一环,也许没有之一。在与开放世界的交互中,故事如何有序生发?这成为一个技术问题。而在这庞大、驳杂、开放的世界设定中,"升级"变成了如灯塔一般的标记工具,将世界统摄成线性的模块,隐性地"导航"出线性的叙事可能。

二、自我标记点:心流与情绪下的"控制感"

故事由互动生发,在这一点上,游戏与网络文学是类同的。皆是在与世界

---

① 爱潜水的乌贼:《诡秘之主6》,合肥:安徽文艺出版社,2021年,第386页。

互动的过程中,认知世界,并认知自我。上一部分说的是"世界",这一部分回到"自我"。从某种意义上来说,自我呈现的是对世界互动的反馈,因此,引入始于心理学研究而广泛应用于游戏设计的、关于反馈的理论"心流"似乎是可行的。我们以此来讨论,游戏升级之于自我是什么关系?网络文学怎样迁移了这种关系?

"心流"最早由米哈里·契克森米哈赖在其科普性著作《心流:最优体验心理学》中提出,用以描述人们在全身心投入某项活动时所达到的一种"最优体验"状态。这种状态往往出现于"为了某项艰巨的任务而辛苦付出,把体能与智力都发挥到极致的时刻"[①],而"运用相关技巧来应付挑战时,这个人的注意力就会完全投入,不剩一丝精神能量处理任何与挑战无关的资讯,而完全集中于相关的刺激上"[②]。心流理论强调挑战目标和个人能力之间的动态平衡关系,从而呈现出一种"沉浸性"的特质。因此,心流往往被迁移至游戏设计领域,用以分析游戏交互所带来最佳反馈的方法论。

在游戏设计中,心流与升级机制息息相关。正如前文所论证的,在标志升级机制成熟的《龙与地下城》游戏中,升级这一机制最开始是为了给 DM 调控遭遇战难度,并更好地规划出一条相对线性的游戏内容。在强调技能程度和挑战难度关系的心流理论中,升级机制起到了对这种关系进行"动态调控"的作用:玩家在升级后进入新地图,敌人的难度对于玩家是高的、具有挑战性的,随着玩家战斗经验的累积,玩家再度升级,自身能力提升,地图中的敌人难度会相应降低,此时往往会迎战地图关卡的高难度 BOSS,战后再度升级,进入新的等级地图,从而进入一种阶梯状的难度循环。如果我们将这种玩家升级和难度体验之间的关系画出一幅折线图,我们会发现它与心流理论的三通道模型图非常相似——很多游戏正是利用升级,来保证玩家始终处于心流的体验中。

---

① [美]米哈里·契克森米哈赖:《心流:最优体验心理学》,张定绮译,北京:中信出版社,2017年,第 66 页。

② [美]米哈里·契克森米哈赖:《心流:最优体验心理学》,张定绮译,北京:中信出版社,2017年,第 131 页。

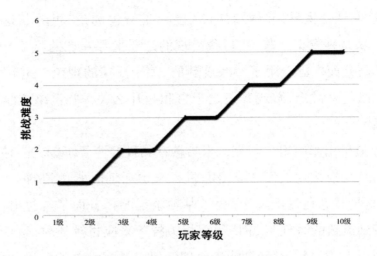

图 3　玩家等级与挑战难度关系

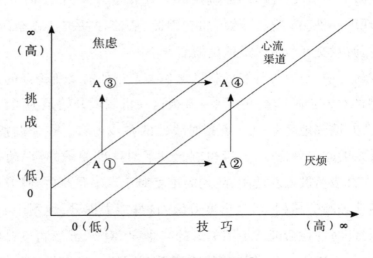

图 4　心流三通道模型图①

　　在此基础上,我们拆解"达成"心流的关键要素。契克森米哈赖将心流特征拆解为八种元素:可完成的任务、全神贯注、明确的目标、及时反馈、深入且毫不牵强的投入、对自己的自由控制、忘我状态、改变的时间感。八种元素或有重叠,或是在不同维度对同一体验的论述。实际上通过三通道模型图中体

————————
　　①　[美]米哈里·契克森米哈赖:《心流:最优体验心理学》,张定绮译,北京:中信出版社,2017年,第 161 页。

现出的动态平衡关系,我认为游戏心流体验的抵达主要依靠两种核心体验:一为"目标感",二为"控制感",即玩家有明确的目标,并且进行了基于安全感的适度挑战,并获得即时的反馈。如果玩家技能太强但目标太弱,玩家会陷入"无聊"。若玩家太弱但目标太强,玩家会陷入"焦虑"。焦虑是失控,这是易于理解的,个体会因陷入无法处理的局面(可能是过难的怪物、过载的信息)而心生焦虑,这种"无法处理"是失控。但无聊同样是失控,因为过于简单、安全的局面不需要"控制",就像冒险并非真的追求"危险",而是追求"消除/处理危险的感觉",即"对危险的控制能力",在没有危险和挑战的场景中,"控制"因缺乏"危险"这一对象而陷入失控,这种"不需处理"也是失控。因此,"目标感"和"控制感"是心流体验的核心要素。

而在"控制感"下,游戏交互的即时反馈也发生了方向的变更。正如第一部分所述的,升级在开放世界看似玩家自主的行为中加入了"世界"的隐性引导,那么升级在心流体验中起到的一个重要作用,就是在以"世界"为目标的挑战中标记"自我"的位置,通过"控制"来变更即时反馈的来向,从"世界"主导的反馈变更为"自我"主导的反馈,从而寻回玩家的自主性,达到"世界"和"自我"的交互的平衡。

在很多游戏中的"练级"这一行为,就是"自我"主导即时反馈的典型案例。游戏设计师通常会以玩家的平均水平(或设计师期望的玩家水平)来设计关卡难度与升级速度的心流曲线。当玩家觉得自身能力(玩家能力,非角色能力)与设计师设计的心流体验不匹配的时候,通常会采用练级的方式提升自身角色能力,将自己从焦虑的曲线中下移,重新回到心流区域。玩家会以等级来定位自己的能力,以升级来获得控制感,从而进入或离开心流区域。[①] 升级在此处不光作为"世界标记点",还作为"自我标记点"而存在。

而当我们从游戏回到网络文学,讨论网络文学为何令人手不释卷的原因时,我们沉浸其中忘却日月流转,是否也进入了一种心流状态呢? 其中升级这一机制要素发挥了怎样的作用?

---

① 这涉及"刷级"的问题,有部分玩家为了体验更加容易的游戏,倾向于通过"刷级"进入原属于"无聊"的区域,离开心流领域。这种现象可以延展出更多维度的讨论。

如前文所述，网络文学因为超长篇付费连载的运营模式，始终追求着故事性和情绪性。通常称网络文学是"爽文"，这种以"爽"为核心的情绪指向一种"胜利"的积极态势，即故事的发展趋势是向上的，主角是变强的，情节以攻克、胜利为主。但"向上"与"胜利"并非一马平川，我们经常说网络小说是"见人杀人，见佛杀佛"，突出一个"淋漓畅快"，但这其实只是情节的"结果"，未提及的是情节如何"曲折"。如果一本小说的情节真的只有切瓜砍菜般的胜利，那么这本小说势必很快便会陷入"无聊"。黎杨全和李璐提出，网络文学爽感类型可分为"占有感、畅快感、优越感与成就感"，而"先抑后扬、金手指、升级和扮猪吃虎"则成为获得以上四种类型"爽感"的叙事手段。① 这其实就是我们想要讨论的"曲折"的过程。网络文学的情绪性不仅来源于"胜利"，还来源于"曲折的胜利"，若无"抑"则无所谓"扬"，这也是《斗破苍穹》的"三年之约"能成为网络文学的经典桥段的重要原因。②

而如何达成"曲折的胜利"？如何曲折能抓住读者的情绪，让他们既不觉得无聊，保持适度紧张，但又不落入绝望，保持对胜利的乐观？我们会发现这种"理想情绪状态"其实已经进入了心流的领域，背后是一种"不失控"的平衡。而为什么"升级"会如此顺理成章地被引入网络文学？除了作为世界标记点，升级也是平衡节奏的绝佳工具，升级是获得"控制感"的重要方式之一。在这个功能上，网络文学和游戏实现了一定程度的共享。

升级机制是主角认知自我的标尺。网络文学的结构方式往往是关卡化的，尤其当我们谈及早期升级流小说的进度的时候，经常会这样形容："在打XX""去找 XX 的路上"，或者"升到 X 级了，该去找 XX 了"。这种以战斗为主体的情节结构中，能够定位主角的往往是"战力"，即所升之"级"，这虽然是相对标签化且消解人物复杂度的，但在网络小说中是清晰的。读者知道关卡（BOSS）的难度，递进的关卡成为主角强度的数值验证点，并呼唤着主角的升

---

① 黎杨全、李璐：《网络小说的快感生产："爽点""代入感"与文学的新变》，《海南大学学报（人文社会科学版）》2016 年第 3 期。

② 在《斗破苍穹》中，主角萧炎十一岁达到十段斗之气，成为家族百年内最年轻的斗者，却遭变失去体内斗气，十五岁时萧炎只剩下三段斗之气，被逼退婚，便与毁约者纳兰嫣然立下赌约，誓在三年之后雪耻。经历三年的"升级"成长，萧炎如约独上云岚宗，打败纳兰嫣然。

级行为——用合适的等级去挑战合适的关卡,形成"适度挑战"的心流体验。

但网络文学比之游戏,更加多了一个"爽"字。这其实意味着在心流体验之上,网络文学更给足了情绪刺激——网络文学的挑战不止于"适度"。在游戏中,"越级挑战"通常意味着极高风险和极高收益(更多的经验值),但往往需要玩家水平高于常人。技能处于低值而挑战处于高值,"越级挑战"这一行为在三通道模型图中,必定是处于"焦虑"这一域中的。但实际上,我们在阅读网络小说的这一情节的时候,心态往往处于一种"假性焦虑",即实际体验到了焦虑的强刺激(往往由主角的焦虑传递),但不会感到焦虑的危险感。总有一种声音在最底层安慰着我们:这是网文主角,他会没事的。刺激是由主角的体验传递的,安全是由读者的认知生发的,而这种安全在文本内部往往由"开挂"来解释。"开挂"在游戏中是被禁止的行为,却成为网络文学的另一基础机制——"金手指",给了网络文学以高难度挑战的合理性。

这种高难度的冒险,其核心仍然在于控制感。《斗破苍穹》是越级挑战的典型案例,但萧炎的越级挑战仅仅发生于两级之内,如果萧炎在一阶斗者之时就去挑战大斗尊,读者的现实安全感也会失效。《诡秘之主》中的克莱恩如果出了廷根直奔霍纳奇斯山脉,大多数读者心中的安全感可能都会崩塌,同时扔下手中的书。网络文学的高难度挑战仍然需要处于一定的域内,需要升级做自我定位:主角要如何合理地"作死"?这种反馈成为游戏般的、自我主导的反馈,升级由此变成获得控制感的行为。它"升级—挑战"的基础结构并未因安全感而崩解,但网络文学的文类惯例又消解了焦虑感,从而生成了游戏所达不到的爽感,给予心流之上更加强烈的情绪反馈——爽文是不会真的"失控"的,始终在"控制感"中,安全地迎接挑战,安全地享受"情绪过山车",在心流的沉浸中尽享情绪的刺激。

三、失控:标记的崩解

"失控"是《诡秘之主》中伴随升级出现的现象,小说中非凡者通过喝下魔药来晋升序列等级,然而愈加高阶的魔药获取意味着愈加深层的"非凡知识"

接触,而知识会带来"污染",极易造成非凡者的"失控",因此才有了贯穿全书的名言:"我们是守护者,也是一群时刻对抗着危险和疯狂的可怜虫。"[①]《诡秘之主》之后,克苏鲁文在网络文学界中形成热潮,隐性地带动了新的叙事模型和创作趋势,有学者称其为升级流叙事的自反。[②] 上文论及升级背后的"控制感",作为世界标记和自我标记而产生重要功能的升级机制,对于游戏和网络文学来说通常是稳固的模型,是带来"控制感"的核心要素,那么在升级从"控制"走向"失控"的过程中,何种物事在读者/玩家心中悄然变化了? 这种症候性变化昭显了怎样的时代心理?

这一问题似乎应该回归游戏,指向"升级"这一行为的初始量化单位:经验值。在《龙与地下城》中,成熟的升级机制,虽然在功能维度上是因量化战斗难度的需求而生,但在扮演维度上,则意味着冒险者的成长:战斗、交涉等行为会带来冒险的经验,经验带来等级的提升,等级提升带来更多的"熟练项"。强度是经验的馈赠,这是《龙与地下城》的升级成长逻辑。而后经验值则成为大多数游戏升级的所需数值,甚至不需要再度包装。而升级这个行为从"带来控制"到"造成失控",也许意味着升级(成长)的实际所需之物"经验值"从可信到不可信的过程。

在人类的历史中,经验通常是以可信的面貌呈现的。人类因生命的有限性而留下自身的记忆,留下历史与文学,人类发展出璀璨的文明,靠的是一代代"有限个体"的记忆流传与接续,即群体经验的累积。人类在经验的基础上认识了世界的边界与规律,认识了自我的成貌与来路,写下哲学与历史。启蒙运动、地理大发现、工业革命,在发展主义的黄金时代,面对经验成果的爆发,人们沉浸在对经验与经验带来的知识的乐观心态中,认为文明是渐进的、发展的,经验与知识的累积,势必会推导出更加正向的未来。升级文在世纪之交的中国流行,其背后也许是类同的发展主义心理,映照着改革开放后中国飞速发展的时代奇迹。纵然读者对升级文的拥趸背后所展示出的欲望,反映出一种

---

① 爱潜水的乌贼:《诡秘之主3》,广州:广东旅游出版社,2020年版,第114页。

② 谭天、项蕾:《克苏鲁元素对升级流叙事的自反——以爱潜水的乌贼作品为例》,《文艺理论与批评》2023年第5期。

"未升级"的现状,一种"发展中"的匮乏。但通过升级文来释放欲望的行为,同时也意味着一种信任:对"经验有效"的信任,对发展与成长神话的信任,对时代未来的信任。世界与世界中的目标是确定的,自我的所处之位是确定的,上升通道也是确定的,升级是一定伴随着获得与反馈的。个体是有力的,且可以相信自己的力量和经验,通过升级来实现自我主导,获得控制的实感,以此完成对世界的正向交互,升级可以成为"开放世界中的线性导航"。这是一个稳固的结构,可控源自可见,可见源自可知,可知源自经验的可靠。对经验的信任,使人对世界和主体生成稳定的体认,升级才能如标记的锚点一般,生成目标感与控制感。

但是伴随着升级的"失控"危机,这些稳固的标记一一崩解。《诡秘之主》中的"失控"风险,是随着升级这一行为而线性加深的,失控来源于"知识的污染"。这一惯例来源于克苏鲁神话,也在《克苏鲁的呼唤》(Call of Cthulhu,COC)这一跑团规则中得到巧妙的数值化呈现。《克苏鲁的呼唤》规则中,并无明确的"升级"机制,只有"幕间成长"可以不稳定地增长调查员属性值。然而,与《龙与地下城》升级机制不同的是,数值的成长并不能增强安全感和可控性,若调查员"智力"(Intelligence,INT)这一数值的维度过高,则更容易通过掷骰检定,理解到神秘的知识。而这些知识的获得往往伴随着"理智"(Sanity,SAN)的丧失,这就是"掉 SAN"这一"克苏鲁术语"的来处。而"理智"是整套规则中最不易回复的数值资源,游戏围绕着"理智"进行。这便给了游戏以不稳定的框架:越渴望知识,越惧怕知识;越迈向前进,越坠向深渊。它打破了升级这一模型的稳固性和正向性:经验的积累并不一定会引向积极的未来。《诡秘之主》完结于 2020 年,克苏鲁文类的流行,宛如发展速度减缓、进入迟滞年代的时代回声,在疫情时代被扩大与扩散:发展主义的面孔无以掩盖无效内卷的事实,实际增长的无力再无以正当化竞争的残酷,进入功绩社会的个体面对无止境的进步焦虑、意义系统的规训和并无实质内容的正向反馈,进行着无效的经验积累之时,无不时刻质疑着曾经那个可控的、有力的、膨胀的自我,也同时动摇着作为世界目标的等级体系的稳固性。我能够升级吗? 我应该升级吗? 在这两声疑问中,世界和主体的稳定体认就此崩塌。自我是失去控制感的自我，世界是失去目标感的世界。在升级的"失控"中，读者从《龙与地下城》中积极、乐观、向外扩张的冒险者，变成了《克苏鲁的呼唤》中消极、悲观、向内收缩的调查员。

网络文学呈现出一种游戏化叙事的面貌，作为结论已经被众多研究论及，但这种游戏化也许不止于简单的经验和元素迁移。游戏化的网络文学并不只是一种"现象"，背后更有逻辑自洽的"机理"。如升级这样的游戏基础机制是因何在游戏中产生的？网络文学又因何迁移了这种机制？这其后也许隐藏着两种不同的艺术形式相似的叙事困境和技术解法。通过比较研究，其中共享的受众心理、情绪表达与这种表达的微妙变迁也许更加清晰，二者自身的艺术特征与界别更加昭显，从而拓展更加丰富的讨论空间。

中国电子游戏《原神》的成功及其文化输出

李　宁　卢昭岐①

摘　要:《原神》是一款中国电子游戏,取得巨大的成功并实现文化输出。《原神》以精美画面、丰富玩法和持续更新吸引全球玩家,游戏中璃月地区展现东方文化魅力,建筑、地貌充满古韵。剧情传递传统价值观,如《神女劈观》引发国外戏曲模仿潮,海灯节让海外玩家了解中国节日。《原神》提升了中国游戏的海外影响力,促使外国玩家认识、学习中国文化,成为文化输出成功案例,证明电子游戏可作为文化传播新载体,为中国文化走向世界开辟新路径,展现出中国文化的独特魅力和强大生命力。

关键词:电子游戏;《原神》;文化输出

随着时代的发展,互联网加快信息传播速度,国内外学者对文化传播和网络游戏主体交往的研究更加深入。游戏由于强交互性,交流及时迅捷,成为文化传播的有效载体。在全球化的趋势下,人类社会文化之间的互动、跨文化交流频繁。如何打造更富生机的文化输出机制,是摆在我们面前的切实命题。《原神》作为国产游戏,正在逐渐成为像美国超级英雄电影那样的现象级 IP,其中蕴含的意识形态和文化输出具有相当大的研究价值。它的成功不仅代表着传统文化融入现代科技的成功,还作为文创内容产品的成功。以其作为研究范例,有利于推动中国文化"走出去",塑造国家文化形象,增强本国国民的文

①　基金项目:2023 年吕梁市科学技术局吕梁市重点研发项目"新时代吕梁红色文化产业调查研究"(项目编号:2023SHFZ28),关工委教育中心"十四五"学校生涯教育课题"大学生社团在铸牢中华民族共同体意识教育中的实践与应用研究"(项目编号:ZGGGWJYZX-5-3-1)。作者简介:李宁(1985—　),男,山西省长治市人,博士,吕梁学院历史文化系副教授,研究方向:互联网文化研究;卢昭岐(2001—　),女,河南省漯河市人,吕梁学院历史文化系在读本科生,研究方向:电子游戏社会学研究。

化自信和文化软实力。与此同时,文化流失和西方长时期的文化入侵也对我国民众的文化自信构成了严峻的挑战。优秀传统文化能够塑造民族意识形态,以优秀文化输出克服文化虚无①,增添民族的凝聚力和向心力。本文将重点分析《原神》中璃月地区所体现的传统文化要素嵌入,以及游戏作为跨文化交流的载体其传播优秀文化的可行性和面临的困境与解决措施。

一、电子游戏《原神》的成功

(一)电子游戏《原神》的发展历程

《原神》由米哈游公司制作发行,是一款少见的、可以在手机端和 PC 端共享的开放世界冒险游戏,2020 年 9 月 28 日正式全球公测。不同设备之间实施账号数据共通、资源共享。游戏故事发生在一个名为"提瓦特"的幻想世界,共有七位神明,人们被神选中,得到神明的注视后获得"神之眼"掌控元素力。玩家扮演世界的外来"旅行者"游历七国,在旅行中收获伙伴和友谊,亲眼见证七国的历史,了解到世界的真相。迄今为止,《原神》已经开服三周年,斩获了多项国际游戏奖,在国际上拥有广泛的影响力和用户群体。2021 年中国自研游戏海外收入破千亿,《原神》占比高达 23%。而后随着《原神》的不断高质量更新,在 The Game Awards 2021 年度颁奖典礼(简称"TGA 2021")上成功拿下了有游戏界"奥斯卡"之称的"TGA 2021 最佳移动游戏"奖项②。这充分说明了海外玩家对这款游戏的支持和认可,在脸书上更是有不少海外玩家都狂热追捧这款优秀的游戏。

(二)电子游戏《原神》的发展成就

从经济价值来看,作为大型文创产品,《原神》位列手游畅销榜第三位,在谷歌和苹果商店的下载量已经超过 10 亿。在仅次于中国的最大移动游戏市

---

① 周璇:《传统文化视阈下民族意识形态的构建与传播——依托优秀文化输出克服文化虚无》,《广西民族师范学院学报》2020 年第 3 期。

② 童心:《美国玩家为〈原神〉氪金数亿 游戏靠什么"收割"用户》,《第一财经日报》2022 年 1 月 21 日第 8 版。

场,同时也是游戏出海的首要目标市场的美国,《原神》同样取得了亮眼的成绩。2021 年和 2022 年上半年,《原神》在国内手游出海美国收入榜前列,在美国《华盛顿邮报》和《福布斯》等著名杂志报纸上频频"露脸"。

从文化传播交流的价值来看,以背景音乐为例,《原神》的音乐享誉海外,有着"漫步音乐丝绸之路"的美称。从风之神守护的、童话般的自由之都蒙德的轻快明朗,到以古中国为蓝本的璃月端庄肃穆的风格,到稻妻的阴郁激昂,再到智慧王国须弥的明澈沉静……以 3.0 版本的原神音乐会为例,一经发布,立刻火遍全网。音乐会上各种乐器纷至登场。主打的须弥主题乐《须弥》(*Sumeru*)与《狮尾之舞》(*Swirls of Shamshir*)和璃月主题曲采用了管弦乐、民乐结合的方式,在后半段更是采用了大量的变音(b5、b9 等)。有考据玩家指出这些代表各地区的乐器出现的顺序,印度、阿富汗、伊朗、埃及、土耳其、亚美尼亚、意大利……堪称是一条音乐的"丝绸之路"[①]。3.0 音乐会后,国内的 B 站和国外的网站 You Tube 上,开始出现大量的翻唱和二创视频,并逐渐形成一股热潮,许多受到感染的玩家自发探寻起背后的文化,并试图用不同地区的乐器来演奏出璃月的风景乐。这种举动使得这些正在逐渐走向没落的非遗民族乐器翻弹已经成为《原神》二创不可或缺的一部分,借由《原神》的热度焕发出崭新的生机。

二、电子游戏《原神》成功的原因探析

《原神》的地图和人物设计上蕴含着大量的中国文化元素,尤以璃月为最。绝云间的地形取材自张家界,同时还有蕴含着桂林明山秀水的轻策庄,以及反映现实的因开采过多而废弃的层岩巨渊地下矿区。在节日氛围、角色 pv 和服饰等方面也体现出这一点。

(一)电子游戏《原神》中的中国传统节日要素

《原神》中的节日大多取材于现实中的传统节日,结合游戏叙事,打造出与

---

① 姜方:《游戏〈原神〉音乐圈粉爆红,中国元素成流量密码》,《文汇报》2022 年 2 月 22 日第 1 版。

游戏 NPC 沉浸式互动事件，引发玩家群体情感共鸣和认同。[1] 风花节是对历史上贵族暴政抗争得来的自由的歌颂，逐月节的中秋团圆是为了纪念故事中为了凡人牺牲自身的灶神；以"海灯节"为例，它是以农历新年的"元宵节"为摹本，璃月港张灯结彩，花灯明亮层叠，霄灯高飞向天空指引人们回家的路途。游戏中的场景颇有《青玉案·元夕》中所述"凤箫声动，玉壶光转，一夜鱼龙舞"和"东风夜放花千树，更吹落，星如雨"的东方意蕴[2]。

　　游戏叙事中的节日文化，在增强玩家对《原神》中虚幻的提瓦特大陆归属感和更强的游戏沉浸感的同时，也有助于现实中节日文化的传播。在网络游戏和节日文化融合的场景下，璃月的海灯节与现实世界中的春节在同一时间段开启，加强了玩家的代入感。游戏故事中的海灯节是为了纪念当年魔神战争中牺牲的英雄的节日。在海灯节时期，璃月人会将那些死去的英雄绘制在霄灯上，在夜晚放飞明亮的霄灯来引导曾经的英雄们归家。这些寓意着"薪火相传，美德不灭"的祈求新的一年平平安安的霄灯，在这个特殊的节日，承载着对那些过往英雄的纪念和感谢，以及对守护和平的愿景，让提瓦特大陆的玩家们和在这片大陆生活的人们产生情感共鸣和情感认同。道具"烟花"的燃放，更是让无数玩家心生感慨。在 2022 年海灯节的烟花会上，无数玩家在社交平台上分享了自己的烟花作品，有玩家更是复刻出了奥运五环。玩家在这个活动的参与中更进一步地了解了提瓦特大陆的历史和无数先辈的牺牲精神、奉献精神以及现在和平时光的来之不易，加深了玩家和游戏的情感联系。

　　除此之外，《原神》中还蕴含中国传统文化的精神内涵。以璃月为例，璃月的剧情主要介绍了璃月由神明治理走向人治的故事背景，古老的璃月神明摩拉克斯化身凡人，身陨退位。旅行者经历了璃月港奥赛尔危机，最终是璃月的管理者璃月七星（政府）和千岩军拯救了璃月，而非避世的仙人。这象征了中国传统文化中由天权神授到现在的人人追求平等自由，不无条件盲从，不再烧

————————

　　① 张妍、李金昊、赵宇翔：《文旅融合背景下国产游戏创新与推广的模式探索：基于〈原神〉的案例分析》，《图书情报知识》2021 年第 5 期。

　　② 郝婧灼、王圣华：《开放世界游戏中的节日空间建构——以游戏〈原神〉为例》，《科技传播》2022 年第 13 期。

香拜佛依附神明的指引和庇护。在危机中人们主动站出来,同舟共济,风雨无阻,体现了对人类自我力量的肯定。

中国自古以来就对天地神明敬仰供奉,历朝历代都不乏对神明的祭祀,国君祈求神明保佑治下土地风调雨顺、国泰民安,百姓祈求神明庇佑家宅平安、富贵顺遂。但亦有古谚"求人不如求己",华夏民族历史上每次危难时刻庇护我们的,从来不是神话传说中虚无缥缈的神明,而是我们在危难时刻能够团结一致、上下一心、众志成城地克服困难。现代科学知识引导的新时代新青年更应该以现代科学知识为基础,追求理性认知问题,不迷信神鬼的力量,相信我们的国家,相信我们这个国家里每个人的力量,团结起来,才能一往无前,让中华民族傲立于世界民族之林。

(二)电子游戏《原神》中的中国传统服装要素

头饰七星额,窄袖紧腕,身披云肩,回身一亮,云堇这个角色一亮相立刻被无数玩家叫好,衣饰细节处无不体现了浓浓的国风气息。花枪动作则融合了戏曲特技动作和充满神秘气息的传统武术特点[①]。而后云堇的上线也让不少喜爱这个角色的海外玩家开始讨论起中国戏曲文化,直到《神女劈观》一发不可收,直接掀起海外京剧热潮。不少海外玩家为了听懂云堇,学习京剧文化,继而痴迷中国京剧,成为自发向他人科普的"自来水"大军[②]。《原神》官方发布的pv《云堇技能展示:虹章书真意》播放量极高。

在海外广泛传播和影响巨大的基础上,《原神》隐然成为国际文化交流的桥梁:供日本民众印刷的原神新春贺卡,在美国洛杉矶的最大漫展举办推广活动,《原神》人气高企,随处可见原神相关 cos,《原神》作为一个出海和对外国际交流宣传的成功案例,潜力价值巨大。

《原神》游戏中对中国传统文化元素融入能够成功的原因在于先创造出一个吸引人的角色(如云堇、钟离等),一个地标(以张家界现实地形为对应的庆云顶、华光林)或者其他元素的融入(仙人洞天、望舒客栈、老茶馆)等,来吸引

---

① 王一:《文化藏在游戏中,向世界徐徐道来》,《解放日报》2022 年 7 月 11 日第 7 版。

② 宣晶:《"新文化符号"出海,上海出品的〈原神〉掀起海外京剧热》,《文汇报》2022 年 1 月 6 日第 5 版。

它的受众去自发自觉地探求背后的中国之美。① 而无论是戏剧形式的《神女劈观》还是传统说书形式的《钟离:听书人》居高不下的热度都足以说明玩家并不缺乏美的感知。《原神》中对中国传统文化要素的融入吸纳大受欢迎,说明了文化的传播需要适时对传统文化进行创新,赋予更多新的生命力,《神女劈观》中并非采用传统京剧表演形式,而是进行了艺术性的创新和加工,融入更多的流行元素,词调则融入了民俗和游戏剧情。

"自然而然的文化传播",文化是有共同之处的。"求同存异",国产游戏"走出去"离不开中华文化内核的支持,而中国文化能够更好地传播也需要游戏这个潜移默化的载体。在跨文化传播交流视域下,游戏《原神》考虑到不同国家的地域文化,通过融合东西方共通思想,引发玩家的情感共鸣,在一定程度上跨越了文化隔阂和文化冲突,不仅使越来越多的人开始了解和喜欢中国文化,并且对提升我国文化输出的软实力具有重要意义,使得消费者主动参与到游戏之中,潜移默化地认识和接受游戏中蕴含的文化内涵,研究游戏传播中国文化的策略,能够让游戏在收获巨大经济效益的同时,传播中国文化。

三、电子游戏《原神》的文化输出

(一)电子游戏《原神》文化输出的模式

在当今中国文化走向世界的进程中,各种文化载体纷纷涌出:国产游戏、爱国电影、短视频、孔子学院,等等,正在发挥着各自的作用,让不同文化环境的人们感受到中国文化的魅丽。

《原神》作为成功出海并且吸引许多海外人士主动探寻游戏融入的相应传统文化要素的研究范例,可以说为国内其余的游戏指明了一个方向。美轮美奂的璃月风景和人民当家做主的背景故事强化了国内玩家对自我的身份认同和文化归属,同时也吸引了大批对此感兴趣的海外玩家。中国节日文化、传统

---

① 刘姝秀:《游戏环境下的中国文化输出探索——以〈原神〉为例》,《科技传播》2021 年第 8 期。

服饰文化与游戏叙事相结合,文化沟通与传播在游戏中潜移默化地滋生。① 通过构建与玩家之间的情感共鸣和内蕴文化展示,《原神》吸引玩家投入游戏世界中,从而自发地、主动地去挖掘游戏故事背景后的中国传统文化元素和数千年来华夏文明所孕育出的优秀文化结晶、价值思想。

在游戏《原神》中,玩家可以体会到各个国家的风土人情。例如以西方自由城邦为代表的自由的梦想之都蒙德,古老的贸易之都璃月,雷雨天气频繁、海洋污染的稻妻,建立在森林沙漠之上须弥……在这些国家中,我们能够找到现实世界的种种参照。游戏《原神》中的特瓦特大陆上七个国家各具特色,这些国家的人都有其代表性特征,如蒙德人自由散漫,嗜好饮酒;璃月人重视契约和公平,商业贸易繁荣;稻妻人含蓄,家族世袭统治;须弥人讲究理性,对虚空知识的热衷等,这些都让来自全世界各地的玩家都能从中找寻到熟悉之处,从而带来情感认同和情感联系上的亲切感和归属感。在这种归属感和亲切感的基础上,以中国传统文化精神底蕴为底色,融合了其他文化色彩的游戏人物受到了海内外玩家的欢迎。如以侠义为底色的行秋和枫原万叶,重视契约和公正的钟离,认同人必将取代神的璃月七星之玉衡星刻晴等。无数玩家在日常社交平台和《原神》游戏社区频繁交流互动,对自身所喜爱的国家和人物的历史进行深度挖掘解说,进一步扩大了《原神》的影响力,吸引了大量非二次元的潜在玩家受众。《原神》的游戏玩家由最早的二次元受众向其他玩家群体辐射,现实和游戏世界的参照,在赋予游戏文化底蕴和历史底蕴的同时,也让一批玩家转化为死忠粉丝,在海外为游戏《原神》摇旗呐喊,优秀的二创视频作品层出不穷,带来的新玩家源源不断。

从《原神》现阶段的全球影响力可以看出,游戏出海带动的文化输出能力对于国家文化软实力的建设和促进经济社会发展、构建文化社会有着重要作用。在各国联系不断密切的当下,必须坚定中国特色社会主义自信,提升民族自信心和自豪感。② 通过深入挖掘中国优秀传统文化,以游戏的方式开发中国

---

① 黄项楚:《国产游戏的文化创新模式探索——以〈原神〉为例》,《大众标准化》2021 年第 22 期。

② 于永国、姜雨宏:《文化强国视角下我国文化输出理路分析》,《南方论刊》2020 年第 8 期。

文化 IP,寓教于乐,潜移默化地对文化进行输出,体现中国智慧。这既有利于展示更为全面立体的中国形象,强化国际话语权,还将推动我国向文化强国转变。

(二)电子游戏《原神》文化输出的重要意义

以韩国为例,我国的许多传统文化都被其挪为己用。如最早起源于中国的泡菜;1968 年韩国将与"中国结"类似的"绳结"申请为重要无形文化遗产;《直指》中认为金属活字起源于高丽[①]……如何挖掘我国宝贵的传统文化资源且不使其流失?如何抵御资本主义价值观入侵对我国文化的影响?以游戏出海带动文化输出,让世界响起"中国的声音"不失为一个行之有效的方法。互联网时代,玩家在《原神》这个玩法自由度高、文化元素丰富,可以"润物细无声"地提供文化教育功能的虚拟世界里,将会充分了解到中国古老而璀璨的优秀传统文化。

作为目前全球知名游戏,《原神》可以说是优秀的国产文创产品和跨文化传播的范例。对《原神》的成功因素和传统文化嵌入机制分析,将会为我国文化的"走出去"提供更多的经验借鉴,从而推动更多的本土化游戏出海,带动海外文化输出。《原神》"出海"的成功可以说是前所未有的,在此之前,同样作为出海游戏大放光彩的是腾讯天美出品的竞技 PVP 游戏《王者荣耀》,《王者荣耀》的主要角色人物选用历史上著名人物李白、项羽、扁鹊……但该游戏对历史人物的魔改(如女性化的荆轲,一心学医最后成为怪医的扁鹊等)曾经被央视点名批评。相较而言,《原神》对传统文化元素的融入并非采用常见的历史人物设定,更多地吸纳了一些正在流失的民间技艺和精神文化,例如皮影戏、扎纸灯、制作烟花、璃月的乐曲说书人;层岩巨渊矿区的矿工故事讲述矿工一代的艰难;璃月国故事背景中由神治走向人治的精神内核;面对困难危机时刻挺身而出的千岩军;等等。这些无不彰显了中国传统文化的底蕴。

在互联网普及的时代,随着全球化浪潮和大众娱乐需求的日益增长,手机游戏本身因其地域的强交互性和用户群体的扩大延展早已超越原本的娱乐工

---

① 任成金、潘娜娜:《西方文化输出及其对我国文化自信的影响》,《马克思主义研究》2018 年第 2 期。

具属性。作为文化传播的载体之一，《原神》为中国众多的优秀传统文化传承交流和文化输出开辟了全新方向。整个社会在迎来"虚实共生"的新形态的同时，社会的变化对跨文化的传播输出也将会提出新的要求。对《原神》的深入剖析，将会为未来游戏出海带动文化传播提供崭新的思考，让中国文化这个大IP 得到更好的开发利用。

四、电子游戏《原神》面临的困境

《原神》作为一款全球知名游戏，无疑是成功的。但在向外输出的过程中也不可避免地产生了一些问题，譬如被指责抄袭，陷入私服猖獗、文化冲突①等矛盾。

（一）产品质量问题

《原神》海外发行的早期被指认抄袭海外早已成名的《塞尔达旷野之息》，引起了部分海外玩家的强烈抵制，在国内上架的游戏商店里收到大量的差评围攻，游戏开发一度落入低谷。但抄袭风波让《原神》在早期毁誉参半的同时，也收获了大量的关注。后期剧情不断推进后，越来越多的玩家证明了《原神》与塞尔达系列游戏的不同，抄袭风波悄无声息地消失了。

私服问题是每一个进入海外市场的游戏厂商必然要面临的问题。作为一款不同于传统联机竞技模式，更多属性在于单机剧情体验的游戏，不少可修改游戏数据的野生"私服"出现，冲击了《原神》官服的下载量，不少玩家舍弃官服下载私服。

《原神》在游戏的不断开发中也面临着一些问题，包括付费模式、游戏难度、社交功能等。作为免费游戏，《原神》开放的商城中主要包括大小月卡和体力包、经验包等虚拟商品，角色通常需要通过抽卡获取。购买虚拟道具和货币在抽卡游戏中常见，但双角色池设定，武器池定轨，以及过于昂贵的道具包还是让部分玩家花费巨大，对游戏机制有所不满。在开发过程中，随着地图的陆

---

① 李刚:《全球跨文化交流语境下的文化输出机制探析》，《林区教学》2021 年第 3 期。

续开放,新地图过于复杂、奖励稀少,世界任务需要过十几小时剧情等问题,也导致了部分玩家丧失继续探索的动力。PVE 战斗系统局限于马斯克礁,也让不少玩家选择了退游或是淡游。在社交方面,原神的社交系统开放于 16 级之后,好友名单局限于五十人,玩家想要联机只能去他人世界,或者在家园系统游玩,联机打本。这方面的互动缺少,让很多玩家不得不在日常大部分时间里单机游戏。

(二)文化差异问题

游戏出海过程中必然面临文化冲突和文化差异。云堇的外观设计争议,含有传统文化元素的剧情文本如何翻译,作为璃月古老神明的钟离形象是否符合海内外玩家共同的期待……只有这些问题得到解决,才能让玩家真正投入其中,感受到游戏的魅力。

对不同文化的塑造和尊重是游戏出海问题中最重要的一点,刻板印象并不可取。游戏《原神》的主线围绕玩家控制的"旅行者"游历尘世七神掌控的七个国度展开,这七个国度中除了以中国为蓝本的璃月,还有以西方自由城邦为摹本的蒙德,以日本为摹本的稻妻……在对这些国家人物的塑造上,米哈游公司不止一次地被玩家吐槽过。如和现实日本宅文化对应的稻妻制造人偶控制臣民,宅在一心净土数百年不出门的雷电将军;只会事先用锦囊设置百来条计谋而非随机应变的军师珊瑚宫心海;须弥追求理性以至于无法和人正常沟通的书记官;等等。刻板标签设置下的人物固然能够让玩家迅速地投入游戏主线剧情当中,但对人物行为逻辑与他们身份职业合理性的忽视,也容易降低玩家对这些角色的观感,油然而生一种"刻意感"。

除此之外,在塑造游戏中其他国家的时候,要抓住突出特征,对于现实世界历史的参照也必不可少。例如以西方城邦为摹本的蒙德城,特色在于自由和梦想。旧蒙德时期,不堪奴隶制剥削的起义民众在一部分进步贵族的带领下推翻旧蒙德的统治者,高塔上的孤王迭卡拉庇安建立了自由城邦蒙德,但过于自由的蒙德导致了新生贵族统治者的奢侈腐化,贵族阶级和教会串联,不断固化阶级,限制知识和剑术的流通。平民被不断送进角斗场供贵族取乐,直到越来越多的平民不堪重负,反抗意识觉醒。贵族联合统治后期,抵制劳伦斯为首的大贵族专制的运动越演越烈,在长期斗争后,大量的平民支持响应,各地下反抗组织纷纷出现,蒙德的第二次革命就此爆发。最终,反抗军胜利,成立骑士团守护蒙德。蒙德的历史是西方希腊等诸多国家城邦政治的一个缩影。

五、电子游戏《原神》的未来

(一)企业对电子游戏《原神》的内容更新

米哈游公司在《原神》项目上非常重视玩家的意见,积极与玩家互动。新出的角色外观设计在每次的版本更新前都会有前瞻展示,在玩家针对角色璃月神明钟离数值机制过低的抗议事件中,数据设计师及时修改了钟离的数据,成功安抚了玩家,并且获得了玩家的一致好评。迄今为止,钟离还是角色卡池中必不可少的人物。

在云堇服装引发争议后,米哈游公司官方向玩家公布了云堇服饰的来源,采用了传统戏服和西方洛丽塔风格的参照,大量的流苏、云纹和方饰纹作为点缀,绳结采用的也非日式的和结而是传统的三瓣结,也就是酢浆草结。作为璃月戏剧代表人物的云堇的服饰设计可以说是一场中国传统文化对其他文化的"兼容并蓄",以中国传统服饰文化作为底色,吸收外来文化的养分,在传统京剧戏服的基础上推陈出新,最终成功赢得了海内外玩家的赞许,并且吸引了大量海外玩家深入探究云堇背后的服饰来源。

《原神》以西方风格的蒙德为游戏故事起点,在 1.1 版本的地图更新中上线以古代中国为摹本的璃月。该地区的广受好评说明了中国传统文化和现代科技的融合大有可为,米哈游公司在《原神》项目的开发中注重中华优秀传统文化的融入,及时听取玩家的建议,对已出人物钟离数据做出修改,公布引发争议的云堇服装设计来源,让玩家能够获得更好的游戏体验的同时,证明了《原神》中浓厚的中国传统文化底蕴。

与此同时,作为一款全球知名游戏,《原神》在游戏出海的过程中,面对不同国家语言和文化的差异,米哈游公司倾向于用趣味性的叙事文本降低阅读难度，用大量的音画场面来调动玩家的审美体验；在游戏文本中采取简洁翻译，在国际服中采用贴合他国语言习惯的译文表达①，适当减少中国元素中相对陌生的概念，增强文本的流畅度，使得海外玩家也能接受到中国文化的信息元素。

（二）国家对电子游戏《原神》的支持

作为文化传播载体，国家对《原神》同样相当重视与支持，《原神》已被列入"2021—2022 国家文化出口重点项目"名单，并受到国家多部委的点名表扬。2.4 版本融合了传统戏曲，由国家一级演员、戏曲艺术家杨扬老师演绎的《神女劈观》登顶热搜，被央视网和共青团联动发文宣传。人民网更是以《原神》为正面例子，提出以打造中国文化 IP 的方式来进行输出。2021 年，商务部、中央宣传部等 17 部门联合印发的《关于支持国家文化出口基地高质量发展若干措施的通知》中提及在"健全共建机制"和"提升服务水平"的基础上，引导支持米哈游公司与其他出海游戏对传统文化的传承保护，研究完善政府的监管模式。同年 9 月，米哈游公司入选文化出海扶持项目。

2022 年 10 月 9 日，文化和旅游部办公厅发布"2022 年文化和旅游数字化创新实践案例名单"，上海米哈游天命科技有限公司凭借"以游戏为载体的文化传播和旅游宣传推广模式探索"入选了本次的"文化和旅游数字化创新实践十佳案例"。《原神》音乐《璃月 liyue》，《白皑中的冥想》（*Contemplation in Snow*）以及《疾如猛火》（*Rapid as Wildfires*）入选冬奥会曲库。《原神》小精灵派蒙为原型的玩偶更是在英国泰晤士河上游行，引发海外玩家拍照。电子游戏《原神》出海带动文化输出的成功是肉眼可见的，官方对《原神》的认可和宣传推广，无疑是鼓励国内游戏厂商尊重创新传统文化，做出天然带有中国文化底色的文创产品。

在成为国家文化出口重点项目后，《原神》多次被驻外使馆用于对外宣传，构建起文化沟通的桥梁。《原神》成为无数海外玩家了解中国国情、了解中国传统文化的一个"窗口"。政府正在扶持中国文化 IP 为根基的电子游戏出海，

---

① 杨磊：《接受美学视角下的游戏本地化翻译》，北京外国语大学 2022 年硕士毕业论文。

优化游戏管理制度,鼓励文化旅游企业线下联动,更深一步"推动一批优质 IP 走向世界,传递中国声音,输出中国文化"①。

(三)粉丝对电子游戏《原神》的支持

粉丝对《原神》的支持离不开官方的良好互动,以及对玩家意见与创作自由的尊重。不同于国内大部分游戏厂商对二创作者的限制,《原神》官方带头鼓励二创,在官方推特上时常有大量的 Q 版人物绘出现,以及一些涉及人物性格的故事活动。趣味性的活动和人物,丰富的游戏奖励,让玩家积极参与其中,更加了解这些游戏世界里人物的性格特征。

在游戏《原神》内测一周年期间,米哈游联动 Twitter Next 团队为游戏里生活在特瓦特大陆上的 39 位角色人物精心定制了专属话题标签和表情包②,深受海内外玩家的喜爱。官方对这些人物的重视,让真心喜爱这些角色的玩家感受到了充分的尊重,角色的粉丝聚集起来,在官方社区找到了归属感。除此之外,《原神》还和必胜客、高德地图联合举办了一系列线下活动,增强玩家的线下参与度。官方在向同人二创作者发出邀请、举办《原神》二创相关展览的同时,也向海内外游戏玩家征集同人绘画作品、游戏攻略、活动建议。无数玩家参与其中,丰厚的游戏奖励,同人作者的相互交流互动,大量周边作品喷薄而出,让不少游戏玩家都感觉"像过年一样"。

官方开放角色的人物数据模组,B 站上大量鬼畜搞笑视频出现,同时出现了许多游戏玩家间心照不宣的搞笑梗,如"你懂什么岩王帝君""尘世闲游,分文不值钟离""往生堂半价"等,进一步扩大了游戏的影响力。甚至在其他游戏和网文区,都有《原神》游戏粉丝出没。《原神》这场官方和粉丝间的互动共创,从官方试探性地与玩家互动,到玩家主动与官方进行互动,加强了玩家和米哈游的情感羁绊。

目前国内几大游戏厂商中,米哈游公司的海外用户和粉丝黏着度可以说

---

① 裴永刚、索煜祺:《中华优秀传统文化走出去的创新路径探析——以数字出版中游戏出海为视角》,《出版广角》2022 年第 15 期。

② 李凡宇、侯凯:《粉丝文化驱动下中国游戏产业出海策略探析——以〈原神〉为例》,《北京文化创意》2022 年第 6 期。

是最高的。《原神》的话题热度在海外居高不下，支持率极高，这一方面得益于海外粉丝群体的大力支持，另一方面也离不开米哈游公司官方的海外布局策略及其主导的系列活动。禁止PVP保持了良好的社区氛围。官方下场鼓励支持二创，开放人物模组导致《原神》二创活跃，大量作品喷涌而出，成功吸引了一大批忠实客户；融入了传统文化精神内核的剧情故事值得细细品味，让虚构的提瓦特大陆和现实世界关联，沉浸感更强……原创IP游戏《原神》推动"出海"的过程，可以说是在官方与粉丝携手共创下延续生机，相互推动。

《原神》的成功，也不乏天时地利人和因素。疫情期间，许多玩家被迫居家隔离，有更多时间去挖掘《原神》中的文化背景和创作丰富多彩的同人作品。《原神》作为开放性大世界冒险游戏，广阔的天地、自由度极高的探索冒险和各具风情的七国文化，让无数拥有大把空闲时间的玩家沉浸其中。在《原神》中，米哈游采取了少见的弱社交联系方式，不同于常规的PVP热血竞技游戏。《原神》中玩家更多的是风景党、剧情党、考据党，PVP竞技只有地图上的马斯克礁，以及每15天更新一次的深境旋螺。每个玩家都有自己独立的世界和剧情进度。玩家的社交方式只有去往他人世界、副本联机、尘歌壶家园互动以及新增的打牌系统。在《原神》中，玩家完全可以做到选择性社交，随时关闭联机页面，拒绝他人访问自己的游戏世界。

除此之外，《原神》的战斗系统，采用了角色伙伴战斗模式。玩家通过卡池获取人物，通过刷圣遗物装备、提高天赋等级的方式提高角色的战力，每个角色都是并肩作战的伙伴，共同面对野外和副本里的怪物。但《原神》不会出现难度过高的怪物，即使是游戏开始赠送的人物在熟练的手法下，也可以做到平推马斯克礁。玩家可以设置不同的队伍角色搭配来产生元素反应，玩法丰富。这些并肩作战的角色为玩家提供了情感链接，每个角色人物生日的时候都会向游戏中的玩家发出邀请，赠送礼物。玩家在生日时也会收到派蒙礼包和小蛋糕，进一步将玩家转化成了死忠粉丝。

结 语

　　《原神》的成功不仅代表着传统文化融入现代科技的成功,还作为文创内容产品的成功。网络的快速发展大大加速了人类社会全球化进程,加强了人类社会文化之间的互动,跨文化交流频繁。如何打造更富生机的文化输出机制,是摆在我们面前的切实命题。当今中国要实现大国崛起,不仅要依靠经济方面的供给侧改革、第三产业的发展,还要有文化强国的意识形态。中国文化中不缺乏宝贵的文化结晶,群众也并不匮乏美的感知。在物质财富丰富的当下,更多的精神需求对文化的传播交流提出更高的要求。以《原神》为范例,它的成功使得它作为文创产品具有研究价值和借鉴意义。从《原神》中,我们能看到文化的融入是一种温和的方式:春风化雨,润物无声。以中国文化元素和精神内核创造出人物、故事,然后吸引受众去探寻、二次创作,不断扩大影响。同时,也考虑到不同国家的国情,尽其所能地减少文化隔阂,避免文化冲突。海外玩家对璃月的喜爱和认同,反哺了本国国民的文化认同和文化归属。在文化自信不断被提及的当下,传统文化逐渐成为年轻一代的心头好。"国风"产品层出不穷,人们更热衷于探求中国文化的奥秘。以现代流行审美塑造中国传统文化,让不同国家、不同地域的玩家通过游戏这个载体来了解游戏背后的文化内涵,让海外玩家对中国文化有"新鲜感""好奇心"的同时深刻喜欢上独特的中国文化元素,这既是对游戏产品竞争力的提升,也将有效地传播中国传统文化。

网络文学影视改编的策略与逻辑探究

——以《莲花楼》为例

王婉波　张运飞①

摘　要：作为网络文学改编剧的成功代表之一，《莲花楼》以其出色的表现赢得了观众和业界的广泛赞誉。该剧紧密依托原著小说，通过影视化的手法，将故事情节和人物形象生动地呈现于观众面前。剧中人物性格鲜明，命运多舛，他们的成长与纠葛令人感同身受，为观众带来了强烈的情感共鸣。通过对《莲花楼》剧情构建与人物塑造的分析，可以发现优秀的影视作品往往能够在故事情节和人物形象上达到高度统一。剧情的紧凑与合理、人物的立体与丰满，共同构成了影视作品的魅力所在。

关键词：网络文学影视改编；策略；逻辑；《莲花楼》

在网络文学改编热潮中，《莲花楼》这部于 2023 年播出的古装武侠悬疑剧尤为引人注目。截至 2024 年 2 月，《莲花楼》豆瓣评分 8.5 分，64.9 万人参与打分，收获短评 32.7 万条②，该剧根据作家藤萍所著的热门网络文学作品《吉祥纹莲花楼》改编，凭借扣人心弦的剧情设计、细腻的人物塑造以及对中国传统文化元素的巧妙运用，在一众影视剧中强势出圈，成为暑期档平台热播榜第一名，单日单集在线观看人数突破百万，在社交媒体上引起了广泛的情感共鸣与讨论，掀起一波"莲络人"热潮。

网络文学改编剧《莲花楼》体现了高水准的摄影和美术设计水平，画面极具中式美学意味。《莲花楼》的拍摄花费了五年，打造了 400 多个真实的画面

---

①　作者简介：王婉波（1991—　　），女，河南省焦作市人，文学博士，河南工业大学新闻与传播学院讲师，美国圣母大学访问学者，主要从事网络文学研究；张运飞（2001—　　），女，河南省周口市人，河南工业大学新闻与传播学院本科生。

②　豆瓣电影《莲花楼》，见 https://movie.douban.com/subject/35633163/，查询时间：2024 年 2 月 15 日。

场景,因此,每一帧画面都充满了古典美学的韵味。剧中服装、道具设计也别出心裁,可以在服饰和道具上看到很多中华传统文化的元素,"莲花楼"是全剧最重要的道具,作为一座可移动的双层小楼,剧组无疑在上面花费了大力气,布置上也十分雅致、有情调。剧中无论是山水风光、建筑布局,还是服饰妆容、道具细节,都经过精心打磨,构造出了一个既真实又梦幻的古代江湖世界。

一、网文改编剧《莲花楼》中画面与音乐的运用

(一)画面色彩

在色彩方面,很多非古偶剧喜欢暗色调,以此凸显质感。《莲花楼》的色调整体偏明亮,没有古偶那么鲜嫩,但又不会像正剧那样暗沉,恰到好处,视觉体验很好。同时剧中也注重色彩的对比和搭配,通过不同色调的运用来传达情感、氛围和人物性格。当剧情聚焦于江湖恩怨时,暗色调的巧妙运用能够营造出一种压抑而紧张的氛围。特别是在案件发生时,整体色调明显偏暗,为观众带来一种紧张不安的观感。这一点在女宅篇中表现得尤为突出,原本白天明亮安逸的荷花池,在夜色降临时却变得阴气森森,暗色调的渲染不仅为观众带来视觉上的冲击,还预示着案件即将在这片池子中发生。而当展现人物内心独白或温馨场景时,《莲花楼》则善于运用暖色调来传达温暖、柔和的情感。例如,当李莲花与乔婉娩故人相见、互相理解时,画面的整体色调变得更为清透,留白也更多,给人一种豁然开朗的感觉。这种色调的运用不仅增强了画面的美感,还让观众能够深刻地感受到角色之间的情感交流。

(二)画面运镜

武打运镜方面,话题"李莲花武打美学极致踩点"于 2023 年 8 月 13 日在微博上登了热搜,阅读量达到 773.3 万,讨论量 1.1 万[1],这样的讨论度体现的是观众对《莲花楼》运镜和武打戏的认可。对于武打戏,《莲花楼》剧组大多采用了一镜到底的拍摄手法,通过镜头的拉近拉远来体现打戏对峙的激烈程度,

---

[1] 数据来源:微博热搜榜,https://weibo.com/,查询时间:2024 年 3 月 25 日。

武打画面也更多的是对大场景的流畅拍摄，而非一味地拍摄对峙双方的面部表情。《莲花楼》的运镜技巧在文戏中也很精彩，观众可以观察到一系列精心设计的镜头转换与运用，它们不仅展示了角色间的情感纠葛，还深刻地体现了时间的流逝与人物的成长变化。在李莲花十年后回到四顾门时，影片通过运用特写镜头，聚焦李莲花的面部表情，细腻地捕捉了他回到故地时的复杂情感。随后，镜头从他身后缓缓拉远，以运动镜头的方式展现出时光流转的画面，使观众得以一窥李莲花年少习武时英姿勃发、鲜衣怒马的潇洒身影。紧接着，镜头再次推近，定格在含情脉脉的阿婉身上，她望着爱人的背影一片专注。此时，镜头跟随阿婉的步伐，以木柱为前景，巧妙地穿梭到下一个场景——李相夷十八岁生辰时与好友把酒言欢的画面。在这一场景中，李相夷面对众人的调侃，坦然地说出那句："最甜的喜糖，那是留给我的阿婉的。"这一镜头不仅展现了两人之间深厚的情感，还勾起了观众对两人过往美好时光的怀念。当镜头再次以阿婉为前景，转回到这个时空的李莲花身上时，观众仿佛能感受到他眼中流露出的无尽思念与惆怅。一眼万年，物是人非，这种情感的落差与对比，使得整个运镜过程充满酸楚。

（三）音效与配乐

音效和配乐在《莲花楼》中也起到了画龙点睛的作用。音效设计精准到位，能够很好地配合画面动作和情节发展，增强观众的代入感。配乐则采用了古典乐器和现代音乐元素的融合，既有传统韵味又不失现代感，为剧集增添了不少亮点。

在江湖游医李莲花的出场音乐设计上，有很多奇思妙想。李莲花与李相夷在性格上有着鲜明的反差，李莲花作为李相夷的看开一切的化身，他深谙大智若愚之道，擅长以柔克刚，扮猪吃老虎。在为其塑造音乐形象时，他巧妙地融入了一些创新元素，特别选用了羽管琴这一源自欧洲的乐器，其音色颗粒感强烈，带有一种独特的黑色幽默感。羽管琴与民乐相互交融，产生了别开生面的音乐效果，恰到好处地展现了这位李大夫聪明机智、略带狡黠又不失幽默的人物特质。这样的音乐设计使得李莲花的形象更加生动鲜活，深入人心。

角色方多病以其血气方刚、单纯耿直的性格特征而颇具特色，展现了一种中二且热血的形象。影片在音乐上为其搭配了旋律更加活泼的乐器,选用了三味线、尺八、太鼓、吉他等乐器,这些乐器的音色与方多病的性格特质相契合,能够突出他时而热血时而淘气的一面。同时,整体乐音的呈现方式以跳音为主,这种跳跃式的音符使得音乐更具年轻化和活力,这种以跳音为主的音乐设计更能凸显方多病的个性特点,契合方多病年轻少侠的形象。这样的音乐设计不仅符合角色本身的特点,还为整部武侠剧增添了丰富的音乐色彩。

剧情本身带有悬疑色彩,配乐在其中发挥着举足轻重的作用,优秀的音效不仅有助于情节的推进,还能有效地烘托出探案的紧张氛围。在乐器的选择上,《莲花楼》加入了多种人声元素,如呼麦、气声、嘶吼以及女生吟唱等,这些元素被巧妙地运用于各个不同的案件中。此举旨在营造出《莲花楼》独有的探案氛围,为每一个故事提供强有力的情感与节奏支撑,使观众能够更深入地沉浸于剧情之中,感受探案的紧张刺激与悬疑魅力。

二、网文改编剧《莲花楼》的剧情逻辑与结构

剧情是电视剧的核心,它承载着故事的发展、角色的塑造以及情感的表达。优秀的剧情能够吸引观众的注意力,引发他们的共鸣,并使他们产生强烈的代入感。同时,剧情的深度和逻辑性也是衡量一部电视剧质量的重要标准。复杂深入的剧情能够引发观众的思考,而逻辑严密的剧情则能够给观众带来良好的观看体验。

《莲花楼》采用了多线交织的叙事方式,将主线剧情与多个支线故事紧密相连。这种叙事方式不仅使得剧情更加丰富多样,还能够通过不同线索之间的交织和碰撞来推动情节发展,增加剧情深度,将不同时间段的故事碎片化并重新排列组合。细节设定呈现出精巧的逻辑性和内在连贯性,其情节发展均显现出高度的统一性和呼应性,使得整部剧作越发引人入胜。电视剧《莲花楼》以李莲花寻找师兄单孤刀的尸骨为主线,以多条探案副线为辅,将情节在故事时间和叙事时间中进行差异性编排,设计多线索并行或错位的复线叙事,将故事情节"碎片化",并呈现出肢解、分离却又始终归属统一的整体性。

在《莲花楼》的叙事结构中,前半部分以悬疑探案为主线,后半部分则聚焦于错综复杂的恩怨情仇。悬念和反转是《莲花楼》叙事中的两大法宝。影片在叙事过程中不断设置悬念,让观众对后续剧情充满期待和好奇;同时,通过出人意料的反转来打破观众的预期,使得剧情更加扣人心弦。其中,前半段所展现的案件,如同一条精心编织的线索,巧妙地将李莲花、方多病和笛飞声三人的命运连在一起,形成了一种紧密的叙事结构。这不仅加强了三人组之间的情感纽带,还与后续剧情中李相夷的江湖恩怨、爱恨情仇等形成了深刻的呼应。这种呼应不仅体现在情节发展上,还体现在主题内涵的深化上。以第一个案件灵山案为例,其关键词为"假死"。在剧中,李莲花与方多病初识之际,便遭遇了两起与假死相关的案件。首先是妙手空空与李莲花以假死之计逃脱追杀的短暂事件,其次是灵山派掌门被杀一案。在第二起案件中,灵山派掌门王青山原本计划通过假死来实现其私生子的身份转换,然而不幸被潜伏在灵山派的金鸳盟奔雷手所利用,最终不仅身死,还险些导致灵山派被金鸳盟侵占。

回顾全剧,我们可以发现这两起看似与主线剧情无关的假死案件,实际上与后续剧情中单孤刀利用假死设计陷害李相夷的情节形成了巧妙的呼应。这种呼应不仅体现在情节的相似性上,还体现在其所蕴含的深层含义上,即假死作为一种策略或手段,在剧中多次被用于达成某种目的或解决某种困境。在灵山案中,王青山的"假死"计划最终未能如愿,反而成了他人利用的棋子。而单孤刀则利用假死成功地挑起了李相夷和笛飞声之间的冲突,自己则躲在幕后操纵一切。这种"螳螂捕蝉,黄雀在后"的情节设置,不仅凸显了剧中人物之间的复杂关系和权谋斗争,更深化了剧作的主题内涵,即人性的复杂和江湖的险恶。

此外,李相夷的命运也与灵山派掌门王青山有着惊人的相似之处。他们都是被自己最为信任的人背叛,最终走向了悲剧的结局。这种命运的相似性不仅增强了剧作的悲剧色彩,还使得整部剧作在情感表达上更加深沉和动人。

三、网文改编剧《莲花楼》中的人物塑造

在剧情进行到单孤刀作为幕后反派与李莲花正面对峙时,词条"李莲花方多病彻底决裂""李莲花爱情亲情友情都没了"等登上微博热搜,截至2024年4月10日,这两个词条的阅读量分别达到了5609.8万和5823.4万,讨论量达到2.2万和4.2万,①由此可以看出观众对李莲花这一角色的心疼。

《莲花楼》聚焦于一个曾经傲视群雄、荣登天下第一的人物,其在经历了生死考验后,不再执着于天下第一的虚名,更勇敢地面对并击败了那些企图通过不正当手段获取这一虚名的人。整个故事中的人物,如李相夷、笛飞声、单孤刀等,都似乎在不遗余力地追求着某种极致的生活状态。这种追求,不论是武学的巅峰,还是权力地位,其本质都表现了同一种心理问题——逃避。以单孤刀为例,他的执着源于深藏的自卑感,他无法正视自己的平凡,因而不断向外寻求证明,试图通过外在的成就来掩盖内心的不足。同样,反派角丽谯对爱情的疯狂追求,并非出于真爱,而是源于对笛飞声所给予的那种不屑一顾的感觉的渴望,这同样是一种逃避,逃避面对自己真实的情感需求。

李莲花提供了一个不同的视角。在经历了自云端跌落后,他并没有陷入自卑或逃避,而是勇敢地面对了自己的问题,接受了别人的不满。这种接纳和面对,正是心理疗愈的关键。通过对比李相夷和单孤刀这两个角色,可以看到,真正的成长并非追求外在的成就或逃避内心的不足,而是勇敢地面对自己,接纳自己的不完美。这也是《莲花楼》想要传达给我们的重要信息:只有真正面对和接纳自己,才能实现内心的疗愈和成长。

四、网文改编剧《莲花楼》的破壁创新及其文学价值

(一)跨题材融合方面

《莲花楼》成功地将江湖、悬疑、古装元素融合在一起,打破了传统江湖剧

---

① 数据来源:微博热搜榜,https://weibo.com/,查询时间:2024年4月10日。

和悬疑剧的界限。这种跨界融合不仅为观众带来了全新的视觉体验，还丰富了剧情的层次感和深度。《莲花楼》巧妙地将江湖奇案设置为剧情的主线，沿着这一线索展开跌宕起伏的故事，融入传统武侠与江湖元素，设置门派之间的爱恨情仇，正派与反派之间的正邪对立与惺惺相惜，使得观众仿佛穿越时空，踏入那个久违而神秘的江湖世界。这部作品不仅是一次对经典武侠文化的致敬，还是一次对侠士初心与本源的深刻探寻，引领着观众一同追寻那份久违的江湖情怀与侠义精神。

根据2023年腾讯白皮书统计，在剧集热度TOP10中，现实题材作品占据了半壁江山，共计五部，而古装剧紧随其后，占据了四席，科幻题材则仅以一部作品上榜。这一数据不仅反映了当前剧集市场的多元化趋势，还凸显了不同类型作品的不同影响力。在古装剧这一细分领域，除了上榜的几部作品，其他古装剧同样以男女主角的爱情故事为主线，展现了浓厚的情感色彩。

古装爱情剧作为一种特定的剧集类型，其观看受众呈现出相对局限的特点——主要集中在年轻女性群体之中。这一现象的形成与该类剧集的情感表达、视觉效果以及文化内涵等多方面因素密切相关。古装剧在情感表达上往往倾向于细腻而缠绵的爱情描绘，视觉效果上则通过华丽的服饰、精致的场景以及唯美的画面来营造浪漫氛围，文化内涵上则融合了传统文化元素，为观众带来一种独特的审美体验。这些因素共同作用于年轻女性观众，使她们成为古装爱情剧的主要受众群体。

然而，古装剧局限于爱情题材更多的是迎合了女性受众的喜好，将主要的市场定位在年轻女性受众。这种定位虽然在一定程度上保证了收视率和宣传效果，但同时也限制了古装剧受众范围的进一步扩大。相比之下，结合了江湖元素和悬疑色彩的《莲花楼》，则展现了更为广泛的市场潜力，吸引了大量男性受众。

《莲花楼》通过融合江湖元素和悬疑情节，打破了古装爱情剧的传统框架，为观众带来了全新的剧集体验。江湖题材作为传统通俗文学的重要组成部分，具有深厚的文化底蕴和广泛的受众基础。而悬疑情节的设置则能够引发观众的好奇心和探究欲望，进一步吸引他们的关注。更重要的是，《莲花楼》的无 CP 设定,使得该剧不再局限于传统的男女情感纠葛,而是更加注重人物性格的塑造和情节发展的逻辑性。这种创新性的内容设计,使得《莲花楼》能够吸引更多类型的受众,包括那些对古装剧感兴趣但不喜欢爱情题材的观众,以及对悬疑、江湖等元素情有独钟的观众。

(二)角色塑造和叙事创新方面

除了精良的画面,《莲花楼》还注重人物性格的刻画和成长轨迹的描述,具有丰富的角色塑造、复杂的情感纠葛、引人入胜的情节发展、深刻的主题探讨以及显著的角色成长与转变等特点。演员演绎也十分出色,演员功底扎实、打戏流畅,每个角色都仿若从书中走来展现在观众面前一般。

《莲花楼》的故事内容不同于传统小说中小人物经历一方磨难最终成为一代大侠的升级故事,而是在一开始就展现了一个英雄的陨落与失意,在角色塑造上进行了创新。主角李莲花(李相夷)经历了从风华绝代的四顾门门主到淡泊名利的游医的转变,其角色性格和命运的巨大反差使得观众能够深刻感受到他的成长与变化。其他角色如方多病、笛飞声、乔婉娩等也各有特色,他们的性格、情感与命运相互交织,共同塑造了丰富多彩的人物群像。

《莲花楼》在人物角色塑造方面对传统武侠剧进行了重要的革新,特别是在女性角色的深度刻画以及英雄叙事的多维度展现上。首先是对女性的尊重,从女性角色的塑造来看,《莲花楼》突破了传统武侠剧中女性角色的刻板塑造。在传统武侠剧中,女性角色往往被塑造成依附于男性英雄的附属品,她们的存在往往是为了衬托男性的英勇与伟大。《莲花楼》的原著作者是位女性,她会关心女性的需求和状态。《莲花楼》中的女性角色被赋予了更为独立和复杂的性格特征,她们不再是单纯的背景板,而是有了自己的态度和想法,敢于表达内心的真实感受。乔婉娩在剧中不仅展现了对男主李相夷的深情厚谊,还勇敢地表达了自己的疲惫和对平凡生活的渴望。在这部武侠剧里,女性有自己的思想,而男主也不再是动辄豪言壮语、冲冠一怒为红颜的直男,剧中的李相夷不把女性作为附庸,而是将其看作有独立思想的人,也由此说出"乔姑娘她只属于她自己"这句话。这种对女性角色的深度刻画打破了一直以来对武侠剧女性形象的刻板印象,不仅提升了女性角色在武侠剧中的地位,还让观众看到了女性角色在武侠世界中的真实面貌。

其次，《莲花楼》在武侠叙事上也展现出了新的维度。传统的武侠剧往往聚焦于英雄的成长与辉煌，讲述他们从平凡人蜕变为英雄的过程。然而，这类叙事往往忽略了英雄的陨落、失意以及平凡生活等层面的内容。在这种传统武侠剧的叙事架构中，我们往往被英雄人物的辉煌事迹所吸引，如郭靖的侠之大者、为国为民的崇高精神，杨过对江湖名利的超然态度，以及乔峰我自横刀向天笑的豪情壮志。然而，这样的叙事往往偏重于展现英雄的辉煌成就与荣耀，却鲜少触及他们背后的挣扎、失落以及平凡生活的点滴。《莲花楼》却在这方面进行了尝试。它不再局限于传统的英雄成功学，而是深入挖掘英雄背后深厚复杂的人性良善与生存艰难。在这部作品中，李相夷开局便是人生巅峰，却一朝陨落变得籍籍无名、碌碌无为，在剧中观众能够体验到他在平凡生活中的挣扎与反思。这种叙事方式不仅突破了传统武侠剧的局限，还让观众更加深入地认识了英雄的真实面貌，打破了传统武侠剧对英雄的刻板印象。李相夷在成为李莲花后，敢于直面人生的惨淡与无奈，接受了人生的无常，勇于接纳自己的平凡与不足。这种对英雄的多维度展现，不仅丰富了武侠剧的内涵，还让观众对英雄有了更为深刻的理解。通过《莲花楼》的叙事，我们得以窥见英雄人物在平凡生活中的真实状态，感受到他们面对困境时的无奈与坚韧。

《莲花楼》的成功在于它敢于挑战传统，勇于探索新的叙事方式。《莲花楼》在人物塑造和武侠叙事上的创新，为传统武侠剧注入了新的活力。它尊重女性角色，关注她们的真实需求和状态；同时，它也摒弃了简单的英雄成功学，展现了英雄的真实面貌与成长过程。它不再局限于展现英雄的辉煌成就，而是更加关注英雄成长背后的真实人生与复杂情绪，这种创新不仅为武侠剧的发展注入了新的活力，还为观众带来了更为深刻和丰富的视觉体验。

（三）技术应用的破壁创新

相较于传统的剧集宣传模式，《莲花楼》作为北京爱奇艺科技有限公司与欢瑞世纪影视传媒有限公司合作呈现的江湖奇案单元剧，在剧宣策略上进行了大胆的创新。通过与N世界跨界合作，致力于利用前沿科技助力企业数字化转型和业务创新,在 AI 数字人、AI 数字员工、元宇宙等技术赋能下推动产品生产与宣传。合作方成功塑造了男主角李莲花(成毅饰演)和可爱的昭翎公主(刘梦芮饰演)的数字人形象。观众可以在特定的对话框中向这些数字人角色提出问题,而这些数字人会依据角色设定和剧情逻辑,做出符合人物性格的回答。

在优秀的剧本和出色的演员阵容基础上,《莲花楼》进一步运用科技创新手段,对剧集内容进行升维联动。这种创新性的剧宣规划,在打造爆款热剧的过程中起到了至关重要的作用。欢瑞世纪作为业界先行者,积极探索新的宣传模式,通过与 N 世界合作,利用先进的数字人技术,为剧粉们带来了一场前所未有的互动体验。

这种创意 AI 营销方式,不仅在传统视听体验的基础上为观众提供了全新的"对话"体验,还通过沉浸式的互动,使观众能够更深入地与角色和剧情产生共鸣。这种共鸣感的增强,进一步满足了观众对剧集内容的多元化需求,从而有效提升了观众的黏性。

与传统的数字人相比,360AI 数字人在设计上更加注重人性化和自然性。它们不依赖于工程师思维的提示词,而是采用类似于人类面对面交流的自然语言思维,使得数字人更加亲切、富有情感。此外,通过资料训练角色代入,这些数字人不仅拥有鲜明的角色性格,还具备长期记忆能力。同时,借助 360 浏览器、360 搜索、360 快资讯等产品,360AI 数字人能够实时获取最新知识,并通过私有知识库加强对事实的认知,使其更加新潮、与时俱进。

(四)观众体验的破壁创新

《莲花楼》观众体验的多样性主要体现在四个方面。一是线下演唱会的互动形式。《莲花楼》播出完结后筹办了关于该剧的演唱会,在演唱会上主演们以原妆造入场,一起上台表演,且活动采用线上直播的形式与受众互动。在演唱会互动环节,角色演绎剧情毫不敷衍,全员真情实感地告别角色。从粉丝和观众的角度来看,这样的演唱会无疑为他们提供了一个绝佳的线下互动和体验机会。观众可以近距离地欣赏到自己喜欢的角色的精彩表演,感受到演员为角色付出的努力和热情,也为整部剧画上了一个圆满的句号。对于《莲花楼》这部剧集本身来说,演唱会也是一种非常有效的宣传和推广方式。通过主演们的精彩表演和互动,也吸引到了更多观众与剧集产生兴趣,提高了剧集的知名度和影响力。同时,演唱会还可以为剧集创造更多的商业价值和话题热度,进一步推动剧集的发展。

二是《莲花楼》IP 联名奶茶。在《莲花楼》电视剧完结后,电视剧《莲花楼》推出了与古茗奶茶的联动活动,在此次联名活动中,古茗推出的特别版奶茶无疑为观众带来了全新的感受与情绪价值,以古茗的新品"一念清心莲"为主,观众在品尝这款特别版奶茶时,能够深刻感受到《莲花楼》的剧情氛围。购买联名奶茶时也会获得联名周边,具有一定收藏价值,且奶茶的外观采用了剧集的标志性颜色和元素,门店还布置有台词书签抽取活动,在等待奶茶的过程中,消费者可以与剧中经典台词进行抽取,使其在品味奶茶的同时,也能沉浸在剧集的世界之中。这种沉浸式的体验,让观众仿佛置身于剧集之中,与角色们共同经历那些惊心动魄的江湖故事。这种情感上的共鸣,使得观众与剧集的情感连接更加深厚,也增加了观众对剧集的好感度和忠诚度。这样的联动活动还有助于建立观众与电视剧之间的情感纽带。观众在品尝奶茶的同时,也会想起电视剧中的精彩瞬间和角色们的故事,这种情感上的联系会让他们更加珍惜和喜爱这部电视剧。而这种深厚的情感连接,也会促使观众更加积极地参与电视剧的宣传和推广,为电视剧的口碑和收视贡献自己的力量。这样的联动活动为电视剧带来了更多的曝光机会和话题热度。通过联名奶茶这一创新形式,电视剧也能够吸引更多潜在观众的关注,并激发他们对剧集的兴趣。同时,联名奶茶的推广和宣传,也为电视剧带来了更多的商业价值和影响力。这种跨界合作的方式,不仅拓宽了电视剧的宣传渠道,还提升了电视剧的品牌形象和知名度。

三是关于网络文学改编剧《莲花楼》的同人创作。在晋江文学城,以"莲花楼"为关键词进行检索,显示在 2023 年 7 月《莲花楼》播出后,涌现出共计 287 部同人作品。[①] 这一数据深刻地揭示了《莲花楼》的广泛影响力及其所引发的

---

① 数据来源:晋江文学城作品库,https://www.jjwxc.net,查询时间:2024 年 4 月 10 日。

热烈讨论。这些同人作品的涌现，不仅体现了众多创作者对原作深入理解和情感共鸣后的创作冲动，还彰显了其对原作的热爱与致敬。同人作品的创作，往往需要创作者对原作进行深入的剖析与理解，进而融入个人的情感与创意，进行再创作。这287部同人作品，无疑体现了创作者们对《莲花楼》原作精神内涵的深入挖掘和多元呈现。同人作品从不同角度、不同层面解读原作，展现了创作者们对原作的独特见解与创作才华。此外，这些同人作品的出现也反映了粉丝文化的繁荣与活跃。在现代社会，粉丝不再满足于被动接受文化产品，他们通过创作同人作品、参与线上讨论等方式，积极参与到文化产品的传播与再创作过程中。这种参与式的文化消费模式，不仅丰富了文化市场的多样性，还促进了文化产品的深度传播。《莲花楼》播出后所涌现的287部同人作品，是这部网络文学改编剧的影响力与粉丝文化繁荣的生动体现。它们不仅展示了创作者们的才华与热情，还为我们理解现代社会中的文化消费与创作提供了独特的视角。

四是《莲花楼》与《逆水寒》游戏的联动合作。2024年3月13日，《逆水寒》游戏官方发布与热门影视剧《莲花楼》的联动活动通知。此次联动活动在游戏中推出了改编剧《莲花楼》的同款人物皮肤，让玩家能够更深入地体验剧集中的角色魅力。同时，游戏还设置了丰富的联动剧情，为玩家提供了一个全新的、沉浸式的武侠世界。这次联动涵盖了男女各3套精美时装、酷炫动作、特色庄园组件、侠友、群侠技能、江湖门派、门派技能等内容。此外，玩家还有机会获得重磅联动时装，其中部分时装可以通过签到和"大宋一元购"计划免费获得，给玩家带来了轻松愉悦的体验感。对于喜欢《莲花楼》剧集的观众和热爱《逆水寒》游戏的玩家来说，这次联动无疑是一个巨大的惊喜。它不仅让玩家能够在游戏中亲身体验到剧集中的角色和剧情，还通过丰富的互动内容增强了游戏的趣味性和吸引力。这次《逆水寒》与《莲花楼》的联动合作，对提升双方的品牌影响力起到了一定作用，也为玩家和观众带来了全新的娱乐体验。

五、《莲花楼》电视剧与原著的差异及改动

（一）人物设定的差异性

在原著中，李相夷只是一个缥缈的传说，存在于十年前的江湖回忆中。在他消失的十年间他的存在与否，对于江湖的日常运转而言并无太大的影响。无论是正义之派还是邪恶之徒，皆忙于各自的生活琐事，对于李相夷的生还传闻，大多并不关心。而李莲花，这位游历江湖十年的侠者，以破案为乐，悠然自得。尽管碧茶之毒会逐渐侵蚀他的记忆，使他忘记曾经的自己，但这对他来说，未尝不是一个重新开始的契机。整个故事，从李相夷身中碧茶之毒开始，到李莲花以一杯清茶的身份终结，其间的转变清新淡雅，令人回味无穷。

在剧版中，李相夷的形象被赋予了更多的明星色彩。他在人气巅峰时神秘失踪，即便是死亡，也依然保持着明星的光环，拥有极大的关注度。在方多病这位狂热粉丝的推动下，大家的生活中依旧充斥着李莲花过去的辉煌传闻，这使得李莲花既要应对接连不断的案件，又要时刻提防身份暴露，仿佛成了一个不敢出门的顶流明星。当他不得不展露身手时，即便内力已大不如前，也依然能展现出天下无敌的风采。这样的李莲花，在剧版中更像是一个用来适应新江湖环境的重开小号，依旧带着过去李相夷的光环。

（二）人物关系的演变

在原著中，李莲花是掌握故事节奏的那个人，和方多病的关系是颇具默契且相互尊重的江湖好友，他们之间既有合作又相互独立。李莲花有时会因为贪玩而独自去破案，留下方多病独自埋怨。但每次重逢时，他们都能迅速恢复到亲密无间的状态。这种关系，类似于福尔摩斯与华生的搭档关系，分开时两人各自过着自己的生活，但在一起时又能相互支持。

相比之下，剧版中的人物关系则显得更为复杂和戏剧化。为了增强故事的冲突性，剧版将方多病设定为故事节奏的推动者，李莲花则被动地被他拉着四处破案。这种设定使得李莲花在剧版中更像是一个被方多病推赶向前的角色，而方多病则始终未能察觉到自己身边的这位搭档正是自己心中的偶像李

相夷。后来,笛飞声的加入更是打破了原有的平衡,使得三人之间的关系变得更加错综复杂,形成了一种类似于一家人的吵吵闹闹的生活状态。

(三)主线故事的转变

原著作为一部短篇集,以破案为主线,通过一系列案件串联起整个故事,即便跳过一个故事也不会影响到对下一个故事的理解,主线故事在其中主要起到了连接和推动剧情发展的作用,对于喜欢推理悬疑的读者来说,这样的结构无疑具有极大的吸引力。

剧版虽然保留了大部分案件,但由于需要为人物之间的互动和主线故事腾出空间,推理过程被大大简化。每个案件几乎都是在李莲花集齐线索后迅速揭露真相,缺少了原著详细的推理过程。剧版的重点更多地放在了李莲花探寻师兄被杀之谜以及揭露幕后黑手的过程上,这部分内容是原著所没有的,也是剧版对原著故事的一种创新和发展。

(四)结局的不同

原著的结局带有一种淡淡的遗憾和无奈。方多病虽然酷爱江湖生活,但最终受封驸马,无法再像以前那样随心所欲地行走江湖;笛飞声直到故事结束也未能完成与李莲花东海的约定;而李莲花则在毒发后变得神志不清,每日需要他人的照顾。然而,正是这些遗憾和无奈,使得他们在李莲花的住所找到了一个共同的避风港。无论外界如何纷扰,只要见到那个痴呆的李莲花,他们就能找到内心的平静。虽然每个人的结局都不尽完美,但对他们来说,这或许就是命运最好的安排。

相比之下,剧版的结局则更加注重对李莲花十年心路历程和情感变迁的剖析。经过十年的思考和体验,李莲花得出了一个结论:无论是四顾门、江湖还是整个天下,只要李相夷这个名字还存在,就无法得到真正的安宁。因此,他选择了以死来换取江湖的平静。这一次的死亡比十年前更加高调、更加辉煌灿烂。在剧版中,这个江湖始终是属于李相夷一个人的,他的生死、荣辱都与这个江湖紧密相连。同时剧版也在结尾留下了悬念,并没有直接指出李莲花最终是否真的消失,而是隐晦地埋下伏笔,给了观众一个开放性的结局。

网络文学改编剧的发展在当前依然存在着各种各样的问题,高人气低口碑的改编剧比比皆是，好的网络文学作品本身自带的粉丝和流量可以自发推动影视剧的前期宣传，但不合理的改编也会使观众大失所望。如何呈现一个好的影视改编作品，引起观众的共鸣，发掘出更多的改编剧的价值，也成为网络文学产业化发展及影视改编剧行业的一大难题，《莲花楼》的成功改编无疑为其提供了一种发展思路。《莲花楼》以独特的叙事方式、丰富的想象力和深厚的文化底蕴，在电视剧市场中脱颖而出，不仅拓展了文化产业的发展空间，还为研究观众审美心理及情感反应提供了丰富多元的实践样本。

作家访谈

在幻想和奇遇中前行
——红刺北访谈录
琚若冰　红刺北①

一、乌托邦的发现和倒塌

琚若冰:红刺北老师您好! 首先恭贺您的作品《砸锅卖铁去上学》和《第九农学基地》分别入选"新时代十年百部中国网络文学榜单"和"2023 年中国作家协会网络文学重点作品扶持选题名单"。从 2017 年至今已经有 6 年了,那么您最初走上网络文学创作道路的初衷是什么呢?

红刺北:说实话,初衷当然是想赚钱。那个时候我是大学生,暑假很无聊,想着写网文赚点零花钱。因为我一直阅读晋江文学城(以下简称"晋江")的网文,读得比较多,相对其他文学网站,我更熟悉晋江平台的生态环境,所以我踏入网络文学创作也选择了晋江。成为晋江的签约作家并非一帆风顺,我暑假想要签约,但是一直失败,两个月后才签约成功。按照晋江的规则,作者的作品入 V 后才能拥有收益。我还记得那部小说入 V 后赚了四毛钱,但我非常高兴,觉得自己可以靠文字赚到钱了。

很多作家在高中时就有蓬勃的表达欲,他们会在同学之间传阅自己写的小说。我不是这样的人,我更偏好私下默默写,从不会拿出来,因为我认为写作是一件私密的事情,或多或少能透露出一个人的精神世界,我并不想将自己的精神世界在现实中暴露出来。

---

① 作者简介:琚若冰(2001—　),女,安徽省怀宁县人,上海大学创意写作专业 2022 级博士研究生,研究方向为创意写作与网络文学;红刺北,女,网络作家。

我尝试网文创作后，我发现自己可以披着马甲写任何想写的东西，不会被身边人看到。互联网是一个开放包容的平台，我可以在这里自由地创造我笔下的乌托邦，无须顾虑考量现实世界的种种因素。

到现在为止，我才后知后觉：也许当初踏上创作道路的真正的更深层的原因，其实是可以肆无忌惮地构建一个独属于自己的乌托邦世界。

琚若冰：您提到创作自由，写自己想写的故事，那么您的创作追求是什么呢？您想写什么样的故事？《砸锅卖铁去上学》中卫三的身材、长相、性格都没有明显的女性特征，网上有人觉得这本小说是大女主，女主意识觉醒，您写故事时会有意识地通过中性化的人物塑造反映女性意识觉醒吗？

红刺北：我一直想要将自己脑海中的故事完整地创作并传达出来，期望自己笔下的女主能够追求自己的事业，正视自己的内在需求，实现人生理想。

优秀的女性有很多种形象，不一定就是中性化，也可能柔和甜美，又或者其他样子，并不是一个简单的"中性化"可以概括的。中性化的人物和女性意识觉醒，这两者万万不能画等号。

女性容貌气质并不是最重要的东西，真正重要的是女主得有独立的思想，她要有自己追求的理想目标，这才是我创作的重心。

当然，之所以会给读者留下这种印象，一是我自己不擅长外貌描写，二是我进行创作以来更偏好干练、简单的女主，这只能算是无意识的个人爱好，单纯是我自己向往这类形象的女性而已。

另外，晋江"女强"这个标签，曾经是我很喜欢用的分类标签，我个人理解是这篇故事的女主自强自立，是很好的一个标签。但如今很多作者不会再用，包括我也将自己所有作品中的这个标签都去掉，甚至一些作者开始在文案简介中特意标注"非女强文""非大女主"。因为一旦打上"女强"这个标签，就意味着比其他作品有更严苛的道德审视。

一些读者要求作者笔下的女主必须完美无瑕，同时文中男女配角必须像化学方程式一样配平，女主不能和女配发生冲突，须得和和美美，一旦写了不好的女配，就是雌竞，是作者用"女强"诈骗。"女强"这个标签的定义正在无限制地扩张。

我个人认为,这种扩大化的"女强"定义有些极端,这世界上没有完全完美正面的人,一个故事应该容许有不同的女性形象存在,同样应该容许有不同题材存在,一个健康的创作生态理应百花齐放。

世界在动态发展,每个人,包括读者、作者也在成长。一个故事,仅仅用三观去评判,绝对不公平。

琚若冰:网文创作对您而言是发现乌托邦、创造乌托邦的过程,但是这个您心底的乌托邦会不会有哪一刻短暂地倒下过? 那一刻,您有没有过想要放弃? 维持乌托邦世界遇到的最大的困难是什么?

红刺北:有过。《第九农学基地》完结后,负面评论像潮水一样向我涌来,即使不去晋江看评论,在别的平台也能刷到读者的负面反馈。就算断网,那些曾经看过的评论也还是会停留在脑海中,不断回放。它们会让我开始怀疑自己是不是真的适合这一行,我是不是真的不会写东西。但到底还是没有想过放弃,这个可以自由创作乌托邦世界的诱惑对我而言太大,我始终还想继续试试。

遇到的最大的困难……我初入晋江时,多数作者埋头创作,读者和谐阅读,两者关系平和,但2019年以后,随着网络文学商品化和读者群体饭圈化,加上平台几次改革,一些读者认为作者是商品的生产者,应该满足消费者的一切需求。作者被去人格化,读者稍有不满,便联合几大平台"挂"作者,虚假排雷,试图逼这个作者消失停笔,一旦作者有所回应,便是"网暴"读者。倘若有其他读者反驳,那就是作者"腿毛"。甚至还有读者私下有群,一个成员不满,全群出击,互相借号,在晋江评论区攻击作者。

我个人认为这种奇怪的饭圈文化让创作自由受到了限制,很少有作者能完全摆脱评论影响。比如我想要创造出一个形象鲜明尖锐的人设,试图写一个不完美的主角,他在某方面可能有些缺点,也许这个缺点就是主角从纸片转为立体的衔接点,但即将动笔的时候我会情不自禁地想:这么写读者是不是会疯狂地骂? 如果他们在各个平台"挂"我,自己能否承受? 到最后下笔的时候,会无意识地减少可能存在的争议点,让这个人设更偏向完美,但同时也失去了人物的饱满性。

琚若冰：有些网络作家受到过多的负面反馈后会选择封笔，您会有这样的选择倾向吗？

红刺北：不会。很多时候读者的批评能够真实反映一部作品的缺点，我很乐意看到指出作品缺点的读者，也愿意去改正。虽然近年来少数读者会因为对作品不满，进而对作者进行人身攻击，但是我会选择尽量不去看这些极端的评论。或许短时间内会受到影响，但作者最终还是要回归写作，将重心放在创作好故事上。

写作已经是我生活中无法割舍的一部分，不可能因为过多的负面反馈就选择封笔。碰到这种情况，我可能会停下来反思自己作品中出现了什么问题，导致这一情况的发生，然后再进行改正。

二、如何重建乌托邦

琚若冰：您写过耽美、现言、幻言，涵盖仙侠、娱乐圈、星际、校园等不同题材，您在不同题材间切换时会有创作障碍吗？ 您认为题材与故事之间的关系是什么？ 您是先设定好故事内容再去设定世界观，还是先设定好世界观再去进行叙事？

红刺北：对我来说，题材并不会影响到我的创作。之前有读者说怎么在各个频道都能见到我，我经常跨频道写作，不会拘泥于某个特定类型，灵感来了我就开始写。题材是一层分类的外衣，让读者可以快速地找到你，故事才是真正能留住读者的内核。

某个题材火了，可能就有一批人扎堆去写那个题材，比如之前"红包群"很火，无数作者跟风，但不到三个月就哑火了，现在更是找都找不到这类题材。热梗和热门题材只能活一时，并不长久。爆梗可能暂时会赚到钱，但是梗不火了之后呢？ 一味跟风无法实现作者的自我成长和突破，真正进行作品创新还是要静下心来。

晋江也有很多不受外界影响，一直埋头写的作者，我以前喜欢的一个女尊文的作者到现在还在写，我很佩服这些作者。你看完金榜后也会发现，那些真正在创新度、完成度上表现好的作品最终还是会上榜，会被读者看见，所以我才说，故事是留住读者的关键。

我自己会先确定故事大纲，然后再加入人设，随着故事不断发展再来填补世界观和人设。但经过这几年的验证，我发现这个方法容易导致烂尾，到最后经常收不回世界线。

在之前的作品创作中，我的大纲比较潦草，只是跟随故事情节发展去填充，后面章节需要不断填前面章节的坑，为世界观缝缝补补，根本没有逻辑和体系。这导致世界观浮于表面，无法深究。随着写作阶段的改变，我可能更期望自己创作出严密、成体系的故事世界。

一个好的故事，世界体系一定是完善的，无论是大到人物，还是小到一个货币，最好都要在动笔前想好，能让读者相信这个世界是真实存在的。有些东西不能因为读者没有注意到，创作者就偷懒不去想，偷懒的后果终归还是会反馈到你自己作品的质量上去。

我希望之后自己的作品能够呈现出完善的、自成一体的世界观，重新建立一个更加真实、逻辑严密的乌托邦世界。

琚若冰：网络文学被公认为类型文学，每种类型的小说都有一套自己的创作成规，也就是所谓的套路，例如发现困难、解决困难、遭受挫折、结局。您如何看待类型写作中的套路？您觉得写故事最重要的因素是什么？

红刺北：不能说套路不对，任何一个完整的故事，你把它拆解后都能找到相应的套路，我认为一个成熟的作者都会这些套路。关键是作者怎么写，从什么角度写。套路更像是对故事整体节奏的掌控、把握，我看过很多关于写故事的技巧的书，其实拎出来就那几样东西。

所以我个人觉得写故事最重要的因素有三个，第一是情节，第二是人设，第三是对话。

首先是情节，一个故事的情节够不够跌宕起伏、够不够有趣、够不够引人入胜，是这篇小说能不能吸引读者的基础。拿我的《砸锅卖铁去上学》举例，机甲在 2020 年算得上过时的题材，这本书之所以能在我还不懂如何去写作的情况下被众多读者喜欢，很大程度上是因为情节有趣。打破过往陈旧的角度，出乎常人意料的情节，往往能吸引读者眼球。有个同行告诉我，她很喜欢我的书，到现在还记得主角遇险，在所有人自顾不暇，已经决定放弃比赛，赛场外观众为他们担忧时，主角却在冰天雪地中拖着广播喇叭，不断循环播放本校胜利的情节。

其次是人设，一个鲜明饱满的人设，会让读者即便忘记了故事情节，也还会记得这个栩栩如生的人物。读者会跟随人物进入作者虚构的世界，这个人物就是读者共情的对象，作者要想方设法让读者认同这个人物，所以往往复杂、尖锐的立体人设会吸引读者更多的注意力。

最后是对话。小说中，对话常有两个目的：推动故事发展和刻画人物形象。我看过一本技巧书，叫《人设心理学》，里面说虚构的对话是日常对话中提炼出来的最佳片段，往往比日常对话更有节奏、更流畅高效。我无比赞同。前面才用有趣的情节和鲜明的人设将读者拉入虚构世界，让读者代入其中，正当他们沉浸在这个搭建好的戏台上时，一段不合时宜、违背人设的对话会瞬间让读者出戏，让他们从情绪中抽离出来，挣脱作者创作的世界。

比如我看过一本小说，古代穿越题材，男女主类似进入恐怖游轮的循环情节，这种背景加故事情节让人眼前一亮，作者也确实将循环情节处理得很好。但每每两人进行对话时，冷不丁就会让我出戏。这本小说中男主的身份是古代武功高强的将相之子，形象高大，性格沉着冷静。这个人设通过故事情节发展在不断地完善，但作者在对话中硬生生地将读者拉了出来。男主在对话结尾时不时有不合时宜的语气词，有一种作者本人口语加入进来的感觉，而不是人物之间的对话。

当然，一篇好的故事中，还有别的因素影响，但我认为写好这三个要素，基本不会是一篇差的作品。

琚若冰：您被认为是天赋直觉型写手，那您觉得写作过程中灵感重要吗？您是依靠灵感，还是没有灵感，您也会有一套创作方法完成作品？有什么找到故事灵感的技巧吗？

红刺北：说天赋有点太夸张了，或许直觉型更加准确，我确实是一个靠直觉写作的人。前面已经说过我经常有很多灵感和脑洞，这种灵感大部分是对日常生活中积累的素材进行发散。我不太喜欢有目的地系统性输入，更多地还是从生活中汲取并积累。

像《第九农学基地》，在此之前，我已经种植过两年东西。结果突然有天一棵果树一夜之间枯死，为了弄清树为什么死掉，我查了很多农学资料，并且去专门的农业种植网站拍照咨询，但网站的专家也说不清这棵树为什么突然死掉。当时看着那棵一夜之间死掉的树，我的灵感就出现了。当然，也不止这些，我看到过一张新鲜西红柿的照片，种子发出的芽刺破了西红柿的皮，那种怪异瘆人感，给了我怎么写植物变异的灵感。日常生活中高架桥下缠绕的藤蔓植物，在公园中散步时见到的破土而出的榕树根……

我还看过关于王莲的纪录片，王莲在生长过程中，会将周围所有植物挤开，在倍速播放状态下，我能无比清晰地感觉到王莲是一个活着的有意识的生命，只是植物的生长行动太慢，导致肉眼无法观测，所以我们才普遍认为植物没有意识。

这些在日常生活中看过、思考过的东西不断累积，最后爆发，形成了《第九农学基地》中末日植物变异的设定。

三、在幻想与奇遇中继续前行

琚若冰：网友提到您会在剧情流小说和感情流小说之间反复横跳，您为什么出现这样的创作倾向？您是如何认识这二者的？为什么作品区分如此明显？

红刺北：我在练笔，虽然读者认为我更擅长剧情流小说，但我还是想写感情流小说练习，也许有一天等我能将感情和剧情结合好，这两者的界限就不会区分得这么明显了。

有人说我去写无CP更好，就是通篇故事去掉感情，只写剧情。但对我而言，无CP反而没有太大的吸引力。一篇故事当中融合情感，我会觉得更有趣，我希望文中的人物随着故事推进，无论是友情还是爱情，都能得到发展，一个完整的世界、饱满的人物，势必会有情感掺杂，他不是没有感情的机器人。剧情和感情这两者应该共同出现在一部优秀的作品当中。

琚若冰：您如何看待网文平台对当前网络文学创新氛围的影响？

红刺北：其他平台不太了解，最近几年晋江确实存在大量跟风写作的情况，造成这种情况的原因有很多。就我在晋江这几年观察的状况来讲，最初大量外站作者的拥入，确实给平台带来了一定的改变。我当初签约晋江时，读者对日更三千字的作者都十分珍惜，更多的作者连日更三千字都做不到。这个时候很多作者为爱发电，专注于自己热爱的题材。但2019年后，这个状况逐渐发生改变。首先外站作者拥入晋江幻言频道，他们更懂商业化、套路化的模式，内卷更新字数赚钱好上榜。于是本站普通作者开始发现自己日更三千字的收益比不上日更六千字的作者，接下来发展到卷日更九千字、日更万字，这种内卷更新字数的风气渐渐向其他频道蔓延，最终在整个晋江弥漫开来。

随之而来的还有一种不在乎跟风套路、赚钱为王的风气，这种风气也影响到了部分作者。先是光明正大跟风模仿文案，后是扒热文的梗，堂而皇之拿来主义，底线一次次拉低。这导致晋江整体创作生态明显变差，题材创新也少了许多。

平台也在试图抵制这种不良风气，但随着网文高度商业化，由网文延伸出的产业链不断扩张，仍有不少人想要从这一行赚快钱。如今各平台有不少打着教人写网文的幌子实际上到最后要花钱买课的帖子，多是坑不懂行的小白。

我常和朋友说，当某个行业出现这类扯旗号让人买课的情况时，多半要走下坡路了。"网文热"终究要散去，跟风而没有属于自己东西的网文最后大概也会随着这阵热风消散在空中。

我始终相信读者的眼睛是雪亮的，真正有创新、有质量的作品一定会被看见，只是时间问题。我也希望更多作者能够静下心，去构建属于自己的乌托邦，在这个虚构的世界中，让读者可以寻求到现实世界的映射。

当喧嚣的潮水退去时，留下来的只有真正能扎根在这片网文沙滩上的作品。

网络文学猛犬竞技题材的开拓者

——老慕访谈录

罗先海 老 慕①

一、故乡情结与创作起点

罗先海:我经常关注您的朋友圈,常会记录家乡安化的生活,可以看出您对故乡很有感情,包括今年是不是也回了母校? 您觉得故乡对您或创作来说意味着什么?

老慕:其实每个人都会有自己的乡土情结。我自己在创作时,不算早期创作的仙侠玄幻,从我写狗开始,《斗狗赌宝》《凶狗》那几本书,背景都是从我的故乡开始的。比如《凶狗》这本书的背景是在梅山县,其实安化古时候就叫梅山嘛,主角一开始就在这里刀猎野猪。为什么会在作品里呈现自己的家乡? 首先,你对那个地方最熟悉,每个主角从最微末的地方走出来时,与其虚构一个地方,还不如去写实,也就是我自己最了解的这个地方,从这里开始写,从这里走出来会更好。其次,我确实对故乡深怀情感,想着若能以自己的微薄之力把她推介出来,也是一件很美的事。我之前还有一本书叫《青春仗狗行》,那个没写完,只写到10万字,但是那本书是实名,因为写的就是都市言情,故事背景就是在长沙,但是也有很多情节就在安化,中途主角回过安化。总之,我还是想通过自己的文学作品让更多人知道安化这个地方,希望能够为自己的家乡做点事情。

---

① 基金项目:本文为湖南省社科基金重点项目"湖南网络文学口述资料搜集、整理与研究"(项目编号:21ZDB004)阶段性成果。作者简介:罗先海(1984—),男,湖北省公安县人,文学博士后,湖南大学中国语言文学学院副教授,硕士研究生导师;老慕,男,本名邓谦,湖南省安化县人,著名网络作家。

罗先海:在这一点上,其实网络作家跟传统作家有共通之处。您创作的网络小说都有自己故乡的影子,回望故乡,可能是作家共有的一种情怀。

老慕:是的是的。

罗先海:我之前访谈过您的朋友,包括丁墨、妖夜、流浪的军刀、蔡晋、贼眉鼠眼,他们都有一个共同点,就是从小非常热爱阅读。您好像也喜欢读沈石溪的书,尤其是动物小说,能不能谈谈您小时候的一些阅读情况?

老慕:我从小学二年级就开始接触这种正儿八经的课外阅读,因为我父母以前都是老师,父亲后来调到财政局,但是一开始也是老师。我妈妈那时还是一个文学青年,经常在杂志上发表一些文章。我是从小学二年级开始读《隋唐演义》,就特别喜欢罗成的儿子罗通,尤其是他 12 岁挂帅出征为父报仇那个桥段。然后从三年级开始翻《红楼梦》,不过我从三年级到现在为止,也还没有把《红楼梦》看完。(笑声)

罗先海:读懂、读透《红楼梦》确实有一定难度,也需要借助一定的人生阅历。

老慕:我没有把这本书看完。三年级那个时候纯粹是觉得好玩,因为家里有那本书,每次拿着看,看不懂,到后面中学知道了这是四大名著之一,再去翻翻,其实就不太喜欢,我不是很喜欢林黛玉那种哭哭啼啼、小肚鸡肠的样子,所以一直没有把那本书读完。我接触沈石溪的小说,是在初中。初中时我母亲给我订阅了一本文学杂志,叫《中国校园文学》,当时那上面沈石溪先生正好有一部叫《鸟奴》的作品在连载。

罗先海:跟网络文学的连载方式差不多?

老慕:他当时应该是已经写完了,只是在这本杂志上连载。但是因为我在乡下读书,其实那个时候也没有机会到外面,乡下没有书店,也很少去县城,没有去买这些书,当时就是在那本杂志上追读沈石溪。那本书对我现在的写作也有影响,他就是以鹩哥的视角去写的这本小说,我现在写的猛犬题材小说就是从狗的视角去写,其实跟他的那种写作手法相似。

罗先海:那个时候种下的种子,这个时候开始发芽了。

老慕:对。包括后面大学时我读了杨志军的《藏獒》,他们的写作手法差不多嘛,都是从狗的角度去写。《狼图腾》我也读了两遍,也是从动物的视角去写,还会有一些动物自己的心理描写,这些都对我的写作有一些影响。

罗先海:其实,当初阅读的时候并没有想到以后会怎么样,但是现在走上了创作这条路,回过头来看,当时的阅读还是很有影响和启发的。

老慕:是的。

罗先海:可以发现早期阅读对网络作家走向创作之路还是有很大影响的。

老慕:是的,我应该是高一下学期才开始接触网络文学,当时我在安化五中,就是今年我回去的那个学校,那个学校旁边有一家租书店。

罗先海:租书店和网吧是 70 后、80 后共同的空间与文化记忆。

老慕:对,租书店就在网吧旁边,那里面有很多网络小说,但我最初开始接触其实还是纸质盗版的网络小说,五毛钱或一块钱一天,然后一套可能有六七本。我跟几个人合伙去租,你租两本,我租两本,租回来以后大家就轮着看,谁出钱最多,就可以从第一本开始看。那时候我们的生活费也不多,除了吃饭,再留点钱去上网,钱就不多了,那就只能大家合作。出钱少的肯定得从结尾开始往前面看。(笑声)

罗先海:您大学是学工商管理的,后来也有过创业经历,结合您的成长和创作经历来看,从工商管理这样的商科,又到怀揣梦想的这么一个创业者,再到从事网络文学的创作者,究竟是什么契机促使您在毕业前后做出这些选择和变化?

老慕:其实,创业是还在读书时的事情。大三时我谈了一个湖南师大树达学院的女友,因此常跑去长沙河西。女友的学院和宿舍楼之间有一条必经之路,旁边的店面租金很便宜,我有个表弟当时正好也在河西,我们就合计了一下,每人出些钱,再想去家里凑点钱,家里不同意,但是我外婆很支持,借给我们钱,帮忙把店开了起来。我们开了一家外卖快餐店,叫兄弟餐馆,借着较为新颖的理念,在没有美团、饿了么的时代,依靠建立 QQ 群和聘请贫困学生送发传单,满足了学生送餐上门的需求。虽然当时生意还不错,但其实也只坚持了一年,因为他们学校把宿舍楼搬到了校内,学生也不用出来了,生意就做不了了。在我创作的《斗狗赌宝》中,主角就是在学校旁边开餐厅,也和我的这个经历有一定的联系。

罗先海:后来又是什么契机促使您开始涉足网络文学创作的呢?

老慕:参与网络创作前,我从高中到大学一共看了七年的网络文学。

罗先海:那时候主要是以看网络小说为主的吗?

老慕:对,接触网络文学后,便以看网络小说为主。当时我泡在百度贴吧里,几乎每部作品每个作者都会有一个贴吧,会有人发帖子总结哪些网络作家最挣钱,我才意识到原来创作网络文学还能赚钱。我觉得自己也能去创作网文,但是家里不同意,网络文学最开始那几年,其实除了看网络小说的读者喜欢,其他人都是不理解的。

罗先海:也就是说,您是在阅读了大量网络作品后,完成了从读者到作者身份的转换,我了解到您大概是从 2012 年开始涉足网络文学创作的。

老慕:其实从 2011 年就开始写了,但是正儿八经连载还是在 2012 年。在那之前只是在摸索,也断断续续写了一些东西,不过都没有发表。

罗先海:您的处女作就是《弑神魂帝》,这本书在当时还是比较成功的。

老慕:这本书成绩的确不错,一直是新书榜第一,在上架 QQ 书城后一个星期就有 13 万多的收藏,也登上了新书销售榜,更新到 14 万字时就进入了玄幻点击榜。

罗先海:这本书当时是在哪个网站连载的?

老慕:是腾讯控股的一个小网站,叫华夏墨香。

罗先海:当时腾讯还没有自己的原创网站?

老慕:对,当时腾讯的原创网站就是我待的"华夏墨香原创网",但那时在整个业内也只是一个小网站,腾讯有一个 QQ 阅读平台,阅读流量倒是很好。后来是吴文辉出走后成立了创世中文网,腾讯注资控股,成为阅文的前身。创世中文网成立后就把华夏墨香网给合并了。

罗先海:这次合并好像对您的作品也有一定影响?

老慕:是的,现在《弑神魂帝》还被封在他们那里。当时可能存在对接问题,我们那批作者的书从原创网移到创世中文网后,稿费就没有正常发。我们一群原创网的作者去反映,网站说是因为合同问题,需要去找原来的编辑,但是原来的编辑都已经离职了,也不管。后来创世中文网一次性把稿费补发给我们后,就把原创网转过去的书全部屏蔽了,一直到现在。其实合同已经在去年到期了,但是作为实际上的处女作,在前期发展还不错的情况下,最后因为合同的问题还是草草收尾了。

罗先海:显然在这本书的创作后期心情还是受到了影响,因为平台的操作程序打乱了您对这本书的正常创作计划。

老慕:对,所以虽然现在版权到期了,我也没打算再发出去。如果以后有机会能够静下心再去写玄幻,我会把这本书重新构思,将整个故事的框架进一步修改完善。

罗先海:在创作处女作时选择从玄幻入手,是受到当时流行网络小说的影响,还是有自己的规划和思考?

老慕:肯定受到了影响,也没有规划很多,纯粹是因为玄幻一直是最热门的题材。那个时候也很年轻,要是去写都市、悬疑推理这样的题材,阅历确实不够,了解的东西也不是很多,还是写玄幻最适合自己,可以天马行空,只要热血沸腾,吹牛打脸就可以了。(笑声)

罗先海:2013 年左右算是您创作的一个起步期,也可以算作您创作的摸索期。在创作猛犬题材之前,您有一本在磨铁中文网的《弑仙途》,还有一本都市题材的作品,好像是因为网站严打,后来就删掉了?

老慕:那本删掉的作品其实只是抱着好玩心态写的,也就是一两万字,当时主动跟编辑说删掉,现在网上应该也找不到了。

二、另辟蹊径,深耕猛犬题材

罗先海:2013 年到 2014 年是不是在寻找和定位自己的一种创作方向,还在摸索?

老慕:对。写玄幻仙侠确实是早期的摸索阶段,这个题材写的人多,自己也没经验,首先是拼不过已经成为“大神”的作家,其次绞尽脑汁想到的题材可能早就被其他人写过了,大家都是写升级打怪换地图,怎么都会有相似之处,我便想干脆写点别人没有写过的东西。最开始之所以写狗，是缘于自己从小就喜欢狗，也一直在一个猛犬俱乐部贴吧里看猛犬打斗的视频，便萌生了创作这个方向题材的想法。

罗先海：也就是说您在创作《斗狗赌宝》这部作品时，没有刻意去寻找这种小众题材，只是自己生活积累当中的偶然发现。

老慕：首先还是因为自己感兴趣，其实都没考虑到这是很小众的题材。

罗先海：我在寻找您创作转变的踪迹时，也想知道是怎样的契机，让您突然打开视野，碰到了猛犬题材？

老慕：当时在天涯论坛里，有一个帖子叫《韩卢宋鹊》，讲的是韩国的一条狗叫卢，宋国的一条狗叫鹊，那个帖子的大致内容我都不太记得了，只记得作者在开篇写到狗从春秋战国时期就跟人类并肩战斗。因为我自己也很喜欢狗，看到最后我也想试一下写狗的故事，当时正好看了很多猛犬打斗的帖子，很喜欢狗在战斗时的热血沸腾，于是就从这里开始着手写作。当时我所有的素材都是在泡贴吧时从猛犬俱乐部里面看到的，拿过来写，很快就觉得素材不够了。毕竟所有的场景都只是从网上看到的，自己并没有亲自参与过，甚至连斗狗的一些规则都不太懂，写出来的内容也没法让读者感到真实。

罗先海：据说您为了写出斗狗的真实景象，获取创作的真实素材，还潜伏网络整整两个月，这也算是网络作家为了创作在体验生活吧。

老慕：《斗狗赌宝》写到10万字左右时，我总觉得自己到了瓶颈期，因为没有更多的素材可以写了。那时我就想去现场看一看，只有去现场参与，才有更多可以写的内容。但是想去现场还是得先认识这群玩狗的人，我就在QQ群按照群名查找湖南猛犬、长沙猛犬，最后在网络上找到了两个群，一个叫湖南猎犬联盟，还有一个叫0731猛犬俱乐部。我加入这两个群，在0731猛犬俱乐部里天天跟他们聊。他们经常会在群里说哪天有一场活动，他们并不会在群里发具体的时间、地点，只是先进行约定，约好了会单独再拉一个群。我问他们能不能带我去，但是他们不带陌生人去，怕被曝光。我就跟他们说自己是写小说的，不信的话，可以看我写的内容。为了博取信任，我天天在QQ群里跟他们聊天，聊了两个多月，终于有一个管理员松了口，愿意下次带我去。

罗先海:可能大家都难以想象,您为了获取更多真实的创作素材,也像警察探案一样,曾有过如此寻找线索和材料的经历。

老慕:我记得第一次去参加斗狗,本来是约在第二天早上八点,在长沙某废弃厂房,结果到了第二天早上六点多钟,那个管理员又给我打个电话,说是换地方了,改到了望城很偏的一个在建别墅里,也是层层防备。管理员问我还去不,去的话现在就去南湖路找他。我接到电话,立马就打车去和他们会合。他们开了一辆皮卡,后面带了好几条狗。那一次场面很大,一共有 60 多条狗。斗狗开始前首先会有热场,热场之后就开始打场。打场分定场和碰场,这就是斗狗的规则。定场就是去之前两个人就已经约好了,你带哪条狗来,我带哪条狗来,明天打一场;碰场就是我们都带着狗过来,碰到了就临时约定打一场。

罗先海:民间居然还真有这种斗狗的活动?

老慕:有,现在都还有好多,但是我也不怎么去参加了。因为玩狗的人有时脾气性格难免暴躁,经常会出现狗在打架,人也在打架的情况。

罗先海:同样是写狗,您前期作品描述斗狗的场面较多,近期作品则更多地讲述狗作为主人公的伙伴、战友,一同经历人生挫折,通过智慧和劳动去改变命运的故事。您在创作观念上是如何产生这些变化的? 这一变化对您的创作而言意味着什么?

老慕:确实是创作观念上的变化,自己成长起来之后还是意识到了,地下斗狗虽然刺激,但实际上是对狗的一种伤害。虽然很多人斗狗是纯粹的赌博,但也确实有一批人因为爱狗而斗狗,通过斗狗保护狗的战斗基因。现在国内斗狗圈也在改变,确实还存在不少地下斗狗场,但更多的人开始投入正规的斗犬联赛中了。在国际上的正规斗犬联赛,有的不限制狗的品种,有的则会分品种、分量级、分年龄,国内的联赛也在向国际规范看齐。我创作时也会希望将斗狗放在明面上,之前写的地下斗狗,纯粹是满足网络小说的爽感追求,缺乏深刻的意义。在后来创作《凶狗》时,打斗的场景就很少了,大部分都是狗陪着主人打猎探险的故事,没有很多地下斗狗的情节了。

罗先海:这种创作的变化很有意味,既写出了狗忠实的一面,也写出了动物和人类间的温情。您从何时开始了这种转型?

老慕：我之前有一本书叫《龙争狗斗》，是在暗夜中文网写的，那是纯粹写地下斗狗场的，写过百万字时被封掉了，因为确实写得很血腥，现在这种题材基本上也发不出来了。

罗先海：是不是也倒逼您进行创作观念的调整？

老慕：是自己主动思考后进行的调整。那时我和流浪的军刀、不信天上掉馅饼他们也都聊过，流浪的军刀建议我写军犬，我们聊了聊，觉得军犬也好写。比方说你是烈士之子，父亲是缉毒警察，带着狗牺牲了。因为你父亲喜欢狗，所以你也喜欢狗，在乡下养了一条打猎能力很强的狗。有一次毒贩跑进乡下山里，警察进山追捕时，你正好带着狗在山上打猎，你的狗抓到了毒贩立了功，部队决定特批将你们招入。

罗先海：寥寥数语，就有了一个军犬故事的开头。

老慕：对啊，其实我们当时聊了很久，后来我也构思了很久。那时我有一个读者是国防科大的，他常带我到星沙的一个警犬基地，我也了解了很多。进入军营后的剧情，可以写作为一条猎狗，没有经过系统化的训练，最初考核成绩很差，在经过系统训练后，因为这是条很强的狗，悟性也高，一开始被人看不起，后面却一鸣惊人，开始代表部队去参加警犬比赛，从省里到军区，再到国家级比赛，再穿插几次出去执行任务的故事，再到后面代表国家去参加世界警犬联赛，整个框架就有了。但是涉及军警这一块，就一直在犹豫，其实整个大纲我都想得很细致了。

罗先海：您刚刚谈到的国防科大有个读者带您过去看狗，据说您曾经提出要养狗，后来有读者就真的把狗给您送过来了，这个读者还跟您成了朋友。能不能以您自己和读者的交往为例，谈谈读者跟网络文学创作之间的关系？

老慕：别的题材我不敢讲，我写斗狗题材，虽然读者比较小众，但是读者的黏性都很高，因为全网写斗狗题材的人确实不多，甚至可能正儿八经写的只有我。我的读者平均年龄三四十岁，大的可能五六十岁都有，到这个年纪花这么多钱去养狗，出去打联赛，其实家里包括身边的人都不是很认可，觉得你一把年纪了，正事不干，天天带个狗玩。但是他们看到我的书之后，会很认可，就会一直追，慢慢我们也会认识，会聊天，到后面读者也会给我提供他们养狗的故事作为素材,甚至有读者开始给我写大纲。

罗先海:能和读者保持这么密切的联系和互动,其实很难得。

老慕:我有个西安的读者到长沙来找我玩过两次,关系处得挺好,他会和我说,给我留了狗,什么时候我要就给送过来。现在还经常有读者要给我送狗,但是我在城里,不能养大型犬。我和读者说自己乡下的院子已经弄好了,但一个星期只能回去一次,家里老人也不太愿意帮我养大狗。读者也都说帮我留着,我需要养狗时可以随时和他们讲。

罗先海:自从您介入猛犬题材,2015年有《青春仗狗行》《凶狗》,2017年有《龙争狗斗》,2019年有《我的斗狗人生》,都是以狗为题材创作的网络作品,您也被称为网络猛犬小说的开拓者,您如何看待这一评价?

老慕:其实这就是出去开会时其他人给自己做的简介,措辞也比较官方,可以说是商业互吹吧。(笑声)

罗先海:这是您多年来深耕猛犬题材的结果,也算是找到了自己网络文学创作的定位和方向吧?

老慕:我觉得是的。但是我今年在准备开新书,其实又不太想继续写这种题材,我现在更加偏向于现实题材、都市题材类的创作,但也不是说我以后不写狗了,只是觉得写了这么多年的斗狗,一是国内的猛犬联赛还没有得到官方认可,再进行创作,内容上其实大同小异;二是之前我接受《湖南日报》采访时也说过,我想写一部关于中国特有犬种的故事。现在不论是养猛犬还是养宠物犬,大部分还是国外犬种,但其实国内有很多优秀的犬种。猛犬有藏獒、山东的林缇,猎犬有贵州的下司、湖北的黄箭犬、广西猎犬,还有四川的凉州猎犬,这都是很优秀的猎犬品种,可现在甚至连最基础的保护都没有。

罗先海:通过创作也可以传承和普及关于本土犬种的知识,这个想法也挺好。

老慕:对,所以一直在收集相关的资料,想等到资料整理得差不多了,就开始去写。国内确实有很多优秀的犬种,还有松狮犬和巴哥犬,再比如说我在乡下养了一条虎斑犬,也是一个很优秀的猎犬品种,当年乾隆打猎带的就是虎斑犬。俗话说"十斑九猎",十只虎斑犬,就有九只是猎犬。包括中华田园犬都有很多分支。有一支是五黑犬，我也养了一条，它全身包括舌头都是乌黑的，没有一根杂毛；还有一种叫五红犬，全身毛发发红，也是没有一丝杂质。

罗先海：普及本土犬类知识也挺好玩的，读者受众面应该也会有。

老慕：对，其实我们国内的犬种确实还缺少一个证明，我一直想写一个这样的东西，但是现在确实资料收集得还不够，还在慢慢整理。

罗先海：题材既要坚守，也肯定会存在创作资源的问题，如何去寻找和开拓新的创作资源，我觉得刚刚您谈的可能就是未来的规划和想法。

老慕：是的。

罗先海：从您早期创作玄幻开始，到中间插了一段都市创作，到现在一直坚持下来的猛犬系列，一路走过来，您觉得最大的创作感受是什么？

老慕：写玄幻仙侠是在早期，家里不支持，断了经济来源，那时候没有钱，也没有社交，自己每天就闷在天马安置小区租的小房子里写。写玄幻和仙侠题材有一点好处，就是不需要社会阅历，天马行空即可。但是到后面一路慢慢写下来，发现其实猛犬也是都市题材，还是需要一定的阅历，一定的社会情节、故事、逻辑，现在觉得年轻作家在家里闷头写作还是不行，还是要多走出去走一走、看一看。

罗先海：流浪的军刀小说写得热血有力，也是跟他丰富的人生阅历分不开的。

老慕：首先他有现场，他确实当过特种兵，上过战场。就像我写狗，我确实是现场参与过很多，长沙、河南、河北、陕西的读者邀请我去，正好我也确实需要寻找创作素材，我就会去，人家也会热情地招待你，给你讲解。去了以后才会知道，其实还有很多东西自己是不了解的，道听途说得来的都不一样，只有去现场了解，才懂得更多。

罗先海：网络文学创作其实也离不开生活，所以网络作家也不能只是宅在家里对着电脑码字，也仍需要从生活中去找灵感，找素材，找资源。

老慕：对，在作品上也不能一直写那种口水文，还是要精品化。网络文学发展了这么多年，国家一直在提倡，作品要精品化。现在你不可能只想着经济效益，社会效益也很重要。

三、愿意为网络文学积极发声

罗先海：您是湖南省青联委员，网络作家常自谦是无业游民或自由职业者，后来得到社会认可后还能够承担一些社会职务，您觉得这些荣誉和职务对自己的社会责任感，或者说作为一个网络作家所能承担的使命，会不会有什么促进和影响？

老慕：首先，从个人而言，这些社会职务代表的是社会对你的认可。其次，对于这个行业而言，你承担了这些责任，就应该为这个行业发声，所以不管是任青联委员，还是在协会担任某个职务，我去参加座谈常常就会聊网络文学现在所处的困境，也会从整个行业出发，去谈网络作家需要的支持。之前我在中央社会主义学院培训研修时，有一位授课老师跟我聊了很多，后来还要我整理材料，把网络作家面临的困境和问题尽量搜集齐全，他们可以通过学院转述国家有关部门。我就开始向网络作家朋友们搜集问题，整理报告。现在大的问题，第一就是题材的限制，第二就是敏感字的限制。其他的比如说网络作家确实很像无业游民，因为既没有地方买社保、医保，也没有买五险一金的地方，社会保障也没有。之前长沙限购的时候，我们很多人想到这边买房子，都没有资格。

罗先海：湖南开了网络作家评职称的先河，这对我们网络作家个人的归属感、认同感主要表现在哪些方面？

老慕：评完职称后，身边人都认可了你的职业，算是被国家部门肯定了，拿到了职业证书和职称证书，我家就对我这个副高职称很满意。（笑声）不过从其他方面来讲，除了名誉，确实没有其他实质性的表现。第一，我们没有地方可以领职称工资；第二，网站也不会因为你有职称就多发工资，还是得靠作品挣钱，所以这仍是个难点。其实网络作家现在迫切需要解决的生活问题是五险一金，总不能靠自己去人事部门买灵活就业险吧？我们也一直在发声，有的通过政协渠道发声，有的通过青联委员渠道发声，为这个事情而努力，还是希望越来越好吧。

罗先海：2019年您获评湖南十大网络作家新锐作家，有什么样的获奖感受？您怎么看待评奖与网络文学之间的促进关系？

老慕：首先就是社会效应，奖项是省网信办主办的，具有公信力，身边人也会知道这是省里为你颁的奖。其次对自己是个鼓励，能够拿奖，对自己的创作激情和热情会有促进和提升，是对自己过往创作的一个认可，还会激励自己以更高的热情投入下一步的创作去。

罗先海：您在省网协和长沙市网协里都担任非常重要的秘书长工作，秘书长的事情是最烦琐的，对您的创作会不会有影响？

老慕：烦琐的事情确实很多，会占据一定的创作时间。但是要说影响很大也谈不上，网协确实没有固定的坐班要求，习惯了之后把时间分配好就行。

罗先海：网上有作家发帖，感谢您作为省网络作家协会的秘书长，帮忙出面维权打击盗版抄袭的事情。能不能谈谈您个人或者带领大家通过网协做的一些维权工作？

老慕：其实在网文圈，有一个很不好的现象就是抄袭，但是维权又特别难。当时有一位网协的会员找我，说有个网站抄袭她，我问她是哪个网站，也是刚好认识那个网站的总编，就直接找过去了，因为大家都是互相认识的圈内人，这个事情到底抄不抄袭，其实网站都清楚，哪怕你不知道，拿这两篇文章去查重就知道了，再加上两边的发表时间都很清晰，一查就很明了，于是对方网站就马上把抄袭作品下架了。我也跟作者沟通有何诉求，她要求赔礼道歉和赔偿，最后好像是赔了一两万块钱。但是也真的只能这样，因为你再去打维权官司，就像洛小阳，打了两年多的官司，后面判他胜诉了，对方也就赔了4万块钱，连律师费都不够，还花掉了那么多精力。我们代表作者去维权，其实很多就是靠着圈内关系，你代表协会去给会员维权，对方多少会有一些顾虑，与作家个体维权相比还是更有力量，这对我们团结和凝聚湖南网协力量还是很有好处的。

罗先海：您觉得2019年获批的中国网络文学小镇这个平台对湖南网络作家，或者说对整个中国网络文学发展的重要的意义在哪里？

老慕：首先，对于我们湖南网络作家而言是有了一个固定的场所，包括办事,甚至像湖南所有的作家采访和拍摄都会到小镇这边,也会在这里彼此聚会聊天,开座谈会,给了我们一个温馨的家。站在国家角度来讲,我们是第二个国家级的网络文学基地,湖南这边网络作家也多,质量在全国也是领先的,在中部湖南办一个网络文学基地,对整个湖南乃至全国网络文学的发展还是会有一定的推动。

罗先海:这几年湖南网协每年都在发展会员,目前整个湖南网协已有3100多名会员,这个体量在全国处于什么水平?

老慕:遥遥领先。

罗先海:这种遥遥领先的现象是怎么产生的?

老慕:我们湖南在这一块做的工作,确实在全国是干得最好的。第一,我们有中国网络文学小镇这个基地和平台;第二,我们开了网络作家职称评审先河;第三,就是全体会员的凝聚力也很好,在外有口皆碑,我们活动也开展了很多。对网络作家来说,首先,他们需要一个组织,且这个组织能够为他们发声;其次,组织有活动他们能够来参加,能够跟大家有一些聚会。再次,能够评职称,包括外省的很多网络作家,也会想加入湖南网协这边评职称。

罗先海:外省非湘籍网络作家也可以到湖南来评职称?

老慕:对,只要加入湖南网协就可以评。

罗先海:那会不会吸引一批在外湘籍作家回流?

老慕:会。比如说丛林狼,之前他一直定居在深圳,是广东网协的副主席,后来也加入了湖南网协。

罗先海:您还了解哪些外省湘籍比较有影响力的网络作家,能谈谈和他们的一些交往吗?

老慕:丛林狼是一个,然后是上海网协的主席血红,但是我跟他交流不多,流浪的军刀跟他的交流很多。此外,还有重庆网协主席静夜寄思、浙江网协副主席梦入神机,他们都是湘籍在外的知名网络作家。

罗先海:前些日子我们小镇这边是不是还合作挂了几块产业化基地的牌子?小镇这边的利好措施,能否进一步促进湖南网络文学在全国发出更大的声音,取得更好的成绩?

老慕:我们现在准备做产业,网络文学最终落地还是要做产业,所以前两天小镇这边就授了四块牌子,包括动漫等四个基地,也是准备和中国作协联动,想在马栏山园区成立一个中国网络文学产业基地,之前跟中国作协一直在沟通争取,最终形成一个文字到动漫动画、有声作品、短视频的产业链,能够把IP全部孵化出来,做大做强。在小镇这边,作家本身也确实不能为平台产生经济效益,我们的税收都不会落在长沙,都是网站代缴的,想在小镇繁荣网络文学,肯定还是要有基地,有产业,这样才能够促进当地经济繁荣。当然,我们这边产业做好了,外省的作家也会愿意来,那个时候作家只要管好自己的创作,后面的事情都可以有小镇和平台进行一条龙的策划,这个设想我们基地一直在争取。

四、学习沉淀是为了更好地创作

罗先海:您曾经也参加过毛泽东文学院的培训研修班,您觉得培训研修对青年网络作家的意义是什么?

老慕:我觉得很有必要。我在毛泽东文学院参加的是中青年作家研讨班,其实里面的网络作家很少,当时就只有两个网络作家:我与蔡晋,其他的都是传统作家,给我们上课的也都是传统作家。那时给我们讲课的是著名作家王跃文和阎真,他们讲的那些东西,其实是我们平时接触不到的。传统文学作家所讲的创作思路、创作精神,对我们来说是很好的借鉴,可以开阔我们的视野。参加研修班后你的同学也都是传统作家,你们之间就会有一些沟通交流,其实也会产生一些启发。网络作家在文笔上与传统作家确实有一定差距,传统作家的语言都是精雕细琢的,网络创作可能没办法做到这一点,这也是日后要向传统文学学习的。

罗先海:还想聊聊您曾用过的笔名,"乙己"这个名字比较独特,有什么所指吗?和鲁迅先生笔下孔乙己这个经典人物形象是否有联系?

老慕:其实说有联系吧,也没有很多的联系。一开始取名的时候,想着孔乙己这个穷酸书生的样子,觉得好玩;另外,还有一点就是我的字写得不好看。

而我当时就想着以后如果我写得好，我要出版要给别人签名的话，我签那种很复杂的字，人家一看就露馅了，但是"乙己"一笔就过去了，看不出来丑还是不丑。（笑声）

罗先海：网络作家的笔名是一个很有意思的话题。"乙己"这个网名本身就不错，但现在大家都喊您老慕，什么时候取了"老慕"这个笔名？

老慕：虽然在网协大家都叫我老慕，圈内大家都叫我老慕，实际上我没有用"老慕"这个名字发过东西。

罗先海：是的，您的书上都是"乙己"这个笔名。

老慕：其实我用过别的笔名，但那都是开个马甲在那里写，至今也没有用过"老慕"这个笔名。老慕的称谓之所以会被传开，是因为我的第一本书主角的名字叫林慕，所以当时我的微信名就叫小慕，后来到了三十岁生日那天，我觉得三十岁还叫小慕不太好，就改成了老慕，一直用到现在。"乙己"这个名字我一直用到 2016 年，之后在番茄等平台都是用其他名字，也没有用"乙己"了。大家平时叫习惯了以后，到后面做简介，出去参加活动等，就习惯性地叫老慕，我顺其自然，也就不去纠正了。

罗先海：两个名称对您来说会不会有一些干扰？

老慕：我觉得还好，其实"老慕"这个名字呢，叫顺口了，自己也听得顺耳。

罗先海：您虽然是 80 后，但面相看着像 90 后、00 后，跟"老慕"这个名字还是有点差距的。要是第一次打交道，听这个名字，还以为这个人是中年以上的群体，见面一看，其实反差很大。

老慕：很多人也都会这么说，认为叫这个名字，还以为我是不是四五十岁了。（笑声）

罗先海：您办公室的字画从之前的"老慕不码字"变成了今天的"老慕码字中"，这有何深意吗？

老慕：不码字是因为那段时间感到疲惫，在创作思路上遇到了瓶颈，尤其是之前跟您讲的，在猛犬题材上，觉得自己把可以写的都写完了，一直写狗打架在我看来没有什么意义。经过一段时间的沉淀，还是决定继续动笔，首先是要靠码字来生存，其次是太久不写作确实会手生，我可以从别的题材先入手，做一些新的尝试，到最后也是一个学习的过程。在这之后，我再回过头来继续写猛犬题材，就像我之前和您讲过的一些构思，在学习中不断丰富后，再动笔继续创作狗的故事。

罗先海：创作这条路的确要靠不断积累、长期坚持，这是对创作者精神和体力的双重考验，非常感谢您能抽空接受我们的访谈。

老慕：也很荣幸有这么一次面对面沟通交流的机会，十分愉快！

网络文学与中国传统文化
——徐公子胜治访谈录
徐公子胜治　马　季　周志雄等①

一、"我写的书是'硬玄幻'"

马季:徐公子胜治有两个身份:一个是著名的网络作家,另外一个是著名的证券分析师。网络作家有的时候是有多重身份的,这个对他们的创作而言是一个很重要的资源。他的作品有《神游》《鬼谷》《人欲》《灵山》《地师》《惊门》等,作品《太上章》被国家图书馆荣誉典藏。他是中国作协会员,辽宁省网络作协副主席,兼任几所高等院校的客座教授。徐老师是我们网络文学界知名度非常高的、创作时间跨度比较长的一位作家,在圈内的影响力很大,他有很多关于网络文学创作的独特经验,希望大家能够认真听,消化好,并积极与徐老师互动,我相信今天的报告会非常成功。

徐公子胜治:今天马老师给了我一个题目,让我讲"网络文学与中国传统文化"。课堂这么短的时间,这个题目太大,我个人的水平讲不了,只能讲一些与这个话题有关的一些内容。

今天主要讲五个问题:第一,网络文学已成为当代文学阅读的主流;第二,为什么网络文学成为当代的主流,这种文化现象产生的背景和根源;第三,网络文学的特色以及这种特色的成因;第四,作者的个人特性与网络文学共同的特性;第五,当代网络文学跟中国文化传统的继承关系,这个问题在前四个问

① 作者简介:徐公子胜治(1974—),男,安徽省宣城市人,著名网络作家;马季(1964—),男,江苏省镇江市人,中国作协网络文学研究院研究员,安徽大学讲席教授;周志雄(1973—),男,湖北省黄冈市人,安徽大学教授;安徽大学文学院博士生、硕士生、本科生及社会读者50余人参与访谈。访谈时间:2023年12月25日;访谈地点:安徽大学龙河校区文西楼420。

题里面也会涉及。

第一个问题是网络文学已成为当代文学阅读的主流。实际上互联网诞生的时间很短，我读书的时候还没有。我记得在我中学的时候，在80年代末90年代初，曾经有那么一两年时间，《参考消息》有一个栏目经常连载一些科普介绍文章，名字叫《信息高速公路》。20世纪70年代，有标志性的网络技术是Windows95，这个操作系统推出来之后，大家才能够以它为平台接触到网络，这是非常早的一个事情。我接触媒体也比较早，那时我在好几个报纸和杂志上都有专栏，跟网络文学无关，写的是经济评论。那时候还是手写，然后发传真。后来在工作中我突然发现可以发邮件了，比传真快得多，但发邮件你得自己把它打出来。其实语音识别软件90年代就有了，我那时候用过，非常不好用，所以我就请打字员打字。那时候养成的习惯一直到现在，我写的这么多书都是我口述的。

那个年代的网络文学主要是论坛文学，大家应该看过长篇的帖子，我今天心情好写一段，明天心情不好就不写。最著名的一个网络文学站点——天涯，不知道现在的年轻人看没看过，《明朝那些事儿》就是在天涯连载的。我那时候不混天涯，但是我在新浪，在那个年代我写鬼故事。为什么要写鬼故事？我那时候做证券分析，我觉得如果写现实中的人物故事，一看就知道是你在写谁的事情。现实中的故事可能比鬼故事更离奇，但我们传统的文人爱写鬼故事。中国有鬼狐文化，一方面鬼狐是映射，另一方面鬼狐也是文人的一种意淫，在当时这两方面因素兼有，后来就不用说了，随着网络文学的发展，我把自己写的稿件整理了一下，发现可以专门写作这种类型。当时我有一个论断，觉得以文学期刊为代表的文学要完蛋了，我刚接触这一行，就有这种感觉，是因为获取信息的方式和传播途径已经变了。后来又过了十来年，中国作协组织过很多次会议，我也参加过，大家吵得一塌糊涂，聚焦的重点是网络文学是不是文学。

其实早在中国作协讨论之前，大概前十年，以前的文艺期刊就退出历史舞台了。所谓退出历史舞台，并不是说它消失了，也并不是说没有人继续创作了，而是从创作的参与者、传播者、阅读者来说它退出主流了。至少从21世纪初开始，我们这一代人文学阅读的主流就是网络文学。就像唐诗、宋词、元曲，你说它退出历史舞台没有？你说现在还有没有人创作？当然也有，但是它会成为创作和阅读的主流吗？不会。像我也算是一个年纪比较大的老派的人，虽然不能说博览群书，但我也相当喜欢读书了。我回忆一下，就这 10 年来，我看了很多书，其中网络文学占了大部分。

第二个问题是为什么网络文学成为当代的主流，这种文化现象产生的背景和根源。从唐诗、宋词、元曲到明清小说，这个演变过程有什么规律？文学是下沉的，唐诗是知识分子之间应答的一种艺术工具，一般老百姓很难参与，你得有这个水平才行。到宋词，也依然是文人使用的工具，但是已经下沉了，欣赏者已经不是文人了，像"凡饮水处皆咏柳词"，包括什么怡春院、天香楼这些地方也开始唱词了，它已经下沉为有闲阶级的一种娱乐工具。元曲是老百姓看的东西，从它过渡到明清小说痕迹不明显，小说是老百姓读的吗？还是老百姓写的？所以从唐诗、宋词、元曲到明清小说，还缺了一个重要的环节——评书话本，《水浒传》就是评书话本总结的。当然，评书话本有个特点，它肯定是以知识分子的创作为底本，剧本在民间流传，后来又有知识分子再加工。

但是文学在民间流传的形式就是话本，话本是下沉到底层的文学形式。杂剧还要搭个舞台，还要有人来表演，想看唱戏还要大家凑银子请戏班子，成本很高。话本就是一个人在街头说书，一条凳子一张鼓，每天讲一段，只需要一片空地就可以。这反映了什么？印刷术也好，造纸术也好，或者是教育普及之后，艺术欣赏包括文艺生活方式越来越下沉，创作越来越面向人民群众了。到了今天，文学越来越深入生活，越来越面对大众读者，文学不再是文人之间的一种游戏形式，而是群众的一种精神生活方式，这种现象的出现极大地归因于教育的普及。我们如果为这种一路下沉到现在的文学形式找一个源头，那么网络文学的表达形式、写作技巧的源头在哪？源头就是评书。

20 年前有人把当时的网络文学的形式做了一个非常中肯的命名，我也不确定是日语翻译还是粤语翻译，叫切片日番，意思即每天切一片卖给你。金庸每天写，跟我们现在的网站连载非常像，他是为了卖报纸，但是大家为了看这个小说，就每天买一份报纸。金庸是从 20 世纪 70 年代开始的，你们再往前看，有没有这种每天切一点的？有。广播连续剧的底本是读小说吗？单田芳老师是中国作协会员，大家注意单田芳老师从小读私塾受教育，但是过去说评书的像单田芳老师这样的是不多的，大部分艺人没念过什么书，有人甚至不识字。你就很奇怪了，一个不识字的人怎么能讲一部上百万字的书？他们是跟师父学，可能用个一两年，一开始托个锣在旁边，师父一边讲，他一边听，师父一敲锣他就去收钱。有点像郭德纲，他讲他怎么教徒弟，就以讲故事的形式硬生生地把一本书背下来，你可以不识字，但是只要你把一部书讲出来，就可以在街头挣钱。只是这样口口相传中，每个人都可能加一点、改一点，因此，剧本肯定会变样子。所以我们现在可以看到很多的故事有不同的版本。

评书还有两个特点跟网文是一样的，一是灌水，因为一部书你每天只讲一段，不可能都是精彩的；还有一个就是下钩子，每一段情节里都要有一个吸引人的东西，让大家第二天还来听。

评书里面最经典的两个桥段：一个是斗将，你杀了一个小将，我杀了一个小将，两阵斗将有来有回，这是评书的一种表现手法，目的是等着打赏；另外一个就是收将，我走到这，冒出一队人马要打劫我——这个情节在《岳飞传》里面比较多，然后倒头便拜，收了这个将接着走。为什么会有这些情节？因为在茶馆里讲评书，他需要控制时间，控制群众情绪。网络文学中有与评书同样的表达形式和方式。但现在不一样，因基础教育的普及，我们恐怕很难找到一个不识字的人。在新中国成立之初，如果你是一个初中毕业生，就可以直接安排工作。

说书是一种街头文化，剧本会被说书人改来改去。《水浒传》大家都知道金圣叹那个版本，我小时候还听过另一个版本，相较于金圣叹版本，它更像个武侠小说。比如《水浒传》里面有一段石秀探庄，探祝家庄，我听的评书明明是王英探庄，王英探的祝家庄，祝家庄里机关重重。后来我才知道这个本子是袁阔成先生讲的评书《水浒传》，跟施耐庵的版本不一样。我还听过一个苏州评话版，跟袁老先生这个版本又不一样。可见我们民间文学的流传，是有说书人不断参与并加工的。

第三个问题是网络文学的特色与成因。我们讲到中国传统评书，又讲到了评书话本,以冯梦龙为代表的明清小说有一个非常明显的特征是章回体结构,结尾采用"预知后事如何,且听下回分解"的形式。但是章回结构并不是每章都下钩子,因为一本完整的小说可能是文人创作、民间传播,知识分子在收尾,它必须有一个完整的大对称结构,就跟我们传统律诗分四联,首联、颔联、颈联、尾联,章回结构跟一首诗的结构是一样的,它也讲究起承转合。

我在写网络小说的时候,曾经就想过能不能借鉴这个结构,我写的《神游》就是一个章回体结构的小说,但是当时运用得还不是很成熟。后来我写的《灵山》,是一部完完全全按照标准的章回体结构的网络小说。没写之前我就知道我要写多少回,360回收尾,每一回的内容都设想安排好。只是这是我的一个尝试,具体水平尚未达到炉火纯青的地步。

我觉得民间小说结构应该是网络文学继承的一个优点,但事实恰恰相反,这是目前网络文学的短板所在。可能是我们有些东西没有很好地继承,大部分人写小说开头很有创意,但是很容易把设定写崩,因为他没有很好地考虑大的结构,怎么去收尾,主人公最后要实现什么目的,情节要发展到什么程度就该收了。

单田芳讲的评书《三侠五义》,最后讲到《童林传》的时候,《三侠五义》的设定体系我感觉已经崩了,展昭到最后连一个小喽啰都不算了,欧阳春一开始好像是天下第一高手,到最后却又出来一个排行榜,将之前的全部打破。但在这方面金庸掌握得非常好,他的设定几乎不会崩,五绝就是五绝,大不了再添一个跟他们同等类型的高手,但是他又能把一个人从普通人到绝顶高手的路数写出来。除了《天龙八部》,没有发现过金庸有明显崩设定的迹象,有人说《天龙八部》是倪匡给他写崩的。

到了新世纪,网文爆发式地成为一种阅读的主流,不管你是否认同,它都存在。你可以说它是一种不太好的文学,没有关系,你可以说它是一种庸俗的文学,也没有关系,因为这只是它的特点而已。文学有一个非常有意思的特点是,只有作品数量足够多了,你才能分好坏。如果就这么几部书,你讲好坏没有意义,它要成为一个现象、一个潮流,一代人都去创作它,才能去谈好坏,而且后面才能去谈经典的诞生。

网文本身也有个重要的节点，它的阅读者从面向精英阶层到面向普通人，包括现在的中小学生，源于移动互联网、智能手机的出现。我当初写网文的时候还是在电脑上，看网文也是用电脑在起点中文网上看，那时候还没有支付宝这么方便的支付方式，但是在网吧里可以充游戏点卡，充完点卡后可以在"起点"看书。在当时，这种方式无疑是先进的；现在看来，却显得过于麻烦了，试问谁会为了充值而特意跑到网吧购买点卡？那时候在网吧打游戏，平时在家里、办公室里都有电脑，还能看小说，但也只有社会精英，即中层以上的阶层，随时都可以有一台电脑，老板也不会骂，我想看小说就看小说。但是移动互联网的普及给整个网文的题材创作和受众带来一个重大的变化。

有时候我们看早期的文学，特别是 2010 年以前的网文，好像还很矜持。传统知识分子写的，各行各业的精英写的，错别字很少，遣词造句很讲究，看不出来明显的破绽，稍微修改修改，就可以出个实体书，也能上杂志，包括天涯论坛上的那些书，后来大都出版了，有的还得奖了。但是智能手机的出现是一个大的转折，阅读门槛的降低以及随时实地的碎片化阅读，导致流量大增，平台收入大增，网文作者的收入也大增。哪一部分人的收入上去了，并且走流量化路线了呢？一个叫"IP 向"，一个叫"无线向"。

"IP 向"就是作品可以拿去拍电影、电视剧。作为一个无形资产的资源项目，"无线向"跟现在短剧差不多，这是一个重要的节点，从此，我们再没有办法总结网络文学的特征了，因为所有人都参与创作之后，这么大的下沉市场就无限细分了。其实，有 1 万人订阅，作者就能有不错的收入了，中国网民何止 1 万人？只要有部分人爱看，你找到一个小的类型市场，你就可能在里面分一杯羹。

我记得 2014 年的时候，无线阅读基地刚铺开（现在没有无线阅读基地这个概念了），推手是中国移动，那时候刚能在手机上看小说，大家还没有意识到机会，App 还没有产生。此时无线阅读基地专门在深圳、东莞设了办公室，为什么？因为那个时候有大量的进城务工人员，平时没有什么娱乐生活，他们就看小说。他们看什么小说呢？当年我记得网易文学刚建立，出来一个流派或者说类型，叫乡村文或者叫乡村小黄文。写什么内容呢？写男的都进城打工了，女的和男主角就留在村子里了,后面一系列故事就没法细说了。因为政策原因,现在乡村流小说已经很少了。但是当时乡村流的火爆程度,不亚于后来的"赘婿流"和"兵王流"。这代表了什么?你要想什么人会看这种书,当时大量的进城务工人员,他们需要一种精神舒缓。这是自然催生出来的,既然有人看就能赚钱,能赚钱就有人写。

有些文章发到网上,是不是具有网络性,可以看他的分段。如果你平时在电脑上打字要发到手机上,就是标准的 A4 纸 5 号字,顶多两行,不要打三行,你就要分段了,为什么?你拿手机一看就知道。这与传统语文教育是相悖的,我们从小受的语文教育的思路是,一个自然段要把一个意思写完整了,语文老师还让我们写段落大意。但如果你要适应网络传播,你就得这么做,要不然你这个东西没法读。这就是网络性,而不是网络文学的文学共性。

第四个问题是网络时代的文学肯定带有网络性,网络性的特性和成因是什么?

首先是"金手指"和系统,这是每一本书里面必须有的东西。但值得注意的是,古今中外的长篇小说,但凡是主角人物,他都必须有金手指,只是没有像网络文学表现得这么突出。

这种金手指可能是出身背景的特殊,或是信息优势,或是他的意志品质,或是他肩负的使命。大家知道重生或穿越本身就是金手指,现在是 2023 年,我重生到 2003 年,这个 20 年的信息优势就是一个巨大的金手指;我是个地球人,我穿越到一个不知名的星球,那个地方没有地球的这种义务教育知识,我会造肥皂、烧玻璃,这种技能的独占性就是金手指。知识本身是金手指,这是一种很合理的方式,但现在不够了,穿越怎么可能没有开挂?有开挂怎么可能不数据化,怎么可能不是系统面板?为什么要用金手指?金手指就是吸引读者的兴趣点,让读者有代入感地看主角解决问题。

文学最核心的功能是表达思想,但文学的娱乐性是人生体验。为什么发展到最后要求越来越高,现在的系统文还数据化?比如说现在的小说,练砍刀,挥刀 100 次,就刀法精通,再挥 1000 次,便能刀法熟练、圆满,为什么?就是一个明确的可视化效果。

科幻小说有"硬科幻"与"软科幻"之分,周老师说我写的书是"硬玄幻"。人物修炼的时候,我能把功法都给编出来,好像大家都可以去练,这是"硬玄幻",但是你知道"硬玄幻"有多难写吗?就算作者有再高明的技巧,它也会对阅读造成障碍,因为会有大段的说明性文字。评书讲得巧妙,就像有一帮工匠在那里听我讲怎么盖房子,他们还爱听。如果我讲怎么去修炼,但现在的读者不是修炼的人,所以现在就简化出一个系统,加点升级,大家就能看明白。他在他的设计、逻辑上能够做到很快速地进入状态。

现在有一类小说叫"末世文",一觉醒来世界遭受灾难了,要不就是丧尸狂潮、小行星撞地球,要不就是外太空入侵,反正人类退回到壁垒时代了。为什么要这么设定呢?实际上就是为了打开思路,给你解决问题的方式提供了另一种可能,因为我们要大家有代入感,但我们都是草根,都是普通人,又要变得不普通,怎么办?只好掀桌子,那作者就帮你掀了,"末世文"就有这个特点。

系统还有一个特点就是,告诉你一个简单的方式,只要重复就可以成功。那么现在你想一想,搞传销的、搞诈骗的都是这个套路,这是一个人性的弱点,但是大家爱看。既然人性有弱点,大家就这么写,一种简单的方式就可以成功,你就跟着它不断地期待,走向更大的成功。所以金手指越狠,掀桌子掀得越彻底,它代表了阶层固化越来越严重,资源分配越来越固化。你会发现早期的网络小说和现在的不一样,现在金手指来得特别狠,为什么读者爱看这个东西?它代表人内心深处的一个期待。我们在小说中体验另一种人生,也可能反映了我们所处时代的一个特征,现在这个阶段,我们资源分配的固化比20年前明显多了,阶层固化的迹象也明显多了,所以我们看到文学及影视作品里的金手指都越来越严重,甚至可以说不是"金手指"而是"金大腿"了。

穿越本身就是金手指,穿越必须得有"挂",你穿越之后马上就能发现"挂",而且最好带个面板,就跟打游戏那样好操作。得益于网络文学的普及,某个书或某个影视作品里有个人穿越了,都不需要解释他的穿越,顶多吐槽一句,可能就是加班猝死。我们阅读的主流已经刻在我们的记忆当中,这些架空的东西也不需要解释了。为什么架空和穿越成为网络文学普遍形成的特点?现实当中可能大家都有问题解决不了,但穿越和架空给我们解决问题提供另外一种可能,这也是文学娱乐性的表现。它还有其他几个特点。一个就是规避审查,写现实的话必须架空一下,哪怕写的就是现实小说,我也得架空到另外一个星球,另外一个国家,不叫什么华夏、中国。另外一个就是为什么要穿越一下呢? 有的书不穿越的话完全不影响,《斗破苍穹》当中你还记得萧炎是从地球穿越来的吗? 第一章有一句话写他怀念来自一个蓝色的星球,这句话删了对这本书有影响吗? 没有任何影响。他没有做肥皂,没有烧玻璃,没有生产步枪,就是在斗气的世界里,那为什么还要有一个穿越? 大部分小说它穿不穿越毫无影响,为什么要穿越呢? 答案是快速带入。就像郭德纲讲相声,为什么经常讲"就跟于谦他爸一样",也是为了快速带入。

国家提倡用网络文学写现实题材,但网络文学的一个特点就是超现实性,这是从评书话本中继承来的。哪个评书没有超现实性? 你们小时候听过评书,或是武侠,或是神话,《红楼梦》说评书合适吗? 不合适,《水浒》合适,整个120回也是个大章回结构,从洪太尉放妖魔,到最后众妖魔归天位,为什么要这种结构? 因为它的标准形式就是这样。

超现实性是什么? 我们现在讲艺术来源于生活,又高于生活。写一个现实中的故事,也不能说它没有意义,大家觉得可以阅读。比如某位同学在大学的恋爱史,对大部分人来说,我没有跟着作者或者跟着主人公重新体验一遍他生活的必要,这一点很致命。在网络时代,我有这个时间,不如看点别的,或者刷个剧。所以超现实性是,我能跟着他体验另外一种新奇的,现实生活中根本没有办法体验的东西。这种东西它可能是超越现实意义的,超越现实并不是说现实当中不可能发生,而是现实当中不太会发生,另外就是超越现实世界的,它不在现实世界里发生。很多看似是超现实题材,但是它包含了现实意义。

打怪升级是一个游戏的说法,为什么在文学作品里需要打怪升级? 比如在官场文中,它就是官职升级体系修真文。网文中要有一个升级体系在,看见看不见必须可视化,每一步进步都能看到,这是一个非常简单但重要的要求。对一个较长篇幅的世界塑造,没有升级体系,作品和读者都很难支撑下去,传统文学超过10万字就是长篇了,但一部网文可能100万字才刚刚开始,没有一个明确的体系，就培养不了那种期待感。其中有一个人性的弱点，一个简单的东西就可以复制成功，就跟传销一样，你只要这么做，打电话拉几个人头，你大概就能发财。实际上我们只是把现实当中的成功网络化，主人公一步一步升级，他好像是一种可以期待的成功。而且这种模式表现了一个可以明确分辨、明确解读的看得很清楚的个人奋斗路径，当然，这可能是我们文化的特点。你想想被蜘蛛咬一口变蜘蛛侠了，在我们的主流网文里可不可以存在？可以，但只能是小情节，但不能是大情节。可能是男主角被蜘蛛咬一口，然后中了什么毒，然后女主角来解救他，因祸得福更上一层楼，这种情节可以写，但不能主情节就是被蜘蛛咬一口，我们的文化当中要看到清晰的个人奋斗路径，这是升级体系的必要性。金庸的小说，它虽然没有像网文这样的升级体系，但是升级路径还是很清楚的；古龙则是直接一上来就看不见这个路径，所以它是一种很玄幻的、反传统的写法。实际上现在网上模仿金庸风格的书很多，模仿古龙风格的书没有，古龙的故事也写不长，它需要很多部短篇才能凑一个世界观。

再讲一下个人奋斗与宏大叙事之间的关系。北京大学有一个网络文学研究团队，七八年前我们去参观，也开了个研讨会，当时有个别老师讲的话，我觉得值得商榷，当然他的观点可能是我误会了，我有一种感觉，就是他们很反感中国网文中这种宏大叙事，他们认为真正的文学要个性化表达，最好从个人叙事的角度。什么是宏大叙事呢？就是主人公个人成长是为了改变世界，作者需要打造一个世界背景，写得越详细越好。在主角的成长过程中，这个世界是伴随他一起成长的，个人命运跟世界命运结合在一起就是宏大的叙事。但是个性化叙事就不一样了，像蜘蛛侠被蜘蛛咬了，他有没有改变世界？他没有，他连自己都没有改变，他还在那边送外卖，这就不能称为宏大叙事了。偶尔打个小怪，打个外星人，谈个恋爱就是个人叙事。但这种叙事结构在现在的网络小说当中很少出现。为什么很少出现？这就是我们要讲的话题。

个人奋斗与宏大叙事的结合，实际上是男频网文的一个特点。网文写作中流行一句话，"穿清不造反，菊花套电钻"，什么意思呢？就是穿越小说中穿越到清朝却不造反的话，读者会骂死你，实际上它就是一个宏大叙事的背景和一个家国情怀。在那个年代，你怎么不去扭转国运？你穿越到清朝，你还不能驱除鞑虏,是不是? 但是女频很多书,就没有这个特点,穿过去造反干什么? 找四爷谈恋爱去呀。当然了,她们肯定最后还留一个扣子,就是主人公的后代怎么怎么样,反正不至于像现实中清朝这么拉胯,内部消化也是她们的一种思路。

第五个问题是当代网络文学与中国传统文化之间的继承关系。其实我刚才已经讲了不少了,只是没有系统地总结。我们开会的时候,很多人就讲,希望我们网络文学作家在作品中多多弘扬传统文化。这是个伪命题,我也不敢就这么直接说,但这多少是对文化继承方式的一种误解,为什么呢? 因为文学的核心是表达思想,思想在人,还有一种文化的生命力是什么? 它就是浸透在一个人身上,作者也好,读者也好,文化浸透在他的意识形态、价值观、生活习惯的方方面面,并不是要一个作者去弘扬传统文化,而是有什么样的文化背景的人去写什么样的作品。如果你的文化背景渗透得好,作品的生命力就强。比如说我不能叫一个电工出身的人去写怎么当医生,是不是? 只要文化里优秀的部分形成一个特质沉淀在大众的思维里,那么在创作网络文学的时候,不管是世界观,还是价值取向,就自然而然地带有中国传统文化特征。如果我们看到很多作品当中,这种文化特质越来越少,不是文学出了问题,而是社会出了问题,教育出了问题。弘扬传统文化,并不等于主角背个"四书五经",或者作者直接去写孔子、老子——当然也不是不能写,我还直接写了个《太上章》,但是那种题材太特定了,不能和上述论断画上等号。

文学作品存不存在过度解读的问题? 一部作品出来之后,好多人参与解读,有些意思已经超出了作者的预设。首先我想正名,这种解读并不是过度解读,这是作者的潜意识。作者可能写的时候没有意识到,但是评论家能看到,细心的读者能够体会到,它不是过度解读,而是代表了作者刻到骨子里无意识的文化背景、文化习惯和他的价值观判断。

这里不好展开,举个例子,有个流行说法,我要是买彩票中了奖怎么办? 或者说,等我有了钱,喝豆浆买两碗,喝一碗倒一碗是不是? 不要笑,这是一个非常重要的命题,一个玩笑代表了一个非常重要的社会命题。一个人发达了,要干什么? 这是一个根本的文化问题。两碗豆浆其实也是有非常强的象征意义的,但是对于我们中国人来说很清楚。举一个例子吧,三纲领八条目,《大学》里讲的:"大学之道,在明明德,在亲民,在止于至善。格物致知,诚意正心,修身齐家治国平天下。"发达了就这么干,都给你设定好了,路给你指好了,这是作为一个传统中国人非常明显的一个思路。我们不需要再去考虑,我发达了之后我要做什么,在网络小说这种宏大叙事的背景上,就往这个方向发展,格物致知。我解决我的认识问题,解决世界观问题、价值观问题,然后路径是修身齐家治国平天下,先干什么后干什么,这个路径我们心里都是有的。

第一点需要注意的就是,在作者的创作背景当中,刚才讲《大学》《易经》,《易经》可能有人误解,说是一个道家著作,实际上它就是儒家著作的第一部经典,五经之首。儒家五经主讲《易经》,讲发展与变化的。所以我们的文化当中首先承认世界不完美,无论是多么守旧迂腐的老夫子,都承认当前世界是不完美的,可能他们认为上三代周公时代是完美的,但那只是一个寄托,并不是真正的倒退复古。第二点需要注意的地方在于,他们认为理想世界是可以去追求的。这个理想世界跟柏拉图讲的理念世界不一样,非常典型的如孔子讲的大同世界,后来邓小平同志也用来讲我们的发展方向。就这两点,一个目前世界不完美,一个理想世界是可以去实现的,这两点就可以了,跟《大学》里讲的三纲领八条目一点不矛盾,治国平天下总要有一个目标去实现。

再就是阶级斗争,虽然阶级斗争这个概念是从马克思主义来的,但是我们非常容易接受这个概念,从陈胜、吴广时代就接受这个概念了。一是因为我们承认现有世界不完美,二是我们的文化当中一直就有对理想世界的追求,只是不同派别对理想的描述不一样,我们道家、法家、儒家都有描述,最典型的就是儒家讲的大同世界。比如漫威里的有些东西,为什么这两年已经走到死胡同,碰到天花板了?你想,超人是能够毁灭世界的啊,房子让银行家给收了,没办法,你能想象吗?一个正常的中国少年都想象不了作品世界观为什么要这么设定,实际上它不是为什么设定,这就是创作当中有不能碰的高压线。

一部作品的主人公的特质,必须有一个非常强烈的动机完成欲望,要有解决危机的能力。如果我们是讲剧本的话,他还要两次觉醒,标准的个人觉醒和世界观觉醒。但是在这个过程当中,我们会发现,刚才讲的家国情怀也好,个人实现的路径也好,都能完美地解决了。我们的传统文化不需要主人公去背书,也不需要他去讲某个人的句子。我们刚才一路从个人奋斗的宏大叙事捋下来,讲到家国情怀、主人公的特质,再讲到对现实世界,对网络当中构造的世界观背景的影响,就可以看到网文受到传统文化背景的影响,但是它并不是对传统文化某个经典的学习,而是思维方式和价值观的一个特质。如果这方面特质很强烈,说明我们的传统文化在社会传播当中生命力很顽强,是充满生机与活力的。

二、"我的小说是有编年史的"

周志雄:各位同学,下面是非常宝贵的互动时间,我们很多同学都已经提前阅读了徐公子胜治的小说,请大家提问。

读者1:大家好,我是公子的书迷,专门从南京赶过来,我的书迷名叫清明。有个问题想问公子,书友中有很多人在创作,甚至我的小孩这一代也开始创作,他从六年级开始写小说,今年初二了,我想问一下我们作为家长,您刚才提到的创作的高压线是什么? 有没有什么可以帮到他的方向?

徐公子胜治:小朋友让他随便写,你明白我的意思吗? 我们当时都是随便写。我要强调一点,如果你要写网文,你想问怎么写,我告诉你三个字:随便写,不要受我刚才讲的任何一句话的干扰。不管多么荒诞或者不可思议的念头,只要不犯法你就写,早期的网文就是这么写出来的。套路问题那是表达技巧问题,你可能上了文学课,但是创意问题就是我们网络文学怎么写,随便写,不是按我说的这些特点写,完全不需要。哪些有高压线? 没有高压线,思想是没有高压线的。

读者2:我在您《神游》这部小说里面,看到《道德经》《中庸》的一些摘抄以及您个人写的一些解释,因为我喜欢国学,我发现您的作品中,很多国学的内容进入了一个很深的境地,我想问一下您关于国学学习的途径是怎么样的?

徐公子胜治:新华书店。你刚才讲的现象是有的,我在书里面确实引用了不少原句,作为修炼的口诀。第一就是想在作品当中多宣传、弘扬中国传统文化。第二就是我找不到更合适更准确的表达，但是我们的先人总结出来了，你不得不想，你是多么幸运，你要自己去总结这些东西的话，总结不出来。多么准确的表达，多么切中要害的思想，除了这些你找不到更准确的东西，没有更深刻的描述了，你觉得自己很幸运能够去做这些东西。这些不需要我们去考古现场挖出来，书店里就有，你来看就是了。

读者2：您在书里面提到很多丹道的东西，我去看了一下，里面涉及很多《西游记》和《性命圭旨》里面的内容，您是从哪里获得这些知识的？或者说从哪里获得灵感的？

徐公子胜治：我说我编的你信吗？它全是编的，因为这个东西你看张三丰能编，王重阳能编，白玉蟾能编，为什么你我不能编呢？

读者2：我觉得这个东西它是具有可操作性的。

徐公子胜治：编这个事情是有可操作性的，但是你一定要理解它背后代表的含义是什么，可能有一些东西说出来就没有意思了，而且如果我能说出来我就不会那么写了。这种风气1000多年前就有了，这也不是没有发生过的事情。我们现在看历史当中的玄学风潮，从东汉到魏晋、唐宋、明清。我们这阵风20世纪80年代末90年代初都已经过去了，你不要担心，可能在你出生之前，你没有见过气功的时候。

读者2：我看您书中有做法和打坐调息的内容，我在南怀瑾先生的《南禅七日》里看过，它就是实修的。网上有一部分书友觉得您有道家的传承，您能不能就这方面讲一讲？

徐公子胜治：首先要注意一点，我们谈文学也好，谈超现实也好，一定要把握好"度"。当然，如果我们谈超现实，我们在故事这个层面上谈是可以的，那你要把它拉回到现实层面就没法谈了，真的没法谈了。也就是说，我们在故事里面谈超现实维度的事情，你们现在如果拉回来现实层面的话，我们可能要换个教室，我们到道教协会好好谈，在这不合适。

读者3：在追公子小说的时候，有一个书友对公子的吐槽让我印象比较深刻，就是说当时公子二指禅打字，比较慢。那么我想问的是，现在公子最新的小说正在连载中，现在公子是习惯纸质写作，还是习惯用键盘打字？

徐公子胜治：肯定是要键盘打字啊。现在除了练书法的,谁还玩纸啊?

屈晴爽：我阅读了您在起点中文网上连载的第一部作品《鬼股》,请问《鬼股》这本小说在您的整个创作史中占据着一个什么样的地位,具有什么样的意义? 这部作品对您后来网络小说风格的形成或世界观的奠定是否有影响呢?

徐公子胜治：我在新浪当版主的时候,新浪那个版块叫《悬疑怪谈》,那时候比较流行讲鬼故事。《鬼股》是那个时间段我写的一系列鬼故事的整编,它是 BBS 的形式,论坛上开一个帖子,几天写一篇。现在的网络小说篇幅都很长,《鬼股》其实是几万字的短篇连缀而成的故事。《鬼股》最长的一个故事也只有十几万字,主人公都是风君子,就是风君子的系列故事。《鬼股》中有一篇《一双筷子》,这是我作为长篇小说写的一个小样,也是章回小说写作结构的一个小样,我写了一个十万字的故事出来之后,我才知道我可以驾驭几百万字的文字,不比网上这些写小说的人差。《鬼股》对我来说是一个奠基的实验性的作品。当然了,从思想上的角度,它还有一个名字叫《股市志异》,算是致敬《聊斋》。

许丽雯：网上有人说,您的所有小说,都可以说是做人行事的教材。还有人说,没有阅历没有文化的人不要读徐公子。您的小说《神游》中不论是石野还是风君子,从他们的处事之道中不难看出您的丰富阅历与宽广心胸,可以说在小说中随缘点化、借事阐理。这是否算是"以文载道"呢? 您对于"以文载道"持何看法呢?

徐公子胜治：误解,误解啊,谁都可以看。年龄小没有关系,其实我的读者当中中学生也有的是。当然了,我的书可能在细节上可读性不太强。我尽量把《神游》的故事写得有点偏向意淫化,你看石野,我写了他有那么多女人,写得挺爽的,就尽量让故事可读化,但是文字的阅读性还不是很强,有大段的解释文字和对话文字,尤其解释修行境界的时候,力求做到逼真,写了实实在在的功法让他去修炼,代表了某些含义,你刚讲了文章的载道意义。在文章里说教,我本人也检讨,有可能在文章里有一些讲道理的环节,讲得太多了一点,但是人还是要讲道理的嘛。在现实当中,人要讲道理,书里面的人也要讲道理,不能一天到晚活在一个超现实世界当中。我的小说可阅读性差一点,但并不是非得很有阅历才能读。

杨悦:您在《人欲》里不仅写了很多修真的术语、武术秘籍和许多武器的名字,比如赤蛇鞭之类的,还融合了一些历史事件以及您对这些历史事件的思考和人生哲理。我觉得您把这些部分都融合得非常好,我想请问,您是怎么做到把这些这么完美地安排在一起的呢?

徐公子胜治:即使是写穿越架空,你如果把你写的书当成现实的话,你就能把它安排得很好。如果你自己都不把你写的书当成现实发生的事情,你真的就可能把它写崩了。我说句实话,《人欲》这本书是我开的一个玩笑,这个玩笑要等好几年才把它揭开,我写的时候我就知道主人公是什么人,可能你还没有看我的全部作品,没关系,你就看《人欲》没有关系,我多讲一下背景。这个人就是上帝转世到人间,我在写一个假设:上帝什么记忆都没有了,跑到中国,啪嗒一下子成了一个婴儿,碰到一个中国的神仙,他会成长为一个什么样的人? 这个书里肯定有些地方阴阳怪气的,他跟教廷干仗,其实这是上帝和梅丹佐互相救赎的故事。但是我在写的时候没有交代这个背景,我写《天书》的时候才把这个背景交代出来。2007 年我写《人欲》,那时正是国际资本大举进入中国市场的时候,我写的背景就是两种思想的对抗、经营方式的对抗、资本的碰撞以及资本力量。事实上,写那个时代背景,你说那就是个玄幻,其实它也有很深的现实意义。

马庆宁:在《地师》中,游方多次大开杀戒,用江湖门术进行反杀,扭转乾坤,但是书中创作的背景是现代法治社会,这与当代法治精神有相违背的地方,请问您在写作构思的时候会有相关的顾虑吗?

徐公子胜治:问得好! 我跟你说,我有一章的标题叫《杀人放火》,现在没了,哪去了我也不知道。首先我们需要厘清,网文有超现实的部分,这么说吧,现实中就没有杀人放火的吗? 好像我们在开会的时候,世界上有两场战争正在打。所以这种问题它不叫作顾虑,你只是在文学上怎么去处理它,让它发生得更合理。一定要注意,它并不是一个不现实的问题,好像我们写到了有些很剧烈的冲突的时候,你就觉得不现实。首先要注意文学就是超现实性的,艺术冲突肯定比现实要剧烈。其次我写一个校园,并不代表就要还原一个和平的校园,一个人突然冲进来,一拳打倒一栋楼,这种事情可不可以发生在小说里? 是可以的,主要看你怎么去处理。对于这种事情,如果一个文学创作者要顾及的话,那你不要写东西,这是唯一不能顾及的,只看你在文字上、在背景上怎么去处理,在你描写的故事里面,让它合理地发生。不是说大街上有人杀了人,警察不管,这个事情是不合理的,对不对? 在深山上有一个人就是我们主角,把害他的一个坏人给弄死了,没有人知道,合不合理? 合理。现实中的警察为什么不去管他,那是书里的故事,书里的警察为什么没去管他? 不知道啊。

王启航:请您聊聊您的创作历程,在创作中您有没有遇到过一些瓶颈期,然后怎么尝试去突破这些?

徐公子:有。每一次一部书写完了,总想拖一阵子再写下一本书,天天写怪烦人的。所以一个网文作者的瓶颈期跟传统的文学创作不一样。网络文学每天都得写,你就是灌水、下钩子,你就给我写一整章怎么盖楼也得写,它必须保持一个创作状态。有人说大纲非常重要,我从来不写大纲的,就没脸这么跟你说了。但是你要知道故事的走向,主人公要达到什么目标,世界变成什么样子,刚才讲了个人奋斗的路径和宏大叙事的背景,你往这个背景走就是了。

蒋悦:《欢想世界》这部小说写主角的一个预知梦,看到五百年后的盛世,然后寻找梦中的路径和想法,一路去打造这种理想的乌托邦。就现实而言,书中描写的这种理想是始终都存在于幻想中,我比较好奇您创作这本书的意图,有什么主题是您特别想要探讨的? 有没有什么经历或者事件影响这部作品的创作?

徐公子胜治:你不觉得有一个话题很有意思吗? 我们习总书记说一定要向世界传播中国经验,什么是中国经验? 怎么传播? 我在非洲选了一个贫穷的小国,走中国道路,复制中国成功。这是一个非洲人的白日梦啊,不是中国人的,你一步步去推演它,它是一个妄境。

我们假如华真行不是非洲人,他出生在黑荒大陆。我现在跟你描述一个非常有意思的现象,一个非洲的学生,像索马里那样的地方,他到中国来留学,比如说在清华留学,他看到中国改革开放的社会现实,他就想啊,假如他的老家也要走这条路,该怎么走? 他做了一个梦,是什么样的梦? 你不觉得《欢想世界》这个梦就梦得很顺理成章吗？

这里面加了一些仙侠的内容，有仙侠世界的背景，给了他金手指，因为在那个地方没有金手指，他开不了局。我们还写了杨朱、墨子、孟子，他们三个老人家在那指点非洲少年怎么创建一个新的国家。

实际上写这本书的时候，个人感觉是非常畅意的，你可以随便做梦，荒诞也好，惊世骇俗也好，或者别人根本看不明白你在写什么也好，你很高兴地偷偷摸摸地咧着嘴巴写出来，它是一个非常有意思的故事，就是它记录了一个你敢想的事情，你要想都不敢想，你肯定没法写这种东西了。虽然我们也看到，它并不是要指导非洲人民闹革命，你非要说这个东西，你可能就搞革命输出，我们现在没法写这个内容，你可以写一部仙侠小说，你就做梦呗，一个非洲少年如果梦见了自己的家乡如何成为世界大国、富强大国，那这本书会是一本非常好看的书。

也就是说我们的传统，它不仅是我们社会主义革命的经验和传统，还包括我们中国人的东方思维，东方的文化传统，换一个大陆，在最贫苦的大陆、最缺少文化的资本大陆，落地生根之后，能否扭转他们的命运？如果扭转了，是怎样一个故事？就是这么一个故事，其实已经非常直白了。

谢其银：《太上章》这部作品入选了国家图书馆的永久典藏，它的文学价值已经得到了主流的认可。但是我在开始阅读时非常疑惑，这个小说的主角名字居然叫虎娃。阅读到后面才知道，先秦的称谓它是有着一定的历史背景的。您在"作者的话"中也写到，在写作的时候一定要注意历史逻辑性，就是在写上古神话的时候是绝对不能出现像诸子百家、唐诗宋词这样的东西的。你怎样平衡历史逻辑的严谨与网文写作快速更新之间的关系？

徐公子胜治：我的小说是有编年史的，并不是说我自己架空一个年代，它其实是按照中国神话史来写的。我还有一部《灵山》，《灵山》里有李白，在《灵山》之前几千年我能用李白的诗吗？肯定不能，我连很多成语我都不能用，为什么？因为我的小说里是真的有这种背景的。虎娃成年后才认识了仓颉，在一个还没有文字的年代里，一个部落里的孩子他能叫什么名字？只能叫虎娃、山叔、水婆婆这些名字。仓颉造字也是书里面的情节，那时候仓颉连字都没造出来。关于更新的问题,我现在写得很慢,更新很少的。尤其是像《幻想世界》,到最后我三天才写一章,这和一天写三章工作量是不一样的。其实我觉得如果进入一个稳定的工作结构,少参加一点社会活动,比如这样的场合少来一点,每天我稳定更新、保持节奏,其实不是问题。

三、"绝大部分网文从一开始它就是快餐"

刘欣雨:您的《方外》中,当丁奇要进入"方外"的世界的时候,铺垫是很长的,有七八万字的铺垫,对于新读者来说,就会有一种难读的感觉。您的题材类型都是玄幻类型,在现在这种快餐式的文化背景下,一种题材火了,大家都喜欢扎堆写那种题材,这其实就是一种快餐式的文化和精品类的网络小说之间的差别。您觉得网络小说最终走向的应该是快餐化还是精品化?

徐公子胜治:这个问题问得好。我刚才讲到2014年的时候,冒出来一堆乡村小黄文,站在数据排行榜前列,我也想写,但是我不会啊!开个玩笑哈,我真不会。这怎么说呢?刚才有个问题没展开,就是文学有共性,但更重要的是作者的个性。有些东西只要你整个文化背景不垮掉,整个时代整个国家整个民族背景不垮掉,你就在发展。

绝大部分网文从一开始它就是快餐。经典化的沉淀,网文自身完成不了,但是我们说哪一部小说写得好,哪一部小说写得不好,这是我们的个性化评判、个人化表达,还有单部作品的评论,这都没有问题。但整个这一类型的经典化沉淀谁都是完成不了的,可能要下一种类型文学出来之后再去谈它。

大部分的传统文学就是故事会,大部分的古代诗歌就是顺口溜,我们现在能读到的唐诗宋词已经完成经典化了。你想想看,全唐诗多少首?你想唐朝多少年?至今就留下那么几首嘛,所以说现在的网文你不要担心快餐化的现象,我从来不担心。90%的网文做一个开头就没有了,就写不下去了。

像我这样从业余选手开始,每一本书从来没用化名的人是凤毛麟角的,我没有用过别的化名,每本书都写完整,包括短篇故事。大部分作品连自身生命力都没有办法保障,你还想要它营养价值有多高?但是这种东西还成为一种主流阅读模式,会有一些你喜欢看的,有作者用心创作的书出现,它是偶然现象。比如说我们说传统文学巅峰《红楼梦》,从个人创作角度来说,是非常偶然的现象。像《三国》也好,《水浒》也好,你从文学史发展的脉络来看,它有某种必然性,但是我们也不能指望着哪个大学或者作协培养出一个曹雪芹,那是不太可能的。我们只能祈祷这个世上有这样一个作者,个性化经历丰富、表达技巧高超、表达欲强烈,冷不丁他遇到什么事,哪天能给你写本书出来,你们觉得惊为天人,那可能是这个时代的网络文学经典。

但是我们现在评选的包括我写的书,你要我自己评价没有意义,可能再过个 50 年、100 年,大家翻了徐公子写的某本书,到那个时候只要大家说这本书好,我觉得那有可能就是一个经典化的过程。对一些网络文学作品,作协开会谈一谈,大学里的老师、研究生写写评论,我们处在这样一个批评化的阶段。我对我自己的作品大概就是这么看的,至于你刚才提的《方外》,半截才进入主线的问题。其实《方外》开篇时,我准备的时间有点长,我自己跑去读什么心理咨询师,差点考证了,只是为了写个小说的开头而已,所以开头写的就长了一点,要不我不是白读了嘛。你很难理解一个作者在写这一段的背后,他到底经历了什么。

钱紫玥:网络玄幻小说的核心是白日梦,但是这种白日梦并不是毫无边际的,但这种边界感往往会让人有更真实的感觉,它会成为更抓住读者的东西,所以我想您能不能结合自己的作品来谈一谈网络玄幻小说的创作边界。

徐公子胜治:边界就是注意文学的核心功能,就是表达思想和意义,这种小说的核心功能为小说的娱乐功能提供另一种人生体验,具体到网络小说,我们刚才讲的金手指和系统,提供了你在现实当中没有办法解决问题的另一种解决方法,这是金手指的意义。最早的网络小说它不叫网络小说,它叫 YY(意淫)小说,YY 大家都知道什么意思,它不仅是个白日梦,如果你说白日梦,应该所有的故事类文学它都是白日梦,你只要代入进去,它就是,但它换一个世界背景让你代入进去。

为什么穿越要有代入感?因为我能够用另一种方式解决我在这个现实世界当中所面临的一切问题,对读者来说,对于作者来说,想象力边界的一切问题,就是我跟作者契合了。以我自己的书举例子,你要举哪一本?

钱紫玥:我阅读了您的《惊门》。

徐公子胜治:《惊门》这本书成绩还不错,为什么不错?因为它有一个最大公约数在里面,成天乐大学刚毕业傻小子一个,工作也没找好,被同学骗到传销团伙去了,被骗到传销团伙后,金手指摸了山塘街的石头,一个小妖怪跟着他走了,随身带着个小妖怪耗子,然后他开始修炼了,这个就是仙侠小说的套路,我的修为境界就是我解决面对世界问题的另一种办法。

你会发现在这个情况下,高明的作者解决问题并不是单靠他的修为境界,因为永远有人的修为境界比他的更高,但他会给你一个持续的期待感,真实性就在于能够写出硬玄幻。其实我们解开问题还是靠人情世故,只不过我们争斗的方式可能是你会我也会的法术,但好像打开了世界认识论的一个大门,我们对世界认识得更清楚一点,更丰富一点,但是人还是那样的人,世界还是这个世界。可能会觉得很有趣,各种妖怪变成了人,《惊门》写的就是各种妖怪变成人,他们比人更像人,可以说是我们对于妖怪小说的个人化想象,因为我们传统的妖怪小说也有很多,但都是短篇,比如《搜神记》《聊斋》,我就想写一个长篇的妖怪故事,放在一个现代社会的背景下,差不多就这么个想法。

李佳芳:您在《灵山》中融入了很多传统文化的元素,我在收集资料的时候看到有部分读者说他看《灵山》就像是在看一系列神话故事的集合,您怎样看待网络小说中对传统元素的使用?《灵山》中有涉及"西游"的故事,您怎么让读者放下原有的关于"西游"的印象呢?

徐公子胜治:网上西游类的小说非常多,你可能注意到我连唐三藏、孙悟空、猪悟能、沙悟净这些名字都没有用,为什么?

李佳芳:您构建的是一个全新的世界。

徐公子胜治:除了避不开的历史人物、神话人物,还需要一个故事的原创性,也就是说同样的情节,别人写的他就是抄袭的。从你讲的情节来看,是不是对西游记的一种解读?明眼看是在映射西游记,但是《灵山》中,我把所有的当时发生的神话故事,按照我理解的方式重新写了一遍。我为了不引起麻烦,把人物全部改成了原创人物,因为我必须交代风君子的来历。还有一点要说,

《西游记》大部分故事其实都是从元杂剧里来的，包括齐天大圣孙悟空这个人物。当然，你要看到各个剧本之间的变化，实际上最后我们重新梳理这些剧本，最早肯定是大唐三藏系列剧，人物也不是原创的，大多从元杂剧里来的，编成了《西游记》。我不是看《西游记》这个过程，我只是编了一段故事——五观庄清风出走，五观庄清风为什么要出走？为什么要打猴子？还有我们的民间传说吕洞宾戏白牡丹，可能当时很多人看得最高潮的一段，就是喝花酒，梅振衣与花魁那一段，你说我怎么表现？其实那是一种最简单的写历史剧的方式，把当时历史上的真正的人物放到一个场景当中，你说我让主角去写一首诗，能写得过张若虚吗？那就让张若虚自己去写好了，只要你写得自然。书里也有李白，有李白，你还需要抄诗吗？李白自己念自己的诗就行了。只有历史上没有的人物，我给他写两首诗，凑一下情节就行了。历史上的佛家、道家人物，你要表达他的思想，肯定有人说有多难，其实并不难，甚至不需要你这个人佛学水平多高，你再现他的状态就行。你让他做他做过的事情，说他说过的话，这是最原汁原味的表达，尤其是我们在架空的历史小说当中，你需要注意，谈佛学，我能谈得过那个玄奘吗？不要紧，让玄奘自己来做他曾经做过的事情，说他曾经说过的话。写诗谁能写得过李白？不要紧，让李白自己写自己的诗不就完事了吗？这是一种表达，但是你得把这个情节串联得合理，这就是一种描述、一种宣扬，或者说是一种继承。你把他的故事重新架构放在神话史里，以更好的逻辑以及跟你的思想体系契合的方式，完全可以重写一遍。

读者4：我是从武汉赶过来的，我读的是《神游》。我读这本书的时候，我感觉和其他小说最大的一个区别就是书里面修身的过程，可能我们够不到；但修心的过程，我觉得我们还是可以效仿的。您刚才说小说中的金手指就是砍十刀砍一千刀去升级，那么您觉得这样一个修心的过程，它是一个加分项还是一个必须项？

徐公子胜治：你不写的话，其实也没关系，照样有人读你的书。但是如果我们这个是文学表达的话，肯定是个必须项，你要写了，是个加分项，但是我们要提高一点，这是必须项。长篇小说要塑造人物，哪怕拍一部电影，人物的成长和转变是必须有的。为什么漫威最近几部电影这么烂？就是缺了基本项，故事太拉胯了，人物的个性化觉醒是第一步。

我们说《钢铁侠》为什么成功？有世界观的进化，人物有特色化的鲜明的需求。为什么拍了这么多遍，我们觉得灭霸还是一个有魅力的反派呢？因为人家还有思想有追求的，所以你觉得很有意思的，这个真有点文化上的影射意思。所以并不是说我要修心，心怎么能修？但是我们写的是他人格的转变，是个性化的觉醒。我们说钢铁侠的山洞悟道，最后一个我们知道，他穿插了一个他的爱情，还有他对下一辈小蜘蛛的关爱，在最后整个达到了一个升华，你就觉得这个人物塑造得很有魅力。但是你看现在这些人物，好莱坞的编剧他不搞这些过程，就按照罗伯特写的故事的三段论。你看一个人物出来了，碰到了他需要解决的危机，看到了解决的希望，之后巨大的转折陷入绝望，然后突然的高潮以无法逆转的方式完成，都是这么一个模式。那你们都拍罗伯特的故事得了，就是好莱坞电影空有结构了，那么没有人物的话，这个东西还怎么看？电影没法看，书也没法看。但是，我刚才讲了，人物的觉醒过程它可以是内在的，也可以是外在的。你没有看现在的"赘婿"短剧吗？他丈母娘打脸，回头打丈母娘的脸，他就要看你内在的情绪的转折，他跟人物已经没关系了，他是调动你的情绪。

周志雄：这次讲座的海报在微信公众号上发出后，很快就有一个北京的读者电话打到我这来了，我也不知道他怎么找到我的电话号码，他要求说这个讲座能不能在网上直播？当然，我们也考虑了一些具体情况，最后没有直播，但是我们今天的现场——我非常感动，也为徐公子感到很自豪——有武汉来的，有南京来的，不仅仅是我们安徽大学的学生，还有安徽农业大学等其他学校来听讲座的同学，这说明徐公子胜治的小说是得到大家认可的，大家愿意花很多的时间从很远的地方赶过来听这样的一场报告。我自己在阅读徐公子的小说的过程中，也感受到这一点，他是一个非常扎实的，很严谨地去写网络小说的作家。我第一次见到徐公子是 2014 年在上海的一次会上，他有一个发言，当时给我印象很深刻，看到他的长相和他的发言的这种气质，我就感觉到有一种仙气飘飘的感觉。

近些年，每年全国网络文学的会很多，但是我遇到他的次数还真的是非常有限。我觉得他是一个能够坐得下来，不去赶热闹的人。我在网上看到一段评论，那个人他用了这样一个评价，他说徐公子胜治是一个神奇而伟大的作家，他的小说用奇幻、灵异、都市、历史建构了一个统一的世界构架，他这个小说在网上的口碑是顶尖的，实际上他没有一部小说的销量是那种爆红的，但是他总体的作品一直维持在一个很高的水准，是很有内涵的。我今天吃饭的时候跟他聊天，我说你这个是玄幻"硬核"，我说的"硬核"就是说他对中国文化的这种深入研读，表现到小说的故事、人物当中，是非常结实的、非常绵密的，是很有密度和厚度的一种小说。就是你读了这个小说之后，你会不禁产生一种敬意，认为这个人很了不起，很佩服他。他的小说不只是娱乐一下读者，里面有很多的干货。

另外，我想说的是，徐公子写小说从 2004 年开始，到现在 20 年了。他今天的讲座给我们的一个整体的感觉就是，娓娓道来，不紧不慢地回答大家的问题。由于时间关系不可能展得很开，但是所有的东西都是切中要害的。给我的感觉是，他是一个在写作上非常成熟、非常自觉的作家。我相信他肯定是很热爱这份工作，带着热情来做这个事情。他深知小说到底该怎么写，写到什么程度，写到什么样子，理想的小说应该是什么样子的，他已经进入一种自觉的阶段。他认为，中国网络小说和传统文化的关系，不需要我们从政策层面去宣扬，小说的人物、故事本身就包含着我们中国传统文化的思维方式和价值观，这也是本尼迪克特的《文化模式》里面讲的，一个碗，一个陶罐，一个人出行的方式、说话方式，等等，所有的这些都是本民族文化沉淀的一种体现。

我觉得徐公子他对传统文化的理解是非常深的，有宏大层面上的这种家国情怀，同时又有很具体的一种思维方式上的关于中国文化精华的理解，并把它落实到小说的人物故事当中，这是非常自觉的。他关注传统文化不是因为现在政府提倡要弘扬中国传统文化，他很多年前就一直很有意识地这样去做。我觉得徐公子胜治在这个领域深耕了 20 年，写作了这么多优秀的作品，值得我们研究生去做一个作家论，可以用五六万字甚至十万字的篇幅来研究他。

这个作家他是值得你去做这个工作的。实际上以网络作家为全体来做作家论我们是比较慎重的，只有那些很有分量的作家才可以做作家论，并不是说刚刚出来一个什么爆款网络小说,然后这个人就值得你去做作家论,这个不一定的。但是我觉得徐公子是可以的,我们后面的同学如果对这个感兴趣的话,我觉得完全是可以的。

总的来说,我觉得今天晚上的讲座内容非常充实,由于时间关系,有很多东西没有展开,但是涉及的面非常广泛,像网络小说与中国传统文化的关系、从评书开始讲起、章回体的结构,等等。我看他这个小说的时候也有所感觉,他小说的标题,就是用这种章回的对句的方式,就是一个标题,它就是对仗很工整的两句话。大家去看一看,我们现在包括很多很火爆的一些网络小说,它的标题是非常随意的,就是一个词或者很简单的一句话,参差不齐,就没有这么讲究。这就说明徐公子在写的时候,他是非常用心地、很有意识地用这种章回体的形式。它里面讲到的人物、故事,还有很多的这些东西,在他的讲座当中都有所穿插,零零星星地都讲到了。我觉得这是一个高质量的、让我们很受启发的讲座,我本人听了之后,也很受启发。

我们探讨中国网络小说如何传承中国文化,可以以徐公子胜治的小说为例,把它写好了,是一篇非常好的论文。两三年前我在《光明日报》上发过一篇文章《网络小说如何传承中华文化》,但是我的文章只有两三千字,这个题目实际上是可以写大论文的,可以写上万字的论文,还可以写几万字的论文,甚至可以做一篇博士学位论文,可以写成一本书,作为一个课题。

我们中国的网络小说之所以能够在世界范围内产生影响,很重要的一个特点就是它传承了中国文化精神,书写了中国人的形象,富有中国风情,所以它能够让国外读者有新鲜感,他们喜欢看有中国文化特色的那个部分。总之,今天的讲座非常有意义,感谢徐公子胜治,也谢谢各位同学的提问,谢谢大家!

新作评介

构建网络文学评价理论的新标杆

——评欧阳友权《网络文学评价体系论》

付慧青①

摘　要：欧阳友权教授的《网络文学评价体系论》，是我国第一部系统探讨网络文学评价体系与批评标准的学术专著，解决了网络文学长期以来的评价困境与标准焦虑，具有开创性的意义。该书从网络文学的特性出发，强调网络文学批评与文学传统的对话，提出了一套"文学性"与"网络性"相结合、认识论与价值论相并举的评价范式。书中详细地探讨评价体系的基础学理、构建原则、评价方法和实践应用，提出了五大评价标准，并创新性地提出了"树状"评价结构和以"价值网"为目标的"双效合一"评价指标，兼顾大众娱乐需求与文学艺术的高质量发展，不仅体现了网络文学的独特魅力，还为网络文学评价活动提供了更为全面和科学的视角，对我国网络文学的理论研究与健康发展具有重要的学术价值和实践意义。这部著作在以守正创新的姿态为网络文学立法的同时，还敏锐地关注到了网络文学评价的动态性与灵活性，展现了新时代网络文学评价的学术之路，成为我国网络文学评价体系构建与变革的前沿探索和理论新标杆。

关键词：《网络文学评价体系论》；批评标准；理论标杆；构建逻辑

网络文学的高速发展与网络文学评价体系与批评标准暂付阙如状况的同时存在，把构建科学合理的网络文学评价理论问题推向学术前沿，欧阳友权教授以坚毅的学术勇气大胆挑战这一学术难题。他率领网络文学研究团队以理

---

①　作者简介：付慧青（1994—　　），女，山东省淄博市人，中南大学人文学院博士后，研究方向为网络文学。

性的思想激情介入网络文学发生现场,打破网文评价"无根"的困境,用只眼独具的学术敏锐、缜密的理论言说与谨严的逻辑自证,完成了一部厚重的学术专著——《网络文学评价体系论》,从而让评价主体有立场,评价维度有选择;用与文学传统"对话"的形式寻求网络文学评价话语的原创精神、当代性与中国特色,注重理论建构中的"中国学派"立场,建构了一套适应当代网络文学发展要求的新的评价范式。

这部《网络文学评价体系论》是作者主编的"网络文学评价研究丛书"中的第一部。该丛书为欧阳友权主持完成的 2016 年度国家社科基金重大项目"我国网络文学评价体系的理论与实践研究"的结项成果。丛书 1 套 4 部,共139.8 万字,2024 年 4 月由中国社会科学出版社出版,它们分别是《网络文学评价体系论》(欧阳友权著)、《网络作家作品评价实践》(周志雄等著)、《文学网站评价研究报告》(陈定家等主编)、《中国网络文学十大批评家》(禹建湘著)。其中,《网络文学评价体系论》是这套丛书中的基础学理建构部分,也是丛书中篇幅最长(47.1 万字)、分量最重的一部。该著通过对网络文学评价体系的构建原则、方法、创新和实践应用的详细探讨,提出了网络文学评价的五大标准,构建了一个具有理论深度和实践意义的评价体系。书中强调了网络文学评价的哲学基础与价值重估,探讨了网络文学与文学传统之间的关系,确立了网络文学在当代文学结构中的合理性地位。同时,该著作所提出的双重评价模式兼顾灵活性与包容度,既满足了大众娱乐需求,又推动了文学艺术的创新和高质量发展,在中国文学未来发展的价值取向中确证、辨析与诠释了网络文学的价值坐标。

一、为网络文学立法:时代的变革与文学的选择

古语有言:"变者,法之至者也。"当代网络文学长期以来的评价困境与标准焦虑,不仅是网络文学评价研究的参照性语境,还成为该著作写作的主要研究动机。每一种新兴文学样态的出现,都意味着一种新语境。作为社会媒介转型下的文学产物,网络文学的生发语境是一种网络媒介兴起、消费时代盛

行、文化与资本合谋的复合型语境。文学发生场域的变更也致使原有的文学秩序发生了结构性调整，既往的文学评价体系、机制和标准显然不适用于网络文学。与此同时，"断裂说""转型说"也折射出网络文学与中国文学传统之间的关系内在冲突。除此之外，网络文学创作的精品化、经典化程度也不高，网络文学创作生态所暴露出的诸多问题，以及其内在的发展要求都在召唤一种他律性的引导与规约。

从文学文本的角度看，网络文学有别于传统文学的特殊性与异质性，是属于当代文学序列中独特的"这一个"。早在之前就有学者管窥到网络文学评价的难度与特殊性："因为网络文学既有着'网络'的新属性，又需要尊重'文学'的固有传统，因此对它的界定和评判始终是热议的话题。""如果对网络文学的新特征视而不见或者坚持套用原有的文学观念，必然显得僵化保守，不是对文学发展客观规律的尊重。"①对网络文学评价的压力与难度，一方面来源于它需要面对变动的现实空间和动态的审美空间；另一方面还在于，网络文学不仅有对通俗文学传统的连续与异变，还有因其网络而自生的"异质性"和网络文学内部的"要素增维"②所导致的传统文学评价的"溢出困境"。网络文学研究亟须找到一种新的文学观念、新的审美尺度、新的价值基点来重新理解与阐释网络文学的文学意义，在从描述性、阐释性向评价性进阶的过程中，还需完成从认识论到价值论的转换。对于网络文学研究而言，一种宏观的、综合的、多元的、动态的且大视野的学理评价就显得尤为重要。

作为中国首部系统性地探讨网络文学评价标准的学术专著，《网络文学评价体系论》敏锐地发现了传统文学评价预设对网络文学的评价困境。该书通过 10 个章节系统地探讨了网络文学评价体系的构建原则、关联要素、维度选择、逻辑层级以及具体评价标准的设置；阐明了"评价宰制下的'标准焦虑'"与"评价体系构建的两大'基座'"③，并从学理性与实用性两个维度回答了中国

---

① 谭好哲：《新时期基本文学理论观念的演进与论争》，北京：人民出版社，2019 年版，第 329 页。

② 欧阳友权：《网络文学评价体系论》，北京：中国社会科学出版社，2024 年版，第 9 页。

③ 欧阳友权：《网络文学评价体系论》，北京：中国社会科学出版社，2024 年版，第 5 页。

网络文学需要怎样的体系与标准,对网络文学评价质疑以及诸多理论性的历史遗留问题做出了回应,并与其他 3 本批评著作形成了一个逻辑严密、科学系统的评价体系,以此完成了网络文学实践对理论批评的吁请。

无论是时代的变革还是文学的选择,都为网络文学评价体系内置了这样的学术理想——构建具有"中国学派"的批评理论话语。当代国学大师陈寅恪先生曾有言:"一时代之学术,必有其新材料与新问题。取用此材料,以研求问题,则为此时代学术之新潮流。治学之士,得预于此潮流者,谓之预流。其未得预者,谓之未入流。此古今学术史之通义,非彼闭门造车之徒,所能同喻者也。"①伴随着网络文学的诞生与发展,对于网络文学批评标准的探讨与争论一直存在却见仁见智,那么该如何把握网络文学"问题清单"? 清代袁枚曾提出:"学问之道,当识其大者。"②中国文学、中国网络文学、中国网络文学中的问题与解决方案是该著作所重点把握的几个维度。认识、解释、评价网络文学,首先要做的,就是充分语境化,即回到网络文学"特殊的历史的形式",揭示并阐明其文学形态产生、发展、异变的外部性的规定动因。该著作在构建网络文学评价体系时,深刻地根植于中国网络文学的发展实践,紧密贴合网络文学批评与研究的实际需求。它在网络文学与中国文学发展的动态交融中,细致梳理、总结并深刻把握了网络文学批评命题中的"常数"与"变数"。在此基础上,该著作将"强劲的现实诉求"与"富含文学观念的理论资源"③作为构建网络文学评价体系与标准的两大学理逻辑,在历史性与当代性的双向观照中获得对当代网络文学评价的学理启示,并从网络文学与观念语境出发,疏瀹出了网络文学评价体系的三大理论资源:"中国古代文论批评资源""现代人文思想资源"与"当代社会主流的意识形态"④。

钱钟书先生曾提出学术研究的一个方法——"打通"。他认为他所做的研究工作,概括起来就是"打通"。钱钟书所致力于的是中西文学、不同文体之间

---

① 陈寅恪:《金明馆丛稿二编》,上海:上海古籍出版社,2020 年版,第 266 页。
② 袁枚:《与托师健家宰》,《小仓山房尺牍》,杭州:浙江古籍出版社,2020 年版,卷三。
③ 欧阳友权:《网络文学评价体系论》,北京:中国社会科学出版社,2024 年版,第 5 页。
④ 欧阳友权:《网络文学评价体系论》,北京:中国社会科学出版社,2024 年版,第 7—12 页。

的"打通";而该著作则致力于网络文学与现实语境、网络文学与文学传统、网络文学批评话语与中国文论话语之间的"打通"。这种多维度的"打通"不仅为网文评价体系提供了理论参考依据、增强了阐释效力,保证了该著作所建立的评价体系的自足性与科学性,还彰显出网络文学评价话语的中国气派。

二、在事实与价值之间:网络文学评价体系的构建逻辑

以怎样的姿态介入对网文评价的研究? 网络文学评价体系的理论依据的择取应遵循怎样的标准? 其评价范式与文学传统能否形成对话? 这是构建网络文学评价体系不得不面临与处理的几个问题。在事实与价值之间构建网络文学评价体系的构建逻辑,这是《网络文学评价体系论》写作的致思路径。其建构逻辑主要体现在以下几个方面:

(一)哲学化的文学评价范式

将文学问题进行哲学化处理,这是作为一种"元批评"新范式的重要环节,这意味着需在哲学层面完成文学观念的转换。该著作所采用的正是一种哲学化的文学评价范式,是一种从网络文学本体论出发,兼具认识论与价值论的评价体系。

首先是关注研究对象的"本然"的"应然"。"本然"是对研究对象本体论的认识。该以怎样的姿态介入网文评价的研究? 这关涉到如何认识与理解网络文学的问题。文学评价也是一种文学认识,它一定程度上规定着人们认识网络文学的基本图式。媒介及网络拓展了我们观照文学的格局,也让"文学"的概念变得更开放、更外延,但同时这也导致了网络文学在概念界定与阐释上的合法性危机。"理解网络文学"不仅是该著作的写作目标,还构成了各章节之间的内在逻辑,全书详细地阐明了"何为网络文学"与"网络文学何为"等文学元问题,兼顾了理论性与实用性的双重视野。

在探讨网络文学的本体与本质时,该著作借鉴了现象学方法"存在先于本质"的本体论追问模式,聚焦网络文学"如何存在"又"为何存在"的提问方式,从价值论探索其存在本质,并分别将存在方式称为"显性存在",将存在价值称

为"隐性存在","将网络文学本体分析从形态与价值层面延伸至艺术可能性层面,思考其本体的审美建构与艺术导向"①。这种哲学化的处理方式使得网络文学评价体系不仅是一种评价方法,还是一种新的文学观念,一个由观念、方法、话语、范式构成的完整系统。

"应然"则是对研究对象价值论的考察。评价在很大程度上是对评价对象的价值性评价,而这就涉及价值选择的问题。网文评价体系论不仅是一种理论范式,还是一种学术姿态、一种价值立场,规定了应以一种怎样的姿态来对话网络文学,以怎样的阐释进入网文研究。遵循怎样的标准,则代表了网络文学评价的价值选择。首先,该著作在理论资源选取上侧重在中国古代文论中寻找评价依据,在深层含义上,则是要强调文学研究的"中国学派"或"中国立场"在理论基础意义上的合理性与合法性。其次,网络文学评价体系是方法论,也是文学他律,是一种具有规范作用和感召性的学理评价。该著作创新性地提出了网络文学评价体系的"树状"结构、网络作家作品评价标准,以"价值网"为目标的文学网站平台的"双效合一"评价指标,以及面对不同对象时,评价体系和批评标准的适恰性倚重等。当评价体系的各个指标成为作品创作的内在追求时,它就超越了他律性规约的直接意义,而顺升为一种自为的价值体系。

此外,该著作还尝试对网络文学评价对象做出两类区隔:资格性评价和选择性评价。② 书中提到,资格性评价是一种文学入门评价、大众文化评价和娱乐性消费的合格资质评价,把悦情悦兴的愉悦性作为首要前提和基本尺度,这是由网络文学的通俗性、大众性所决定的。选择性评价是人文审美评价、艺术创新评价、精品力作评价。这种评价可为网络文学高质量发展形成"驱动效应",是网络文学"趋主流化"的必然要求。可以看出,这种评价模式兼顾灵活性与包容度。资格性评价的广泛包容性允许更多的作品进入评价体系,使网络文学的评价不再局限于少数精英作品,这种包容性有助于鼓励更多作者参

---

① 欧阳友权:《网络文学评价体系论》,北京:中国社会科学出版社,2024 年版,第 9 页。

② 欧阳友权:《网络文学评价体系论》,北京:中国社会科学出版社,2024 年版,第 261—265 页。

与创作，繁荣网络文学市场。选择性评价通过严格的人文审美和艺术创新标准，确保那些在创意和艺术表达上有独特见解的作品得到认可和推崇，从而提升整体创作水平。这种双重评价模式既能满足大众娱乐需求，又能推动文学艺术的创新和高质量发展，既考虑到了作品的艺术价值，又考虑到了其市场价值和受众接受度，形成了一种更为全面和立体的评价体系。

（二）"入乎其内"，又"出乎其外"的写作通路

首先是研究方法上的"入乎其内"与"出乎其外"。傅斯年曾这样评价桐城派："桐城家者，最不足观，循其义法，无适而可。"①傅斯年的这句评价也暴露了桐城派在学术研究上的一个弊端——过度依赖于"义法"。规范，不应看作不变的铁律与常数，研究方法应跟随研究对象的变化而变化。所以研究方法上的"入乎其内"就是充分了解、熟悉现有的研究规范，"出乎其外"则是主动打破不合时宜的规范，另创新格。

谈论网络文学，评价网络文学，其实并不只是谈论网络文学本身，它涉及一个很大的文学生态的问题，诸如网络文学与媒介时代、网文叙事与文学传统等问题。网络文学确实打开了新的审美表达空间，展示了不一样的文学质地与文学发展的新动力；互联网快速发展致使网络空间下的多向文化冲突正在形成，网络文学的生长与发展也被多极力量所形塑。在此情况下，该如何处理好网络文学生态内部隐藏的多重关系与内在冲突是构建网文评价体系的一个难点。

历时性的描述是一种常见的学术研究方法，但倘若仅仅依靠历时性描述则很难窥其全貌，还会出现因历时性描述而遗留的研究盲区。《网络文学评价体系论》则是在历时性描述的基础上又采用结构式的研究方法来考察当代网络文学在当代文学场中的结构特征，以此揭开网络文学生态内部隐藏的多种关系以及内在冲突，以期发现网络文学被遮蔽的"文学性"。该著作用结构式的研究方法将网络文学与网文创作者、网文网站、网文批评家连接起来，发现网络文学在与其发展、演变过程中所积淀下来的具有恒常性与普遍性的命题，

---

① 鲁迅、陈独秀、李大钊等：《觉醒时刻》，北京：中国画报出版社，2023年版，第492页。

并在此基础上探索网络文学文本生态的"内构成",分析网络文学在当代文学结构中的位置,抽绎出可以支撑网络文学评价体系的评价维度。该著作这种结构式的研究方法是一种兼顾历史与逻辑,兼顾美学评价与历史评价的学术视野,沿着这种研究方法,该著作在还原"网络文学是文学""网络文学是人的文学"的丰赡维度的同时,开启了网络文学与文学传统内在关联的逻辑通路,在"网络性"与"文学性"之间进行"根"与"魂"的价值互证,实现了网络文学认识评价与价值评价的共同"在场"。

其次是各章节之间内在关系上的"入乎其内"又"出乎其外"。《网络文学评价体系论》共分为 10 个章节,各个章节之间的关系既独立又统一。"入乎其内"又"出乎其外"也成为搭构各个章节之间的内在逻辑——既有内部深入,又有外部审视,有一种"既见树木,又见森林"的理论开阔性。该著作首先从外部立场出发,对网络文学的评价要素、评价立场、评价原则等重要环节进行了宏观把握,提出了网络文学的主要评价主体和影响评价的关键因素。同时,该著作又从内部着手,基于不同评价主体的视角,进行了深入的评价实践探索。该评价体系从理论基础到实践应用、从平台评价到批评家研究,不仅涵盖了网络文学评价的各个方面,还与其他 3 本批评著作形成了外部呼应与内在的统一。

(三)辩证法式的论证逻辑

全书的理论论证与逻辑推演,无一不充满着辩证法的智慧。面对网络文学这一鲜活而又丰富多义的历史文本,该著作在对研究对象进行语境化还原时,关注网络文学"历史在线"时的"文学在场"[①];在阐述网络文学的"文学性"时,考虑的是"网络性中的文学性",并敏锐地发现了网络文学的文本内质——"网络性"之于文学本性的"卡农变调"[②];在廓清网络文学评价的前提下,注意文学传统的观念预设与网络文学现实语境的双重"在场";在确立网络文学的评价标准时,综合各个维度与评价效果提出了网络文学的五大评价标准——思想性、艺术性、产业性、网生性和影响力[③];在确立网络文学的评价原则时,注

① 欧阳友权:《网络文学评价体系论》,北京:中国社会科学出版社,2024 年版,第 137 页。
② 欧阳友权:《网络文学评价体系论》,北京:中国社会科学出版社,2024 年版,第 149 页。
③ 欧阳友权:《网络文学评价体系论》,北京:中国社会科学出版社,2024 年版,第 257 页。

重美学律令与历史逻辑的统一①；还提出对网络文学评价体系的建构在"应时通变"的同时还应该"守常不辍"②；面对"文体有常"而"文变无方"的网络文学新现实，又提醒评价者只有做到"酌于新声"才能"骋无穷之路，饮不竭之源"③。也正因如此，该著作所构建的这种网络文学评价体系，既尊重了网络文学的新质，又不失传统文学的本质，实现了评价标准由"新变"走向"通变"的学术理想。

《网络文学评价体系论》通过哲学化的文学评价范式，"入乎其内"又"出乎其外"的写作通路，辩证法式的论证逻辑，不仅揭示了网络文学的"然"——其当前的状态和特征，还深入地探究了其"所以然"——形成这些状态和特征的原因和机制，以及"应然"——网络文学的具体评价实践与应当追求的发展方向和目标。这种网络文学评价体系的构建逻辑不仅极大地丰富了网络文学评价体系的理论深度，还极大地拓展了评价体系的实践应用、人文关怀，提高了评价的客观性和可操作性，确保了评价体系的科学性与全面性。这一成果为后续网络文学评价体系的完善和发展提供了坚实的理论基石和实践指南，有助于学界更准确地把握网络文学的发展脉搏，更有效地引导网络文学的健康发展。

三、理论边界与阐释空间：网络文学评价的未来与挑战

文学观念的重建，也是一个重塑文学史的过程。从文学史的角度审视，该著作还具有一种作为"史"的意义与价值。作者探讨了网络文学与文学传统之间的承传与变异、转型与对话，确证了网络文学对文学传统的选择与重构的文学史意义，并用动态发展的眼光寻求网络文学之于新文学传统的当代价值。全书贯穿着一种新颖的文学史意识，为学界提供了一种全新的审视角度、评价原则、理论格局与观念体系。基于此意义，网络文学评价体系既是一种理论构

---

① 欧阳友权：《网络文学评价体系论》，北京：中国社会科学出版社，2024 年版，第 129 页。
② 欧阳友权：《网络文学评价体系论》，北京：中国社会科学出版社，2024 年版，第 142 页。
③ 欧阳友权：《网络文学评价体系论》，北京：中国社会科学出版社，2024 年版，第 143 页。

建,亦是一种价值重估,还是一种史观重塑。该著作不仅为网络文学在当代文学中的位置赋予了一个全新的坐标,而且还用理论形态的方式明确了网络文学在当代文学整体结构中的合理性及价值地位,为网络文学的学科建立与文学价值评估建立起了合法的历史根基。

需注意的是,没有任何一个文学评价标准是恒常的,网络文学的评价体系未来还可能面临以下几种挑战:

第一,网络文学作为一种媒介化的文学样态,它是开放的、外延不断改变的,这也意味着网络文学不单单是一种概念,更是一种生态。该著作虽注意到了网络文学发展的中国经验,但世界文学视野下的网络文学所涌现出的新问题已经不再是一种简单的"中国问题"。如何进一步把握、调和"中国问题"与"世界文学"两者之间的关系,成为网文研究者未来需解决的课题。

第二,该评价体系的阐释维度主要还是聚焦于"中国网络文学",是基于中国古代文论根基的理论话语,在对海外原创网文进行评价时,是否还具有理论指导的"脱域"性?

第三,规范与评价是艺术规律的显性,它不单单是一种形而上的权威法典,而且还具有形而下的指导意义。网络文学评价体系作为一种新范式、新观念、新理想、新标准,可为中国网络文学的创作实践与未来发展提供宝贵的指导。然而,这一体系的完善并不是一蹴而就的。一方面,规范、评价的定型、完善、验证,还需要时间与更多的网文研究者反复锤炼;另一方面,规范的调整与重申还会来自网络文学内部的压力,来自未来网络文学的进一步发展,这就意味着网络文学评价体系需是一种持续的选择和阐释,以此才可保证其评价的有效性与持续性。如何持续地保持评价体系的动态性与灵活性,最大限度地保证评价话语对网络文学的阐释效度,是该批评体系未来所面临的问题与挑战。

幸运的是,相比于一种范式,该评价体系的建构更像是一种"对话",它与网络文学活动、网络文学发展现实、网络文学评价主体始终处于一种动态的"对话"关系之中,其体系内部也存在着求新求变的价值取向。首先,该著作所建构的网文评价体系,并不是僵化的存在,它将评价主体纳入评价维度,进一步保证了评价的动态性与能动性；其次，该著作是以网络文学的生成与流变为背景，关注到了网络文学与社会文化的发展和演变，在深度考察了网络文学审美评价的"常"与"变"后，构建的一种当下性的理论依据与可适性的评价标准。该著作的意义与价值就在于，它并不是一种既定的规范，而是搭建了认识—理解—评价网络文学的一种知识性的认知框架，继而为后续的网络文学评价研究存留出了更具弹性的阐释空间与缓冲地带。

网络文学的发展是与媒介发展亦步亦趋的，它是不断发展的动态文学，必会衍生出更多的表现形式，网络文学的未来发展存在一定的"不可预设性"，我们再难以一种标准、一种规范去理解和阐释文学，既有的评价体系也会稍显"不合时宜"，任何一种文学理论都不是恒常的，这是时间加之理论的考验。所以在未来也可能会出现这样的质疑：该著作所提出的这种评价体系的解释效力的边界又在哪里？

顾炎武曾提出："诗文之所以代变，有不得不变者。……故不似则失其所以为诗，似则失其所以为我。"[①]所以，该著作给予后续网络评价研究的启示就在于：只有在尊重网络文学客观存在与文学发展客观规律的基础上，发现网络文学"变"的内在制约与外部创化，注重正在新变与生成的文学新质素，在除旧布新、交叉融通的道路上与时俱进，才可实现由网文评价之"新变"向"通变"的进阶。这也就是《网络文学评价体系论》所提到的"应时通变"与"守常不辍"。该著作的意义与价值在于已确立了评价网络文学的基准框架，而网络文学的动态发展特性也将必然为其评价标准赋予了更为广阔的延展性和阐释空间。在此背景下，这一评价体系显著地呈现为一种引导性的标杆，它引领了文学发展的新趋势，并为网络文学评价研究开辟了新路径。至此，这部著作也成功地体现了其学术追求：从质疑开始，由建构出发，向可能性敞开。

---

① 顾炎武：《诗体代降》，黄汝成集样，栾保群、吕宗力校点，《日知录集稀（全校本）》（中），上海：上海古籍出版社，2013年版，第1194页。

以史立论:批评家视域中的网络文学史论

——评《中国网络文学十大批评家》

张浩翔①

中国网络文学自 1991 年诞生以来,已发展三十载有余,从无到有,从有到强,时至今日已经成为互联网媒介技术发展中的"现象级"文艺盛景。伴随着高品质网络文学作品不断涌现,网络文学体量日益庞大,享誉圈内外的优质作品在数字化媒介的飞速发展中广泛传播"出圈",影响深远。作为中国文学批评史的重要组成部分,中国网络文学批评在历史的沉淀中,已经基本具备以史为论的理论批评基础。由中南大学人文学院禹建湘教授编写,中国社会科学出版社出版的《中国网络文学十大批评家》一书,采取"以人带史、以史引论"的方式,选取了国内十位最具代表性的网络文学理论批评家(黄鸣奋、欧阳友权、陈定家、单小曦、周志雄、马季、邵燕君、夏烈、许苗苗、肖惊鸿),梳理和分析了他们的网络文学理论批评成果。著作通过展现十位理论批评家的学术贡献,由点到线、由线到面地阐明我国网络文学理论批评的发展脉络和学术成就,对梳理和揭示揭示三十年来我国网络文学理论批评的历程、基本面貌有重要意义。

中国网络文学相较于传统文学是一个崭新的文学范式,起步晚,发展时间短,但在三十多年的发展中逐步走向成熟,这离不开文学批评的在场。网络文学理论批评的出现与网络文学实践基本同步,在传统文学理论积淀中形成自身体系,并伴随着中国网络文学的发展而不断完善。《中国网络文学十大批评家》选取了十位网络文学研究专家,通过研究者们对网络文学深入研究的全面视角和深入洞见,系统而全面地梳理了网络文学诞生以来的理论批评发展历

---

① 基金项目:本文系国家社科基金项目"网络文学观照现实的审美转向研究"(项目编号:21BZW59)阶段性成果。作者简介:张浩翔(1999—),男,新疆维吾尔自治区昌吉市人,中南大学文艺学博士研究生,利兹大学访问博士生,中国作协网络文学中南大学研究基地秘书。

程,将"史"的积淀和"论"的厚度融合,从文学史的视角,在宽阔的历史视野中梳理了网络文学理论批评的发展脉络,建构起了中国网络文学批评的理论框架。该理论著作不仅立足历史发展的高度和正确的文学价值观,从理论观念的角度客观地分析了网络文学批评的科学评价尺度,还深入而细致地从微观的批评主体出发,铺叙和讨论了网络文学理论批评家们令人瞩目的成绩,为中国网络文学正名,厘清网络文学史,总结网络文学发展规律,洞察网络文学表现特征,推介网络文学经典作品,引导读者阅读网络文学。全书秉承客观的批评理性,切实立足我国网络文学创作与批评的独特现实,既不固守传统的文学评价标准,也冷静地规避照搬西方文艺理论的致思维度,同时还打破了只从传媒技术的角度,用工具理性规划批评范式的桎梏,以推动中国网络文学作品经典化和中国网络文学理论批评的高质量发展为终极目标,有效适应了当下产业化、在地化、去中心化的网络文学批评实践,将批评理论的抽象量尺化作指导实践的切实准绳。

网络文学理论研究的开端离不开早期电脑艺术学的探索,也离不开对新媒介艺术的敏锐观察和深刻洞见。《中国网络文学十大批评家》全面梳理了网络文学研究的开拓者——黄鸣奋教授,从电脑艺术学的理论发掘到网络文学理论探索的研究历程。书中指出黄鸣奋关于网络文学的研究并不是直接起始于国内网络文学诞生之日或之后,而是起始于华文网络文学作品诞生与国内第一部网络文学作品《第一次的亲密接触》发表之间的时段,由此关注到电脑艺术学的研究领域。作者深入黄鸣奋教授关于网络文学理论批评的文本,切中肯綮,紧密把握住黄鸣奋教授的网络文学理论批评成就和研究关注转向,全面呈现出不同历史阶段对网络文学问题关注的不同侧重,既包括早期电脑文艺研究,也有世纪之初关于网络文学变革发展的研究,还有从数码艺术到聚焦科幻网络文学的研究转向。著作也以丰富的理论依据,高度肯定了黄鸣奋教授作为最早开始网络文学理论批评的学者之一对理论批评建构做出的卓越贡献。

网络文学理论批评不仅需要扎实深厚的理论功底,还要求具有兼容并的、开放的研究视野。《中国网络文学十大批评家》全面整理了网络文学研究的奠基者——欧阳友权教授,凭借"筚路蓝缕,以启山林"的豪迈气魄,立于数字化信息媒介革命的潮头,切入文学现场的理论批评发展演进过程。该著作将欧阳友权教授研究的逻辑线索总结概括为"生成背景、存在方式、文学变迁、媒介叙事、主体阐释、文学性辨析、精神表征、文化逻辑、人文价值、研究理路",并从"数字化时代文艺转型的系统性探索""网络文学本体与本性的触摸与阐释"以及"网络文学的学理反思与诗学前瞻"三个维度系统地梳理了欧阳友权教授在网络文学理论研究领域二十多年焚膏继晷建构的理论之厦。《中国网络文学十大批评家》在系统总结欧阳友权教授理论研究的过程中,突出了网络文学批评的理论框架整体性建构,全面阐释了网络文学理论研究从无到有、从有到强的理论发展和建设历程,同时也在对理论批评家的研究成果理性分析和阐述网络文学的批评史中,更进一步向着欧阳教授"让新媒体文学的'魂兮归来'成为人类文明河床上意味深远的文学史节点"①的追求迈进,以独特的理论视野推动了为中国网络文学以史立论的进步。

网络文学理论曾一度相对滞后于网络文学产业发展,这也迫切要求网络文学批评真正回应网络文学发展的实际需要,回答和关切网络文学发展的现实问题,推动网络文学理论研究的真实进步。《中国网络文学十大批评家》立足于对过往的网络文学理论研究成果回顾的目标,全面总结了网络文学研究的坚守者——陈定家教授,在网络文学理论研究领域的成果和贡献,特别是通过对网络文学生产研究和网络文学文本研究两方面的梳理,揭示了网络文学已经从一般的基础问题的讨论逐渐向专、深、精的前沿问题探索的发展脉络。作者在详细梳理和深入分析陈定家教授研究成就的基础上,将陈定家教授在网络文学领域中研究成果的特点概括为"选点持论的学术智慧""客观公允的价值评判""通俗新潮的语言风格"和"极其深厚的理论功底",并全面分析了这些研究对网络文学研究发展的卓越贡献和深远意义。《中国网络文学十大批评家》论述翔实,充分依据现有的研究基础和成果,牢牢把握陈定家教授在网络文学数字化生产、网络文学消费革命、网络文学经典研究和互文性理论等

---

① 欧阳友权:《数字媒介下的文艺转型》,中国社会科学出版社,2011 年版,第 265—269 页。

方面的突出贡献,以理论批评家的独到见地和系统论述,深入剖析了网络文学理论在不同时期研究的侧重和历史转向。

面对互联网媒介推动的文学新样式、新工具、新生产方式和新文艺生态,网络文学理论研究必须在传统印刷媒介文化中建构起的理论基础上探索出新的发展向标。《中国网络文学十大批评家》深入网络文学实践,紧扣网络文学理论批评与网络文学实践的现实关系,系统地总结和分析了网络文学的文艺立法者——单小曦教授,在吸收语言符号学文论的重要成果并超越以往的语言论文论的基础上,将关注重点从文艺的语言符号转移、扩展、深化到了整体性媒介系统,推动媒介文艺学的理论维度和创新性形成这一理论贡献。书中围绕中国网络文学在不同发展阶段面临的困境和理论研究的窠臼,全面梳理和归纳了单小曦教授对网络文学发展难题的分析和对策研究,特别是以翔实的研究成果资料阐释了文学艺术在数字化新媒介载体中的生成与传播问题。论著通过对单小曦教授在网络文学领域研究成果的全方位观察和深入分析,将庞大的研究成果紧密围绕在"新旧媒介文艺形态的主要区分点"[①]——数字技术与网络文学的关系讨论之中,既鞭辟入里,精准地梳理了相关网络文学理论批评的问题要义;又行之有效,切实推动了网络文学主体性问题的研究。

网络文学的本体性研究,不仅需要思维观念的突破,还需要知识的更新和批评资源的开拓。该著作认为网络文学研究的捍卫者——周志雄教授,其反对"简单地以纯文学的标准去贬低网络文学"[②]这一论述,是对网络文学研究中的盲区的针砭,是对学术研究中出现的一种不正常风气的扬弃。《中国网络文学十大批评家》指出,周志雄教授"网络文学应该入史"这一论断同样如惊雷乍响,是具有前瞻性的,特别是通过对周志雄教授系列丛书的学理性整理,细致对比和探究了网络文学在叙事模式和话语框架等方面对传统文学的历史性继承问题。作者客观理性地列举了网络文学理论家在网络文学本体性研究中的成果,洞察到了网络文学作为文学本体在传承通俗文学的传统和提升大众文

① 单小曦:《"网络文学"抑或"数字文学"?——兼谈网络文学研究向数字文学研究的提升》,《上海师范大学学报(哲学社会科学版)》2011 年第 5 期。

② 周志雄:《关于网络文学入史的问题》,《浙江社会科学》2013 年第 2 期。

化的当代书写中的贡献。书中不仅详细地列举了周志雄教授的理论成就,还举隅"首届网络文艺评论大赛"以展现其在推动各类网络文学作品评选中的实践,同时全方面概述并恰如其分地肯定了周志雄教授对坚定捍卫网络文学实践和有力推动理论批评的贡献。

网络文学是否具有文学价值的争论曾在新世纪之初延续近十年,而独特的传统底蕴、中国视野与现代指向的理论批评则能够推动建立中国网络文学自身的理论体系。《中国网络文学十大批评家》将马季看作网络文学研究的建构者,认为其在二十年的艰难探索中,针对网络文学批评的缺失现状,勠力同心,以文学本体层面为核心,不断地建构专业化的网络文学本体批评,并形成了极为独特的逻辑与模式。论著以马季在网络文学领域中的理论探索历程为线索,阐明了从宏观到微观、从总体到个体、从方位到创作等多方位的理论批评维度,同时深入网络文学理论建构的历史进程,阐释了马季继承与贯彻中国现实主义文学的传统与担当精神,形成独具特色的个性化审美风格的必然,也辨析了中国网络文学理论批评在历史中走向成熟的时代发展。作者高度肯定了马季在探索引领网络文学潮流、推动网络文学发展、聚焦网络文学典型特征等若干热点问题中细致解剖的成果,并认为马季令人称道的学术成就和其在网络文学创作中的实践都为网络文学理论批评的建构做出了积极的贡献。

网络文学研究既有投身这一新兴领域后开始调整研究者身姿的理论拓荒者,亦有带着对传统文学研究的焦虑转向网络文学研究的"半路出家"学者粉。《中国网络文学十大批评家》洞察了网络文学研究的绘图者——邵燕君教授,从传统文学批评领域投身网络文学理论批评的转向,以及其对网络文学理论批评通透性的研究见地。该著作细致分析了邵燕君教授在中国网络文学本体问题研究、中国网络文学媒介特性研究以及中国网络文学发展与转型研究等多重领域的研究成果,并深入阐明这些理论批评发展的脉络和关系。作者深入观察了邵燕君教授带领研究团队,细致且深入分析了该团队推出的《中国年度网络文学(男频/女频卷)》《破壁书:网络文学关键词》和《创始者说——网络文学网站创始人访谈录》等著作做出的突出理论贡献,特别是在建立网络文学独立评价体系和话语体系的基础上,致力于网络文学及网络文化研究,并尝试进行网络文学学科建设的积极实践探索,富有洞见地指出了以"学者粉丝"的身份进行"文学引渡"是邵燕君研究网络文学十年来最重要的成果。

　　网络文学研究既需要网络文学领域的深度介入,也对深厚的学术功底和敏锐的观察力提出更高的要求。作者认为网络文学研究的实操者——夏烈教授,以其独特的文字风貌、别具思致的"理论—实践"体系,逐渐成为网络文学研究与评论二十余年的谱系中无法绕过的存在,一个稳定而富有创造性的样本。《中国网络文学十大批评家》敏锐地捕捉到了夏烈教授早期与网络文学的渊源,并认为夏烈教授在学界文坛还普遍质疑网络文学之时,就不止步于撰文推介评述,更是以浙江杭州这一中国网络文学的优势重镇为棋局,开始了综合性的"介入",成为网络文学研究领域的一位独特的先行者。该著作系统梳理了夏烈教授在网络文学理论批评领域的前沿性研究,认为其作为最早推动类型文研究的学者之一,采用了"介入"和"实践"的办法来推动类型文学事业以及该概念的落地生根、深入人心的实践,将类型文学的学术研究与具体的现场的类型文学事务及其发展作联系、交互,最终反哺于类型文学理论的深化和提炼。在深入剖析夏烈教授对中国网络文学理论批评贡献的论述中,作者还详细地展现了场域论、中华性研究、文学未来学与总体性、网络文学研究的学术归根和新媒介批评论等理论成果对网络文学理论建构的积极推动作用,也让我们看到一个批评家的思想力和调适力,其中包含着强烈的历史责任感和当下意识、未来意识。

　　网络媒介在促进网络文学产业发展的同时,也需要网络文学理论批评从"转型"的维度上,探讨从印刷文化到数字文化这一历史更替过程中,文学出现的新现象、面临的新课题,并在此基础上思考相应策略。《中国网络文学十大批评家》认为网络文学研究的同步者——许苗苗教授,她的研究侧重从媒介转型的角度来揭示网络文学的深层变化,而其与网络文学同岁的研究之路也已呈现出长期发展的清晰脉络——由感性向理性,由现象到理论。作者深入理论批评实践,系统性地阐释了许苗苗教授在网络文学作品及理论的研究、对新媒介文化的研究以及对媒介语境下都市空间文化的研究等重点领域研究的突出理论成果,并基于对这些扎实理论成果的洞察,认为许苗苗教授摆脱了网络文学研究常见的空疏学风,既熟悉文学现象,也融入了自己的亲身体验,真正做到了历史与逻辑、现象与理论的结合。该著作在梳理研究成果的同时,阐释了这些研究的诗人哲学家的气质,和潇洒自如、信手拈来的文化批评风格,并高度赞赏了这些研究表现出的"网络文学—新媒介文化—媒介语境中的都市空间文化"金字塔知识结构和完整的研究体系。

中国网络文学的巨大想象力和创造力为网络文学精品力作的推出提供了不竭动力,也为中国网络文学理论批评增强了信心。作者认为网络文学发展的助推者——肖惊鸿研究员,作为网络文学主流化、精品化、经典化的重要推动者和网络文学海外传播的重要践行者,通过自己的创作实践与深入研究,对促进中国网络文学的健康发展起到了重要的引领作用。《中国网络文学十大批评家》以翔实丰富的理论材料阐释了肖惊鸿研究员对推动中国网络文学发展和网络文学理论建构的积极贡献,认为其对网络文学的海外传播,以"中国故事和世界潮流"予以凝练和期许,并指出她深刻关切中国网络文学行业,为行业健康规范发展起到重要的先行作用。该著作全面梳理和总结了肖惊鸿研究员对网络文学主流化、精品化、经典化进程推动的生动实践,并认为其在网络文学现实题材日趋繁荣的创作引领中,在网络文学海外传播的推动中,在网络文学的健康发展中,定会继续坚持不懈以助推者与引领者的姿态,为网络文学的更好发展全力以赴,带给作者、读者、研究者更多关于网络文学的真知灼见。

网络文学批评与网络文学产业一起实现了飞速的发展,但在走向未来更加成熟的康庄大道上,也会因惯性使然,面临着部分文学批评对其嗤之以鼻的偏见。《中国网络文学十大批评家》保持客观冷静,以独特的"以人带史、以史引论"阐释模式,研精覃思,并剪哀梨,系统而全面地通过十位代表性网络文学理论批评大家的研究成就,全方位、多角度地阐明了中国网络文学理论批评发展二十余年的研究发展历程。由于范例的限制,该著作无法将已经日益丰厚的中国网络文学理论批评成果和日益庞大的精壮的网络文学批评大家队伍一一列举,只记录了十位代表性大家,但这同样也是一个契机,让我们了解到网络文学批评的现实。当前中国网络文学研究的风头正盛,在这十位大家以"筚路蓝缕、以启山林"之气魄的激发和带领下，越来越多的理论批评家涌现出来，新的批评大家也正在崛起并崭露头角，那些没有被记录的批评大家，其丰硕成果也正在激励着网络文学研究队伍，共同为中国网络文学理论批评之厦的璀璨闪耀添砖加瓦。

网络文学新质与前瞻

——评陈定家的《一屏万卷 网络文学理论与媒介文化批评》

褚晓萌①

摘　要:《一屏万卷　网络文学理论与媒介文化批评》是陈定家教授多年来网络文学研究成果结晶。该书立足于网络时代文学发展的实践,从文学发展视角,对网络文学的源起、现状、特质、发展趋势等做出梳理,既从理论的高度论及传统文学与网络文学的共性,又聚焦网络文学特质,直面网络时代文学的变革,对文学的数字化生存现象进行探究,整体性观照网络文学的发展态势与遭遇的困境等现实问题。结合当代文艺现象,在新媒介视野内对人工智能写作、网络批评、博客微博写作等具体问题进行整体的阐释与解读,并围绕网络文学的商业效应,系统考量与处理网络文学产业发展与走向的问题,在比较、甄别中发展与建构网络文学理论与媒介文化批评。

关键词:网络文学理论;网络批评;产业发展;网络阅读;超文本;互文性

无论是 20 多年前,希利斯·米勒的“文学终结论”宣称“文学研究时代已经过去了”②,在学界引起了较大的论争,抑或当下人工智能介入文学创作而引发的隐忧,都表明文学正以不断更新的面貌刷新着人们的认知。媒介革新和技术的发展,让人们卷入数字化生活,也不断改变着文学的生产活动。随着国家和学界对网络文学研究越发地重视,研究成果也越来越显著,但一些问题仍是密切关注的重要问题,比如,如何定位网络文学? 网络文学与传统文学的关系? 怎样建构网络文学批评标准? 网络文学产业如何健康快速发展? 如何对网络时代的文学新现象做出学理性阐释与合理化批评? 以及如何及时更新批

---

① 作者简介:褚晓萌(1987—　),女,山东省枣庄市人,安徽大学文学院文艺学专业博士生。

② ［美］J. 希利斯·米勒:《全球化时代文学研究还会继续存在吗?》,国荣译,《文学评论》2001年第 1 期。

评观念等,这些问题显然并不简单。一些研究著作在总结网络文学区别于传统文学的新特质、探寻其发展路向时,多是根植于网络文学本身,预设了一种网络文学不同于传统文学的情境,在定位其功能属性时往往较容易受到二者对立割裂的思维定式的影响,没有立足于文学整体观进行论述,而有些研究著作没能在宏观整体、中观综合与微观个案上齐头并进。

作为在网络文学研究领域孜孜矻矻耕耘了 20 多年的著名学者,陈定家教授以切问近思的态度持续关注着网络文学文本论、生产论、接受论、价值论等学术前沿问题,在《比特之境:网络时代的文学生产研究》《文之舞:网络文学与互文性研究》《网络时代的文学转向》《网络文学作家论》等著作后,本着对过去网络文学研究系统的观照,出版了《一屏万卷 网络文学理论与媒介文化批评》(以下简称《一屏万卷》)。"一屏万卷"四个字生动鲜活,更好地体现了网络文学的特征,既具有丰富意蕴,又具有网络时代语言的趣味性,足以抓住超文本与互文性特性,从读书转到读屏的特征,以及网络文学产业延展力。

全书贯穿了著者对网络文学生存与发展的关切,没有面面俱到地论述网络文学,涉及的命题都是当下网络文学发展亟待廓清的问题。著者立足于网络时代文学发展的实践,从文学发展的视角,对网络文学的源起、现状、特质、发展趋势等作出梳理,既论及传统文学与网络文学的共性,又聚焦网络文学的特质,直面网络时代文学的转变及境遇,探讨人工智能软件写作,特别是对文学的数字化生存现象进行探究,将网络文学必须关注与解答的问题凝结在一起,视野宏大,思想深邃透彻,对交织在一起的困境抽丝剥茧,延续与拓展了网络文学研究空间,体现了著者深厚的理论底蕴与独到的批评实践视角。

一、从有限到无限:超文本与互文性的再探究

《一屏万卷》开篇从文学的生死问题切入,从传统文学中考察其源流,探究特性与局限,纵横捭阖,给读者呈现了新文体的缘起、现状,但并未满足于对网络时代文学现象与动态的描述,而是在学理性的提升上,有意识地显示出文学发展的规律,并从理论的高度对传统文学与网络文学的关联、网络文学的处境

与本质进行概括,指明了文学发展过程中的内在逻辑。

著者秉持客观的学术立场,反观"文学终结论"在学界的各种解读及引起的讨论,并做出再度审视与反思,指出了希利斯·米勒对文学形态变革的隐忧,以及对传统文学形态研究的留恋,探究了在"文学终结论"之后,网络媒介语境中文学的延续与发展。通过研究数字化语境下的文学,在对当下网络时代文学的实际与现实的准确把握上,论证文学没有终结,认为纯粹以文字为媒介的文学主导地位丧失,转为与新媒介一同组成混合体的新形态。文学只是改变了生存状态,"但作为审美精神的文学性不会随着网络超文本的出现而走向消亡"①。可以说,网络文学只不过是以文字为媒介的传统文本走向新媒介与文学混融的新形态文学,我们也可以理解为只是一种旧有的文学观念或生产机制的终结,从旧事物向新事物更迭过程中的担忧与焦虑,而文学本身并不会终结。文学形态的发展与变革也是文学发展的需要与必然过程,刘勰在《文心雕龙》里"文变染乎世情,兴废系乎时序"②说的就是这个意思,任何文学艺术的变化都顺应历史与时代发展的要求,都是历史的产物,在不断发展的历史语境中,文学不仅不会终结,还表现出符合当下时代发展的新形式。

从文学的动态演变状况过渡到对"文本"与"超文本"的讨论,重点讨论了"超文本"的发展、读者的参与和互动、"超文本"的局限。在著者看来,"超文本"与"互文性"是网络文学最具有标志性的概念,梳理和挖掘了"互文性""超文性"等概念,展现其表现形式与本质特征。许多学者围绕这个问题展开过论述,然而书中更为全面系统地论述了超文本与互文性,立足于传统文学与网络文学的关系进行探讨,从学理上厘清脉络,始终没有脱离传统文学来谈网络文学的超文本与互文性,没有把超文本与互文性作为网络时代文学的产物,在著者看来这并不是网络文学的独有,传统文学同样具有这样的属性。

书中对超文本与互文性的论述既关注了网络时代的新属性,又从传统文本中探求相关问题。从艺术发展史来看,新艺术总是以旧艺术为基础,并在不

---

① 陈定家:《一屏万卷　网络文学理论与媒介文化批评》,杭州:浙江工商大学出版社,2022 年版,第 16 页。

② 刘勰:《文心雕龙》,郭晋稀注,兰州:甘肃人民出版社,1982 年版,第 537 页。

断地延续与创新中发展，也就是将旧有传统同新元素交叠融合后的新形态。著者很重视对传统的互文性研究。互文现象存在于传统文学中，只不过属于没能激发的潜能，把超文本视作对传统文本的潜能开发。著者强调了文本构成同中国古代"互文"概念的异同，以中国古代的回文诗、作家王蒙拆解《锦瑟》诗作重构文本游戏等为例，来说明传统文学的超文本属性，也把西方具有实验性的活页文本的拆解与重组方式看作传统文学中超文本的介入。对传统文学的超文本的特性与运用的说明，并不是旨在说明传统文学与网络文学的相似性，而是将网络文学看作文学发展的新形态，超文本"其优越性在于能充分呈现文本的开放性、互文性和阅读单元离散性等潜在特点"①，使"传统文学的互文性潜能得到超乎想象的发挥"②。也就是说，网络时代的超文本激发了埋藏在传统文本中潜在的开放性、互动性与互文性。

超文本具有包容性，不同于传统文本受制于特定的容量，超文本打破了传统封闭文本的禁锢，解放了纸张的互文性，为受众提供了多维度的空间探索可能性。网络文学不仅仅是文学呈现的超文本性，还让文本和阅读构成了散点结构，互文性变成了一种隐喻，是文本的特性，也是存在的形式。超文本可以融合图像与文字，跨越了书写与阅读的鸿沟。"在文学、艺术和文化的诸种要素之间建立了一种交响乐式的话语狂欢和文本互动机制"③，超文本将传统文学存在的读者与作者潜在对话功能外显了，在超文本中读者参与到文学创作中，读者成为作者或者一部分。网络语境中很大程度地实现了这种互动机制的对话创作。

当然，著者并不是仅仅总结网络时代文学的变革，梳理其发展态势与遭遇的困境等现实问题，还整体评析其局限性，从而深入探析其内在规律及发展趋势，随之扩展到机器写作，探讨了人工智能介入写作能否颠覆传统写作的可能

---

① 陈定家：《一屏万卷　网络文学理论与媒介文化批评》，杭州：浙江工商大学出版社，2022年版，第70页。

② 陈定家：《一屏万卷　网络文学理论与媒介文化批评》，杭州：浙江工商大学出版社，2022年版，第141页。

③ 陈定家：《一屏万卷　网络文学理论与媒介文化批评》，杭州：浙江工商大学出版社，2022年版，第30页。

性,这些问题可以说是网络文学研究的难点所在,也是研究的新方向。网络文学从发展至今都是伴随着媒介技术的,从论述机器写作是否具有思维创造力入手,对人工智能网络文学写作的未来进行思索,以发展的眼光看待机器写作。同时关注着媒介革命对社会的影响,技术作为重要的生产力介入艺术的发展中,改变着艺术的形式以及与大众的关系,像舞蹈、电影、书法艺术等。

二、从束缚到自由:网络文学阅读与网络批评之思

《一屏万卷》针对当下的网络时代,不时同传统文学相比较,深入探讨文学的发展与现象,着眼于同传统文学的异同,深入剖析了文学发展的过程,进行了理论提升。著者抓住在当下读屏时代,文学的超文本与互文性,极为准确、生动地描述出了当代文学网络化变革的本质特征,所阅读到的屏幕上面的文字只是文本的外在,而其所具有的超文本与互文性可以延伸出无限运动的内容,宏观地展现了传统文学到网络时代文学的整体发展面貌,微观地表现了网络文学的内在,从阅读方式到网络批评都产生了变革。

网络时代不仅改变了文学的生存形态,还终结了传统的阅读行为和方式。著者从审美体验的变革角度,阐释了阅读的合理性与局限。"从阅读的工具或载体来看"读书走向读屏;从阅读到越读,实现了"屏上文字是集文(诗)、画(图)、乐(声音)、舞(视频)于一体的网络超文本";"从心理动机和实际效果来看",是由苦读转到酷读来[①],手机小说与移动阅读的方式使得当下的阅读不同于过去的阅读方式,人们由纸质书籍阅读改为读屏,正如著者所言,读屏"隐含着整个互联网组成的文献宇宙,这个文献宇宙使文本之间相互依存、彼此对接、意义共生的潜能得到最充分的呈现与迸发"[②]。

不同于传统阅读与批评的束缚,网络赋予了人们可以随心所欲地书写与

---

① 陈定家:《一屏万卷 网络文学理论与媒介文化批评》,杭州:浙江工商大学出版社,2022 年版,第 150 页。

② 陈定家:《一屏万卷 网络文学理论与媒介文化批评》,杭州:浙江工商大学出版社,2022 年版,第 151 页。

表达的自由，除了梳理阅读方式的改变，书中还论及了网络批评这一现象，网络批评不同于传统批评，较多是网民与粉丝的感性批评，批评主体也由传统意义上的学院专家、主流媒体变得更加多元。面对这种网络批评现象，网络批评的标准与价值观该怎样确定也成为亟须探讨的重要问题。

这里关注的网络批评主要是指人们在网络上对文学现象、作品所做的感悟性的批评，这种线上批评主要通过点赞、留言等最直接的方式来评价，侧重于抒发自身的感受。这同传统评论中的权威性不同，形成了更具自由的批评。网络批评表面上热闹非凡，实则人文关怀、艺术审美与价值等被边缘化，著者秉持着客观的价值评判标准，以莫言获诺贝尔奖的网络评论为例，分析了在网络空间里不断演变的以莫言粉丝和支持者为代表的"挺莫派"与较为极端的持反对意见的"倒莫派"，超越情感和偏见，以中立的态度对在此过程中呈现的价值观的反驳与批判，并分析了这样的批评话语中所蕴含的个人价值观、冲突等问题，对网络时代网络批评的问题进行反思并尝试进行解决。

同传统批评相对比，根据当下的艺术现象，研究了网络批评的问题、症结原因与应对方法。"文艺批评是文艺创作的一面镜子、一剂良药，是引导创作、多出精品、提高审美、引领风尚的重要力量。"[①]由此可见，文艺评论具有作为"镜子""良药"的功能和任务，优秀的文艺评论可以促进创作与文化的健康发展。著者根据网络文学批评的文化表征，指出了在数字语境下，评判价值和标准的不确定。针对诸如此类的网络批评困境，以及当下网络文学评价的尺度和标准问题，著者提出，"重建大数据时代'网络批评'价值观的论题"点出比"致敬"更高境界的"网评"是合法冒犯[②]，并提供了一个办法即回到常识，以期望能够创构出一种学理性、专业化与大众化共存的网络批评形态。

就网络写作而言，从最初的贴吧论坛写作，到后来的网站写作、博客写作、微博写作等，创作模式迅速更迭。此外，著者还围绕博客、微博写作等网络文学写作典型现象，阐释了更自由、多元的形式，正如作家白烨所说"博客写作出

---

① 习近平：《在文艺工作座谈会上的讲话》，《人民日报》2015 年 10 月 15 日。
② 陈定家：《一屏万卷　网络文学理论与媒介文化批评》，杭州：浙江工商大学出版社，2022 年版，第 189 页。

现之后，更是把网络媒介的长处与短处加以放大和延伸"①，著者以博客写作同文学关系为个案进行研究，举例博客写作具体事件，从审美和分化的角度分析了博客写作的特征、发展与趋势，博客写作现象及评判等现实问题。从博客写作入手，考察了网络文学写作中的一些重要现象与变化，对思考网络文学发展进程、观照当下现状、探析未来发展趋势具有一定意义。

三、从点到圈：网络文学产业发展探析

由于网络文学改写了传统文学的创作法则，形成了以受众为中心的生产机制与商业资本的合力运作，商业生态为网络产业提供了新的发展路向。网络文学从线上拓展到线下的图书业、电影、电视、游戏、动漫等领域，逐渐形成了集线上阅读、线下出版、作品改编等多业态于一体，创作—产业—再创作的动态循环式的商业生态圈。这种以网络文学为点构建的商业生态圈是指网络文学在资本运作和媒介的作用下所构成的极大延展力，网络文学由电子文本这个点扩展到媒介场域，随着用户群体的快速增多，其产业发展态势也愈加繁荣。可以说，媒介技术将不同资源进行整合，通过媒介载体转换拓宽了故事世界，即詹金斯所说的"跨媒体叙事"，通过交叉媒体与多多媒体的共同叙事，使得一个故事"横跨多种媒体平台展现出来，其中每一个新文本都对整个故事做出了独特而有价值的贡献"②。学界对网络文学产业极为关注，也迫切希望能推动网络文学产业高效健康发展。"对文学研究和批评界而言，目前存在的尴尬是，众多的批评家并不了解网络文学的生产状况。"③网络文学产业符合商业生态的范畴，深入探寻可以开启网络文学产业与文学、社会、文化等多维度的联结。

---

① 白烨：《遭遇"媒体时代"——三谈"新世纪文学"》，《文艺争鸣》2007 年第 2 期。

② ［美］亨利·詹金斯：《融合文化：新媒体和旧媒体的冲突地带》，杜永明译，上海：商务印书馆，2012 年版，第 157 页。

③ 杨晓华：《媒介变革下的网络文学生产机制及产业发展前景》，《中国文化报》2015 年 4 月 3 日。

　　本着对网络文学发展的切实观照，在对网络文学特质的分析层面，该著不仅展现了其超文本与互文性的特性，还从理论的高度阐释了其存在的根基，围绕网络文学在不同领域的延展力度和商业效应，进一步分析了其产业发展，并从网络评论现象过渡到文化分析，在新媒介视野内对网络文学现象进行整体的阐释与解读。新媒介与文学结合营造出了特有的文化景观，如果说，以上，著者对网络文学的探讨更多的是在于文本自身与现象的层面上展开，那么，最后著者则将视点聚焦在网络文学产业上，其核心议题是系统考量与处理网络文学产业发展与走向的问题，分析其在产业发展上的话语、环节、关系等内在作用，进而深入梳理发展脉络，阐述产业发展特点、规律，探讨其未来走势。从整体上来看，基本上是围绕"产业化进程""产业结构调整""产业的未来走势"三个主题来进行探究、反思。

　　书中梳理了网络文学产业化进程路线图，从形式呈现上来说，可以分为核心文本故事产业（线上、线下）与相关故事产业；从历史性上来看，由最初在线下出版到在线付费阅读模式的拓展，再向影视、游戏、动漫多领域改编模式的拓展。

　　更难能可贵的是，全书无不显示出从实际作品出发的学术观念与路向，并不是单纯的理论介入或以先入为主的观念为逻辑来整理网络文学，而是通过对作品文本分析去考察网络文学产业发展的脉络，从对发展脉络的梳理和现象分析中厘清问题，将受众接受也纳入研究视角，能够准确把握网络文学产业发展的肌理与脉络走向。在对网络文学产业发展脉络的梳理和作品分析的基础上，对其发展状态做出分析与探讨，以文学产业化的案例为具体考察对象，抓住有代表性的作品进行细致的具体研究，从学理层面进行实证性研究，整体上把握网络文学产业发展的意义，在脉络的溯流中透视发展趋势。这是一种值得肯定，走向实证化的理性态度。以具体文本与现象级作品来剖析，对《第一次的亲密接触》《致我们终将逝去的青春》《步步惊心》《美人心计》《来不及说我爱你》《后宫·甄嬛传》等影响较大的影视剧改编作品，《诛仙》《斗破苍穹》《鬼吹灯》《星辰变》等造成轰动效应的网游改编作品，以及《仙逆》《盘龙》《斗罗大陆》等为大众所喜爱的动漫改编作品，从文学生产的视角切入，以具体而微的一个个案例为中心,切实而全面地呈现出网络文学在各领域延展的进程和整体脉象。

著者的探究尤为到位、深刻,从20多年热闹非凡的网络文学产业发展背后,发掘出让人深思的问题,以上海盛大、腾讯、百度的网文产业结构调整为案例,展示了文学网站以产业结构调整来探寻其发展契机,网络文学产业化进程逐渐走向自觉,同时也反思了产业化进程中引起的一些问题和缺失与网游开发,进一步揭示了网络文学产业化和产业结构调整促进其体系构建的重要性。以网游的开发为案例,揭示了网络文学产业化发展的无限潜力,有别于传统文学出版的标准化生产和大规模的复制印刷,著作指出资本是促进网络文学快速发展的重要力量,较为细致而深入地探讨了商业资本加入下网络文学产业面临的诸多问题,为解决产业过程中的问题提供了坚实基础。其所具有的商业属性,平台的商业化运作使得其延展性得到最大程度的强化,成为拥有重大读者群的文化产业,著作通过深入研究,揭示了资本同网络文学关系的演进,对探寻网络文学产业未来走势具有积极意义。

总之,网络文学发展至今,已从一小部分大众的"悦读"转为拥有大量粉丝群体的文化消费品与延展至多领域的剧本集合体。其发展从一星半点俨然形成了动态循环的闭环商业生态圈,多领域内的资本方需要网络文学原有的粉丝群体与口碑带来商业利益,又因为拓展而吸引更多的注意力,从而得到下一个领域或下一轮创作的动力,形成了网络文学与大众文化的循环刺激,其延展力度在大众文化传播中被强化。著者在这种发展态势下,对于如何面对网络文学产业发展进行分析与反思,切中时弊,深入透彻,指出在既有基础上,持续拓展更多的产业化领域已成为必然趋势,并从运营机制、产业渠道、核心任务上分析了网络文学产业的未来走势,具有极为重要的启示性意义。

结 语

著者既具有深厚的古典文学素养,又具有鲜活性的语言,始终置身于网络文学研究的前沿,总能根据现实案例娓娓道来,更加明确地认识到文学在数字化生存语境下的变革,针对数字媒介语境下网络文学发展特色,对网络文学的焦点问题提出切中时弊的创见,整体性观照网络文学的境遇。就文学的存在和发展来说,文学从文本走向超文本;就作品呈现特点来说,文学的互文性从有限到无限;就文学接受度来看,文学的阅读发生了改变;就媒介文化批评来看,从束缚走向自由;就作品形式来说,从固定的传统纸质文学变成了更为自由灵活的形式;就生产论来看,文学艺术的生产创造转化为文化生产,网络文学产业链更加完善。

全书具有宏大的视野,对其中涉及的理论范畴、命题作了追根溯源的历史考古,并结合当代网络文学现象,对具体问题进行鞭辟入里的阐释,在比较、甄别中发展与建构网络文学理论与媒介文化批评。著者认真总结与阐发了相关研究成果,在具体案例的研究上下足功夫,尤其是对传统文本、改编作品的分析上,对涌现的文学事件与文化现象进行较为全面的梳理与评价,不拘于既有方法,没有落入学术著作论述的窠臼,避开了枯燥的纯理论论证,提出了有启发性、针对性的问题与解决办法,具有匡正网络文学时弊的现实价值。

全书读完之后可能会有一种意犹未尽的感觉,在有些内容上有一种没有展开的感觉,比如对从互文性到互视性、互介性的讨论并未展开,究其原因,一是作者是从文学发展的视角来探讨网络文学的超文本与互文性,所以关注的重点主要涉及已有的研究成果,传统作品及网络文学现象的分析;二是这本书是著者"过去20多年学术研究的一个小结,也是未来5至10年学术研究的一个新起点"①,有些内容是对过去研究的总结,相关内容可以在著者的其他著作或论文中得到补充。他的《比特之境:网络时代的文学生产研究》研究的是网络文学生产问题;他的《文之舞:网络文学与互文性研究》则集中探讨了网络文学的文本问题,像本书中对互文性、互视性、互介性的讨论就可以在此书进一步地找到集中分析与探讨;他的《网络时代的文学转向》在文学遭遇市场与网络冲击的历史性考察和共时性审思下,对当下文学的特质与发展态势进行反思;他的《网络文学作家论》是对具体作家作品的细致批评;有些内容是没出版

---

① 陈定家:《一屏万卷　网络文学理论与媒介文化批评》,杭州:浙江工商大学出版社,2022年版,第150页。

的,比如,《线上线下:网络文学的产业化进程》这章原稿为《中华网络文学史》中的一部分,因该书属于丛书的一部分,至今尚在编校过程之中。① 饶有趣味的是,这也恰恰同著者举例的传统文学中具有的互文性相同,反映了同一著者作品之间的互文性,作品之间可以形成补充与拓展,正如王泽庆在《从〈文之舞〉看网络文学理论研究》一文中指出的:"同一著者理论著作之间的互文现象,也并不少见",由于后现代社会碎片化特性,"互文性现象却异常显目"②。由此可见,著者对网络文学持续性的关注与系统性的研究,显得更加难能可贵。

---

① 陈定家:《一屏万卷 网络文学理论与媒介文化批评》,杭州:浙江工商大学出版社,2022年版,第150页。
② 王泽庆:《从〈文之舞〉看网络文学理论研究》,《武陵学刊》2014年第6期。

《网络文学研究》征稿启事

《网络文学研究》由安徽大学网络文学研究中心主办,每年出版 2 辑。内设"理论前沿""宏观视野""跨界研究""类型探析""作家评论""作品解读""作家访谈""新作评介""作家讲坛"等特色板块。一经录用,即付稿酬。所发文章默认同意由中国知网收录,并由"安大网文研究"微信公众号转发。欢迎投稿,投稿邮箱:wangluowenxue123@163.com。

来稿系原创首发,以 word 文档(电子文档)格式投稿,字数一般以 8000～15000 字为宜。具体格式如下:

1. 按照标题、作者、基金项目、作者简介、摘要、关键词、正文(注释)的顺序成文。

2. 标题。字数不宜过多,可设副标题。

3. 作者。如有多位作者,中间用空格分开。基金项目、作者简介置于页下注。基金项目:本文系××××项目(项目编号:××××)成果。作者简介:姓名,性别,出生年月,籍贯(×××省×××市),单位,职称,学位,研究方向。附联系电话,详细通信地址。

4. 摘要和关键词。中文摘要限制在 300 字以内;关键词 3～5 个,中间用分号隔开。

5. 正文。宋体小 4 号;一级标题独立成行,加粗并居中;如引用其他文献单独成段的,用楷体 5 号。

6. 注释。采用页下注,序号为带圈阿拉伯数字,宋体小 5 号,格式如下:

①期刊。作者:《论文名》,(××译),《期刊名》××年××卷(期)。

②书籍。作者:《书名》,(××译),出版地:××出版社,××年版,第××页。

③文集。作者:《论文名》,见××编:《文集名》,出版地:××出版社,××年版,第××页。

④报纸。作者:《题名》,《报纸名》出版日期、版次。

⑤电子文献。作者:《题名》,××年 ××月××日,见网址。

⑥学位论文。作者:《论文名》,××大学××年博士(硕士)学位论文。

⑦英文著作。作者,著作名(斜体),出版地:出版者,出版时间,P. 页码.

⑧英文杂志。作者,文章标题(斜体),杂志名,发行时间(××年××月××日),p. 页码。